山田社
日檢書

快速通關

N

絕對合格

日 **4** 檢

[單字、閱讀]

新制對應

QR code

日檢權威山田社持續追蹤最新日檢題型變化！

單字 QR))) 免費下載 QR Code線上音檔

單字 MP3 ◀)) 隨書附贈 學習不漏接

吉松由美, 田中陽子, 西村惠子, 林太郎, 山田社日檢題庫小組　合著

前言
preface

《快速通關 新制對應 絕對合格！日檢[單字、閱讀]N4》有：
新制日檢 N4 必出 801 字，配合 801「金短句」+「金長句」+ 重音標示
還有
N4 閱讀，考題、日中題解攻略、單字文法一本完備，祕技零藏私！
幫助您制霸考場！

新制日檢 N4 必出 801 字，配合 801「金短句」+「金長句」+ 重音標示
50 音順＋主題分類，劃出學習捷徑，快速掌握出題重點。

「金短句」透析與其他詞常見的搭配形式，
以獲舉一反三增加詞彙量、增強表達力。

研究顯示多舉出例句將提升記憶，
本書加上含同級文法的「金長句」大大有利於提升日檢分數。

重音標示，讓您有聽就有懂，不讓聽力分數形成落差，
縮短日檢合格距離！

50 音順單字＋主題分類單字，
加強記憶聯想，好查又好背！

《絕對合格 全攻略！新制日檢 N4 必背必出單字》百分百全面日檢學習對策，讓您致勝考場：

★ 所有單字標示「重音」，讓您會聽、會用，考場拿出真本事！

★ 每個單字都補充同級「類語詞」加強易混淆單字、同義詞的區別學習，學習效果 3 倍升級！

★ 新增最接近必出考題的金短句「必考詞組」，以提升理解度，單字用法一點就通！

★ 編寫最接近必出考題的金例句「必考例句」，同步吸收同級文法與會話，三效合一，效果絕佳！

★ 50 音順單字＋主題單字，讓您好查又好背！別讓記憶力，成為考試的壓力！

★ 三回新制模擬考題，全面攻略！100%擬真體驗，100% 命中考題！

本書提供 100%全面的單字學習對策，讓您輕鬆取證，致勝考場！特色有：

● 50 音順 + 主題分類＝合格捷徑！

全書單字先採 50 音順排列，黃金搭配省時省力，讓你方便查詢，每個字並補充類義詞，搭配部分對義詞，加強易混淆單字、同義詞的區別學習。後依主題分類，相關單字一網打盡，讓你加深印象、方便記憶，必考單字量三級跳！

● 標示重音，輕鬆攻破聽力，縮短合格距離！

突破日檢考試第一鐵則，會聽、會用才是真本事！「きれいな はな」是「花很漂亮」還是「鼻子很漂亮」？小心別上當，搞懂重音，會聽才會用！本書每個單字後面都標上重音，讓您一開始就打好正確的發音基礎，讓您有聽就有懂，不讓聽力分數形成落差，大幅提升日檢聽力實力，縮短日檢合格距離！

● 八百多個單字，舉一反十，變出無數用法！

絕對合格必背必出單字給您五星級內容，讓您怎麼考，怎麼過！權威，就是這麼威！

▲ 所有單詞（包括接頭詞、接尾詞、感歎詞等）精心挑選，標注重音、詞性，解釋貼切詳細。

▲ 每個字增加同級類義詞，配合部分對義詞，戰勝日檢的「換句話説」題型，3倍擴充單字量。

▲ 最接近必出考題的短句，針對「文脈規定」的題型，濃縮學習密度，讓您知道如何靈活運用單字。

▲ 最接近必出考題的例句，同級文法與會話同步學習，針對日檢趨向生活化，效果絕佳！

● 貼心排版，一目瞭然，好用好學！

單字全在一個對頁內就能完全掌握，左邊是單字資訊，右邊是慣用詞組及例句，不必翻來翻去眼花撩亂，閱讀動線清晰好對照。

● 權威經驗，值得信賴！

本書以日本國際交流基金（JAPAN FOUNDATION）舊制考試基準，及最新發表的「新日本語能力試驗相關概要」為基準。並參考舊制及新制日檢考試內容並結合日語使用現況，同時分析國內外各類單字書及試題等，並由具有豐富教學經驗的日語教育專家精心挑選出 N4 單字編著成書。

● 日籍教師朗讀 MP3 光碟，光聽就會！

由日籍教師標準發音朗讀，馬上聽、馬上通、馬上過！本書附贈 MP3 光碟，由日本專業老師親自錄音，隨聽隨記，即使沒時間也能讓你耳濡目染。可說是聽力訓練，最佳武器！

● 模擬試題，怎麼考怎麼過！

本書附有三回模擬試題，題數、題型、難易度、出題方向皆逼近實際考題，可用來自我檢測、考前複習，提高實力及臨場反應。讓你一回首勝、二回連勝、三回模考包你日檢全勝！

● 編號設計，掌握進度！

每個單字都有編號及打勾方格，可以自行安排學習或複習進度！

目錄

contents

新「日本語能力測驗」概要

JLPT

一、什麼是新日本語能力試驗呢

1. 新制「日語能力測驗」

從2010年起實施的新制「日語能力測驗」（以下簡稱為新制測驗）。

1－1 實施對象與目的

新制測驗與舊制測驗相同，原則上，實施對象為非以日語作為母語者。其目的在於，為廣泛階層的學習與使用日語者舉行測驗，以及認證其日語能力。

1－2 改制的重點

改制的重點有以下四項：

1 測驗解決各種問題所需的語言溝通能力

新制測驗重視的是結合日語的相關知識，以及實際活用的日語能力。因此，擬針對以下兩項舉行測驗：一是文字、語彙、文法這三項語言知識；二是活用這些語言知識解決各種溝通問題的能力。

2 由四個級數增為五個級數

新制測驗由舊制測驗的四個級數（1級、2級、3級、4級），增加為五個級數（N1、N2、N3、N4、N5）。新制測驗與舊制測驗的級數對照，如下所示。最大的不同是在舊制測驗的2級與3級之間，新增了N3級數。

N1	難易度比舊制測驗的1級稍難。合格基準與舊制測驗幾乎相同。
N2	難易度與舊制測驗的2級幾乎相同。
N3	難易度介於舊制測驗的2級與3級之間。（新增）
N4	難易度與舊制測驗的3級幾乎相同。
N5	難易度與舊制測驗的4級幾乎相同。

＊「N」代表「Nihongo（日語）」以及「New（新的）」。

3 施行「得分等化」

由於在不同時期實施的測驗，其試題均不相同，無論如何慎重出題，每次測驗的難易度總會有或多或少的差異。因此在新制測驗中，導入「等化」的計分方式後，便能將不同時期的測驗分數，於共同量尺上相互比較。因此，無論是在什麼時候接受測驗，只要是相同級

數的測驗，其得分均可予以比較。目前全球幾種主要的語言測驗，均廣泛採用這種「得分等化」的計分方式。

4 提供「日本語能力試驗Can-do自我評量表」（簡稱JLPT Can-do）

為了瞭解通過各級數測驗者的實際日語能力，新制測驗經過調查後，提供「日本語能力試驗Can-do自我評量表」。該表列載通過測驗認證者的實際日語能力範例。希望通過測驗認證者本人以及其他人，皆可藉由該表格，更加具體明瞭測驗成績代表的意義。

1－3 所謂「解決各種問題所需的語言溝通能力」

我們在生活中會面對各式各樣的「問題」。例如，「看著地圖前往目的地」或是「讀著說明書使用電器用品」等等。種種問題有時需要語言的協助，有時候不需要。

為了順利完成需要語言協助的問題，我們必須具備「語言知識」，例如文字、發音、語彙的相關知識、組合語詞成為文章段落的文法知識、判斷串連文句的順序以便清楚說明的知識等等。此外，亦必須能配合當前的問題，擁有實際運用自己所具備的語言知識的能力。

舉個例子，我們來想一想關於「聽了氣象預報以後，得知東京明天的天氣」這個課題。想要「知道東京明天的天氣」，必須具備以下的知識：「晴れ（晴天）、くもり（陰天）、雨（雨天）」等代表天氣的語彙；「東京は明日は晴れでしょう（東京明日應是晴天）」的文句結構；還有，也要知道氣象預報的播報順序等。除此以外，尚須能從播報的各地氣象中，分辨出哪一則是東京的天氣。

如上所述的「運用包含文字、語彙、文法的語言知識做語言溝通，進而具備解決各種問題所需的語言溝通能力」，在新制測驗中稱為「解決各種問題所需的語言溝通能力」。

新制測驗將「解決各種問題所需的語言溝通能力」分成以下「語言知識」、「讀解」、「聽解」等三個項目做測驗。

語言知識	各種問題所需之日語的文字、語彙、文法的相關知識。
讀　解	運用語言知識以理解文字內容，具備解決各種問題所需的能力。
聽　解	運用語言知識以理解口語內容，具備解決各種問題所需的能力。

作答方式與舊制測驗相同，將多重選項的答案劃記於答案卡上。此外，並沒有直接測驗口語或書寫能力的科目。

2. 認證基準

　　新制測驗共分為N1、N2、N3、N4、N5五個級數。最容易的級數為N5，最困難的級數為N1。

　　與舊制測驗最大的不同，在於由四個級數增加為五個級數。以往有許多通過3級認證者常抱怨「遲遲無法取得2級認證」。為因應這種情況，於舊制測驗的2級與3級之間，新增了N3級數。

　　新制測驗級數的認證基準，如表1的「讀」與「聽」的語言動作所示。該表雖未明載，但應試者也必須具備為表現各語言動作所需的語言知識。

　　N4與N5主要是測驗應試者在教室習得的基礎日語的理解程度；N1與N2是測驗應試者於現實生活的廣泛情境下，對日語理解程度；至於新增的N3，則是介於N1與N2，以及N4與N5之間的「過渡」級數。關於各級數的「讀」與「聽」的具體題材（內容），請參照表1。

■ 表1　新「日語能力測驗」認證基準

	級數	認證基準
		各級數的認證基準，如以下【讀】與【聽】的語言動作所示。各級數亦必須具備為表現各語言動作所需的語言知識。
困難 ↑ ＊	N1	能理解在廣泛情境下所使用的日語 【讀】・可閱讀話題廣泛的報紙社論與評論等論述性較複雜及較抽象的文章，且能理解其文章結構與內容。 ・可閱讀各種話題內容較具深度的讀物，且能理解其脈絡及詳細的表達意涵。 【聽】・在廣泛情境下，可聽懂常速且連貫的對話、新聞報導及講課，且能充分理解話題走向、內容、人物關係、以及說話內容的論述結構等，並確實掌握其大意。
	N2	除日常生活所使用的日語之外，也能大致理解較廣泛情境下的日語 【讀】・可看懂報紙與雜誌所刊載的各類報導、解說、簡易評論等主旨明確的文章。 ・可閱讀一般話題的讀物，並能理解其脈絡及表達意涵。 【聽】・除日常生活情境外，在大部分的情境下，可聽懂接近常速且連貫的對話與新聞報導，亦能理解其話題走向、內容、以及人物關係，並可掌握其大意。
	N3	能大致理解日常生活所使用的日語 【讀】・可看懂與日常生活相關的具體內容的文章。 ・可由報紙標題等，掌握概要的資訊。 ・於日常生活情境下接觸難度稍高的文章，經換個方式敘述，即可理解其大意。 【聽】・在日常生活情境下，面對稍微接近常速且連貫的對話，經彙整談話的具體內容與人物關係等資訊後，即可大致理解。

＊容易↓	N4	能理解基礎日語 【讀】・可看懂以基本語彙及漢字描述的貼近日常生活相關話題的文章。 【聽】・可大致聽懂速度較慢的日常會話。
	N5	能大致理解基礎日語 【讀】・可看懂以平假名、片假名或一般日常生活使用的基本漢字所書寫的固定詞句、短文、以及文章。 【聽】・在課堂上或周遭等日常生活中常接觸的情境下，如為速度較慢的簡短對話，可從中聽取必要資訊。

＊N1最難，N5最簡單。

3. 測驗科目

新制測驗的測驗科目與測驗時間如表2所示。

■ 表2　測驗科目與測驗時間 ＊①

級數	測驗科目 （測驗時間）			
N1	語言知識（文字、語彙、文法）、讀解 （110分）		聽解 （60分）	→ 測驗科目為「語言知識（文字、語彙、文法）、讀解」；以及「聽解」共2科目。
N2	語言知識（文字、語彙、文法）、讀解 （105分）		聽解 （50分）	→
N3	語言知識 （文字、語彙） （30分）	語言知識 （文法）、讀解 （70分）	聽解 （40分）	→ 測驗科目為「語言知識（文字、語彙）」；「語言知識（文法）、讀解」；以及「聽解」共3科目。
N4	語言知識 （文字、語彙） （30分）	語言知識 （文法）、讀解 （60分）	聽解 （35分）	→
N5	語言知識 （文字、語彙） （25分）	語言知識 （文法）、讀解 （50分）	聽解 （30分）	→

N1與N2的測驗科目為「語言知識（文字、語彙、文法）、讀解」以及「聽解」共2科目；N3、N4、N5的測驗科目為「語言知識（文字、語彙）」、「語言知識（文法）、讀解」、「聽解」共3科目。

由於N3、N4、N5的試題中，包含較少的漢字、語彙、以及文法項目，因此當與N1、N2測驗相同的「語言知識（文字、語彙、文法）、讀解」科目時，有時會使某幾道試題成為其他題目的提示。為避免這個情況，因此將「語言知識（文字、語彙、文法）、讀解」，分成「語言知識（文字、語彙）」和「語言知識（文法）、讀解」施測。

＊①：聽解因測驗試題的錄音長度不同，致使測驗時間會有些許差異。

4. 測驗成績

4−1 量尺得分

舊制測驗的得分，答對的題數以「原始得分」呈現；相對的，新制測驗的得分以「量尺得分」呈現。

「量尺得分」是經過「等化」轉換後所得的分數。以下，本手冊將新制測驗的「量尺得分」，簡稱為「得分」。

4−2 測驗成績的呈現

新制測驗的測驗成績，如表3的計分科目所示。N1、N2、N3的計分科目分為「語言知識（文字、語彙、文法）」、「讀解」、以及「聽解」3項；N4、N5的計分科目分為「語言知識（文字、語彙、文法）、讀解」以及「聽解」2項。

會將N4、N5的「語言知識（文字、語彙、文法）」和「讀解」合併成一項，是因為在學習日語的基礎階段，「語言知識」與「讀解」方面的重疊性高，所以將「語言知識」與「讀解」合併計分，比較符合學習者於該階段的日語能力特徵。

■ 表3　各級數的計分科目及得分範圍

級數	計分科目	得分範圍
N1	語言知識（文字、語彙、文法） 讀解 聽解	0～60 0～60 0～60
	總分	0～180
N2	語言知識（文字、語彙、文法） 讀解 聽解	0～60 0～60 0～60
	總分	0～180
N3	語言知識（文字、語彙、文法） 讀解 聽解	0～60 0～60 0～60
	總分	0～180
N4	語言知識（文字、語彙、文法）、讀解 聽解	0～120 0～60
	總分	0～180
N5	語言知識（文字、語彙、文法）、讀解 聽解	0～120 0～60
	總分	0～180

各級數的得分範圍，如表3所示。N1、N2、N3的「語言知識（文字、語彙、文法）」、「讀解」、「聽解」的得分範圍各為0～60分，三項合計的總分範圍是0～180分。「語言知識（文字、語彙、文法）」、「讀解」、「聽解」各占總分的比例是1：1：1。

N4、N5的「語言知識（文字、語彙、文法）、讀解」的得分範圍為0～120分，「聽解」的得分範圍為0～60分，二項合計的總分範圍是0～180分。「語言知識（文字、語彙、文法）、讀解」與「聽解」各占總分的比例是2：1。還有，「語言知識（文字、語彙、文法）、讀解」的得分，不能拆解成「語言知識（文字、語彙、文法）」與「讀解」二項。

除此之外，在所有的級數中，「聽解」均占總分的三分之一，較舊制測驗的四分之一為高。

4－3　合格基準

舊制測驗是以總分作為合格基準；相對的，新制測驗是以總分與分項成績的門檻二者作為合格基準。所謂的門檻，是指各分項成績至少必須高於該分數。假如有一科分項成績未達門檻，無論總分有多高，都不合格。

新制測驗設定各分項成績門檻的目的，在於綜合評定學習者的日語能力，須符合以下二項條件才能判定為合格：①總分達合格分數（＝通過標準）以上；②各分項成績達各分項合格分數（＝通過門檻）以上。如有一科分項成績未達門檻，無論總分多高，也會判定為不合格。

N1～N3及N4、N5之分項成績有所不同，各級總分通過標準及各分項成績通過門檻如下所示：

級數	總分		分項成績					
			言語知識 （文字‧語彙‧文法）		讀解		聽解	
	得分範圍	通過標準	得分範圍	通過門檻	得分範圍	通過門檻	得分範圍	通過門檻
N1	0～180分	100分	0～60分	19分	0～60分	19分	0～60分	19分
N2	0～180分	90分	0～60分	19分	0～60分	19分	0～60分	19分
N3	0～180分	95分	0～60分	19分	0～60分	19分	0～60分	19分

級數	總分		分項成績			
			言語知識 （文字‧語彙‧文法）‧讀解		聽解	
	得分範圍	通過標準	得分範圍	通過門檻	得分範圍	通過門檻
N4	0～180分	90分	0～120分	38分	0～60分	19分
N5	0～180分	80分	0～120分	38分	0～60分	19分

※上列通過標準自2010年第1回(7月)【N4、N5為2010年第2回(12月)】起適用。

缺考其中任一測驗科目者，即判定為不合格。寄發「合否結果通知書」時，含已應考之測驗科目在內，成績均不計分亦不告知。

4－4 測驗結果通知

依級數判定是否合格後，寄發「合否結果通知書」予應試者；合格者同時寄發「日本語能力認定書」。

■ N1, N2, N3

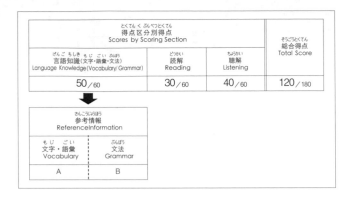

■ N4, N5

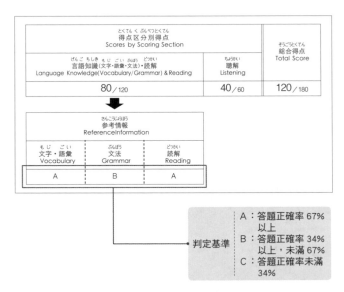

※ 各節測驗如有一節缺考就不予計分，即判定為不合格。雖會寄發「合否結果通知書」但所有分項成績，含已出席科目在內，均不予計分。各欄成績以「＊」表示，如「＊＊／60」。
※ 所有科目皆缺席者，不寄發「合否結果通知書」。

N4 題型分析

測驗科目 （測驗時間）			題型	小題 題數 ＊	分析
語言知識 （30分）	文字、語彙	1	漢字讀音 ◇	9	測驗漢字語彙的讀音。
		2	假名漢字寫法 ◇	6	測驗平假名語彙的漢字寫法。
		3	選擇文脈語彙 ○	10	測驗根據文脈選擇適切語彙。
		4	替換類義詞 ○	5	測驗根據試題的語彙或說法，選擇類義詞或類義說法。
		5	語彙用法 ○	5	測驗試題的語彙在文句裡的用法。
語言知識、讀解 （60分）	文法	1	文句的文法1 （文法形式判斷）○	15	測驗辨別哪種文法形式符合文句內容。
		2	文句的文法2 （文句組構）◆	5	測驗是否能夠組織文法正確且文義通順的句子。
		3	文章段落的文法 ◆	5	測驗辨別該文句有無符合文脈。
	讀解＊	4	理解內容 （短文）○	4	於讀完包含學習、生活、工作相關話題或情境等，約100~200字左右的撰寫平易的文章段落之後，測驗是否能夠理解其內容。
		5	理解內容 （中文）○	4	於讀完包含以日常話題或情境為題材等，約450字左右的簡易撰寫文章段落之後，測驗是否能夠理解其內容。
		6	釐整資訊 ◆	2	測驗是否能夠從介紹或通知等，約400字左右的撰寫資訊題材中，找出所需的訊息。
聽解 （35分）		1	理解問題 ◇	8	於聽取完整的會話段落之後，測驗是否能夠理解其內容（於聽完解決問題所需的具體訊息之後，測驗是否能夠理解應當採取的下一個適切步驟）。
		2	理解重點 ◇	7	於聽取完整的會話段落之後，測驗是否能夠理解其內容（依據剛才已聽過的提示，測驗是否能夠抓住應當聽取的重點）。
		3	適切話語 ◆	5	於一面看圖示，一面聽取情境說明時，測驗是否能夠選擇適切的話語。
		4	即時應答 ◆	8	於聽完簡短的詢問之後，測驗是否能夠選擇適切的應答。

表頭：試題內容

＊「小題題數」為每次測驗的約略題數，與實際測驗時的題數可能未盡相同。此外，亦有可能會變更小題題數。

＊有時在「讀解」科目中，同一段文章可能會有數道小題。

＊符號標示：「◆」舊制測驗沒有出現過的嶄新題型；「◇」沿襲舊制測驗的題型，但是更動部分形式；「○」與舊制測驗一樣的題型。

資料來源：《日本語能力試驗JLPT官方網站：分項成績‧合格判定‧合否結果通知》。2016年1月11日，
取自：http://www.jlpt.jp/tw/guideline/results.html

本書使用說明

Point 1 漸進式學習

利用單字、詞組（短句）和例句（長句），由淺入深提高理解力。

| N4 單字 | 輕重音 | 中譯、類對義詞 | 詞組 | 例句 |

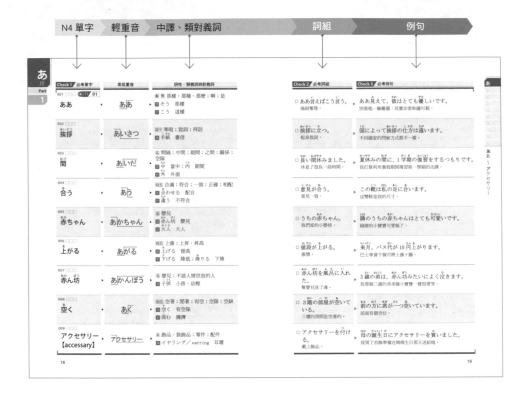

あ行 Part 1

Check 1 必考單字 ／ 高低重音 ／ 詞性、類義詞與對義詞

001 ●17/01
ああ ▶ ああ
感 那樣・那種・那麼・啊；是
▶ そう 那樣
同 こう 這樣

002
挨拶（あいさつ） ▶ あいさつ
名自サ 寒暄；致詞；拜訪
同 手紙 書信

003
間（あいだ） ▶ あいだ
名 間隔；中間；期間；之間；關係；空隙
同 中 當中 內 期間
対 外 外面

004
合う（あう） ▶ あう
自五 合適；符合；一致；正確；相配
同 合わせる 配合
対 違う 不符合

005
赤ちゃん（あかちゃん） ▶ あかちゃん
名 嬰兒
同 赤ん坊 嬰兒
対 大人 大人

006
上がる（あがる） ▶ あがる
自五 上漲；上昇・昇高
同 上げる 提高
対 下げる 降低；降りる 下降

007
赤ん坊（あかんぼう） ▶ あかんぼう
名 嬰兒；不諳人情世故的人
同 子供 小孩・幼稚

008
空く（あく） ▶ あく
自五 空著；閒著；有空；空隙；空缺
同 空く 有空隙
対 混む 擁擠

009
アクセサリー【accessory】 ▶ アクセサリー
名 飾品・裝飾品；零件；配件
同 イヤリング／ earring 耳環

Check 2 必考詞組

□ ああ言えばこう言う。
強詞奪理。

□ 挨拶に立つ。
起身致詞。

□ 長い間休みました。
休息了很長一段時間。

□ 意見が合う。
意見一致。

□ うちの赤ちゃん。
我們家的小嬰娃。

□ 値段が上がる。
漲價。

□ 赤ん坊を風呂に入れた。
幫嬰兒洗了澡。

□ 3階の部屋が空いている。
三樓的房間是空著的。

□ アクセサリーを付ける。
戴上飾品。

Check 3 必考例句

▶ ああ見えて、彼はとても優しいです。
別看他一臉嚴肅，其實非常和藹可親。

▶ 国によって挨拶の仕方は違います。
不同國家的問候方式都不一樣。

▶ 夏休みの間に、1学期の復習をするつもりです。
我打算利用暑假期間複習第一學期的功課。

▶ この靴は私の足に合います。
這雙鞋是我的尺寸。

▶ 隣のうちの赤ちゃんはとても可愛いです。
隔壁的小寶寶可愛極了。

▶ 来月、バス代が10円上がります。
巴士車資下個月將上漲十圓。

▶ 3歳の弟は、赤ん坊みたいによく泣きます。
我那個三歲的弟弟像小寶寶一樣很愛哭。

▶ 前の方に席が一つ空いています。
前面有個空位。

▶ 母の誕生日にアクセサリーを買いました。
我買了首飾準備在媽媽生日那天送給她。

あ行 / あ / あ～アクセサリー

18　19

Point 2 三段式間歇性複習法

⇨ 以一個對頁為單位，每背 10 分鐘回想默背一次，每半小時回頭總複習一次。

⇨ 每個單字都有三個方格，配合三段式學習法，每複習一次就打勾一次。

⇨ 接著進行下個對頁的學習！背完第一組 10 分鐘，再複習默背上一對頁的第三組單字。

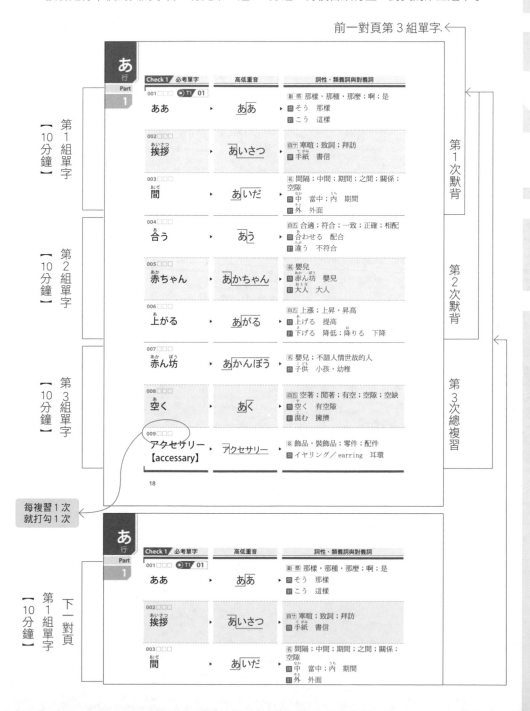

Point 3 分類單字

依主題分類，將同類單字集合在一起，營造出場景畫面，透過聯想增加單字靈活運用能力。

Point 4 三回全真模擬試題

本書三回模擬考題，完全符合新日檢官方試題的出題形式、場景設計、出題範圍，讓你考前複習迅速掌握重點。

日本語能力試験
JLPT

N4 單字

Check 1　必考單字	高低重音	詞性、類義詞與對義詞

001 □□□　● T1／01

ああ　▶　あ|あ　▶

副·感 那樣，那種，那麼；啊；是
類 そう　那樣
對 こう　這樣

002 □□□

あいさつ
挨拶　▶　あ|いさつ　▶

自サ 寒暄；致詞；拜訪
類 て がみ 手紙　書信

003 □□□

あいだ
間　▶　あ|いだ　▶

名 間隔；中間；期間；之間；關係；空隙
類 なか うち 中　當中；内　期間
對 そと 外　外面

004 □□□

あ
合う　▶　あ|う　▶

自五 合適；符合；一致；正確；相配
類 合わせる　配合
對 ちが 違う　不符合

005 □□□

あか
赤ちゃん　▶　あ|かちゃん　▶

名 嬰兒
類 あか ぼう 赤ん坊　嬰兒
對 おとな 大人　大人

006 □□□

あ
上がる　▶　あ|がる　▶

自五 上漲；上昇，昇高
類 あ 上げる　提高
對 さ お 下げる　降低；降りる　下降

007 □□□

あか ぼう
赤ん坊　▶　あ|かんぼう　▶

名 嬰兒；不諳人情世故的人
類 こ ども 子供　小孩，幼稚

008 □□□

あ
空く　▶　あ|く　▶

自五 空著；閒著；有空；空隙；空缺
類 空く　有空隙
對 こ 混む　擁擠

009 □□□

アクセサリー
【accessary】　▶　ア|クセサリー　▶

名 飾品，裝飾品；零件；配件
類 イヤリング／earring　耳環

Check 2 必考詞組	**Check 3** 必考例句

□ ああ言えばこう言う。
強詞奪理。
▶ ああ見えて、彼はとても優しいです。
別看他一臉嚴肅，其實非常和藹可親。

□ 挨拶に立つ。
起身致詞。
▶ 国によって挨拶の仕方は違います。
不同國家的問候方式都不一樣。

□ 長い間休みました。
休息了很長一段時間。
▶ 夏休みの間に、1学期の復習をするつもりです。
我打算利用暑假期間複習第一學期的功課。

□ 意見が合う。
意見一致。
▶ この靴は私の足に合います。
這雙鞋是我的尺寸。

□ うちの赤ちゃん。
我們家的小嬰娃。
▶ 隣のうちの赤ちゃんはとても可愛いです。
隔壁的小寶寶可愛極了。

□ 値段が上がる。
漲價。
▶ 来月、バス代が10円上がります。
巴士車資下個月將上漲十圓。

□ 赤ん坊を風呂に入れた。
幫嬰兒洗了澡。
▶ 3歳の弟は、赤ん坊みたいによく泣きます。
我那個三歲的弟弟像小寶寶一樣很愛哭。

□ 3階の部屋が空いている。
三樓的房間是空著的。
▶ 前の方に席が一つ空いています。
前面有個空位。

□ アクセサリーを付ける。
戴上飾品。
▶ 母の誕生日にアクセサリーを買いました。
我買了首飾準備在媽媽生日那天送給她。

19

Check 1　必考單字	高低重音	詞性、類義詞與對義詞
010 □□□ **あげる** ▸	あげる ▸	他下一 給；送；舉，抬；改善；加速； 增加，提高；請到；供養；完成 類 やる　給 對 もらう　收到
011 □□□ あさ **浅い** ▸	あさい ▸	形 淺的；小的，微少的；淺色的；淺 薄的，膚淺的 類 薄い_{うす}　淡的，稀少的 對 深い_{ふか}　深的
012 □□□　🔘 T1 02 あさ ね ぼう **朝寝坊** ▸	あさねぼう ▸	名・自サ 睡懶覺；賴床；愛賴床的人 類 寝る_ね　睡覺 對 早起き_{はや お}　早起
013 □□□ あじ **味** ▸	あじ ▸	名 味道；滋味；趣味；甜頭 類 辛い_{から}　辣，鹹
014 □□□ **アジア** **【Asia】** ▸	アジア ▸	名 亞洲 類 アジアの国々_{くにぐに}／Asia　亞洲各國 對 ヨーロッパ／Europa　歐洲
015 □□□ あじ み **味見** ▸	あじみ ▸	名・他サ 試吃，嚐味道 類 味_{あじ}　味道
016 □□□ あ す **明日** ▸	あす ▸	名 明天；將來 對 昨日_{きのう}　昨天
017 □□□ あそ **遊び** ▸	あそび ▸	名 遊戲；遊玩；放蕩；間隙；閒遊； 餘裕 類 ゲーム／game　遊戲 對 真面目_{まじめ}　認真
018 □□□ **あ（っ）** ▸	あ（っ） ▸	感 啊（突然想起、吃驚的樣子）哎 呀；（打招呼）喂 類 ああ　啊啊；あのう　喂

□ 子供に本をあげる。
把書拿給孩子。

▶ 妹にケーキを半分あげます。
我把半塊蛋糕分給妹妹。

□ 浅い川。
淺淺的河。

▶ 浅いプールの方で泳ぎます。
我要去泳池的淺水區那邊游泳。

□ 今日は朝寝坊をした。
今天早上睡過頭了。

▶ 朝寝坊して、学校に遅れました。
早上睡過頭，上學遲到了。

□ 味がいい。
好吃，美味；富有情趣。

▶ このレストランは味がいいです。
這家餐廳的餐點很美味。

□ アジアに広がる。
擴散至亞洲。

▶ ベトナムはアジアにある国です。
越南是位在亞洲的國家。

□ スープの味見をする。
嚐嚐湯的味道。

▶ 味見をしてから、塩を加えます。
嚐過味道以後再撒鹽。

□ 明日の朝。
明天早上。

▶ 明日、家族で動物園へ行きます。
我們全家人明天要去動物園。

□ 遊びがある。
有餘力；有間隙。

▶ 昔のお正月の遊びを写真で見ました。
從照片中看到了從前的春節遊戲。

□ あっ、右じゃない。
啊！不是右邊！

▶ あっ、財布を忘れてしまいました。
啊，我忘了帶錢包！

Check 1 必考單字	高低重音	詞性、類義詞與對義詞

019 □□□

集まる ▸ あつまる ▸ 自五 集合；聚集
類 集める　蒐集

020 □□□

集める ▸ あつめる ▸ 他下一 收集，集合，集中
類 採る　採集
對 配る　分送

021 □□□

宛先 ▸ あてさき ▸ 名 收件人姓名地址，送件地址
類 住所　地址
對 差出人　寄件人

022 □□□

アドレス
【address】 ▸ アドレス ▸ 名 住址，地址；（電子信箱）地址；
（高爾夫）擊球前姿勢
類 住所　住址

023 □□□ 🎧 T1 / 03

アフリカ
【Africa】 ▸ アフリカ ▸ 名 非洲
類 ヨーロッパ／Europa　歐洲

024 □□□

アメリカ
【America】 ▸ アメリカ ▸ 名 美國；美洲
類 西洋　西洋

025 □□□

謝る ▸ あやまる ▸ 他五 道歉；謝罪；認輸；謝絕，辭退
類 すみません　抱歉
對 ありがとう　謝謝

026 □□□

アルコール
【alcohol】 ▸ アルコール ▸ 名 酒精；乙醇；酒
類 酒　酒的總稱

027 □□□

アルバイト
【arbeit（德）】 ▸ アルバイト ▸ 名・自サ 打工
類 仕事　工作
對 遊び　遊玩

□ 駅の前に集まる。
在車站前集合。

▶ 9時に、学校の前に集まりなさい。
九點在校門口集合！

□ 切手を集める。
收集郵票。

▶ 兄の趣味は、切手を集めることです。
哥哥的嗜好是蒐集郵票。

□ 宛先を書く。
寫上收件人的姓名地址。

▶ 宛先を間違えて書いてしまいました。
我寫錯收件人的姓名地址了。

□ アドレスをカタカナで書く。
用片假名寫地址。

▶ メールアドレスを教えてもらいました。
請對方告知電子郵件信箱了。

□ アフリカに遊びに行く。
去非洲玩。

▶ アフリカには、暑い国が多いです。
非洲的多數國家都很熱。

□ アメリカへ行く。
去美國。

▶ アメリカの大学に留学したいです。
我想去美國讀大學。

□ 君に謝る。
向你道歉。

▶ 悪いことをしたら、すぐ謝りましょう。
萬一犯錯了，要馬上道歉。

□ アルコールを飲む。
喝酒。

▶ この病気にはアルコールや煙草、そして塩分がよくない。
酒、菸以及鹽分都對這種病有害。

□ 本屋でアルバイトする。
在書店打工。

▶ 日曜日に、アルバイトをしています。
我星期天固定打工。

Check 1 必考單字	高低重音	詞性、類義詞與對義詞
028 □□□ あんしょうばんごう **暗証番号**	あんしょうばんごう	名 密碼 類 番号 號碼
029 □□□ あんしん **安心**	あんしん	名・自サ 安心，放心，無憂無慮 類 大丈夫 放心 對 心配 擔心
030 □□□ あんぜん **安全**	あんぜん	名・形動 安全，平安 類 無事 平安 對 危険 危險
031 □□□ **あんな**	あんな	形動 那樣的 類 そんな 那樣的 對 こんな 這樣的
032 □□□ あんない **案内**	あんない	名・他サ 引導；陪同遊覽，帶路，傳達；通知；了解；邀請 類 ガイド／guide 指南，導遊
033 □□□ T1 04 いか **以下**	いか	名 以下；在…以下；之後 對 以上 以上
034 □□□ いがい **以外**	いがい	名 除…之外，以外 類 他 除了…以外 對 以内 以内
035 □□□ いかが **如何**	いかが	副 如何；怎麼樣；為什麼 類 どう 怎麼樣
036 □□□ いがく **医学**	いがく	名 醫學 類 医療 治療

□ 暗証番号を間違えた。
記錯密碼。

▶ 暗証番号を忘れてしまいました。
我忘記密碼了。

□ 彼がいると安心です。
有他在就放心了。

▶ 初めての海外旅行も、兄と一緒だと安心です。
雖然是第一次出國旅行，還好和哥哥一起去，可以儘管放心。

□ 安全な場所に行く。
去安全的地方。

▶ 地震の時は、安全な場所に逃げましょう。
地震時請逃往安全的場所。

□ あんなことになる。
變成那種結果。

▶ 将来、あんな家に住みたいです。
我以後想住那種房子。

□ 案内を頼む。
請人帶路。

▶ お客様を、部屋に案内します。
請帶貴賓去客房。

□ 3歳以下のお子さん。
三歲以下的兒童。

▶ 入場できるのは、両親と6歳以下の子供です。
只有父母和六歲以下兒童可以進入會場。

□ 英語以外全部ひどかった。
除了英文以外，全都很糟。

▶ 社員以外は、この部屋に入ってはいけません。
除職員以外，閒雜人等禁止進入本室。

□ ご機嫌いかがですか。
你好嗎？

▶ お食事の後にワインはいかがですか。
用完正餐之後要不要喝葡萄酒呢？

□ 医学を学ぶ。
研習醫學。

▶ 大学で、医学を勉強したいと思います。
我想上醫學系。

Check 1 必考單字	高低重音	詞性、類義詞與對義詞
037 □□□ 生きる	いきる	自上一 活著，生存；謀生；獻身於；有效；有影響 類 生活　謀生 對 死ぬ　死亡
038 □□□ いくら～ても	いくら～ても	副 無論怎麼…也 類 いつ～ても　何時…也
039 □□□ 意見	いけん	名・自他サ 意見；勧告 類 声　想法
040 □□□ 石	いし	名 石頭；岩石；（猜拳）石頭；石板；鑽石；結石；堅硬 類 岩　岩石
041 □□□ 苛める	いじめる	他下一 欺負，虐待；捉弄；折磨 類 苦しめる　欺負 對 可愛がる　疼愛
042 □□□ 以上	いじょう	名 …以上，不止，超過；上述 類 もっと　更加；合計　總計；より　甚於 對 以下　以下
043 □□□ 急ぐ	いそぐ	自五 急忙，快走，加快，趕緊，著急 類 走る　奔跑 對 ゆっくり　不著急
044 □□□ ◉T1 05 致す	いたす	他五（「する」的謙恭說法）做，辦；致…；引起；造成；致力 類 する　做
045 □□□ 頂く／戴く	いただく	他五 接收，領取；吃，喝；戴；擁戴；請讓（我） 類 食べる　吃；もらう　收到 對 差し上げる　贈予

□ 生きて帰る。
生還。

▶ 祖母は、100歳まで生きたいと言っています。
奶奶說想活到一百歲。

□ いくら話してもわからない。
再怎麼解釋還是聽不懂。

▶ いくら泣いても、それは許せません。
就算哭得再大聲也沒用，不准就是不准！

□ 意見が合う。
意見一致。

▶ 皆で意見を出し合って、決めました。
大家各自提供意見，一起做出了結論。

□ 石で作る。
用石頭做的。

▶ 大きな石が落ちてくるので、車が通れません。
由於巨石掉落，導致車輛無法通行。

□ 動物を苛めないで。
不要虐待動物！

▶ 犬や猫を苛めてはいけない。
不可以虐待貓狗。

□ 3時間以上勉強した。
用功了超過三小時。

▶ この会場には、1000人以上入ることができます。
這個會場可以容納一千人以上。

□ 急いで帰りましょう。
趕緊回家吧。

▶ お客様が来るので、急いで掃除をします。
有客人要來，所以趕緊打掃。

□ 私が致します。
請容我來做。

▶ この仕事は私が致します。
這項工作由我來做。

□ お隣からみかんを頂きました。
從隔壁鄰居那裡收到了橘子。

▶ 隣のおばさんにお土産を頂きました。
收到了隔壁阿姨送的伴手禮。

あ行

Part 1

Check 1 必考單字	高低重音	詞性、類義詞與對義詞
046 □□□ 一度 いちど	いちど	名·副 一次，一回；一旦 類 一回 一次 對 再度 第二次
047 □□□ 一生懸命 いっしょうけんめい	いっしょうけんめい	名·形動 拼命，努力，一心，專心 類 真面目 認真 對 いい加減 馬馬虎虎
048 □□□ 行ってまいります い	いってまいります	寒暄 我走了 類 行ってきます 我走了 對 行ってらっしゃい 路上小心
049 □□□ 行ってらっしゃい い	いってらっしゃい	寒暄 慢走，好走，路上小心 類 お気をつけて 請慢走 對 行ってまいります 我出去了
050 □□□ 一杯 いっぱい	いっぱい	名·副 全部；滿滿地；很多；一杯 類 たくさん 很多 對 少し 少許
051 □□□ 一般 いっぱん	いっぱん	名 一般；普遍；相似，相同 類 普通 一般 對 特別 格外
052 □□□ 一方通行 いっぽうつうこう	いっぽうつうこう	名 單行道；單向傳達 類 片道 單程
053 □□□ 糸 いと	いと	名 線；紗線；（三弦琴的）弦；魚線 類 線 線條
054 □□□ T1 06 以内 いない	いない	名 以內；不超過… 類 うち 之內 對 以外 以外

28

□ もう一度言いましょ
　うか。
不如我再講一次吧？

▶ 東京には一度行ったことがあります。
我去過一次東京。

□ 一生懸命に働く。
拼命地工作。

▶ 試験に合格する為、一生懸命勉強しています。
為了考上而拚命用功。

□ Ａ社に行って参り
　ます。
我這就去Ａ公司。

▶ 親せきのお見舞いに行って参ります。
我去探望一下生病的親戚。

□ 旅行、お気をつけて
　行ってらっしゃい。
敬祝旅途一路順風。

▶ 車に気をつけて行ってらっしゃい。
路上小心。

□ 駐車場がいっぱいで
　す。
停車場已經滿了。

▶ 春になると、庭に花がいっぱい咲きます。
春天來臨，院子裡都是盛開的花。

□ 一般の人。
普通人。

▶ 一般の人は、この入り口から入ってください。
一般民眾請由本入口進入。

□ この道は一方通行だ。
這條路是單行道呀！

▶ この道は、一方通行で通れません。
這條路是單行道，不能進入。

□ 1本の糸。
一條線。

▶ 赤い糸で、ボタンを付けます。
用紅線縫鈕釦。

□ 1時間以内で行ける。
一小時內可以走到。

▶ 10分以内で、部屋を片付けてください。
請在十分鐘內把房間收拾乾淨。

Check 1 / 必考單字	高低重音	詞性、類義詞與對義詞

055 ☐☐☐

田舎
いなか

▶ い<u>なか</u> ▶

名 鄉下，農村；故鄉
類 国 家郷
對 都市 城市

056 ☐☐☐

祈る
いの

▶ い<u>のる</u> ▶

他五 祈禱；祝福
類 願う 祈願

057 ☐☐☐

イヤリング
【earring】

▶ <u>イヤリング</u> ▶

名 耳環
類 アクセサリー／ accessary 裝飾品

058 ☐☐☐

いらっしゃる

▶ い<u>らっしゃる</u> ▶

自五 來，去，在（尊敬語）
類 見える 蒞臨
對 参る 前往

059 ☐☐☐

〜員
いん

▶ 〜<u>いん</u> ▶

名 人員；成員
類 〜名 …位

060 ☐☐☐

インストール・
する【install】

▶ <u>インストールする</u> ▶

他サ 安裝（電腦軟體）
類 付ける 安裝
對 アンインストールする／ Uninstall
解除安裝

061 ☐☐☐

（インター）ネット
【internet】

▶ （<u>インター</u>）ネ<u>ット</u> ▶

名 網際網路
類 繋ぐ 連接

062 ☐☐☐

インフルエンザ
【influenza】

▶ <u>インフルエンザ</u> ▶

名 流行性感冒
類 風邪 感冒

063 ☐☐☐

植える
う

▶ <u>うえる</u> ▶

他下一 栽種，種植；培養；嵌入
類 育つ 培育
對 刈る 割掉

Check 2 必考詞組	Check 3 必考例句

□ 田舎に帰る。
回家鄉。
▶ 夏休みに、家族で母の田舎に行きます。
暑假全家人要回鄉下外婆家。

□ 子供の安全を祈る。
祈求孩子的平安。
▶ 兄が大学に合格することを祈ります。
祈禱哥哥能考上大學。

□ イヤリングを付ける。
戴耳環。
▶ 姉はいつもイヤリングを付けています。
姐姐總是戴著耳環。

□ 先生がいらっしゃった。
老師來了。
▶ 大学の先生がいらっしゃいました。
大學教授來了。

□ 店員に値段を聞きます。
向店員詢問價錢。
▶ 母は市役所の職員です。
媽媽是市公所的職員。

□ ソフトをインストールする。
安裝軟體。
▶ 翻訳辞書のアプリをインストールしました。
下載了翻譯辭典的APP。

□ インターネットを始める。
開始上網。
▶ インターネットで、京都のホテルを調べます。
用網路搜尋京都的旅館。

□ インフルエンザにかかる。
得了流感。
▶ インフルエンザで、学校を休みました。
因為染上流感而請假沒去上課了。

□ 木を植える。
種樹。
▶ 公園に、桜の木を 10 本植えました。
在公園種了十棵櫻樹。

Check 1　必考單字	高低重音	詞性、類義詞與對義詞

064 □□□　◉ T1 / 07

（お宅<ruby>宅<rt>たく</rt></ruby>に）伺<ruby>伺<rt>うかが</rt></ruby>う
▸ （おたくに）うかがう ▸
他五 拜訪，訪問
類 お邪魔する　拜訪

065 □□□

（話<ruby>話<rt>はなし</rt></ruby>を）伺<ruby>伺<rt>うかが</rt></ruby>う
▸ （はなしを）うかがう ▸
他五 請教；詢問
類 聞<ruby>聞<rt>き</rt></ruby>く　打聽
對 申<ruby>申<rt>もう</rt></ruby>す　告訴

066 □□□

受付<ruby>受付<rt>うけつけ</rt></ruby>
▸ うけつけ ▸
名・自サ 接受；詢問處；受理
類 窓口<ruby>窓口<rt>まどぐち</rt></ruby>　（辦理事務的）窗口

067 □□□

受<ruby>受<rt>う</rt></ruby>ける
▸ うける ▸
自他下一 承接；接受；承蒙；遭受；答應；應考
類 受験<ruby>受験<rt>じゅけん</rt></ruby>する　報考
對 断<ruby>断<rt>ことわ</rt></ruby>る　謝絕

068 □□□

動<ruby>動<rt>うご</rt></ruby>く
▸ うごく ▸
自五 動，移動；擺動；改變；行動；動搖
類 働<ruby>働<rt>はたら</rt></ruby>く　活動
對 止<ruby>止<rt>と</rt></ruby>まる　停止

069 □□□

嘘<ruby>嘘<rt>うそ</rt></ruby>
▸ うそ ▸
名 謊言，說謊；不正確；不恰當
類 本当<ruby>本当<rt>ほんとう</rt></ruby>ではない　不是真的
對 本当<ruby>本当<rt>ほんとう</rt></ruby>　真正

070 □□□

うち
▸ うち ▸
名 裡面；期間；…之中；內心；一部分；家，房子
類 中<ruby>中<rt>なか</rt></ruby>　裡面
對 外<ruby>外<rt>そと</rt></ruby>　外面

071 □□□

内側<ruby>内側<rt>うちがわ</rt></ruby>
▸ うちがわ ▸
名 內部，內側，裡面
類 内<ruby>内<rt>うち</rt></ruby>　…之內
對 外側<ruby>外側<rt>そとがわ</rt></ruby>　外側

072 □□□

打<ruby>打<rt>う</rt></ruby>つ
▸ うつ ▸
他五 打擊，打；（釘）釘子
類 叩<ruby>叩<rt>たた</rt></ruby>く　敲打
對 抜<ruby>抜<rt>ぬ</rt></ruby>く　拔掉

□ お宅に伺う。
拜訪您的家。

▶ 明日、部長のお宅に伺います。
明天會去經理家拜訪。

□ ちょっと伺いますが。
不好意思，請問…。

▶ 園田さんから、ベトナムの話を伺った。
從園田小姐那裡聽到了越南的見聞。

□ 受付期間。
受理期間。

▶ 病院の受付で、名前などを書きます。
在醫院櫃臺填寫姓名等資料。

□ 試験を受ける。
參加考試。

▶ 来年、私は留学試験を受けるつもりです。
我打算明年參加留學考。

□ 手が痛くて動かない。
手痛得不能動。

▶ 強い風で、木の枝が動いています。
樹枝隨著大風擺動。

□ 嘘をつく。
說謊。

▶ 父に、嘘をついたことを謝りました。
我向爸爸道歉說了謊。

□ 内側に入る。
進裡面來。

▶ 寒くならない内に、大掃除をしましょう。
趁著天氣還沒變冷，一起大掃除吧。

□ 黄色い線の内側に立つ。
站在黃線後方。

▶ 電車が来ますので、黄色い線の内側でお待ちください。
電車即將進站，請勿跨越黃線。

□ メールを打ちます。
打簡訊。

▶ 転んで、頭を打ちました。
摔倒時撞到頭了。

Check 1 必考單字	高低重音	詞性、類義詞與對義詞
073 □□□ うつく 美しい	うつくしい	形 美麗的，好看的；美好的，善良的 類 綺麗（きれい） 美麗 對 汚い（きたな） 難看的
074 □□□ ◉T1 08 うつ 写す	うつす	他五 抄；照相；描寫，描繪 類 書く（か） 寫
075 □□□ うつ 映る	うつる	自五 映照，反射；照相；相稱；看，覺得 類 撮る（と） 攝影
076 □□□ うつ 移る	うつる	自五 遷移，移動；變心；推移；染上；感染；時光流逝 類 動く（うご） 擺動；引っ越す（ひ こ） 搬家 對 戻る（もど） 搬回
077 □□□ うで 腕	うで	名 胳臂；腕力；本領；支架 類 手（て） 胳臂；力（ちから） 能力 對 足（あし） 腿
078 □□□ うま 美味い／ うま 上手い	うまい	形 好吃；拿手，高明 類 美味しい（おい） 味美的 對 不味い（まず） 難吃的
079 □□□ うら 裏	うら	名 背面；裡面，背後；內部；內幕 類 後ろ（うし） 背後 對 表（おもて） 表面
080 □□□ う ば 売り場	うりば	名 售票處；賣場 類 コーナー／ corner 商店專櫃
081 □□□ うるさ 煩い	うるさい	形 吵鬧的；煩人的；囉唆的；挑惕的；厭惡的 類 賑やか（にぎ） 熱鬧 對 静か（しず） 安靜

□ 星空が美しい。
星空很美。

▶ 私が生まれた町は、景色が美しいです。
我生長的城鎮，景色非常優美。

□ ノートを写す。
抄筆記。

▶ 黒板の字をノートに写します。
把黑板上的字抄寫下來。

□ 水に映る。
倒映水面。

▶ 湖に月が映って、とてもきれいです。
湖面映著月影，美麗極了。

□ 1階から2階へ移った。
從一樓移動到二樓。

▶ 来週から、席が前に移ります。
從下星期起，將會換到前面的座位。

□ 細い腕。
纖細的手臂。

▶ 転んで、右の腕が痛いです。
跌倒後右手臂好痛。

□ 字がうまい。
字寫得漂亮。

▶ 母が作った餃子はうまいです。
媽媽包的餃子真好吃。

□ 裏から入る。
從後門進入。

▶ この紙の裏に、住所と名前を書いてください。
請在這張紙的背面寫下地址和姓名。

□ 売り場へ行く。
去賣場。

▶ かばんの売り場は2階にあります。
包類專櫃在二樓。

□ ピアノの音がうるさい。
鋼琴聲很煩人。

▶ うるさいので、ちっとも勉強できません。
太吵了，根本讀不下書！

Check 1 必考單字	高低重音	詞性、類義詞與對義詞

082 □□□
嬉しい（うれ）► うれしい ►
形 歡喜的，高興，喜悅
類 楽しい（たの） 快樂的
對 悲しい（かな） 悲哀的

083 □□□
うん ► うん ►
感 嗯；對，是；喔
類 はい、ええ 是
對 いいえ、いや 不是

084 □□□
運転（うんてん）► うんてん ►
名・自サ 開車，駕駛；周轉；運轉
類 動かす（うご） 轉動；走る（はし） 行駛

085 □□□ ⬤T1 09
運転手（うんてんしゅ）► うんてんしゅ ►
名 駕駛員；司機
類 ドライバー／driver 駕駛員
對 客（きゃく） 客人；乗客（じょうきゃく） 乘客

086 □□□
運転席（うんてんせき）► うんてんせき ►
名 駕駛座
類 席（せき） 座位
對 客席（きゃくせき） 客人座席

087 □□□
運動（うんどう）► うんどう ►
名・自サ 運動；活動；宣傳活動
類 スポーツ／sport 運動
對 休み（やす） 休息

088 □□□
英会話（えいかいわ）► えいかいわ ►
名 英語會話
類 英語（えいご） 英文

089 □□□
エスカレーター【escalator】 ► エスカレーター ►
名 電扶梯，自動手扶梯；自動晉級的機制
類 階段（かいだん） 階梯；エレベーター／elevator 電梯

090 □□□
枝（えだ）► えだ ►
名 樹枝；分枝
類 木（き） 樹
對 幹（みき） 樹幹

Check 2　必考詞組	Check 3　必考例句
□ プレゼントをもらって嬉しかった。 收到禮物後非常開心。	▶ 靴を買ってもらって嬉しいです。 我收到了鞋子的禮物，真開心。
□ うんと返事する。 嗯了一聲。	▶ 私の質問に、弟が「うん」と答えました。 弟弟只「嗯」了一聲回答我的詢問。
□ 運転を習う。 學開車。	▶ 父は車の運転がとても上手です。 爸爸的開車技術非常高明。
□ トラックの運転手。 卡車司機。	▶ バスの運転手は、とても親切です。 巴士司機非常親切。
□ 運転席を設置する。 設置駕駛艙。	▶ 新幹線の運転席を見てみたいです。 真想參觀一下新幹線列車的駕駛室。
□ 運動が好きだ。 我喜歡運動。	▶ 健康の為に、毎日運動をしています。 每天都運動以保持健康。
□ 英会話学校に通う。 去英語學校上課。	▶ 先週から、英会話の教室に通っています。 從上星期開始上英文會話班。
□ エスカレーターに乗る。 搭乘手扶梯。	▶ エスカレーターに乗る時は、足元に気をつけてください。 搭乘手扶梯時請站穩踏階。
□ 枝を切る。 修剪樹枝。	▶ 台風で、公園の木の枝が折れました。 颱風吹斷了公園裡的樹枝。

Check 1 必考單字	高低重音	詞性、類義詞與對義詞

091 ☐☐☐

選ぶ
えら

▶ えらぶ ▶

他五 選擇；與其…不如…；選舉
類 決める　選定
き

---

092 ☐☐☐

宴会
えんかい

▶ えんかい ▶

名 宴會，酒宴
類 パーティー／ party　聚餐會

---

093 ☐☐☐

遠慮
えんりょ

▶ えんりょ ▶

名·他サ 客氣；謝絕；深謀遠慮
類 御免　拒絕；辞める　辭去
ごめん　　　　　　や

---

094 ☐☐☐

お出でになる
い

▶ おいでになる ▶

自五 來，去，在（尊敬語）
類 行く　去
い

---

095 ☐☐☐

お祝い
いわ

▶ おいわい ▶

名 慶祝，祝福；祝賀的禮品
類 祈る　祈禱
いの
對 呪う　詛咒
のろ

---

096 ☐☐☐ 🔊 T1 / 10

応接間
おうせつま

▶ おうせつま ▶

名 客廳；會客室；接待室
類 待合室　等候室
まちあいしつ
對 自室　自己的房間
じしつ

---

097 ☐☐☐

横断歩道
おうだん ほどう

▶ おうだんほどう ▶

名 斑馬線，人行道
類 道路　道路
どうろ

---

098 ☐☐☐

多い
おお

▶ おおい ▶

形 多的
類 たくさん　很多
對 少ない　不多
すく

---

099 ☐☐☐

大きな
おお

▶ おおきな ▶

連體 大，大的；重大；偉大；深刻
類 大きい　大的
おお
對 小さな　小
ちい

□ 仕事を選ぶ。
選擇工作。

▶ デパートで、友だちのプレゼントを選びました。
在百貨公司選購了送朋友的禮物。

□ 宴会に出席する。
出席宴會。

▶ 昨日の宴会はとても楽しかったです。
昨天的宴會真是賓主盡歡。

□ 遠慮がない。
不客氣、不拘束。

▶ どうぞ、遠慮なく食べてください。
別客氣，請開動。

□ よくお出でになりました。
難得您來，歡迎歡迎。

▶ 遠いところ、よくお出でになりました。
勞駕您不辭遠路而來。

□ お祝いの挨拶をする。
敬致賀詞。

▶ 祖母から、合格のお祝いをもらいました。
奶奶送了賀禮慶祝我通過考試。

□ 応接間に入る。
進入會客室。

▶ お客様を応接間にお通しします。
為貴賓領路前往會客室。

□ 横断歩道を渡る。
跨越斑馬線。

▶ 車に気をつけて横断歩道を渡りましょう。
穿越斑馬線時要小心左右來車喔。

□ 人が多い。
人很多。

▶ 日曜日は、車の事故が多いです。
星期天的車禍事故相當多。

□ 大きな声で話す。
大聲說話。

▶ こんなに大きな犬は、見たことがありません。
我從沒看過體型這麼大的狗！

あ
行

Part
1

Check 1 必考單字	高低重音	詞性、類義詞與對義詞

100 □□□
おおさじ
大匙 ▸ お おさじ ▸
名 大匙，湯匙
類 スプーン／ spoon 湯匙
對 小匙 小匙

101 □□□
オートバイ【auto+
bicycle（和製英語）】 ▸ オートバイ ▸
名 摩托車
類 バイク／ bike 摩托車

102 □□□
オーバー
【over（coat）】 ▸ オーバー ▸
名 外套；大衣
類 コート／ coat 上衣；上着 外套

103 □□□
かげ
お蔭 ▸ おかげ ▸
名 多虧
類 助け 幫助

104 □□□
かげ さま
お蔭様で ▸ おかげさまで ▸
寒暄 託福，多虧
類 お蔭 托福

105 □□□
おか
可笑しい ▸ おかしい ▸
形 奇怪的，可笑的；不正常
類 変 奇怪
對 つまらない 無趣

106 □□□ ◉T1 11
お
～置き ▸ ～おき ▸
接尾 每隔…
類 ～ずつ 每，各

107 □□□
おく
億 ▸ おく ▸
名 （單位）億；數目眾多
類 兆 兆

108 □□□
おくじょう
屋上 ▸ おくじょう ▸
名 屋頂
類 上 上面
對 地下室 地下室

40

Check 2	必考詞組	Check 3	必考例句

□ 大匙2杯の塩。
両大匙的鹽。

▶ コーヒーに、大匙1杯の砂糖を入れます。
將一大匙砂糖摻入咖啡裡。

□ オートバイに乗る。
騎摩托車。

▶ 兄の趣味は、オートバイに乗ることです。
哥哥的嗜好是騎機車。

□ オーバーを着る。
穿大衣。

▶ 寒い時、暖かいオーバーを着ます。
天冷的時候會穿上溫暖的大衣。

□ あなたのおかげです。
承蒙您相助。

▶ あなたのおかげで、たいへん助かりました。
承蒙您的協助，這才得以度過天大的難關。

□ おかげさまで元気で働いています。
託您的福，才能精神飽滿地工作。

▶ おかげさまで、祖父の病気もよくなりました。
託您的福，爺爺的病好多了。

□ 胃の調子がおかしい。
胃不太舒服。

▶ おかしくて、お腹が痛くなるほど笑いました。
實在太滑稽了，笑得肚子都痛了。

□ 1ヶ月置きに。
每隔一個月。

▶ 1日置きに、国の母に電話をかけます。
每隔一天總會打電話給故鄉的媽媽。

□ 億を数える。
數以億計。

▶ 日本の人口は、1億人以上です。
日本的總人口數超過一億人。

□ 屋上に上がる。
爬上屋頂。

▶ 屋上に上がると、遠くに海が見えます。
爬上屋頂，就可以遠眺大海。

Check 1 / 必考單字	高低重音	詞性、類義詞與對義詞

109 □□□
おく もの
贈り物 ▸ おくりもの ▸
名 贈品，禮物
類 プレゼント／present 禮物

110 □□□
おく
送る ▸ おくる ▸
他五 傳送，寄送；送行；度過；派
類 届ける 送到
對 うける 收到

111 □□□
おく
遅れる ▸ おくれる ▸
自下一 耽誤；遲到；緩慢
類 遅刻 遲到
對 間に合う 趕得上

112 □□□
こ
お子さん ▸ おこさん ▸
名 令郎；您孩子
類 子 子女；子供 自己的兒女

113 □□□
お
起こす ▸ おこす ▸
他五 喚醒，叫醒；扶起；發生；引起；振起
類 立つ 奮起
對 倒す 推倒

114 □□□
おこな
行う ▸ おこなう ▸
他五 舉行，舉辦；發動
類 やる、する 做

115 □□□
おこ
怒る ▸ おこる ▸
他五·自五 生氣；斥責，罵
類 叱る 責備
對 笑う 笑

116 □□□
お い
押し入れ ▸ おしいれ ▸
名 壁櫥
類 タンス 衣櫥；物置 庫房

117 □□□ 🎧 T1 / 12
じょう
お嬢さん ▸ おじょうさん ▸
名 令嬡；您女兒；小姐；千金小姐
類 娘さん 您女兒
對 息子さん 您兒子

□ 贈り物をする。
贈禮。

▶ デパートで、合格祝いの贈り物を買いました。
在百貨公司買了祝賀考試合格的禮物。

□ 写真を送ります。
傳送照片。

▶ 郵便局で、田舎に荷物を送ります。
去郵局把行李寄到鄉下。

□ 学校に遅れる。
上學遲到。

▶ 雪のため、集合時間に遅れてしまいました。
由於下雪而趕不及集合時間了。

□ お子さんはおいくつですか。
您的孩子幾歲了呢？

▶ あなたのお子さんは何歳ですか。
您家的孩子幾歲呢？

□ 問題を起こす。
鬧出問題。

▶ 毎朝、7時に子供を起こします。
每天早上七點叫醒孩子。

□ 試験を行う。
舉行考試。

▶ 明日、卒業式が行われます。
明天即將舉行畢業典禮。

□ 遅刻して先生に怒られた。
由於遲到而挨了老師責罵。

▶ 嘘をつくと、父はひどく怒ります。
我說謊，惹得爸爸非常生氣。

□ 押し入れに入れる。
收進壁櫥裡。

▶ 布団を押し入れにしまいます。
把棉被收進壁櫥裡。

□ 田中さんのお嬢さん。
田中先生的千金。

▶ あなたのお嬢さんのお名前は、なんと言いますか。
請教令千金的閨名是？

Check 1 必考單字	高低重音	詞性、類義詞與對義詞

118 ☐☐☐
お大事に
▸ お|だいじに ▸
[寒暄] 珍重，請多保重
[類] お体を大切に　請多保重身體

119 ☐☐☐
お宅
▸ お|たく ▸
[名] 府上；您府上，貴宅；宅男（女）
[類] お住まい　您府上
[對] 自宅　自家

120 ☐☐☐
落ちる
▸ お|ちる ▸
[自上一] 落下；掉落；降低，下降；落選，落後
[類] 落とす　使降落
[對] 上がる　上昇

121 ☐☐☐
仰る
▸ お|っしゃる ▸
[自五] 說，講，叫；稱為…叫做…
[類] 言う　說
[對] お聞きになる　聆聽

122 ☐☐☐
夫
▸ お|っと ▸
[名] 丈夫
[類] 主人　丈夫
[對] 妻　妻子

123 ☐☐☐
おつまみ
▸ お|つまみ ▸
[名] 下酒菜，小菜
[類] 酒の友　下酒菜

124 ☐☐☐
お釣り
▸ お|つり ▸
[名] 找零
[類] お金　錢

125 ☐☐☐
音
▸ お|と ▸
[名] 聲音；（物體發出的）聲音
[類] 声　聲音；騒音　噪音

126 ☐☐☐
落とす
▸ お|とす ▸
[他五] 使…落下；掉下；弄掉；攻陷；貶低；失去
[類] 落ちる　使…落下
[對] 上げる　使…上昇

□ じゃ、お大事に。 那麼，請多保重。	▶ 咳をしていますね。お大事になさってください。 您在咳嗽呀？請多保重。
□ お宅はどちらですか。 請問您家在哪？	▶ 今度の日曜日、お宅に伺います。 這個星期天將拜訪府上。
□ 2階から落ちる。 從二樓摔下來。	▶ 地震で棚から食器が落ちました。 地震把櫃子裡的碗盤震落了一地。
□ お名前はなんとおっしゃいますか。 怎麼稱呼您呢？	▶ 息子さんのお名前はなんとおっしゃいますか。 請問令郎名叫什麼呢？
□ 夫と別れる。 和丈夫離婚。	▶ 私の夫はエンジニアです。 外子是工程師。
□ おつまみを作る。 作下酒菜。	▶ ビールのおつまみに、ポテトチップスを食べます。 吃洋芋片當下酒菜。
□ お釣りをください。 請找我錢。	▶ お釣りを財布に入れました。 把找零收進了錢包裡。
□ 音が消える。 聲音消失。	▶ 雨の音で、夜中に目が覚めてしまいました。 夜裡的雨聲吵醒了我。
□ 財布を落とす。 掉了錢包。	▶ どこかで、カードを落としてしまいました。 不知道把卡片掉在什麼地方了。

あ

かさたなはまやらわ

おだいじに～おとす

Check 1 必考單字	高低重音	詞性、類義詞與對義詞

127 □□□

踊り (おど) ▸ おどり ▸
名 舞蹈，跳舞
類 歌(うた) 歌曲

128 □□□ T1 / 13

踊る (おど) ▸ おどる ▸
自五 跳舞，舞蹈；不平穩；活躍
類 歌(うた)う 唱

129 □□□

驚く (おどろ) ▸ おどろく ▸
自五 吃驚，驚奇；驚訝；感到意外
類 びっくり 驚嚇

130 □□□

おなら ▸ おなら ▸
名 屁
類 うんこ 大便

131 □□□

叔母 (おば) ▸ おば ▸
名 伯母，姨母，舅媽，姑媽
對 叔父(おじ) 伯父，叔父，舅父，姑丈，姨丈

132 □□□

オフ【off】 ▸ オフ ▸
名・自サ (開關) 關；休假；休賽；折扣；脫離
類 消す 關掉；休(やす)み 休假
對 点(つ)ける 打開；仕事(しごと) 工作

133 □□□

お待たせしました (ま) ▸ おまたせしました ▸
寒暄 讓您久等了
類 お待ちどうさま 久等了

134 □□□

お祭り (まつ) ▸ おまつり ▸
名 廟會；慶典，祭典；祭日；節日
類 夏祭り(なつまつ) 夏季祭祀

135 □□□

お見舞い (みま) ▸ おみまい ▸
名・形動 慰問品；探望
類 見(み)る 照看，照料

□ 踊りがうまい。
舞跳得好。

▶ 日本の各地方には、伝統的な踊りがあります。
日本各地都有傳統的舞蹈。

□ タンゴを踊る。
跳探戈舞。

▶ 皆で台湾のダンスを踊る。
大家一起跳台灣的舞蹈。

□ 彼女の変わりように驚いた。
對她的變化感到驚訝。

▶ 突然、大きな犬が飛び出してきて驚きました。
突然衝出一頭大狗，把我嚇了一大跳。

□ おならをする。
放屁。

▶ 授業中おならをして、とても恥ずかしかったです。
上課中放了屁，我真想鑽進地洞裡。

□ 叔母に会う。
和伯母見面。

▶ 学生の時は高橋の叔母の家から大学に通っていました。
上大學的時候是住在高橋阿姨家通學的。

□ 暖房をオフにする。
關掉暖氣。

▶ 50パーセントオフのセーターを買いました。
買了一件打五折的毛衣。

□ すみません、お待たせしました。
不好意思，讓您久等了。

▶ お待たせしました。これが最新のスマートフォンです。
讓您久等了，這是最新款的智慧型手機。

□ お祭りが始まる。
慶典即將展開。

▶ 明日から3日間、秋のお祭りがあります。
從明天開始舉行為期三天的秋季祭典。

□ お見舞いに行く。
去探望。

▶ 骨折した友人のお見舞いに行きました。
去探望了骨折受傷的朋友。

Check 1 必考單字	高低重音	詞性、類義詞與對義詞
136 □□□ お土産（みやげ）	おみやげ	名 當地名產；禮物 類 ギフト／gift 贈品
137 □□□ お目出度（めでと）うございます	おめでとうございます	寒暄 恭喜 類 おめでとう 恭喜恭喜
138 □□□ ◎T1 14 思（おも）い出（だ）す	おもいだす	他五 想起來，回想，回憶起 類 覚（おぼ）える 記憶 對 忘（わす）れる 忘掉
139 □□□ 思（おも）う	おもう	他五 想，思索，認為；覺得，感覺；相信；希望 類 考（かんが）える 思考
140 □□□ 玩具（おもちゃ）	おもちゃ	名 玩具；玩物 類 人形（にんぎょう） 玩偶
141 □□□ 表（おもて）	おもて	名 表面；正面；前面；正門；外邊 類 外側（そとがわ） 外邊 對 裏（うら） 背面
142 □□□ 親（おや）	おや	名 父母，雙親 類 両親（りょうしん） 雙親 對 子（こ） 子女
143 □□□ 下（お）りる／ 降（お）りる	おりる	自上一 降；下來；下車；卸下；退位；退出 類 下（くだ）る 下降 對 登（のぼ）る 攀登；乗（の）る 搭乗
144 □□□ 居（お）る	おる	自五 （謙讓語）有；居住，停留；生存；正在… 類 いらっしゃる 去・來（「行く」的尊敬語）

Check 2 必考詞組	Check 3 必考例句
□ お土産を買う。 買當地名產。	▶ 京都のお土産をたくさん買いました。 買了很多京都的伴手禮。
□ お誕生日おめでとうございます。 生日快樂！	▶ 大学合格、おめでとうございます。 恭喜考上大學！
□ 何をしたか思い出せない。 想不起來自己做了什麼事。	▶ 写真を見ると、幼い頃を思い出します。 看到照片，回想起小時候。
□ 私もそう思う。 我也這麼想。	▶ 読書はとても大切だと思います。 我認為閱讀是非常重要的。
□ おもちゃを買う。 買玩具。	▶ 小さな弟は、車のおもちゃが大好きです。 我那個年幼的弟弟非常喜歡玩具汽車。
□ 表から出る。 從正門出來。	▶ この書類の表に、写真を貼ってください。 請在這份文件的封面貼上相片。
□ 親を失う。 失去雙親。	▶ 子供を可愛がるのは、動物の親も同じです。 動物的父母也和人類一樣疼愛孩子。
□ 山を下りる。 下山。	▶ 次の駅で電車を降りて、歩きましょう。 我們下一站下電車走路過去吧。
□ 今日は家におります。 今天在家。	▶ 父は今出かけていて、家にはおりません。 爸爸目前出門不在家。

Check 1 必考單字	高低重音	詞性、類義詞與對義詞

145 □□□
折る
<small>お</small>
▶ おる ▶
他五 折，折疊，折斷，中斷
類 切る 割掉 <small>き</small>
對 伸ばす 延長 <small>の</small>

146 □□□
お礼
<small>れい</small>
▶ おれい ▶
名 謝詞，謝意；謝禮
類 どうもありがとう 謝謝啦

147 □□□
折れる
<small>お</small>
▶ おれる ▶
自下一 折彎；折斷；轉彎；屈服
類 曲がる 彎曲 <small>ま</small>
對 伸びる 舒展 <small>の</small>

148 □□□
終わり
<small>お</small>
▶ おわり ▶
名 終了，結束，最後，終點，盡頭；末期
類 最後 最終 <small>さいご</small>
對 始め 開始 <small>はじ</small>

149 □□□ ⊙T1 / 15
～家
<small>か</small>
▶ ～か ▶
接尾 …家；家；做…的（人）；很有…的人；愛…的人
類 家 房子 <small>いえ</small>

150 □□□
カーテン
【curtain】
▶ カーテン ▶
名 窗簾，簾子；幕；屏障
類 暖簾 門簾，商號布簾 <small>のれん</small>

151 □□□
～会
<small>かい</small>
▶ ～かい ▶
接尾 …會；會議；集會
類 ～席 宴席 <small>せき</small>

152 □□□
海岸
<small>かいがん</small>
▶ かいがん ▶
名 海岸，海濱，海邊
類 ビーチ／beach 海濱

153 □□□
会議
<small>かいぎ</small>
▶ かいぎ ▶
名・自サ 會議；評定某事項機關
類 会 集會 <small>かい</small>

□ 紙を折る。 摺紙。	▶ 交通事故で、右足の骨を折りました。 遇到車禍而折斷了右腿骨。
□ お礼を言う。 道謝。	▶ お土産を頂いたお礼を言います。 向對方道謝送來的伴手禮。
□ いすの足が折れた。 椅腳斷了。	▶ 箸が折れてしまいました。 筷子折斷了。
□ 夏休みもそろそろ終わりだ。 暑假也差不多要結束了。	▶ この小説の終わりはとても悲しかった。 這部小說的結局非常悲傷。
□ 音楽家になる。 我要成為音樂家。	▶ 彼は、音楽家としても画家としても有名です。 他不但是個知名的音樂家，也是個著名的畫家。
□ カーテンを開ける。 拉開窗簾。	▶ 部屋に、明るい色のカーテンを掛けました。 在房間裡掛上了亮色系的窗簾。
□ 音楽会へ行く。 去聽音樂會。	▶ 今度の金曜日、友だちと音楽会に行きます。 這個星期五要和朋友去聽音樂會。
□ 海岸で遊ぶ。 在海邊玩。	▶ 海岸に沿った道を、自転車で走ります。 沿著海岸道路騎自行車。
□ 会議が始まる。 會議開始。	▶ 会議は午後1時から始まります。 會議將從下午一點開始舉行。

あ
か
さ
た
な
は
ま
や
ら
わ

おる〜かいぎ

Check 1　必考單字	高低重音	詞性、類義詞與對義詞

154 □□□
かいぎしつ
会議室 ▸ か|いぎしつ ▸
名 會議室
類 ミーティングルーム／meetingroom 會議室

155 □□□
かいじょう
会場 ▸ か|いじょう ▸
名 會場；會議地點
類 式場　會場

156 □□□
がいしょく
外食 ▸ が|いしょく ▸
自サ 外食，在外用餐
類 食事　用餐
対 内食　在家裡做飯

157 □□□
かいわ
会話 ▸ か|いわ ▸
名・自サ 對話；會話
類 話　談話

158 □□□
かえ
帰り ▸ か|えり ▸
名 回家；回家途中
類 戻り　返回
対 行き　前往

159 □□□
か
変える ▸ か|える ▸
他下一 改變；變更；變動
類 変わる　改變
対 まま　照舊

160 □□□ ●T1 16
かがく
科学 ▸ か|がく ▸
名 科學
類 社会科学　社會科學

161 □□□
かがみ
鏡 ▸ か|がみ ▸
名 鏡子；榜樣
類 ミラー／mirror　鏡子

162 □□□
がくぶ
～学部 ▸ ～が|くぶ ▸
名 …系，…科系；…院系
類 部　部門

Check 2 / 必考詞組	Check 3 / 必考例句
□ 会議室に入る。 進入會議室。	▶ 会議室は、2階の201号室です。 會議室是二樓的201號室。
□ 会場に入る。 進入會場。	▶ 会場に入る時は、身分証明書を見せてください。 進入會場時請出示身分證件。
□ 外食をする。 吃外食。	▶ 私の家では、月に一度外食をします。 我家每個月在外面吃一次飯。
□ 会話が下手だ。 不擅長口語會話。	▶ 紅茶を飲みながら、楽しく会話をします。 喝著紅茶，開心地聊天。
□ 帰りを急ぐ。 急著回去。	▶ 遅くなったので、帰りはタクシーに乗りましょう。 現在已經很晚了，我們搭計程車回去吧。
□ 授業の時間を変える。 上課時間有所異動。	▶ 机の位置を少し変えます。 稍微移動桌子的位置。
□ 歴史と科学についての本を書く。 撰寫有關歷史與科學的書籍。	▶ 最近の科学技術の進歩には驚きます。 近來科學技術的進步令人大為驚嘆。
□ 鏡を見る。 照鏡子。	▶ 鏡を見て、お化粧をします。 對著鏡子化妝。
□ 文学部を探している。 正在找文學系。	▶ 医学部を受験したいと思っています。 我想報考醫學院。

Check 1 必考單字	高低重音	詞性、類義詞與對義詞

163 □□□
掛(か)ける ▸ かける ▸ 他下一 掛上；把動作加到某人身上（如給人添麻煩）；使固定；放在火上；稱；乘法
類 貼(は)る　貼上　對 取(と)る　取下

164 □□□
駆(か)ける／
駈(か)ける ▸ かける ▸ 自下一 奔跑，快跑
類 走(はし)る　跑
對 歩(ある)く　走路

165 □□□
欠(か)ける ▸ かける ▸ 自下一 缺損；缺少
類 抜(ぬ)ける　缺少
對 足(た)りる　足夠

166 □□□
飾(かざ)る ▸ かざる ▸ 他五 擺飾，裝飾；粉飾；排列；潤色
類 つける　安裝上

167 □□□
火事(かじ) ▸ かじ ▸ 名 火災
類 地震(じしん)　地震

168 □□□
畏(かしこ)まりました ▸ かしこまりました ▸ 寒暄 知道，了解（「わかる」謙讓語）
類 わかりました　知道了

169 □□□
ガス【gas】 ▸ ガス ▸ 名 瓦斯
類 火(ひ)　火

170 □□□
ガスコンロ
【(荷)gas+焜炉(こんろ)】 ▸ ガスコンロ ▸ 名 瓦斯爐，煤氣爐
類 ストーブ／stove　爐子

171 □□□ ⏺ T1／17
ガソリン
【gasoline】 ▸ ガソリン ▸ 名 汽油
類 ガス／gas　瓦斯

Check 2 必考詞組	**Check 3** 必考例句

□ 壁に時計を掛ける。
將時鐘掛到牆上。

▶ 部屋にきれいなカーテンを掛けました。
在房間裡掛上了漂亮的窗簾。

□ 急いで駆ける。
快跑。

▶ 馬に乗って草原を駆けてみたいです。
我想在騎馬馳騁草原上。

□ お皿が欠ける。
盤子缺角。

▶ 大切な茶碗が欠けてしまいました。
把珍貴的茶碗摔缺了角。

□ 部屋を飾る。
裝飾房間。

▶ テーブルを花で飾りました。
在桌上擺了花裝飾。

□ 火事に遭う。
遭受火災。

▶ ストーブを使う時は、火事に注意しましょう。
使用火爐的時候務必小心，以免發生火災。

□ 2名様ですね。かしこまりました。
是兩位嗎？我了解了。

▶ はい、かしこまりました。すぐに行きます。
好的，明白了，現在馬上去。

□ ガスを止める。
停掉瓦斯。

▶ 電気代やガス代など、毎月の光熱費はいくらぐらいですか。
請問諸如電費和瓦斯費之類的水電費，每個月大約需支付多少呢？

□ ガスコンロを使う。
使用瓦斯爐。

▶ ガスコンロを使って料理をします。
使用瓦斯爐做菜。

□ ガソリンが切れる。
汽油耗盡。

▶ ガソリン代が高くなって困ります。
汽油價格變貴了，傷腦筋。

あ か さ た な は ま や ら わ

かける～ガソリン

55

Check 1 　必考單字	高低重音	詞性、類義詞與對義詞
172 □□□ ガソリンスタンド 【gasoline+ stand（和製英語）】	▶ ガソリンスタンド ▶	名 加油站 類 給油所（きゅうゆじょ）　供油站
173 □□□ ～方（かた）	▶ ～かた ▶	名 …方法；手段；方向；地方；時期 類 仕方（しかた）　做法；方法（ほうほう）　方法
174 □□□ 固い／硬い／堅い（かた）（かた）（かた）	▶ かたい ▶	形 堅硬；凝固；結實；可靠；嚴厲 類 丈夫（じょうぶ）　堅固 對 柔らかい（やわ）　柔軟的
175 □□□ 形（かたち）	▶ かたち ▶	名 形狀；形；樣子；姿態；形式上的；使成形 類 姿（すがた）　姿態；樣子　姿態
176 □□□ 片付ける（かたづ）	▶ かたづける ▶	他下一 整理；收拾，打掃；解決；除掉 類 下げる（さ）　撤下；掃除する（そうじ）　打掃 對 汚れる（よご）　弄髒
177 □□□ 課長（かちょう）	▶ かちょう ▶	名 課長，股長 類 上司（じょうし）　上級
178 □□□ 勝つ（か）	▶ かつ ▶	自五 贏，勝利；克服 類 得る（え）　贏得 對 負ける（ま）　輸
179 □□□ ～月（がつ）	▶ ～がつ ▶	接尾 …月 類 ～日（か）　…天
180 □□□ 格好／恰好（かっこう）（かっこう）	▶ かっこう ▶	名 樣子，適合；外表，裝扮；情況 類 形（かたち）　樣子

□ ガソリンスタンドに
寄る。
順路到加油站。

▶ ドライブの前に、ガソリンスタンドで給油します。
開車兜風之前，先去加油站加油。

□ 作り方を学ぶ。
學習做法。

▶ 母にお茶の入れ方を教えてもらいました。
媽媽教了我沏茶的步驟。

□ 硬い石。
堅硬的石頭。

▶ 固いパンを焼いて食べました。
烘烤硬麵包吃了。

□ 形が変わる。
變樣。

▶ 円い形のお皿を５枚買いました。
買了五個圓形的盤子。

□ 本を片付ける。
整理書籍。

▶ 毎週日曜日、部屋を片付けます。
每個星期天都會收拾房間。

□ 課長になる。
成為課長。

▶ 課長はただいま出かけております。
科長目前外出。

□ 試合に勝つ。
贏得比賽。

▶ 明日の試合、絶対に勝ちます。
明天的比賽非贏不可！

□ ７月になる。
七月來臨了。

▶ 日本では、２月が最も寒いです。
在日本，二月是最冷的月份。

□ 格好をかまう。
講究外表。

▶ 格好いい服を着て彼女と会います。
穿上帥氣的服裝和女朋友見面。

Check 1　必考單字	高低重音	詞性、類義詞與對義詞

181 □□□
家内
<ruby>家<rt>か</rt></ruby><ruby>内<rt>ない</rt></ruby>
▶ かない ▶
名 妻子
類 妻（つま）　妻子
對 夫（おっと）　丈夫

182 □□□ ◎T1／18
悲しい
<ruby>悲<rt>かな</rt></ruby>しい
▶ かなしい ▶
形 悲傷的，悲哀的，傷心的，可悲的
類 痛（いた）い　痛苦的
對 嬉（うれ）しい　喜悅

183 □□□
必ず
<ruby>必<rt>かなら</rt></ruby>ず
▶ かならず ▶
副 必定；一定，務必，必須；總是
類 きっと　必定
對 多分（たぶん）　或許

184 □□□
（お）金持ち
（お）<ruby>金<rt>かね</rt></ruby><ruby>持<rt>も</rt></ruby>ち
▶ （お）かねもち ▶
名 有錢人
類 億万長者（おくまんちょうじゃ）　大富翁
對 貧（まず）しい　貧窮

185 □□□
彼女
<ruby>彼<rt>かの</rt></ruby><ruby>女<rt>じょ</rt></ruby>
▶ かのじょ ▶
名·代 她；女朋友
類 恋人（こいびと）　情人
對 彼（かれ）　男朋友

186 □□□
花粉症
<ruby>花<rt>か</rt></ruby><ruby>粉<rt>ふん</rt></ruby><ruby>症<rt>しょう</rt></ruby>
▶ かふんしょう ▶
名 花粉症，因花粉而引起的過敏鼻炎
類 風邪（かぜ）　感冒；病気（びょうき）　疾病

187 □□□
壁
<ruby>壁<rt>かべ</rt></ruby>
▶ かべ ▶
名 牆壁；障礙；峭壁
類 邪魔（じゃま）　妨礙

188 □□□
構う
<ruby>構<rt>かま</rt></ruby>う
▶ かまう ▶
他五·自五 介意；照顧；在意，理會；逗弄
類 世話（せわ）する　照顧

189 □□□
髪
<ruby>髪<rt>かみ</rt></ruby>
▶ かみ ▶
名 頭髮；髮型
類 髪の毛（かみのけ）　頭髮

□ 家内に相談する。 和妻子討論。	▶ 私の家内は、スーパーで働いています。 我妻子在超市工作。
□ 悲しい思いをする。 感到悲傷。	▶ 大好きな祖母が遠くに行ってしまったので、とても悲しいです。 深愛的奶奶離我們遠去了，令人悲痛欲絕。
□ 必ず来る。 一定會來。	▶ 必ず、約束の時間までに参ります。 我一定會在約定的時間之前抵達。
□ お金持ちになる。 變成有錢人。	▶ 将来は、会社を作ってお金持ちになりたいです。 我以後想開公司當個大富翁。
□ 彼女ができる。 交到女友。	▶ 私の彼女は、とても明るい人です。 我女朋友的性格非常開朗。
□ 花粉症にかかる。 患上花粉症。	▶ ひどい花粉症で、鼻水が止まりません。 花粉症的症狀非常嚴重，鼻水流個不停。
□ 壁に絵を飾ります。 用畫作裝飾壁面。	▶ 壁に好きな歌手のポスターを貼りました。 在牆壁上貼了喜愛的歌手海報。
□ 言わなくてもかまいません。 不說出來也無所謂。	▶ すぐに帰りますので、どうぞおかまいなく。 我待會兒就告辭，請別忙著招待。
□ 髪の毛を切る。 剪頭髮。	▶ 暑いので、髪を短くしました。 天氣太熱，所以把頭髮剪短了。

Check 1　必考單字	高低重音	詞性、類義詞與對義詞

190 □□□

咬む／嚙む
（か）（か） ▸ かむ ▸
他五 咬
類 食べる（た）　咀嚼；吸う（す）　吸入

191 □□□

通う
（かよ） ▸ かよう ▸
自五 來往，往來；上學，上班，通勤；相通，流通
類 通る（とお）　通過；勤める（つと）　做事
對 休む（やす）　缺勤

192 □□□

ガラス【（荷）glas】 ▸ ガラス ▸
名 玻璃
類 グラス／ glass　玻璃杯；コップ／ kop　玻璃杯

193 □□□　　T1 19

彼
（かれ） ▸ かれ ▸
名·代 他；男朋友
對 彼女（かのじょ）　她

194 □□□

彼氏
（かれ）（し） ▸ かれし ▸
名·代 男朋友；他
類 恋人（こいびと）　情人
對 彼女（かのじょ）　女朋友

195 □□□

彼等
（かれ）（ら） ▸ かれら ▸
名·代 他們，那些人
類 彼奴（あいつ）　那個傢伙

196 □□□

代わり
（か） ▸ かわり ▸
名 代替，替代；代理；補償；再來一碗
類 取り替える（と）（か）　更替

197 □□□

代わりに
（か） ▸ かわりに ▸
接續 代替，替代
類 代わる（か）　代替

198 □□□

変わる
（か） ▸ かわる ▸
自五 變化，改變；不同；奇怪；遷居
類 変える（か）　改變
對 まま　照舊

□ ガムを噛む。 嚼口香糖。	► ご飯はよく噛んで食べましょう。 吃飯要細嚼慢嚥喔！
□ 病院に通う。 跑醫院。	妹は近くの小学校に通っています。 妹妹就讀附近的小學。
□ ガラスを割る。 打破玻璃。	► 野球のボールがあたって、ガラス窓が割れました。 棒球的球擲中打破了玻璃窗。
□ 彼と喧嘩した。 和他吵架了。	► 彼の趣味は、旅行をすることです。 他的興趣是旅遊。
□ 彼氏を待っている。 等著男友。	友だちの彼氏はとてもハンサムです。 我朋友的男友長得非常帥。
□ 彼らは兄弟だ。 他們是兄弟。	► 彼らの意見は、正しいと思います。 我覺得他們的看法是正確的。
□ 君の代わりはいない。 沒有人可以取代你。	► 売り切れていたので、代わりの物を買いました。 由於已經賣完了，只好買了替代物品。
□ 人の代わりに行く。 代理他人去。	部長の代わりに午後の会議に出席します。 我將代理經理出席下午的會議。
□ 顔色が変わった。 臉色變了。	► もうすぐ信号が赤に変わります。 交通號誌馬上就要變成紅燈了。

Check 1　必考單字	高低重音	詞性、類義詞與對義詞

199 □□□
かんが
考える ▶ かんがえる ▶
他下一 思考，考慮；想辦法；研究
類 思う　思考

200 □□□
かんけい
関係 ▶ かんけい ▶
名 關係；影響；牽連；涉及
類 仲　（人與人的）關係

201 □□□
かんげいかい
歓迎会 ▶ かんげいかい ▶
名 歡迎會，迎新會
類 パーティー／party　聚餐會
對 送別会　送舊會

202 □□□
かんごし
看護師 ▶ かんごし ▶
名 護士
類 ナース／nurse　護士
對 医者　醫生

203 □□□
かんたん
簡単 ▶ かんたん ▶
名・形動 簡單，容易，輕易，簡便
類 易しい　容易
對 複雑　複雜

204 □□□
がんば
頑張る ▶ がんばる ▶
自五 努力，加油；堅持
類 一生懸命　拼命地
對 さぼる　偷懶

205 □□□　T1 20
き
気 ▶ き ▶
名 氣；氣息；心思；香氣；節氣；氣氛
類 心　心思

206 □□□
きかい
機械 ▶ きかい ▶
名 機械，機器
類 マシン／machine　機器

207 □□□
きかい
機会 ▶ きかい ▶
名 機會
類 都合　機會

Check 2 / 必考詞組	Check 3 / 必考例句
□ 深く考える。 深思，思索。	夏休みの旅行の予定を家族で考えます。 全家人一起規劃暑假旅遊。
□ 関係がある。 有關係；有影響；發生關係。	大学で、美術に関係ある勉強をしています。 我正在大學研讀美術相關科系。
□ 歓迎会を開く。 開歡迎會。	毎年、4月に新入生の歓迎会をします。 每年四月都會舉辦迎新會。
□ 看護師になる。 成為護士。	姉は、近くの病院で看護師をしています。 我姐姐在附近的醫院當護理師。
□ 簡単に作る。 容易製作。	昨日の試験は、とても簡単でした。 昨天的考試非常簡單。
□ もう一度頑張る。 再努力一次。	明日までに、頑張って仕事を片付けます。 在明天之前努力做完工作吧。
□ 気が変わる。 改變心意。	赤い帽子が気に入りました。 我以前很喜歡那頂紅帽子。
□ 機械を動かす。 啟動機器。	大きな機械を使って、道路工事をします。 操作大型機器修整道路。
□ 機会が来た。 機會來了。	機会があったら、もう一度お会いしたいです。 有機會的話，希望可以再見一面。

Check 1 必考單字	高低重音	詞性、類義詞與對義詞

208 □□□
危険
きけん
▶ きけん ▶
名・形動 危険性；危険的
類 心配 不安；怖い 可怕的
對 安心 放心

209 □□□
聞こえる
きこえる
▶ きこえる ▶
自下一 聽得見；聽起來覺得…；聞名
類 聞ける 聽得見
對 見える 看得見

210 □□□
汽車
きしゃ
▶ きしゃ ▶
名 火車
類 電車 電車

211 □□□
技術
ぎじゅつ
▶ ぎじゅつ ▶
名 技術；工藝
類 力 能力；テクニック／ technic
技巧

212 □□□
季節
きせつ
▶ きせつ ▶
名 季節
類 四季 四季

213 □□□
規則
きそく
▶ きそく ▶
名 規則，規定
類 決める 規定

214 □□□
喫煙席
きつえんせき
▶ きつえんせき ▶
名 吸煙席，吸煙區
對 禁煙席 禁煙區

215 □□□
屹度
きっと
▶ きっと ▶
副 一定，必定，務必
類 必ず 必定
對 多分 或許

216 □□□ 🔊 T1／21
絹
きぬ
▶ きぬ ▶
名 絲織品；絲
類 布 布

Check 2　必考詞組

□ あの道は危険だ。
那條路很危險啊！

□ 聞こえなくなる。
（變得）聽不見了。

□ 汽車に乗る。
搭火車。

□ 技術が入る。
傳入技術。

□ 季節が変わる。
季節嬗遞。

□ 規則を作る。
訂立規則。

□ 喫煙席を選ぶ。
選擇吸菸區。

□ きっと来てください。
請務必前來。

□ 絹の服を着る。
穿著絲織服裝。

Check 3　必考例句

▶ この川は危険ですから、泳がないでください。
這條河很危險，請不要在這裡游泳。

▶ 遠くの林から鳥の声が聞こえます。
可以聽見遠方樹林傳來鳥叫聲。

▶ 汽車に乗って、ゆっくり旅行がしたいです。
我想搭火車來一趟慢遊之旅。

▶ 車を修理する技術を習いました。
我學了修理汽車的技術。

▶ 日本には、春・夏・秋・冬の四つの季節があります。
在日本有春夏秋冬四季。

▶ 学生は、学校の規則を守る必要があります。
學生必須遵守校規。

▶ 煙草は喫煙席でお願いします。
若要抽菸請移駕到吸菸區。

▶ 時間までにきっと来てください。
請務必準時參加。

▶ このスカーフは絹でできています。
這條絲巾是用綢布製成的。

Check 1 必考單字	高低重音	詞性、類義詞與對義詞
217 □□□ きび 厳しい ▶	きびしい ▶	形 嚴峻的；嚴格；嚴重；嚴酷，毫不留情 類 難しい 難解決；冷たい 冷酷 對 優しい 和藹；甘い 寬容
218 □□□ き ぶん 気分 ▶	きぶん ▶	名 心情；情緒；身體狀況；氣氛；性格 類 気持ち 心情；思い 感情
219 □□□ き 決まる ▶	きまる ▶	自五 決定；規定；符合要求；一定是 類 決める 決定
220 □□□ きみ 君 ▶	きみ ▶	名·代 您；你（男性對同輩以下的親密稱呼） 類 あなた 您，你 對 僕 我
221 □□□ き 決める ▶	きめる ▶	他下一 決定；規定；認定；指定 類 決まる 決定
222 □□□ き も 気持ち ▶	きもち ▶	名 心情；（身體）狀態 類 気分 情緒
223 □□□ き もの 着物 ▶	きもの ▶	名 衣服；和服 類 服 衣服 對 洋服 西服
224 □□□ きゃく 客 ▶	きゃく ▶	名 客人；顧客 類 観客 觀眾 對 主人 主人
225 □□□ きゅうこう 急行 ▶	きゅうこう ▶	名·自サ 急行，急往；快車 類 エクスプレス／ express 快車；特急 特快 對 普通 普通（列車）

□ 厳しい冬が来た。
嚴冬已經來臨。

▶ 毎日、厳しい暑さが続いています。
天天持續酷熱的高溫。

□ 気分を変える。
轉換心情。

▶ 温泉に入って、とてもいい気分です。
泡進溫泉池裡，感覺舒服極了。

□ 考えが決まる。
想法確定了。

▶ やっと新しい社長が決まりました。
新任董事長終於確定人選了。

□ 君にあげる。
給你。

▶ 君は将来どんな会社に入りたいですか。
你以後想進入什麼樣的公司工作呢？

□ 行くことに決めた。
決定要去。

▶ 友だちと、会う時間と場所を決めました。
我和朋友約定了見面的時間與地點。

□ 気持ちが悪い。
感到噁心。

▶ 朝の散歩はとても気持ちがいいです。
早晨散步讓心情非常愉快。

□ 着物を脱ぐ。
脫衣服。

▶ 日本の着物を着て、写真を撮りました。
穿上日本和服拍了照片。

□ 客を迎える。
迎接客人。

▶ お客を応接室に案内します。
領著貴賓前往會客室。

□ 急行電車に乗る。
搭乘快車。

▶ 急行に乗れば、1時間早く着きます。
如果搭乘快速列車，就能提早一個小時抵達。

Check 1 　必考單字	高低重音	詞性、類義詞與對義詞

226 □□□

急に ▸ きゅうに ▸
副 急迫；突然
類 急ぐ　趕緊
對 だんだん　逐漸

227 □□□　◎T1／22

教育 ▸ きょういく ▸
名・他サ 教育；教養；文化程度
類 教える　教授
對 習う　學習

228 □□□

教会 ▸ きょうかい ▸
名 教會，教堂
類 会　會，集會

229 □□□

競争 ▸ きょうそう ▸
名・自サ 競爭
類 試合　比賽

230 □□□

興味 ▸ きょうみ ▸
名 興趣；興頭
類 趣味　喜好

231 □□□

禁煙席 ▸ きんえんせき ▸
名 禁煙席，禁煙區
對 喫煙席　吸煙區

232 □□□

近所 ▸ きんじょ ▸
名 附近；鄰居；鄰里
類 周り　周圍，周邊
對 遠い　距離遠

233 □□□

具合 ▸ ぐあい ▸
名 情況；（健康等）狀況，方法
類 様子　情況

234 □□□

空気 ▸ くうき ▸
名 空氣；氣氛
類 風　風

□ 急に仕事が入った。
臨時有工作。

► 急に雨が降り出したので、タクシーに乗りました。
突然下起雨來，所以搭了計程車。

□ 教育を受ける。
受教育。

► 将来、教育に関する仕事をしたいです。
我以後想從事教育相關工作。

□ 教会へ行く。
到教堂去。

► 来月、教会で結婚式を挙げます。
我們將於下個月在教會舉行結婚典禮。

□ 競争に負ける。
競爭失敗。

► 各店舗は、売り上げの競争をしています。
各家店鋪進行銷售競爭。

□ 興味がない。
沒興趣。

► 僕は日本料理に興味があります。
我對日本料理有興趣。

□ 禁煙席に座る。
坐在禁菸區。

► ここは禁煙席です。煙草はご遠慮ください。
這裡是禁菸區，請不要在此吸菸。

□ この近所に住んでいる。
住在這附近。

► 祖父は、私の家の近所に住んでいます。
爺爺就住在我家附近。

□ 具合がよくなる。
情況好轉。

► 足の具合が悪くて、早く歩けません。
腿腳狀況不佳，走不快。

□ 空気が汚れる。
空氣很髒。

► 部屋の空気が悪いので、窓を開けてください。
房間裡空氣不好，請打開窗戶。

Check 1　必考單字	高低重音	詞性、類義詞與對義詞

235 □□□
空港
くうこう
名 機場
類 港　港口；飛行場　機場

236 □□□
草
くさ
名 草，雜草
類 葉　葉子
對 木　樹木

237 □□□
下さる
くださる
他五 給我；給，給予
類 ください　請給（我）
對 差し上げる　奉上

238 □□□　T1／23
首
くび
名 脖子，頸部；頭部；職位；解僱
類 のど　咽喉

239 □□□
雲
くも
名 雲朵；陰天；抑鬱
類 雨　雨；雪　雪
對 晴れ　晴天

240 □□□
比べる
くらべる
他下一 比較；對照；較量
類 より　更

241 □□□
クリック・する
【click】
クリックする
名・他サ 喀嚓聲；點擊；按下（按鍵）
類 押す　按

242 □□□
（クレジット）カード【credit card】
（クレジット）カード
名 信用卡
類 キャッシュカード／ cashcard　金融卡

243 □□□
暮れる
くれる
自下一 天黑；日暮；年終；長時間處於…中
類 暗い　昏暗
對 明ける　天亮

Check 2 / 必考詞組 | **Check 3 / 必考例句**

□ 空港に着く。
抵達機場。

► 空港へ両親を迎えに行きます。
我要去機場接爸媽。

□ 庭の草を取る。
清除庭院裡的雜草。

► 川の周辺に、いろいろな草がたくさん生えています。
河畔長著一大片各式各樣的草。

□ 先生がくださった本。
老師給我的書。

► 伯母さんが合格祝いをくださいました。
伯母向我道賀通過了考試。

□ 首が痛い。
脖子痛。

► 首にマフラーを巻くと、温かいです。
在脖子裏上圍巾，好溫暖。

□ 雲は白い。
雲朵亮白。

► 雲が多いので、月が隠れて見えません。
厚厚的雲層遮住月亮，看不見了。

□ 兄と弟を比べる。
拿哥哥和弟弟做比較。

► 値段を比べて、安い方を買いました。
比較價格之後，買了便宜的那個。

□ クリック音を消す。
消除按鍵喀嚓聲。

► この白いボタンをクリックしてください。
請按下這顆白色的按鈕。

□ クレジットカードを使う。
使用信用卡。

► 初めてクレジットカードで買い物をした。
我第一次拿信用卡買了東西。

□ 秋が暮れる。
秋天結束。

► 日が暮れて、周りが暗くなりました。
太陽下山，四周暗了下來。

Check 1 必考單字	高低重音	詞性、類義詞與對義詞
244 □□□ く 呉れる	くれる	他下一 給我 類 もらう　得到 對 やる　給
245 □□□ くん 〜君	〜くん	接尾（接於同輩或晚輩姓名下，略表敬意）…先生，…君 類 〜さん　先生，女士
246 □□□ け 毛	け	名 毛髮，頭髮；毛線，毛織物 類 いと 糸　紗線；ひげ　鬍鬚
247 □□□ けいかく 計画	けいかく	名・他サ 計畫，規劃 類 きかく 企画　規劃
248 □□□ けいかん 警官	けいかん	名 警察；巡警 類 お巡りさん　巡警
249 □□□ T1 24 けいけん 経験	けいけん	名・他サ 經驗 類 べんきょう 勉強　累積經驗
250 □□□ けいざい 経済	けいざい	名 經濟 類 せいじ 政治　政治
251 □□□ けいざいがく 経済学	けいざいがく	名 經濟學 類 せいじがく 政治学　政治學
252 □□□ けいさつ 警察	けいさつ	名 警察；警察局的略稱 類 けいかん 警官　警官

Check 2 必考詞組	Check 3 必考例句
□ 兄が本をくれる。 哥哥給我書。	▶ 姉が白い帽子をくれました。 姐姐送了我白色的帽子。
□ 山田君が来る。 山田君來了。	▶ 田中君、会議の資料を作ってください。 田中，麻煩準備會議資料。
□ 毛の長い猫。 長毛的貓。	▶ 羊の毛はとても柔らかいです。 羊毛非常柔軟。
□ 計画を立てる。 制定計畫。	▶ 海外旅行の計画を立てます。 擬定出國旅遊計畫。
□ 警官が走って行く。 警察奔跑過去。	▶ 事故を起こした車の周りに、警官が集まっています。 警察正聚集在發生事故的車輛周邊。
□ 経験から学ぶ。 從經驗中學習。	▶ 私は３年間、日本へ留学した経験があります。 我有三年留學日本的經驗。
□ 経済雑誌を読む。 閱讀財經雜誌。	▶ 世界の経済について、新聞で勉強します。 透過報紙汲取世界經濟要聞。
□ 大学で経済学を学ぶ。 在大學研讀經濟學。	▶ 大学で経済学の勉強をしたいです。 我想上大學研讀經濟學。
□ 警察を呼ぶ。 叫警察。	▶ 財布を拾ったので、警察に届けました。 撿到錢包後送交警察了。

Check 1 必考單字	高低重音	詞性、類義詞與對義詞
253 □□□ ケーキ 【cake】	ケーキ	名 蛋糕 類 お菓子　點心
254 □□□ けいたいでん わ 携帯電話	けいたいでんわ	名 手機，行動電話 でん わ 類 電話　電話
255 □□□ け が 怪我	けが	名 受傷；傷害；過失 じ こ 類 事故　事故 げん き 對 元気　健康
256 □□□ け しき 景色	けしき	名 景色，風景 ふうけい 類 風景　景色
257 □□□ けしゴム 【消しgom】	けしゴム	名 橡皮擦 け 類 消す　擦掉
258 □□□ げ しゅく 下宿	げしゅく	自サ 公寓；寄宿，住宿 す 類 住む　居住
259 □□□ けっ 決して	けっして	副 決定；（後接否定）絕對（不） 類 きっと　必定
260 □□□ ⏺T1 25 けれども	けれども	接助 然而；但是 類 しかし　可是；〜が〜　可是 對 だから　所以
261 □□□ けん 県	けん	名 縣 し 類 市　市

Check 2 必考詞組

□ ケーキを作る。
做蛋糕。

□ 携帯電話を使う。
使用手機。

□ 怪我が無い。
沒有受傷。

□ 景色がよい。
景色宜人。

□ 消しゴムで消す。
用橡皮擦擦掉。

□ 下宿を探す。
尋找公寓。

□ 決して学校に遅刻しない。
上學絕不遲到。

□ 読めるけれども書けません。
可以讀但是不會寫。

□ 神奈川県へ行く。
去神奈川縣。

Check 3 必考例句

▶ 弟の誕生日に、ケーキを買いました。
我在弟弟生日那天買了蛋糕。

▶ 電車の中では、携帯電話で話してはいけません。
搭電車時不可以講手機。

▶ 足を怪我したので、病院に行きました。
腳受傷了，去了醫院。

▶ 私の田舎はとても景色がいいです。
我鄉下老家的景色非常優美。

▶ 消しゴムを机の下に落としてしまいました。
橡皮擦掉到桌子底下了。

▶ 父は大学の近くに下宿していたそうです。
聽說爸爸當年在大學校園附近租房間住。

▶ 決して嘘をついてはいけません。
絕對不可以說謊！

▶ 1時間待ったけれども、友だちは来ませんでした。
雖然足足等了一個鐘頭，但朋友還是沒來。

▶ ディズニーランドは千葉県にあります。
迪士尼樂園位於千葉縣。

Check 1　必考單字	高低重音	詞性、類義詞與對義詞

262 □□□

～軒 (けん) ▶ **～けん** ▶ 接尾 …棟，…間，…家；房屋
類 ～棟　棟

263 □□□

原因 (げんいん) ▶ **げんいん** ▶ 名・自サ 原因
類 わけ　理由
對 結果 (けっか)　結果

264 □□□

喧嘩 (けんか) ▶ **けんか** ▶ 名・自サ 吵架，口角
類 戦争 (せんそう)　戦爭
對 仲直り (なかなおり)　和好

265 □□□

研究 (けんきゅう) ▶ **けんきゅう** ▶ 名・他サ 研究；鑽研
類 考える (かんがえる)　思索

266 □□□

研究室 (けんきゅうしつ) ▶ **けんきゅうしつ** ▶ 名 研究室
類 教室 (きょうしつ)　教室

267 □□□

言語学 (げんごがく) ▶ **げんごがく** ▶ 名 語言學
類 言葉 (ことば)　語言

268 □□□

見物 (けんぶつ) ▶ **けんぶつ** ▶ 名・他サ 觀光，參觀
類 旅行 (りょこう)　旅行

269 □□□

件名 (けんめい) ▶ **けんめい** ▶ 名 項目名稱；類別；（電腦）郵件主旨
類 名 (な)　名稱

270 □□□ ◉ T1 / 26

子 (こ) ▶ **こ** ▶ 名 小孩；孩子
類 子供 (こども)　小孩
對 親 (おや)　父母親

□ 右から3軒目。
右邊數來第三間。

▶ 右に曲がって5軒目が私の家です。
右轉後第五棟房子就是我家。

□ 原因を調べる。
調查原因。

▶ 火事の原因はまだわかりません。
起火的原因目前尚未查明。

□ 喧嘩が始まる。
開始吵架。

▶ 私と姉は、つまらないことでよく喧嘩をします。
我和姐姐常為了芝麻小事吵架。

□ 文学を研究する。
研究文學。

▶ 長年の研究から、新しい薬が生まれた。
經過多年的研究，終於製造出新藥了。

□ M教授研究室。
M教授的研究室。

▶ 先生は今、研究室にいらっしゃいます。
教授目前在研究室裡。

□ 言語学が好きだ。
我喜歡語言學喔。

▶ 図書館で言語学の本を借りました。
從圖書館借了語言學的書本。

□ 見物に出かける。
外出遊覽。

▶ お祭りの見物に行きました。
去看了祭典上的表演。

□ 件名が間違っていた。
弄錯項目名稱了。

▶ メールには必ず件名を入れるようにします。
電子郵件務必寫上主旨。

□ 子を生む。
生小孩。

▶ 小さい子とお母さんがベンチに座っています。
小孩子和媽媽正坐在長椅上。

Check 1 必考單字	高低重音	詞性、類義詞與對義詞
271 □□□ 御~ _ご	ご～	接頭 您…，貴…（表示尊敬用語）； （接在跟對方有關的事物，動作的漢字詞前）表示尊敬語，謙讓語 類 お～ 您…（表示尊敬用語）
272 □□□ こう	こう	副 如此；這樣，這麼 類 そう 那樣 對 ああ 那樣
273 □□□ 郊外 _{こうがい}	こうがい	名 郊外；市郊 類 田舎 鄉村 _{いなか} 對 都市 城市 _{とし}
274 □□□ 後期 _{こうき}	こうき	名 後期，下半期，後半期 類 期間 期間 _{きかん} 對 前期 上半期 _{ぜんき}
275 □□□ 講義 _{こうぎ}	こうぎ	名・他サ 講義；大學課程 類 授業 上課 _{じゅぎょう} 對 実習 實習 _{じっしゅう}
276 □□□ 工業 _{こうぎょう}	こうぎょう	名 工業 對 農業 農耕 _{のうぎょう}
277 □□□ 公共料金 _{こうきょうりょうきん}	こうきょうりょうきん	名 公共費用 類 料金 費用 _{りょうきん}
278 □□□ 高校／ _{こうこう} 高等学校 _{こうとうがっこう}	こうこう／ こうとうがっこう	名 高中 類 小学校 小學 _{しょうがっこう}
279 □□□ 高校生 _{こうこうせい}	こうこうせい	名 高中生 類 学生 學生；生徒 （中學、高中的） _{がくせい}　　　　　_{せいと} 學生

Check 2 必考詞組	Check 3 必考例句
□ ご両親によろしく。 請代向令尊令堂問好。	► ご家族は、お元気でいらっしゃいますか。 府上是否一切安好？
□ こうなるとは思わなかった。 沒想到會變成這樣。	► こうすれば、きっときれいに写ります。 只要這樣取鏡，一定可以拍出很美的照片。
□ 郊外に住む。 住在城外。	► 郊外に新しい家を買いました。 在郊外買了新家。
□ 江戸後期の文学。 江戸後期的文學。	► 江戸時代後期の文学を研究しています。 目前在研究江戸時代後期的文學。
□ 講義に出る。 課堂出席。	► 毎日、大学の講義に出席しています。 每天都會出席大學的課程。
□ 工業を興す。 開工。	► この地域は、工業が発達しています。 這個地區的工業很發達。
□ 公共料金を払う。 支付公共事業費用。	► 毎月、公共料金をコンビニで払います。 每個月都在便利商店繳交水電瓦斯費。
□ 高校1年生。 高中一年級生。	► 3年前に高校を卒業して、今大学生です。 我三年前從高中畢業，目前是大學生。
□ 彼は高校生だ。 他是高中生。	► 高校生の時、ボランティア活動をしました。 我還是高中生時當過義工。

Check 1 / 必考單字	高低重音	詞性、類義詞與對義詞

280 □□□ ● T1 / 27

合コン
ごう

▸ ごうコン ▸

名 聯誼
類 宴会 宴會
えんかい

---

281 □□□

工事中
こう じ ちゅう

▸ こうじちゅう ▸

名 施工中；（網頁）建製中
類 仕事中 工作中
し ごとちゅう

---

282 □□□

工場
こうじょう

▸ こうじょう ▸

名 工廠
類 事務所 辦公室
じ む しょ

---

283 □□□

校長
こうちょう

▸ こうちょう ▸

名 校長
類 先生 老師
せんせい

---

284 □□□

交通
こうつう

▸ こうつう ▸

名 交通；通信，往來
類 交通費 交通費
こうつう ひ

---

285 □□□

講堂
こうどう

▸ こうどう ▸

名 大禮堂；禮堂
類 式場 會場
しきじょう

---

286 □□□

公務員
こう む いん

▸ こうむいん ▸

名 公務員
類 会社員 公司職員
かいしゃいん

---

287 □□□

国際
こくさい

▸ こくさい ▸

名 國際
類 世界 世界
せ かい
對 国内 國內
こくない

---

288 □□□

国内
こくない

▸ こくない ▸

名 該國內部，國內
類 国 國家
くに
對 国外 國外
こくがい

□ テニス部と合コンし
ましょう。
我們和網球社舉辦聯誼吧。

▶ 大学の合コンで、恋人ができました。
在大學的聯誼活動中交到了男朋友/女朋友。

□ 工事中となる。
施工中。

▶ この道は工事中なので、通行できません。
這條路正在施工，無法通行。

□ 工場を見学する。
參觀工廠。

▶ 父は自動車工場で働いています。
爸爸在汽車工廠工作。

□ 校長先生に会う。
會見校長。

▶ 校長は今、校長室にいらっしゃいます。
校長現在正在校長室裡。

□ 交通の便はいい。
交通十分便捷。

▶ 日本でも、田舎は交通が不便です。
即使在日本，鄉下地方仍然交通不便。

□ 講堂を使う。
使用禮堂。

▶ 大学の講堂で、世界平和に関する講演会があり
ます。
在大學校園的講堂有一場關於世界和平的演講。

□ 公務員になりたい。
想成為公務員。

▶ 将来は、故郷の公務員になりたいです。
我以後想在故鄉當公務員。

□ 国際空港に着く。
抵達國際機場。

▶ ニューヨークで国際会議があります。
有一場國際會議將在紐約舉行。

□ 国内旅行。
國內旅遊。

▶ 夏休みに友だちと国内旅行をする予定です。
我計畫暑假和朋友在國內旅行。

Check 1 必考單字	高低重音	詞性、類義詞與對義詞

289 ☐☐☐
心
こころ

▶ こころ ▶

名 心；內心；心情；心胸；心靈
類 気持ち　心情
對 体　身體

---

290 ☐☐☐　◉ T1 / 28
〜ご座います
ご

▶ 〜ございます ▶

特殊形 在，有；是（「ござります」的音變）表示尊敬
類 です　是（尊敬的說法）

---

291 ☐☐☐
小匙
こ さじ

▶ こさじ ▶

名 小匙，茶匙
類 スプーン／spoon　湯匙
對 大匙　大匙
おおさじ

---

292 ☐☐☐
故障
こ しょう

▶ こしょう ▶

名・自サ 故障；障礙；毛病；異議
類 壊れる　毀壊
こわ
對 直る　修理好
なお

---

293 ☐☐☐
子育て
こ そだ

▶ こそだて ▶

名・自サ 養育小孩，育兒
類 育てる　撫育
そだ

---

294 ☐☐☐
ご存知
ぞん じ

▶ ごぞんじ ▶

名 你知道；您知道（尊敬語）
類 知る　知道
し

---

295 ☐☐☐
答え
こた

▶ こたえ ▶

名 回答；答覆；答案
類 返事　回答
へん じ
對 質問　提問
しつもん

---

296 ☐☐☐
ご馳走
ち そう

▶ ごちそう ▶

名・他サ 盛宴；請客，款待；豐盛佳餚
類 招待　款待
しょうたい

---

297 ☐☐☐
此方
こっ ち

▶ こっち ▶

代 這裡，這邊；我，我們
類 そっち　那邊
對 あっち　那邊

□ 心の優しい人。
温柔的人。

▶ 母の誕生日に、心を込めてケーキを焼きました。
我在媽媽生日這天誠心誠意地烤了蛋糕。

□ おめでとうございます。
恭喜恭喜。

▶ 新年明けましておめでとうございます。
恭賀新禧！

□ 小匙1杯の砂糖。
一小匙的砂糖。

▶ 最後に小匙1杯の塩を入れます。
最後摻入一小匙鹽。

□ 機械が故障した。
機器故障。

▶ 自転車が故障して、授業に遅刻しました。
汽車故障，以致於上課遲到了。

□ 子育てで忙しい。
養育小孩非常的忙碌。

▶ 子育ての為、勤めていた会社をやめました。
為了養育孩子而向公司辭職了。

□ ご存知でしたか。
您已經知道這件事了嗎？

▶ 社長がご病気なのはご存知ですか。
您知道董事長生病了嗎？

□ 答えが合う。
答案正確。

▶ 文法の答えを先生に聞きました。
向老師請教了文法問題的答案。

□ ご馳走になる。
被請吃飯。

▶ 部長の家で日本料理をご馳走になりました。
在經理家享用了美味的日本料理。

□ こっちへ来る。
到這裡來。

▶ こっちの店の方が安いよ。
這家店比較便宜喔！

Check 1 必考單字	高低重音	詞性、類義詞與對義詞

298 □□□
こと
事
▶ こと ▶
名 事情；事務；變故
類 もの　事情

299 □□□
ことり
小鳥
▶ ことり ▶
名 小鳥
類 鳥　鳥兒

300 □□□
あいだ
この間
▶ このあいだ ▶
副 最近；前幾天
類 このごろ　近來；さっき　先前

301 □□□ T1 29
ごろ
この頃
▶ このごろ ▶
副 近來
類 最近 さいきん 最近；今 いま 現在
對 昔 むかし 從前

302 □□□
こま
細かい
▶ こまかい ▶
形 細小；詳細；精密；仔細；精打細算
類 小さい ちい 小的；丁寧 ていねい 細心
對 大きい おお 大的

303 □□□
ごみ ごみ
塵／芥
▶ ごみ ▶
名 垃圾；廢物
類 生ごみ なま 廚餘垃圾

304 □□□
こめ
米
▶ こめ ▶
名 米
類 パン／pan 麵包

305 □□□
らん
ご覧になる
▶ ごらんになる ▶
他五（尊敬語）看，觀覽，閱讀
類 見る み 看見；読む 閱讀

306 □□□
これから
▶ これから ▶
名・副 從今以後；從此
類 将来 しょうらい 將來
對 これまで 以往

Check 2 / 必考詞組	Check 3 / 必考例句
□ ことが起きる。 發生事情。	▶ 大事なことは必ずメモしておきましょう。 重要的事一定要寫下來喔！
□ 小鳥が鳴く。 小鳥啁啾。	▶ 小鳥が３羽、木の枝に止まっています。 三隻小鳥歇在樹枝上。
□ この間の試験はどうだった。 前陣子的考試結果如何？	▶ この間借りた傘をお返しします。 我來歸還上次借用的傘。
□ この頃の若者。 時下的年輕人。	▶ この頃、母は少し体が弱くなったようです。 這陣子媽媽的身體好像比較虛弱。
□ 細かく説明する。 詳細說明。	▶ 肉と野菜を細かく切ります。 把肉和菜切碎。
□ 燃えるごみを出す。 把可燃垃圾拿去丟。	▶ 燃えるごみは火曜日に出してください。 可燃垃圾請在週五丟棄。
□ お米がもう無い。 米缸已經見底。	▶ 日本では、秋においしいお米ができます。 日本在秋天能夠收穫美味的米。
□ こちらをご覧になってください。 請看這邊。	▶ お客様が絵をご覧になります。 貴賓想欣賞畫作。
□ これからどうしようか。 接下來該怎麼辦呢？	▶ これから、デパートで買い物をします。 現在要去百貨公司購物。

Check 1 必考單字	高低重音	詞性、類義詞與對義詞
307 □□□ こわ 怖い	► こわい ►	形 可怕的，令人害怕的 類 危険 危險 對 安心 放心
308 □□□ こわ 壊す	► こわす ►	他五 毀壞；弄碎；破壞；損壞 類 壊れる 破裂 對 建てる 建設
309 □□□ こわ 壊れる	► こわれる ►	自下一 壞掉，損壞；故障；破裂 類 故障 故障 對 直る 修理好
310 □□□ コンサート 【concert】	► コンサート ►	名 音樂會，演奏會 類 音楽会 音樂會
311 □□□ こん ど 今度	► こんど ►	名 下次；這次 類 次 下次
312 □□□ ◉T1 30 コンピューター 【computer】	► コンピューター ►	名 電腦 類 パソコン／Personal Computer 個人電腦
313 □□□ こん や 今夜	► こんや ►	名 今夜，今天晚上 類 今晩 今晚 對 夕べ 昨晚
314 □□□ さいきん 最近	► さいきん ►	名副 最近 類 今 當前；このごろ 近來 對 昔 從前
315 □□□ さい ご 最後	► さいご ►	名 最後，最終；一旦…就沒辦法了 類 終わり 結束 對 最初 開始

Check 2 / 必考詞組	Check 3 / 必考例句
□ 地震が多くて怖い。 地震頻傳，令人害怕。	▶ 昨夜、怖い夢を見て目が覚めました。 昨晚被噩夢嚇醒了。
□ 茶碗を壊す。 把碗打碎。	▶ 小さな弟がカメラを壊してしまいました。 我家的小弟弄壞了相機。
□ 電話が壊れている。 電話壞了。	▶ 地震で部屋のドアが壊れてしまいました。 地震把房門震壞了。
□ コンサートを開く。 開演唱會。	▶ コンサートのチケットを 2 枚買いました。 買了兩張演唱會的門票。
□ 今度アメリカに行く。 下次要去美國。	▶ 今度の金曜日、皆でパーティーをします。 這個星期五大家要一起辦派對。
□ コンピューターがおかしい。 電腦怪怪的。	▶ コンピューターの使い方を教えてもらいました。 請人家教了我電腦的操作方式。
□ 今夜は早く休みたい。 今晚想早點休息。	▶ 今夜、課長の送別会があります。 科長的歡送會將於今晚舉行。
□ 最近、雨が多い。 最近時常下雨。	▶ 最近読んだ小説は、なかなか面白かったです。 最近讀的小說相當有意思。
□ 最後までやりましょう。 一起堅持到最後吧。	▶ 料理の最後にデザートを食べます。 在套餐的最後一道吃甜點。

Check 1　必考單字	高低重音	詞性、類義詞與對義詞

316 □□□
さいしょ
最初 ▶ さいしょ ▶
名·副 最初，首先；開頭；第一次
類 一番（いちばん）　最初
對 最後（さいご）　最終

317 □□□
さいふ
財布 ▶ さいふ ▶
名 錢包
類 カバン　手提包

318 □□□
さか
坂 ▶ さか ▶
名 斜坡；坡道；陡坡
類 山（やま）　山

319 □□□
さが　　さが
探す／捜す ▶ さがす ▶
他五 尋找，找尋；搜尋
類 尋ねる（たず）　尋找；見つかる（み）　找到

320 □□□
さ
下がる ▶ さがる ▶
自五 下降；下垂；降低；降溫；退步
類 下げる（さ）　降下
對 上がる（あ）　提高

321 □□□
さか
盛ん ▶ さかん ▶
形動 興盛；繁榮；熱心
類 賑やか（にぎ）　熱鬧

322 □□□
さ
下げる ▶ さげる ▶
他下一 降下；降低，向下；掛；躲遠；收拾
類 落とす（お）　使降落；しまう　整理收拾
對 上げる（あ）　使升高

323 □□□ 🔘T1 31
さ　あ
差し上げる ▶ さしあげる ▶
他下一 奉送；給您（「あげる」謙讓語）；舉
類 あげる　給予
對 頂く（いただ）　收到

324 □□□
さしだしにん
差出人 ▶ さしだしにん ▶
名 發信人，寄件人
類 手紙（てがみ）　信
對 宛先（あてさき）　收信人姓名

あ
か
さ
た
な
は
ま
や
ら
わ

さいしょ～さしだしにん

□ 最初に会った人。
一開始見到的人。

▶ 会の最初に市長の挨拶があります。
會議的一開始是市長致詞。

□ 財布を落とした。
掉了錢包。

▶ 新しい財布を無くしてしまいました。
我把新錢包弄丟了。

□ 坂を下りる。
下坡。

▶ 急な坂を自転車で上ったので、疲れました。
騎自行車上陡坡，累死我了。

□ 読みたい本を探す。
尋找想看的書。

▶ 今、新しいアルバイトを探しています。
目前正在找打工的機會。

□ 熱が下がる。
漸漸退燒。

▶ ガソリンの価格が下がりました。
汽油價格調降了。

□ 研究が盛んになる。
許多人投入（該領域的）
研究。

▶ この学校はスポーツが盛んです。
這所學校運動風氣盛行。

□ 頭を下げる。
低下頭。

▶ エアコンで、部屋の温度を下げます。
開冷氣讓房裡的溫度下降。

□ これをあなたに差し
上げます。
這個奉送給您。

▶ お茶をお客様に差し上げます。
端茶給客人。

□ 差出人の住所。
寄件人地址。

▶ この荷物の差出人は、田舎の祖父です。
這件包裹的寄件人是住在鄉下的爺爺。

Check 1 必考單字	高低重音	詞性、類義詞與對義詞

325 □□□
さっき ▶ さっき ▶
- 名·副 剛才，先前
- 類 最近 近來（さいきん）
- 對 あとで 過一會兒

326 □□□
寂しい（さび） ▶ さびしい ▶
- 形 孤單；寂寞；荒涼；空虛
- 類 一人 獨自（ひとり）
- 對 賑やか 熱鬧（にぎ）

327 □□□
～様（さま） ▶ ～さま ▶
- 接尾 先生，小姐；姿勢；樣子
- 類 方 …們（かた）

328 □□□
再来月（さらいげつ） ▶ さらいげつ ▶
- 副 下下個月
- 類 来月 下個月（らいげつ）

329 □□□
再来週（さらいしゅう） ▶ さらいしゅう ▶
- 副 下下星期
- 類 来週 下星期（らいしゅう）

330 □□□
サラダ【salad】 ▶ サラダ ▶
- 名 沙拉
- 類 野菜 蔬菜（やさい）

331 □□□
騒ぐ（さわ） ▶ さわぐ ▶
- 自五 吵鬧，騷動，喧囂；慌張；激動；吹捧
- 類 煩い 吵雜（うるさ）
- 對 静か 安靜（しず）

332 □□□
触る（さわ） ▶ さわる ▶
- 自五 碰觸，觸摸；接觸；觸怒；有關聯
- 類 取る 拿取（と）

333 □□□
産業（さんぎょう） ▶ さんぎょう ▶
- 名 產業，工業
- 類 工業 工業（こうぎょう）

□ さっきから待っている。
從剛才就在等著你；已經等你一會兒了。

▶ さっき食べたのに、もうお腹がすきました。
剛剛才吃過，現在又餓了。

□ 一人で寂しい。
一個人很寂寞。

▶ 長い間家にいた犬が死んで寂しいです。
養了很久的狗過世之後，家裡變得冷清了。

□ こちらが木村様です。
這位是木村先生。

▶ このお菓子は、山田様から頂きました。
這盒點心是山田先生/女士送的。

□ 再来月また会う。
下下個月再見。

▶ 再来月、友だちが結婚します。
朋友將於下下個月結婚。

□ 再来週まで待つ。
將等候到下下週為止。

▶ 再来週、私は田舎に帰ります。
我將於下下週回鄉下。

□ サラダを作る。
做沙拉。

▶ 畑の野菜で、サラダを作ります。
從田裡摘來蔬菜做成沙拉。

□ 子供が騒ぐ。
孩子在吵鬧。

▶ 酒を飲んで騒ぐ人は、周りの迷惑です。
喝酒鬧事的人會造成他人的困擾。

□ 顔に触った。
觸摸臉。

▶ この花瓶に触ってはいけません。
不准碰觸這只花瓶。

□ 健康産業を育てる。
培植保健產業。

▶ この地方の主な産業は、農業です。
這個地區的主要產業是農業。

Check 1　必考單字	高低重音	詞性、類義詞與對義詞
334 □□□　◯ T1 / 32 サンダル 【sandal】	サンダル	名 拖鞋，涼鞋 類 靴　鞋子；スリッパ／slipper 拖鞋
335 □□□ サンドイッチ 【sandwich】	サンドイッチ	名 三明治 類 弁当^{べんとう}　便當
336 □□□ 残念^{ざんねん}	ざんねん	形動 遺憾，可惜；懊悔 類 恥ずかしい^は　慚愧的
337 □□□ 市^し	し	名 …市；城市，都市 類 県^{けん}　縣
338 □□□ 字^じ	じ	名 文字；字體 類 仮名^{かな}　假名；絵^え　繪畫
339 □□□ 試合^{しあい}	しあい	名 比賽 類 競争^{きょうそう}　競賽
340 □□□ 仕送りする^{しおく}	しおくりする	名・自サ 匯寄生活費或學費 類 送る^{おく}　寄送
341 □□□ 仕方^{しかた}	しかた	名 方法，做法 類 方^{かた}　方法
342 □□□ 叱る^{しか}	しかる	他五 責備，責罵 類 怒る^{おこ}　憤怒 對 褒める^ほ　讚美

Check 2 / 必考詞組	Check 3 / 必考例句
□ サンダルを履く。 穿涼鞋。	▶ サンダルを履いて、海岸を散歩しました。 踏上涼鞋到海邊散了步。
□ ハムサンドイッチを食べる。 吃火腿三明治。	▶ 遠足にサンドイッチを持って行きます。 遠足時會帶三明治去。
□ 残念に思う。 感到遺憾。	▶ サッカーの試合に負けて残念です。 輸了足球比賽很遺憾。
□ 台北市。 台北市。	▶ 台北市にある銀行で働いています。 我在位於台北市的銀行工作。
□ 字が見にくい。 字看不清楚；字寫得難看。	母は字がとてもきれいです。 媽媽寫得一手好字。
□ 試合が終わる。 比賽結束。	▶ 日曜日に野球の試合があります。 星期天有棒球比賽。
□ 家に仕送りする。 給家裡寄生活補貼。	▶ 家からの仕送りで大学に行っています。 我靠家裡給的錢上大學。
□ コピーの仕方が分かりません。 不會影印的操作方法。	▶ 自転車の簡単な修理の仕方を教えてください。 請教我簡易修理自行車的方法。
□ 先生に叱られた。 被老師罵了。	▶ 先生は、授業中に寝ている学生を叱ります。 老師責罵在上課中睡覺的學生。

Check 1 必考單字	高低重音	詞性、類義詞與對義詞

343 □□□

～式 ➤ ～しき ➤ 名 儀式；典禮；方式；樣式；公式
類 結婚式 結婚典禮

344 □□□

試験 ➤ しけん ➤ 名 考試；試驗
類 受験 報考

345 □□□ ◉ T1 / 33

事故 ➤ じこ ➤ 名 意外，事故；事由
類 火事 火災

346 □□□

地震 ➤ じしん ➤ 名 地震
類 台風 颱風

347 □□□

時代 ➤ じだい ➤ 名 時代；潮流；朝代；歷史
類 とき 時候

348 □□□

下着 ➤ したぎ ➤ 名 內衣，貼身衣物
類 パンツ／pants 褲子，內褲
對 上着 外衣

349 □□□

支度 ➤ したく ➤ 名・自サ 準備，預備
類 準備 準備

350 □□□

しっかり ➤ しっかり ➤ 副・自サ 結實，牢固；（身體）健壯；用力的，好好的；可靠
類 丈夫 堅固
對 適当 敷衍

351 □□□

失敗 ➤ しっぱい ➤ 自サ 失敗
類 間違える 弄錯

Check 2　必考詞組	Check 3　必考例句
□ 卒業式に出る。 去參加畢業典禮。	▶ 卒業式には、青い色のスーツを着ます。 在畢業典禮上穿著藍色的套裝。
□ 試験がうまくいく。 考試順利，考得好。	大学の入学試験を受けました。 參加了大學入學考試。
□ 事故が起こる。 發生事故。	▶ 車の事故で、これより先は通れません。 前方發生行車事故，無法通行。
□ 地震が起きる。 發生地震。	地震でたくさんの家が壊れました。 地震造成了許多屋宅毀損倒塌。
□ 時代が違う。 時代不同。	▶ 学生時代がとても懐かしいです。 我非常懷念學生時代。
□ 下着を替える。 換貼身衣物。	▶ 汗をかいたので、下着を替えました。 因為流了汗所以換了內衣。
□ 支度ができる。 準備好。	▶ 私はいつも夕飯の支度を手伝います。 我總是幫忙準備晚飯。
□ しっかり覚える。 牢牢地記住。	朝ご飯は、しっかり食べましょう。 早餐一定要吃喔。
□ 試験に失敗した。 落榜了。	▶ 新製品の開発に失敗しました。 新產品的研發失敗了。

Check 1 必考單字	高低重音	詞性、類義詞與對義詞

352 □□□
しつれい
失礼 ▶ しつれい ▶
名·自サ 失禮，沒禮貌；失陪
類 お礼　答禮

353 □□□
していせき
指定席 ▶ していせき ▶
名 劃位座，對號入座
類 席　座位
對 自由席　自由座

354 □□□
じてん
辞典 ▶ じてん ▶
名 辭典；字典
類 辞書　辭典

355 □□□
しなもの
品物 ▶ しなもの ▶
名 物品，東西；貨品
類 物　物品

356 □□□ ◉T1／34
しばら
暫く ▶ しばらく ▶
副 暫時，一會兒；好久
類 ちょっと　一會兒

357 □□□
しま
島 ▶ しま ▶
名 島嶼
類 山　山

358 □□□
し　みん
市民 ▶ しみん ▶
名 市民，公民
類 国民　國民

359 □□□
じ　む　しょ
事務所 ▶ じむしょ ▶
名 辦事處；辦公室
類 会社　公司

360 □□□
しゃかい
社会 ▶ しゃかい ▶
名 社會；領域
類 世間　社會上
對 一人　一個人

□ 失礼なことを言う。
說失禮的話。

▶ 失礼ですが、今何時でしょうか。
不好意思，請問現在幾點呢？

□ 指定席を予約する。
預約對號座位。

新幹線の指定席を予約しました。
預定了新幹線列車的對號座。

□ 辞典を引く。
查字典。

▶ 国語辞典で言葉の意味を調べます。
使用國語辭典查找詞彙的語意。

□ 品物を棚に並べた。
將商品陳列在架上了。

▶ この店の品物はどれも良いので、安心です。
這家店每一件商品的品質都非常優良，可以安心選購。

□ しばらくお待ちください。
請稍候。

▶ ここで、しばらくお待ちください。
請在這裡稍待一下。

□ 島へ渡る。
遠渡島上。

▶ この島の周りの海では魚がたくさんとれます。
這座島嶼四周環海，可以捕到很多魚。

□ 市民の生活を守る。
捍衛公民生活。

▶ 私は台北市の市民です。
我是台北市的市民。

□ 事務所を持つ。
設有辦事處。

▶ 私は法律事務所で働いています。
我在法律事務所工作。

□ 社会に出る。
出社會。

▶ 今年、大学を卒業して社会に出ます。
我今年將從大學畢業，進入社會工作。

Check 1　必考單字	高低重音	詞性、類義詞與對義詞

361 ☐☐☐
しゃちょう
社長 ▶ しゃちょう ▶
名 總經理；社長；董事長
類 部長　部長

362 ☐☐☐
じゃま
邪魔 ▶ じゃま ▶
名・他サ 妨礙，阻擾，打擾；拜訪
類 壁　障礙（物）

363 ☐☐☐
ジャム【jam】 ▶ ジャム ▶
名 果醬
類 バター／ butter　奶油

364 ☐☐☐
じゆう
自由 ▶ じゆう ▶
名・形動 自由；隨意；隨便；任意
類 暇　閒空
對 不自由　不自由

365 ☐☐☐
しゅうかん
習慣 ▶ しゅうかん ▶
名 習慣
類 慣れる　習以為常

366 ☐☐☐
じゅうしょ
住所 ▶ じゅうしょ ▶
名 地址
類 ところ　地方；住處

367 ☐☐☐
じゆうせき
自由席 ▶ じゆうせき ▶
名 自由座
對 指定席　劃位座

368 ☐☐☐　🔘T1／35
しゅうでん
終電 ▶ しゅうでん ▶
名 最後一班電車，末班車
對 始発　頭班車

369 ☐☐☐
じゅうどう
柔道 ▶ じゅうどう ▶
名 柔道
類 運動　運動；ボクシング／ boxing
拳擊

□ 社長になる。
しゃちょう
當上社長。

► 社長は、ただ今東京に出張中です。
しゃちょう　　　　いまとうきょう　しゅっちょうちゅう
總經理目前在東京出差。

□ 邪魔になる。
じゃま
阻礙，添麻煩。

► 勉強の邪魔をしないでください。
べんきょう　じゃま
請不要妨礙我用功。

□ パンにジャムを付け
　　　　　　　　　　つ
る。
在麵包上塗果醬。

► イチゴジャムを作りましたので、差し上げます。
　　　　　　　　つく　　　　　　　　　さ　あ
我做了草莓果醬，送你一瓶。

□ 自由がない。
じゆう
沒有自由。

► 参加するかしないかは、自由です。
さんか　　　　　　　　　　　じゆう
參加與否，可自行決定。

□ 習慣が変わる。
しゅうかん　か
習慣改變；習俗特別。

► 早起きの習慣をつけたいです。
はやお　　　しゅうかん
我想養成早起的習慣。

□ 住所がわからない。
じゅうしょ
不知道住址。

► 引っ越しをしたので、住所が変わりました。
ひ　こ　　　　　　　　　　　じゅうしょ　か
由於搬家了，所以住址也換了。

□ 自由席を取る。
じゆうせき　と
預購自由座車廂的座位。

► 新幹線の自由席で故郷に帰ります。
しんかんせん　じゆうせき　こきょう　かえ
我搭新幹線列車的自由座返鄉。

□ 終電に乗る。
しゅうでん　の
搭乘末班車。

► 残業で遅くなり、終電で家に帰りました。
ざんぎょう　おそ　　　　しゅうでん　いえ　かえ
加班到很晚，搭了最後一班電車回家。

□ 柔道をやる。
じゅうどう
練柔道。

► 5年前から、体の為に柔道を習っています。
ねんまえ　　　からだ　ため　じゅうどう　なら
為了身體健康，從五年前開始學柔道。

Check 1 必考單字	高低重音	詞性、類義詞與對義詞

370 □□□
じゅうぶん
十分 ▶ じゅうぶん ▶
形動 十分；充分，足夠
類 足りる 足夠；一杯 充分
對 少し 一點

371 □□□
しゅじん
主人 ▶ しゅじん ▶
名 一家之主；老公，（我）丈夫，先生；老闆
類 夫 （我）丈夫
對 妻 （我）妻子

372 □□□
じゅしん
受信 ▶ じゅしん ▶
名・他サ （郵件、電報等）接收；收聽
類 受ける 接到
對 送信 發報

373 □□□
しゅっせき
出席 ▶ しゅっせき ▶
自サ 參加；出席
類 出る 參加
對 欠席 缺席

374 □□□
しゅっぱつ
出発 ▶ しゅっぱつ ▶
自サ 出發；起步；開頭
類 立つ 動身；出かける 出門
對 着く 到達

375 □□□
しゅみ
趣味 ▶ しゅみ ▶
名 興趣；嗜好
類 興味 興趣

376 □□□
じゅんび
準備 ▶ じゅんび ▶
名・他サ 籌備；準備
類 支度 準備
對 片付け 收拾

377 □□□
しょうかい
紹介 ▶ しょうかい ▶
名・他サ 介紹
類 説明 解釋

378 □□□
しょうがつ
正月 ▶ しょうがつ ▶
名 正月，新年
類 新年 新年

□ 十分に休む。
充分休息。

▶ 健康の為には、十分な睡眠が必要です。
想要保持健康，就必須有充足的睡眠。

□ 主人の帰りを待つ。
等待丈夫回家。

▶ 主人は今、外出しています。
我先生目前不在家。

□ メールを受信する。
收簡訊。

▶ 支店からのメールを受信しました。
收到了分店寄來的電子郵件。

□ 出席を取る。
點名。

▶ 姉の結婚式に出席します。
我將參加姐姐的婚禮。

□ 出発が遅れる。
出發延遲。

▶ 明日、9時のバスで出発します。
明天將搭乘九點的巴士出發。

□ 趣味が多い。
興趣廣泛。

▶ 私の趣味は、ダンスをすることです。
我的興趣是跳舞。

□ 準備が足りない。
準備不夠。

▶ クラスの皆で、体育祭の準備をしました。
全班同學一起準備體育大會。

□ 家族に紹介する。
介紹給家人認識。

▶ 日本人の友だちを紹介します。
讓我為您介紹日本的朋友。

□ 正月を迎える。
迎新年。

▶ 正月には田舎に帰る予定です。
我計畫在元月回鄉下。

Check 1　必考單字	高低重音	詞性、類義詞與對義詞

379 ☐☐☐
小学校
しょうがっこう
▶ しょうがっこう ▶
名 小學
類 高校　高中
こうこう

380 ☐☐☐　🔘 T1／36
小説
しょうせつ
▶ しょうせつ ▶
名 小説
類 物語　故事
ものがたり

381 ☐☐☐
招待
しょうたい
▶ しょうたい ▶
名・他サ 邀請
類 ご馳走　宴請
ち　そう

382 ☐☐☐
承知
しょうち
▶ しょうち ▶
名・他サ 知道，了解，同意；許可
類 分かる　知道
わ

383 ☐☐☐
将来
しょうらい
▶ しょうらい ▶
名・他サ 未來；將來
類 これから　今後
對 昔　以前
むかし

384 ☐☐☐
食事
しょくじ
▶ しょくじ ▶
名・自サ 用餐，吃飯；飯，餐
類 食べる　吃飯
た

385 ☐☐☐
食料品
しょくりょうひん
▶ しょくりょうひん ▶
名 食品
類 食べ物　食物；飲み物　飲料
た　もの　の　もの

386 ☐☐☐
初心者
しょしんしゃ
▶ しょしんしゃ ▶
名 初學者
類 入門　初學
にゅうもん

387 ☐☐☐
女性
じょせい
▶ じょせい ▶
名 女性
類 女　女人
おんな
對 男性　男性
だんせい

□ 小学校に上がる。
上小學。

▶ 近くの小学校の庭に桜が咲きました。
附近的小學校園裡櫻花盛開了。

□ 小説を書く。
寫小說。

▶ 暇なときは、ベッドに寝て小説を読みます。
我有空的時候喜歡躺在床上看小說。

□ 招待を受ける。
接受邀請。

▶ 伯母の家の晩ご飯に、招待されました。
在伯母家享用了晚餐。

□ 時間のお話、承知しました。
關於時間上的問題，已經明白了。

▶ 父は、私の願いを承知してくれました。
爸爸答應了我的請求。

□ 近い将来。
最近的將來。

▶ 将来はエンジニアになりたいです。
我以後想成為工程師。

□ 食事が終わる。
吃完飯。

▶ 朝の食事は、いつも家族で食べます。
早餐總是全家人一起吃。

□ そこで食料品を買う。
在那邊購買食材。

▶ 近くのスーパーで食料品を買います。
在附近的超市買食品。

□ テニスの初心者。
網球初學者。

▶ 私はゴルフの初心者です。
我是高爾夫球的新手。

□ 女性は強くなった。
女性變堅強了。

▶ 彼女は、多くの女性に尊敬されています。
她受到眾多女性的尊敬。

さ
行

Part
1

Check 1 必考單字	高低重音	詞性、類義詞與對義詞

388 □□□
知らせる ▶ しらせる ▶ 他下一 通知，讓對方知道
類 連絡 聯繫

389 □□□
調べる ▶ しらべる ▶ 他下一 查閱，調查；審訊；搜查
類 引く 查辭典

390 □□□
新規作成・する ▶ しんきさくせいする ▶ 名・他サ 新作，從頭做起；（電腦檔案）開新檔案
類 新しい 新的

391 □□□ T1 37
人口 ▶ じんこう ▶ 名 人口
類 人 人

392 □□□
信号無視 ▶ しんごうむし ▶ 名 違反交通號誌，闖紅（黃）燈
類 信号 紅綠燈

393 □□□
神社 ▶ じんじゃ ▶ 名 神社
類 寺 寺廟

394 □□□
親切 ▶ しんせつ ▶ 名・形動 親切，客氣
類 暖かい 親切
對 冷たい 冷淡的

395 □□□
心配 ▶ しんぱい ▶ 名・形動 擔心；操心，掛念，憂慮
類 困る 苦惱
對 安心 安心

396 □□□
新聞社 ▶ しんぶんしゃ ▶ 名 報社
類 テレビ局／television 電視台

104

Check 2 必考詞組	Check 3 必考例句
□ 警察に知らせる。 報警。	▶ 携帯電話で事故の様子を知らせました。 我打手機通知了事故的情況。
□ 辞書で調べる。 查字典。	▶ インターネットで飛行機の時刻を調べます。 在網路上查詢班機時刻。
□ ファイルを新規作成する。 開新檔案。	▶ 新規作成の画面で、書類を作ります。 在新增檔案的畫面製作文件。
□ 人口が多い。 人口很多。	▶ 私の町は、だんだん人口が減っています。 我居住城鎮的人口數漸漸減少。
□ 信号無視をする。 違反交通號誌。	▶ 信号無視をして、警察官に注意されました。 闖紅燈後被警察攔下來警告了。
□ 神社に参る。 參拜神社。	▶ 正月に、近くの神社にお参りします。 將於元月時到附近的神社參拜。
□ 親切に教える。 親切地教導。	▶ お年寄りには親切にしましょう。 對待老人家要親切喔。
□ 娘が心配だ。 女兒真讓我擔心。	▶ 父の手術がうまくいくか心配です。 我很擔心爸爸的手術能不能順利完成。
□ 新聞社に勤める。 在報社上班。	▶ 大学を卒業したあと、地方の新聞社に勤めています。 從大學畢業之後，就在外縣市的報社工作。

Check 1	必考單字	高低重音	詞性、類義詞與對義詞

397 □□□

すいえい
水泳 ▸ すいえい ▸ 名 游泳
類 泳ぎ　游泳

398 □□□

すいどう
水道 ▸ すいどう ▸ 名 自來水；自來水管
類 電気　電力

399 □□□

ずいぶん
随分 ▸ ずいぶん ▸ 副 相當地，比想像的更多
類 非常に　非常地
對 ちょっと　一點點

400 □□□

すうがく
数学 ▸ すうがく ▸ 名 數學
類 国語　國文

401 □□□

スーツ【suit】 ▸ スーツ ▸ 名 套裝
類 背広　西裝

402 □□□ ◉ T1／38

スーツケース
【suitcase】 ▸ スーツケース ▸ 名 行李箱；手提旅行箱
類 荷物　行李

403 □□□

スーパー
【supermarket】之略 ▸ スーパー ▸ 名 超級市場
類 デパート／ department store　百貨公司

404 □□□

す
過ぎる ▸ すぎる ▸ 自上一 超過；過於，過度；經過
類 渡る　渡過

405 □□□

す
～過ぎる ▸ ～すぎる ▸ 接尾 過於…
類 あまり　過於

□ 水泳が上手だ。
擅長游泳。

▶ 私の好きなスポーツは、水泳です。
我喜歡的運動是游泳。

□ 水道を引く。
安裝自來水。

▶ 毎朝、水道の水で顔を洗います。
每天都用自來水洗臉。

□ ずいぶんたくさんある。
非常多。

▶ 今日は、ずいぶん暑いですね。
今天相當熱呀！

□ 数学の教師。
數學老師。

▶ 明日、私の嫌いな数学の試験があります。
明天有我討厭的數學考試。

□ スーツを着る。
穿套裝。

▶ 新しいスーツを着て、入学式に出ます。
穿上新套裝出席入學典禮。

□ スーツケースを持つ。
拿著行李箱。

▶ スーツケースに旅行の荷物をつめます。
把旅行用品塞進行李箱裡。

□ スーパーへ買い物に行く。
去超市買東西。

▶ スーパーで肉と魚を買って帰ります。
先在超市買肉和魚之後回家。

□ 冗談が過ぎる。
玩笑開得過火。

▶ 図書館を過ぎると、すぐ公園があります。
經過圖書館之後就可以看到公園了。

□ 食べ過ぎる。
吃太多。

▶ 食べ過ぎると太りますよ。
吃太多會變胖喔！

Check 1 必考單字	高低重音	詞性、類義詞與對義詞
406 □□□ 空く _す	すく	自五 有縫隙；（內部的人或物）變 少；飢餓；有空閒；（心情）舒暢 類 空く_あ 出現空隙
407 □□□ 少ない _{すく}	すくない	形 少，不多的 類 少し_{すこ} 一點 對 多い_{おお} 多的
408 □□□ 直ぐに _す	すぐに	副 馬上 類 もうすぐ 馬上 對 ゆっくり 不著急
409 □□□ スクリーン 【screen】	スクリーン	名 螢幕 類 黒板_{こくばん} 黑板
410 □□□ すごい	すごい	形 厲害的，出色的；可怕的 類 素晴らしい_{すば} 絕佳的
411 □□□ 進む _{すす}	すすむ	自五 進展；前進；上升 對 戻る_{もど} 倒退
412 □□□ スタートボタン 【start button】	スタートボタン	名 （微軟作業系統的）開機鈕 類 ボタン／ button 按鍵，鈕扣
413 □□□ ◉T1 39 すっかり	すっかり	副 完全，全部；已經；都 類 全部_{ぜんぶ} 全部 對 ちっとも 一點也（不）…
414 □□□ ずっと	ずっと	副 （比…）得多；遠比…更…；一直 類 より 更… 對 少し_{すこ} 少量

□ バスは空（す）いていた。
公車上沒什麼人。

▶ 今朝（けさ）のバスは空（す）いていました。
今天早上的巴士空蕩蕩的。

□ お金（かね）が少（すく）ない。
錢很少。

▶ 水道（すいどう）の水（みず）がそのまま飲（の）める国（くに）は少（すく）ない。
自來水可以直接飲用的國家並不多。

□ すぐに帰（かえ）る。
馬上回來。

▶ 夏休（なつやす）みが終（お）わると、すぐに試験（しけん）があります。
暑假一結束，緊接著就是考試。

□ 大（おお）きなスクリーン。
很大的銀幕。

▶ スクリーンにグラフを映（うつ）して説明（せつめい）します。
將圖表投影到銀幕上說明。

□ すごく暑（あつ）い。
非常熱。

▶ 日曜日（にちようび）、遊園地（ゆうえんち）はすごい人出（ひとで）でした。
星期天的遊樂園人潮擁擠。

□ 仕事（しごと）が進（すす）む。
工作進展下去。

▶ 大（おお）きな台風（たいふう）が、ゆっくりと東（ひがし）に進（すす）んでいます。
強烈颱風緩慢向東移動。

□ スタートボタンを押（お）す。
按開機鈕。

▶ スタートボタンを押（お）して、ゲームを始（はじ）めます。
按下啟動鈕，遊戲開始。

□ すっかり変（か）わった。
徹底改變了。

▶ 友（とも）だちとの約束（やくそく）をすっかり忘（わす）れていました。
我把和朋友約好的事忘得一乾二淨了。

□ ずっと家（いえ）にいる。
一直待在家。

▶ 喫茶店（きっさてん）で、友（とも）だちとずっと話（はなし）をしていました。
那時在咖啡廳和朋友聊天聊個沒完。

Check 1 必考單字	高低重音	詞性、類義詞與對義詞
415 □□□ ステーキ 【steak】	▶ ステーキ ▶	名 牛排 類 牛肉^{ぎゅうにく} 牛肉
416 □□□ 捨^すてる	▶ すてる ▶	他下一 丟掉，拋棄；放棄；置之不理 類 投^なげる 投擲 對 拾^{ひろ}う 撿拾
417 □□□ ステレオ 【stereo】	▶ ステレオ ▶	名 音響；立體聲 類 ラジオ／radio 收音機
418 □□□ ストーカー 【stalker】	▶ ストーカー ▶	名 跟蹤狂 類 おかしい 可疑的
419 □□□ 砂^{すな}	▶ すな ▶	名 沙子 類 石^{いし} 石頭
420 □□□ 素晴^{すば}らしい	▶ すばらしい ▶	形 了不起；出色，極好的 類 立派^{りっぱ} 出色 對 つまらない 不值錢
421 □□□ 滑^{すべ}る	▶ すべる ▶	自五 滑（倒）；滑動；（手）滑；跌落 類 倒^{たお}れる 跌倒
422 □□□ 隅^{すみ}／角^{すみ}	▶ すみ ▶	名 角落 類 角^{かど} 角落
423 □□□ 済^すむ	▶ すむ ▶	自五 （事情）完結，結束；過得去，沒問題；（問題）解決，（事情）了結 類 終^おわる 結束 對 始^{はじ}まる 開始

□ ステーキを食べる。
吃牛排。

▶ レストランでステーキを注文しました。
在餐廳裡點了牛排。

□ ごみを捨てる。
丟垃圾。

▶ ここにごみを捨ててはいけません。
此處禁丟垃圾。

□ ステレオを点ける。
打開音響。

▶ 休日は、ステレオで音楽を聴きます。
我會在假日開音響聽音樂。

□ ストーカー事件が起こる。
發生跟蹤事件。

▶ ストーカーの被害は、すぐに警察に届けましょう。
萬一遭到跟蹤狂尾隨，請立刻向警察報案。

□ 砂が目に入る。
沙子掉進眼睛裡。

▶ 指の間から、砂がさらさらと落ちる。
沙子從指縫間瀉落而下。

□ 素晴らしい映画を楽しむ。
欣賞一部出色的電影。

▶ 山の上からの景色は素晴らしかったです。
那時在山上眺望的風景非常壯觀。

□ 道が滑る。
路滑。

▶ 手が滑って、皿を落としてしまいました。
手一滑，盤子就掉了下去。

□ 隅から隅まで探す。
找遍了各個角落。

▶ 私の部屋の隅には、大きな本棚があります。
我房間角落有一座大書櫃。

□ 宿題が済んだ。
作業寫完了。

▶ 用事は午前中に済むので、それまで待っていてください。
上午會把事情辦完，請在這裡等我回來。

111

Check 1 / 必考單字	高低重音	詞性、類義詞與對義詞

424 ☐☐☐ 🔘 T1 / 40

掏摸
すり

▶ すり ▶

名 扒手，小偷
類 泥棒（どろぼう） 小偷

425 ☐☐☐

すると

▶ すると ▶

接續 於是；這樣一來，結果；那麼
類 だから 因此

426 ☐☐☐

～製（せい）

▶ ～せい ▶

接尾 製品；…製
類 ～産 …生産

427 ☐☐☐

生活（せいかつ）

▶ せいかつ ▶

自サ 生活；謀生
類 生（い）きる 生活

428 ☐☐☐

請求書（せいきゅうしょ）

▶ せいきゅうしょ ▶

名 帳單，繳費單
類 領収書（りょうしゅうしょ） 收據

429 ☐☐☐

生産（せいさん）

▶ せいさん ▶

名・自サ 生産
類 作（つく）る 製造
對 消費（しょうひ） 消費

430 ☐☐☐

政治（せいじ）

▶ せいじ ▶

名 政治
類 経済（けいざい） 經濟

431 ☐☐☐

西洋（せいよう）

▶ せいよう ▶

名 西洋，西方，歐美
類 ヨーロッパ／Europa 歐洲
對 東洋（とうよう） 東方

432 ☐☐☐

世界（せかい）

▶ せかい ▶

名 世界；天地；世上
類 地球（ちきゅう） 地球

□ 掏摸に金を取られた。
錢被扒手偷了。

▶ 電車の中で掏摸に遭って、財布を盜まれました。
在電車裡遇到扒手，錢包被偷走了。

□ すると急に暗くなった。
結果突然暗了下來。

▶ すると、あなたにも彼から電話がかかってきたのですね。
這麼說，你也接到了他的電話吧？

□ 台湾製の靴を買う。
買台灣製的鞋子。

▶ スイス製の時計を買いました。
我買了瑞士製的手錶。

□ 生活に困る。
不能維持生活。

▶ 日本での学生生活は、とても楽しいです。
在日本的學生生涯非常快樂。

□ 請求書が届く。
收到繳費通知單。

▶ 携帯電話の請求書が届きました。
我收到了手機帳單。

□ 車を生産している。
正在生產汽車。

▶ この地域ではマンゴーを使ったお菓子を生産しています。
這個地區生產用芒果做成的點心。

□ 政治に関係する。
參與政治。

▶ 台北は、政治や経済の中心です。
台北是政治和經濟的中心。

□ 西洋に旅行する。
去西方國家旅行。

▶ 私は、西洋美術に興味があります。
我對西洋美術有興趣。

□ 世界に知られている。
聞名世界。

▶ 世界を歩いて、おいしい物を食べたいです。
我想環遊世界，嚐遍美食。

Check 1 必考單字	高低重音	詞性、類義詞與對義詞

433 □□□
席
せき

名 席位；座位；職位
類 椅子　職位

434 □□□
説明
せつめい

名・他サ 説明；解釋
類 紹介　介紹

435 □□□ T1 41
背中
せなか

名 背脊；背部
類 背　後背
對 お腹　肚子

436 □□□
是非
ぜひ

副 務必；一定；無論如何；是非；好與壞
類 必ず　一定

437 □□□
世話
せわ

名・他サ 照顧，照料，照應
類 手伝う　幫忙

438 □□□
線
せん

名 線；線路
類 糸　紗線

439 □□□
全然
ぜんぜん

副 （接否定）完全不…，一點也不…；根本；簡直
類 ほとんど　完全不…

440 □□□
戦争
せんそう

名 戰爭
類 喧嘩　吵架

441 □□□
先輩
せんぱい

名 前輩；學姐，學長；老前輩
類 上司　上司
對 後輩　晚輩

Check 2　必考詞組	Check 3　必考例句
□ 席を立つ。 起立。	電車の中で、お年寄りに席を代わってあげました。 在電車裡讓座給老人家了。
□ 説明が足りない。 解釋不夠充分。	約束の時間に遅れた理由を説明しました。 解釋了遲到的理由。
□ 背中が痛い。 背部疼痛。	走ってきたので、背中に汗をかきました。 因為一路跑過來，所以背上全是汗。
□ ぜひおいでください。 請一定要來。	ぜひ、私の家に遊びに来てください。 請一定要來我家玩。
□ 世話になる。 受到照顧。	犬の世話は、昔から私の仕事です。 照顧狗一向是我的職責。
□ 線を引く。 畫條線。	右から左へまっすぐな線を引きます。 從右到左畫一條直線。
□ 全然知らなかった。 那時完全不知道（有這麼回事）。	この問題は、私には全然わかりません。 這個問題我完全不懂。
□ 戦争になる。 開戰。	戦争でたくさんの人々が死にました。 許多人在戰爭中死去。
□ 高校の先輩。 高中時代的學長姐。	クラブの先輩と毎日テニスの練習をします。 我每天都和社團學長練習網球。

Check 1　必考單字	高低重音	詞性、類義詞與對義詞

442 ☐☐☐
せんもん
専門 ▸ せんもん ▸
名 專業；攻讀科系
類 職業　職業

443 ☐☐☐
そう ▸ そう ▸
副 那樣，那樣的
類 こう　這樣；ああ　那樣

444 ☐☐☐
そうしん
送信・する ▸ そうしんする ▸
名・他サ（電）發報，播送，發射；發
送（電子郵件）
類 送る　傳送
對 受信　收信

445 ☐☐☐
そうだん
相談 ▸ そうだん ▸
名・他サ 商量；協商；請教；建議
類 話　商談

446 ☐☐☐
そうにゅう
挿入・する ▸ そうにゅうする ▸
名・他サ 插入，裝入
類 入れる　裝入

447 ☐☐☐ 🔊 T1 / 42
そう べつ かい
送別会 ▸ そうべつかい ▸
名 送別會
類 宴会　宴會
對 歓迎会　歡迎宴會

448 ☐☐☐
そだ
育てる ▸ そだてる ▸
他下一 養育；撫育，培植；培養
類 養う　養育

449 ☐☐☐
そつぎょう
卒業 ▸ そつぎょう ▸
名・他サ 畢業
類 別れる　離別
對 入学　入學

450 ☐☐☐
そつぎょうしき
卒業式 ▸ そつぎょうしき ▸
名 畢業典禮
對 入学式　開學典禮

□ 歴史学を専門にする。
専攻歷史學。

▶ 大学で経済を専門に勉強しています。
我在大學主修經濟。

□ 私もそう考える。
我也那樣認為。

▶ そうは言っても、私にはやはり難しいです。
話雖這麼說，對我而言還是很難。

□ ファックスで送信する。
以傳真方式發送。

▶ 仕事の件で、部長にメールを送信しました。
為向經理報告工作事項而寄送了電子郵件。

□ 相談で決める。
通過商討決定。

▶ 困っていることを母に相談しました。
我找媽媽商量了煩惱。

□ 地図を挿入する。
插入地圖。

▶ 資料に写真を挿入して送ります。
在資料裡插入照片後送出。

□ 送別会に参加する。
參加歡送會。

▶ 土曜日に先輩の送別会を開きます。
將於星期六舉辦前輩的歡送會。

□ 庭でトマトを育てる。
在庭院裡栽種番茄。

▶ 姉は働きながら、子供を育てています。
姐姐一面工作一面養兒育女。

□ 大学を卒業する。
大學畢業。

▶ 2年前に、東京の大学を卒業しました。
我兩年前從東京的大學畢業了。

□ 卒業式を行う。
舉行畢業典禮。

▶ 卒業式に、着物を着て写真を撮りました。
在畢業典禮上穿著和服拍了照片。

Check 1 必考單字	高低重音	詞性、類義詞與對義詞
451 □□□ そとがわ **外側** ▶	そとがわ ▶	名 外部，外面，外側 類 表 外表 對 内側 内側
452 □□□ そ ふ **祖父** ▶	そふ ▶	名 祖父，外祖父 類 お祖父さん 祖父 對 祖母 祖母
453 □□□ **ソフト【soft】** ▶	ソフト ▶	名・形動 柔軟，軟的；不含酒精飲料； 壘球（ソフトボール之略）；軟件（ソフト ウェア之略）；呢子帽（ソフト帽之略） 類 柔らかい 柔軟的 對 固い 堅硬的
454 □□□ そ ぼ **祖母** ▶	そぼ ▶	名 祖母，奶奶，外婆 類 お祖母さん 祖母 對 祖父 祖父
455 □□□ **それで** ▶	それで ▶	接續 後來，那麼；因此 類 で 後來，那麼
456 □□□ **それに** ▶	それに ▶	接續 而且，再者；可是，但是 類 また 再・還
457 □□□ **それはいけま せんね** ▶	それはいけませんね ▶	寒暄 那可不行 類 だめ 不可以
458 □□□ T1 / 43 ほど **それ程** ▶	それほど ▶	副 那種程度，那麼地 類 あんまり 不怎樣
459 □□□ **そろそろ** ▶	そろそろ ▶	副 漸漸地；快要，不久；緩慢 類 もうすぐ 馬上

Check 2 必考詞組 | **Check 3** 必考例句

□ 外側に紙を貼る。
在外面貼上紙張。
▶ 箱の外側にメモを貼りました。
在盒子的外面貼了便條紙。

□ 祖父に会う。
和祖父見面。
▶ 祖父はずっと高雄に住んでいます。
爺爺一直住在高雄。

□ ソフトに問題がある。
軟體故障。
▶ このかばんはソフトで使いやすいです。
這個皮包材質柔軟，十分好用。

□ 祖母が亡くなる。
祖母過世。
▶ 私の祖母はとても料理が上手です。
我奶奶做得一手好菜。

□ それでどうした。
然後呢？
▶ 風邪を引きました。それで薬を飲みました。
我感冒了，所以吃了藥。

□ 晴れだし、それに風も無い。
晴朗而且無風。
▶ コーヒーに砂糖を入れました。それにミルクも入れました。
在咖啡裡摻了糖，連牛奶也加了。

□ 風邪ですか。それはいけませんね。
感冒了嗎？那真糟糕呀。
▶ 風邪ですか。それはいけませんね。お大事に。
感冒了嗎？真糟糕，請多保重。

□ それ程寒くはない。
沒有那麼冷。
▶ このカレーはそれ程辛くないです。
這盤咖哩並沒有那麼辣。

□ そろそろ始める時間だ。
差不多要開始了。
▶ 9時ですね。そろそろ失礼致します。
已經九點了呀。我差不多該告辭了。

Check 1 必考單字	高低重音	詞性、類義詞與對義詞

460 ☐☐☐

そんな ▶ そんな ▶ 形動 那樣的；哪裡
類 そんなに 那麼

461 ☐☐☐

そんなに ▶ そんなに ▶ 連體 那麼，那樣
類 そんな 那樣的

462 ☐☐☐

～代 ▶ ～だい ▶ 接尾 年代，（年齡範圍）…多歲；時
代；代，任
類 世紀 世紀

463 ☐☐☐

退院 ▶ たいいん ▶ 名・自サ 出院
類 病院 醫院
對 入院 住院

464 ☐☐☐

大学生 ▶ だいがくせい ▶ 名 大學生
類 学生 學生

465 ☐☐☐

大事 ▶ だいじ ▶ 名・形動 重要的，保重，重要；小心，
謹慎；大問題
類 大切 重要

466 ☐☐☐

大体 ▶ だいたい ▶ 名・副 大部分；大致，大概；本來；根
本
類 殆ど 大部分
對 ちょうど 完全一致

467 ☐☐☐

大抵 ▶ たいてい ▶ 名・副 大抵，大多；大概；普通；適
度；幾乎
類 普通 普通

468 ☐☐☐

タイプ
【type】 ▶ タイプ ▶ 名・他サ 款式；類型；打字
類 型 類型

□ そんなことはない。
不會，哪裡。

▶ そんな話、私は聞いたことがありません。
那種事我連聽都沒聽過。

□ そんなに暑くない。
沒有那麼熱。

▶ このラーメンはそんなにおいしくないです。
這碗拉麵沒那麼好吃。

□ 20代前半の若い女性。
二十至二十五歲的年輕女性。

▶ この会社は、60代の人も元気に働いています。
這家公司就連年過六旬的員工也一樣精神奕奕地工作。

□ 三日で退院できます。
三天後即可出院。

▶ 祖母が退院して、ほっとしました。
奶奶出院，大家總算鬆了一口氣。

□ 大学生になる。
成為大學生。

▶ 弟は、この春やっと大学生になりました。
弟弟終於在今年春天成為大學生了。

□ 大事になる。
成為大問題。

▶ 母からもらった時計を大事にしています。
我很珍惜媽媽給的手錶。

□ だいたい 60 人ぐらい。
差不多六十個人左右。

▶ 日本の新聞はだいたい読めます。
日本的報紙內容我大致上都能了解意思。

□ たいていの人が知っている。
大多數人都知道。

▶ 日曜日はたいてい近くの川へ釣りに行きます。
星期天大多都到附近的河邊釣魚。

□ 好きなタイプ。
喜歡的類型。

▶ この冷蔵庫は古いタイプのものです。
這台冰箱屬於舊機款。

た
行

Part
1

Check 1 必考單字	高低重音	詞性、類義詞與對義詞
469 □□□ だい ぶ 大分 ▸	だいぶ ▸	副 大約，相當地 けっこう 類 結構　相當
470 □□□ ●T1 44 たいふう 台風 ▸	たいふう ▸	名 颱風 じ しん 類 地震　地震
471 □□□ たお 倒れる ▸	たおれる ▸	自下一 倒塌，倒下；垮台；死亡 な 類 亡くなる　死亡 た 對 立つ　奮起
472 □□□ だから ▸	だから ▸	接續 所以，因此 類 ので　由於 對 けれど　可是
473 □□□ たし 確か ▸	たしか ▸	副・形動 的確，確實；清楚，明瞭；似乎，大概 類 はっきり　明確 對 たぶん　大概
474 □□□ た 足す ▸	たす ▸	他五 加，加總，添，補足，增加 ごうけい 類 合計　總計 ひ 對 引く　減去
475 □□□ だ 出す ▸	だす ▸	他五・接尾 拿出，寄出；發生；開始…；…起來 ひ い や 對 引く　拉；入れる　放入；止める 停止…
476 □□□ たず 訪ねる ▸	たずねる ▸	他下一 拜訪，訪問 おとず 類 訪れる　拜訪
477 □□□ たず 尋ねる ▸	たずねる ▸	他下一 問，打聽；尋問 き 類 聞く　詢問 こた 對 答える　回答

Check 2　必考詞組	Check 3　必考例句

□ 大分（だいぶ）暖（あたた）かくなった。
相當暖和了。

▶ 日本語（にほんご）の会話（かいわ）が大分（だいぶ）上手（じょうず）になりました。
日語會話已經練得相當不錯了。

□ 台風（たいふう）に遭（あ）う。
遭遇颱風。

▶ 午後（ごご）、台風（たいふう）が日本（にほん）に最（もっと）も近（ちか）づくでしょう。
預計中午過後颱風將會最接近日本。

□ 家（いえ）が倒（たお）れる。
房屋倒塌。

▶ 台風（たいふう）で、大（おお）きな木（き）が倒（たお）れました。
颱風吹倒了大樹。

□ 日曜日（にちようび）だから家（いえ）にいる。
因為是星期天所以在家。

▶ 朝（あさ）、庭（にわ）でとった野菜（やさい）です。だから、とても新鮮（しんせん）です。
這是清晨剛在院子裡摘下的蔬菜，所以非常新鮮。

□ 確（たし）かな返事（へんじ）をする。
確切的回答。

▶ 私（わたし）の眼鏡（めがね）、確（たし）かここに置（お）いたのだけど、知（し）らない。
我記得好像把眼鏡放在這裡了，你有沒有看到？

□ 1万円（まんえん）を足（た）す。
加上一萬日圓。

▶ 苦（にが）いので、少（すこ）し砂糖（さとう）を足（た）してください。
嚐起來有點苦，請再加一點糖。

□ 泣（な）き出（だ）す。
開始哭起來。

▶ 突然（とつぜん）、赤（あか）ちゃんが泣（な）き出（だ）しました。
突然間，小寶寶哭了出來。

□ 大学（だいがく）の先生（せんせい）を訪（たず）ねる。
拜訪大學教授。

▶ 10年前（ねんまえ）に卒業（そつぎょう）した小学校（しょうがっこう）を訪（たず）ねました。
我造訪了十年前畢業的小學母校。

□ 道（みち）を尋（たず）ねる。
問路。

▶ 駅前（えきまえ）で、市役所（しやくしょ）の場所（ばしょ）を尋（たず）ねました。
我在車站前詢問了市公所的所在位置。

Check 1 必考單字	高低重音	詞性、類義詞與對義詞
478 □□□ ただいま ただいま 唯今／只今	ただいま	名·副 馬上，剛才；我回來了 類 今 立刻
479 □□□ ただ 正しい	ただしい	形 正確；端正；合情合理 類 ほんとう 真正 對 間違える 錯誤
480 □□□ たたみ 畳	たたみ	名 榻榻米 類 床 地板
481 □□□ た 立てる	たてる	他下一 直立，立起，訂立；揚起；掀 起；安置；保持 類 立つ 成立
482 □□□ ●T1／45 た 建てる	たてる	他下一 建立，建造 類 直す 修理 對 壊す 毀壞
483 □□□ たと 例えば	たとえば	副 例如 類 もし 假如
484 □□□ たな 棚	たな	名 架子，棚架 類 本棚 書架
485 □□□ たの 楽しみ	たのしみ	名·形動 快樂；期待；消遣 類 遊び 消遣
486 □□□ たの 楽しむ	たのしむ	他五 享受，欣賞，快樂；以…為消遣； 期待，盼望 類 遊ぶ 消遣 對 働く 工作；勉強する 學習

Check 2 / 必考詞組	Check 3 / 必考例句
□ ただいま電話中です。 目前正在通話中。	父はただいま戻りますので、しばらくお待ちください。 家父很快就回來了，請稍等一下。
□ 正しい答え。 正確的答案。	あなたの意見は正しいです。 你的建議是正確的。
□ 畳を換える。 換新榻榻米。	旅館には畳の部屋があります。 旅館裡有鋪設榻榻米的房間。
□ 計画を立てる。 制訂計畫。	家族旅行の計画を立てました。 擬定了全家出遊的計畫。
□ 家を建てる。 蓋房子。	来年、郊外に家を建てる予定です。 預計明年在郊外建蓋新家。
□ これは例えばの話だ。 這只是打個比方。	私は、和食、例えば天ぷらや刺身が好きです。 我喜歡吃日式餐點，例如炸蝦或生魚片。
□ 棚に人形を飾る。 在架子上擺飾人偶。	棚に皿とコップをきれいに並べます。 將盤子和杯子整齊地擺在架子上。
□ 釣りをするのが楽しみです。 很期待去釣魚。	日曜日のピクニックがとても楽しみです。 我非常期待星期天的野餐。
□ 音楽を楽しむ。 欣賞音樂。	家族で、登山を楽しんでいます。 全家人都很喜歡爬山。

た
行

Part
1

Check 1 必考單字	高低重音	詞性、類義詞與對義詞

487 □□□
食べ放題（た・ほうだい）　►　たべほうだい　►
名 吃到飽，盡量吃，隨意吃
類 飲み放題（の・ほうだい）喝到飽

488 □□□
偶に（たま）　►　たまに　►
副 偶然，偶爾，有時
類 ときどき　偶爾
對 よく　經常

489 □□□
為（ため）　►　ため　►
名 為了…由於；（表目的）為了；（表原因）因為
類 から　因為

490 □□□
駄目（だ・め）　►　だめ　►
名・形動 不行；沒用；無用
類 嫌（いや）不行
對 良い（よ）可以

491 □□□
足りる（た）　►　たりる　►
自上一 足夠；可湊合；值得
類 十分（じゅうぶん）足夠
對 欠ける（か）不足

492 □□□
男性（だん・せい）　►　だんせい　►
名 男性
類 男（おとこ）男人
對 女性（じょ・せい）女性

493 □□□ ◉T1 46
暖房（だん・ぼう）　►　だんぼう　►
名・他サ 暖氣；供暖
類 ストーブ／ stove　暖爐
對 冷房（れい・ぼう）冷氣

494 □□□
血（ち）　►　ち　►
名 血液，血；血緣
類 毛（け）毛
對 肉（にく）肉

495 □□□
小さな（ちい）　►　ちいさな　►
連體 小，小的；年齡幼小
類 ミニ／ mini　小型
對 大きな（おお）大的

126

Check 2 必考詞組	Check 3 必考例句
□ このレストランは食べ放題だ。 這是間吃到飽的餐廳。	友だちと、ホテルのケーキ食べ放題に行きました。 我和朋友去吃了飯店的百匯自助餐。
□ 偶にテニスをする。 偶爾打網球。	夏は、偶に近くのプールで泳いでいます。 我夏天偶爾會到附近的泳池游泳。
□ 病気のために休む。 因為有病而休息。	大雪のため、電車は全て止まっています。 由於降下大雪，電車全面停駛。
□ 野球は上手だがゴルフは駄目だ。 雖然很會打棒球，但高爾夫就完全不行了。	ここにごみを捨てては駄目です。 不可以把垃圾丟在這裡。
□ お金が足りない。 錢不夠。	今日の買い物は1000円で足ります。 今天要買的東西只要一千圓就夠了。
□ 大人の男性を紹介する。 介紹(妳認識)穩重的男士。	男性用のトイレはあちらです。 男廁在這邊。
□ 暖房を点ける。 開暖氣。	寒いので、暖房を強くしました。 因為覺得冷而把暖氣溫度調高了。
□ 赤い血。 鮮紅的血。	包丁で手を切って、血が出ました。 我被菜刀切到手而流血了。
□ 小さな声で話す。 小聲說話。	小さな親切は、社会を明るくします。 每個人都付出小小的親切，就能打造出一個充滿正向能量的社會。

Check 1　必考單字	高低重音	詞性、類義詞與對義詞
496 □□□ ちかみち 近道	ちかみち	名 捷徑，近路 類 近い　近的 對 回り道　繞道
497 □□□ チェック 【check】	チェック	名・他サ 檢查；核對；對照；支票；花格；將軍（西洋棋） 類 調べる　檢查
498 □□□ ちから 力	ちから	名 力量，力氣；能力；壓力；勢力 類 腕　本事 對 心　精神
499 □□□ ちかん 痴漢	ちかん	名 流氓，色情狂 類 掏摸　扒手
500 □□□ ちっ 些とも	ちっとも	副 一點也不… 類 少しも　一點也（不）…
501 □□□ 〜ちゃん	〜ちゃん	接尾 （表親暱稱謂）小…，表示親愛（「さん」的轉音） 類 さん、さま　先生，小姐
502 □□□ ちゅう い 注意	ちゅうい	名・自他サ 注意，小心，仔細，謹慎；給建議，忠告 類 気をつける　小心
503 □□□ ちゅうがっこう 中学校	ちゅうがっこう	名 國中 類 高校　高中
504 □□□ ちゅう し 中止	ちゅうし	名・他サ 中止 類 キャンセルする／cancel　取消 對 続く　持續

□ 近道をする。 抄近路。	▶ 遅くなったので、近道をして、家に帰りました。 已經很晚了，所以抄近路回家了。
□ チェックが厳しい。 檢驗嚴格。	▶ 間違っていないか、全体を丁寧にチェックしました。 從頭到尾仔細檢查有沒有錯誤的地方。
□ 力になる。 幫助；有依靠。	▶ 腰に力を入れて、家具を動かします。 我使出丹田之力移動家具。
□ 男性は痴漢をしていた。 這個男人曾經對人做過性騷擾的舉動。	▶ 痴漢に遭ったら、大声を出すようにしてください。 萬一遇到色狼，請大聲求援。
□ ちっとも疲れていない。 一點也不累。	▶ シャツの汚れはちっとも落ちません。 襯衫上的汙漬一點也洗不掉。
□ 健ちゃん、ここに来て。 小健，過來這邊。	▶ 洋子ちゃん、いっしょに遊びましょう。 洋子小妹妹，我們一起玩吧！
□ 車に注意しましょう。 要小心車輛。	▶ 車に注意して横断歩道を渡りましょう。 穿越斑馬線時要當心左右來車。
□ 中学校に入る。 上中學。	▶ この中学校はスポーツがとても盛んです。 這所中學的運動風氣十分盛行。
□ 中止になる。 活動暫停。	▶ 雨で体育祭は中止になりました。 體育大會由於下雨而中止了。

Check 1 / 必考單字	高低重音	詞性、類義詞與對義詞

505 □□□ ◉ T1 47
ちゅうしゃ
注射　▶　ちゅうしゃ　▶

自・他サ 注射，打針
類 病気　疾病
(びょうき き)

506 □□□
ちゅうしゃ い はん
駐車違反　▶ちゅうしゃいはん▶

名 違規停車
類 交通違反　違反交通規則
(こうつう い はん)

507 □□□
ちゅうしゃじょう
駐車場　▶ちゅうしゃじょう▶

名 停車場
類 車庫　車庫
(しゃ こ)

508 □□□
ちょう
町　▶　ちょう　▶

名 鎮
類 市　市
(し)

509 □□□
ち り
地理　▶　ちり　▶

名 地理
類 歴史　歴史
(れき し)

510 □□□
つうこう ど
通行止め　▶　つうこうどめ　▶

名 禁止通行，無路可走
類 一方通行　單行道
(いっぽうつうこう)

511 □□□
つうちょう き にゅう
通帳記入　▶つうちょうきにゅう▶

名 補登錄存摺
類 付ける　記上
(つ)

512 □□□
つ
(に) 就いて　▶　(に) ついて　▶

連語 關於
類 関して　關於
(かん)

513 □□□
つか
捕まえる　▶　つかまえる　▶

他下一 逮捕，抓；握住
類 掴む　抓住
(つか)

□ 注射を打つ。
打針。
▶ インフルエンザの注射をしました。
我去打了流行性感冒的預防針。

□ 駐車違反になる。
違規停車。
▶ 駐車違反で、お巡りさんに捕まりました。
我違規停車被警察抓到了。

□ 駐車場を探す。
找停車場。
▶ 街の中では駐車場を探すのが大変です。
在鬧區找停車場非常不容易。

□ 町長になる。
當鎮長。
▶ 選挙で町長に当選しました。
在這場選舉中當選了鎮長。

□ 地理を研究する。
研究地理。
▶ 私は日本の地理に詳しいです。
我對日本的地理非常熟悉。

□ 通行止めになっている。
規定禁止通行。
▶ 駅前は工事のため、通行止めになっています。
車站前正在施工，禁止通行。

□ 通帳記入をする。
補登錄存摺。
▶ 銀行で通帳記入をしました。
我在補登了存摺。

□ 日本の歴史について研究する。
研究日本的歷史。
▶ これから教室の掃除について話し合います。
接下來要討論關於教室掃除工作。

□ 犯人を捕まえる。
捉犯人。
▶ 警察官が泥棒を捕まえました。
警察逮到了小偷。

Check 1　必考單字	高低重音	詞性、類義詞與對義詞

514 □□□
月
<small>つき</small>

▶ つき ▶

名 月亮
類 星 <small>ほし</small> 星星
對 太陽 <small>たいよう</small> 太陽

515 □□□
月
<small>つき</small>

▶ つき ▶

名 …個月；月份
類 年 <small>ねん</small> 一年

516 □□□
点く
<small>つ</small>

▶ つく ▶

自五 點亮，點上，（火）點著
類 点ける <small>つ</small> 點燃
對 消える <small>き</small> 熄滅

517 □□□ ●T1／48
作る
<small>つく</small>

▶ つくる ▶

他五 作；創造；制定；編造；形成
類 生産 <small>せいさん</small> 生産

518 □□□
漬ける
<small>つ</small>

▶ つける ▶

他下一 浸泡；醃
類 塩漬けする <small>しおづ</small> 鹽醃

519 □□□
点ける
<small>つ</small>

▶ つける ▶

他下一 打開（家電類）；點燃
類 燃やす <small>も</small> 燃燒
對 消す <small>け</small> 切斷

520 □□□
付ける（気を
付ける）
<small>つ</small> <small>き</small>
<small>つ</small>

▶ つける ▶

他下一 加上，安裝，配戴；塗抹；寫
上；察覺到
類 塗る <small>ぬ</small> 塗抹
對 落とす <small>お</small> 弄下

521 □□□
都合
<small>つ ごう</small>

▶ つごう ▶

名・他サ 情況，方便度；準備，安排；
設法；湊巧
類 場合 <small>ば あい</small> 情況

522 □□□
伝える
<small>つた</small>

▶ つたえる ▶

他下一 傳達，轉告；傳導
類 話す <small>はな</small> 告訴

Check 2 必考詞組	Check 3 必考例句
□ 月が見える。 可以看到月亮。	今夜は月がとてもきれいです。 今晚的月色格外美麗。
□ 月に一度集まる。 一個月集會一次。	単身赴任の夫とは月に2回しか会えません。 我和外派的丈夫每個月只能見兩次面。
□ 電灯が点いた。 電燈亮了。	ボタンをおすと、10秒で、ストーブが点きます。 按下按鈕等十秒，暖爐就能點著了。
□ おつまみを作る。 作下酒菜。	趣味は、人形を作ることです。 我的興趣是製作人偶。
□ 梅を漬ける。 醃梅子。	果物をお酒に漬けると、おいしくて甘い飲み物になります。 將水果浸泡在酒裡，就能釀造出甘甜美味的飲品。
□ 火を点ける。 點火。	寒い時は、遠慮なくストーブを点けてくださいね。 您覺得冷的時候請開啟暖爐，別客氣喔。
□ 日記を付ける。 寫日記。	パンにジャムとバターを付けます。 在麵包抹上果醬和奶油。
□ 都合が悪い。 不方便。	都合により、本日は閉店します。 小店因故今日公休。
□ 気持ちを伝える。 將感受表達出來。	皆に試験の日を伝えます。 通知大家考試日期。

た
行

Part
1

Check 1 必考單字	高低重音	詞性、類義詞與對義詞

523 □□□
続く ▶ つづく ▶ 自五 繼續；接連；跟著；堅持
類 続ける　繼續
對 止まる　中斷

524 □□□
続ける ▶ つづける ▶ 他下一 持續，繼續；接著
類 続く　繼續
對 止める　停止

525 □□□
包む ▶ つつむ ▶ 他五 包圍，包住，包起來；隱藏；束起
類 包装する　包裝
對 開ける　打開

526 □□□
妻 ▶ つま ▶ 名 妻子，太太（自稱）
類 家内 （我）妻子
對 夫 （我）先生

527 □□□
爪 ▶ つめ ▶ 名 指甲；爪
類 指　手指

528 □□□
積もり ▶ つもり ▶ 名 打算，企圖；估計，預計；（前接動詞過去形）（本不是那樣）就當作…
類 考える　考慮

529 □□□
積もる ▶ つもる ▶ 他五・自五 堆積
類 載る　裝上

530 □□□ ◉T1 49
釣る ▶ つる ▶ 他五 釣，釣魚；引誘
類 誘う　誘惑

531 □□□
連れる ▶ つれる ▶ 自他下一 帶領，帶著
類 案内　前導

134

Check 2 必考詞組	Check 3 必考例句
□ いいお天気が続く。 連續是好天氣。	▶ 梅雨には雨の日が何日も続きます。 梅雨季節會接連下好幾天雨。
□ 話を続ける。 繼續講。	▶ 毎朝、ジョギングを続けています。 我保持每天早上慢跑的習慣。
□ 体をタオルで包む。 用浴巾包住身體。	▶ きれいな紙でお菓子を包みます。 我用漂亮的紙張包裝糕餅。
□ 妻も働いている。 妻子也在工作。	▶ 私の妻はデパートで働いています。 我太太在超市工作。
□ 爪を切る。 剪指甲。	▶ 爪はいつもきちんと切っておきましょう。 大家要養成把指甲修剪整齊的好習慣喔。
□ 電車で行くつもりだ。 打算搭電車去。	▶ アルバイトのお金は、貯金するつもりです。 我想把打工賺來的錢存起來。
□ 塵が積もる。 堆積灰塵。	▶ 雪がどんどん積もっていきます。 雪越積越多。
□ 甘い言葉で釣る。 用動聽的話語引誘。	▶ 初めて海で魚を釣りました。 這是我第一次在海上釣到魚。
□ 連れて行く。 帶去。	▶ 妹を連れて遊園地へ行きます。 我要帶妹妹去遊樂園。

Check 1 必考單字	高低重音	詞性、類義詞與對義詞
532 □□□ ていねい 丁寧 ▶	ていねい ▶	名·形動 對事物的禮貌用法；客氣；仔細 類 細かい 仔細
533 □□□ テキスト 【text】 ▶	テキスト ▶	名 課本，教科書 類 教科書 課本
534 □□□ てきとう 適当 ▶	てきとう ▶	名·自サ·形動 適當；適度；隨便 類 よろしい 適當，恰好 對 真面目 認真
535 □□□ で き 出来る ▶	できる ▶	自上一 完成；能夠；出色，有才能 類 上手 擅長 對 下手 笨拙
536 □□□ で き 出来るだけ ▶	できるだけ ▶	副 盡可能 類 なるべく 盡可能
537 □□□ 〜でございま す ▶	〜でございます ▶	自·特殊形 是（「だ」、「です」、「である」的鄭重說法） 類 である 是（表斷定·說明）
538 □□□ 〜てしまう ▶	〜てしまう ▶	他五 …了（強調某一狀態或動作徹底完了；懊悔） 類 残念 悔恨
539 □□□ デスクトップ(パソコン)【desktop personal computer】之略 ▶	デスクトップ （パソコン） ▶	名 桌上型電腦 類 パソコン／Personal Computer 個人電腦
540 □□□ て つだ 手伝い ▶	てつだい ▶	名 幫助；幫手；幫傭 類 ヘルパー／helper 幫傭

Check 2 必考詞組	Check 3 必考例句
□ 丁寧に読む。 仔細閱讀。	▶ もうすぐお正月なので、玄関を丁寧に掃除しました。 快要過年了，我很用心地把玄關打掃得乾乾淨淨。
□ 英語のテキスト。 英文教科書。	▶ 英会話のテキストを買って勉強します。 我要買英語會話教材研讀。
□ 適当に運動する。 適度地運動。	▶ 送別会に適当な店を探しておいてください。 請找一家適合舉辦歡送會的餐廳。
□ 食事ができた。 飯做好了。	▶ 上手にできたら、ほめてあげましょう。 等到練得滾瓜爛熟的時候，請記得稱讚他喔。
□ できるだけ日本語を使う。 盡量使用日文。	▶ できるだけ多くの学生を集めてください。 請盡可能集合越多學生越好。
□ こちらがビールでございます。 為您送上啤酒。	▶ こちらが私たちの会社の新製品でございます。 這是我們公司的新產品。
□ 食べてしまう。 吃完。	▶ 私の好きなパンは売れてしまったそうです。 我愛吃的那種麵包好像賣完了。
□ デスクトップを買う。 購買桌上型電腦。	▶ パソコンのデスクトップに好きな写真を貼り付ける。 在電腦的桌面放上喜歡的照片。
□ 手伝いを頼む。 請求幫忙。	▶ 日曜日は、弟と店の手伝いをします。 星期天我和弟弟去店裡幫忙。

Check 1 必考單字	高低重音	詞性、類義詞與對義詞
541 □□□ ◉T1/50 テニス 【tennis】	テニス	名 網球 類 野球　棒球
542 □□□ テニスコート 【tennis court】	テニスコート	名 網球場 類 野球場　棒球場
543 □□□ 手袋 （てぶくろ）	てぶくろ	名 手套 類 ポケット／pocket　口袋
544 □□□ 手前 （てまえ）	てまえ	名・代 眼前；靠近自己這一邊；（當著 …的）面前；（謙）我，（藐）你 類 前　前面 對 向こう　那邊
545 □□□ 手元 （てもと）	てもと	名 身邊，手頭；膝下；生活，生計 類 元　身邊；本錢 對 足元　腳下
546 □□□ 寺 （てら）	てら	名 寺院 類 神社　神社 對 教会　教堂
547 □□□ 点 （てん）	てん	名・接尾 分數；點；方面；觀點； （得）分，件 類 数　數目 對 線　線
548 □□□ 店員 （てんいん）	てんいん	名 店員 類 社員　職員
549 □□□ 天気予報 （てんきよほう）	てんきよほう	名 天氣預報 類 ニュース／news　新聞

□ テニスをやる。
打網球。

▶ 私は中学生の時、テニスを始めました。
我是讀中學時開始打網球的。

□ テニスコートでテニスをやる。
在網球場打網球。

▶ 暗くなると、テニスコートに明かりが点きます。
天色一暗下來，網球場隨即打開照明燈。

□ 手袋を取る。
摘下手套。

▶ 手袋をして自転車に乗ります。
戴著手套騎自行車。

□ 手前にある箸を取る。
拿起自己面前的筷子。

▶ 辞書を手前に置いて勉強します。
讀書時把辭典擺在面前。

□ 手元に無い。
手邊沒有。

▶ 手元のコップを倒してしまいました。
把手邊的杯子弄倒了。

□ お寺はたくさんある。
有許多寺院。

▶ 遠くの寺の鐘が鳴っています。
遠方的寺院正在鳴鐘。

□ 点を取る。
得分。

▶ 試験で良い点を取って、合格しました。
在考試中拿到高分，順利通過了。

□ 店員を呼ぶ。
叫喚店員。

▶ このコンビニの店員は、若いけれど親切です。
這家便利商店的店員雖然年輕，但很親切。

□ ラジオの天気予報を聞く。
聽收音機的氣象預報。

▶ 天気予報では、明日は晴れだそうですよ。
氣象預報說明天應該是晴天喔。

行

1

Check 1　必考單字	高低重音	詞性、類義詞與對義詞

550 ☐☐☐
でんとう
電灯　▶　でんとう　▶
名 電燈
類 電気　電燈；電力

551 ☐☐☐
てんぷ
添付・する　▶　てんぷする　▶
名・他サ 添上，附上；（電子郵件）附加檔案
類 付く　添上

552 ☐☐☐
でんぽう
電報　▶　でんぽう　▶
名 電報
類 電話　電話

553 ☐☐☐
てんらんかい
展覧会　▶　てんらんかい　▶
名 展覽會
類 発表会　發表會

554 ☐☐☐ ●T1／51
どうぐ
道具　▶　どうぐ　▶
名 道具；工具；手段
類 文具　文具

555 ☐☐☐
とうとう
到頭　▶　とうとう　▶
副 終於，到底，終究
類 やっと　終於

556 ☐☐☐
どうぶつえん
動物園　▶　どうぶつえん　▶
名 動物園
類 植物園　植物園

557 ☐☐☐
とうろく
登録・する　▶　とうろくする　▶
名・他サ 登記；（法）登記，註冊；記錄
類 記録　記錄

558 ☐☐☐
とお
遠く　▶　とおく　▶
名・副 遠處；很遠；差距很大
類 外国　外國
對 近く　很近

□ 電灯が点く。
點亮電燈。

▶ 部屋に戻ってすぐ電灯を点けます。
一回到房間就開電燈。

□ 写真を添付する。
附上照片。

▶ 資料をメールに添付して送信します。
在電子郵件裡附上資料寄出去。

□ 電報が来る。
來電報。

▶ 大学合格の電報を受け取りました。
收到了通知考上大學的電報。

□ 展覧会を開く。
舉辦展覽會。

▶ フランス絵画の展覧会を見に行きます。
我要去參觀法國畫作的展覽會。

□ 道具を使う。
使用道具。

▶ 釣りの道具を持って海へ行きます。
帶著釣具去海邊。

□ とうとう彼は来なかった。
他終究沒來。

▶ とうとう、最後まで聞くことはできませんでした。
終究沒能聽到最後了。

□ 動物園に行く。
去動物園。

▶ 動物園でパンダの写真をたくさん撮りました。
我在動物園拍了很多貓熊的照片。

□ お客様の名前を登録する。
登記貴賓的大名。

▶ 彼女のメールアドレスを、アドレス帳に登録します。
我在通訊錄裡登記儲存了她的電子郵件信箱。

□ 遠くから人が来る。
有人從遠處來。

▶ 私の部屋から遠くに山が見えます。
從我的房間可以遠眺山景。

行

Part
1

Check 1 必考單字	高低重音	詞性、類義詞與對義詞
559 □□□ 通り <small>とお</small>	とおり	名・接尾 道路，大街；（「どおり」接名詞後）一樣，照…樣；表示程度 類 道 <small>みち</small> 道路
560 □□□ 通る <small>とお</small>	とおる	自五 經過；通過；合格；暢通；滲透；響亮 類 過ぎる 經過；渡る <small>わた</small> 渡過 <small>す</small>
561 □□□ 時 <small>とき</small>	とき	名 …時，時候；時期 類 場合 <small>ばあい</small> 時候；時間 <small>じかん</small> 時間 對 ところ 地方
562 □□□ 特に <small>とく</small>	とくに	副 特地，特別 類 特別 <small>とくべつ</small> 特別
563 □□□ 特売品 <small>とくばいひん</small>	とくばいひん	名 特賣商品，特價商品 類 品物 <small>しなもの</small> 物品
564 □□□ 特別 <small>とくべつ</small>	とくべつ	形動 特別，特殊 類 特に <small>とく</small> 特別
565 □□□ ◉T1／52 床屋 <small>とこや</small>	とこや	名 理髮店；理髮師 類 美容院 <small>びよういん</small> 美容院
566 □□□ 年 <small>とし</small>	とし	名 年齡；一年；歲月；年代 類 歳 <small>とし</small> 歳
567 □□□ 途中 <small>とちゅう</small>	とちゅう	名 半路上，中途；半途 類 中途 <small>ちゅうと</small> 半途

□ いつもの通<ruby>通<rt>とお</rt></ruby>り。
一如往常。

▶ 駅前<ruby>駅前<rt>えきまえ</rt></ruby>の通<ruby>通<rt>とお</rt></ruby>りは、人<ruby>人<rt>ひと</rt></ruby>も車<ruby>車<rt>くるま</rt></ruby>もいっぱいです。
車站前的馬路上，人潮和車潮熙來攘往。

□ 左側<ruby>左側<rt>ひだりがわ</rt></ruby>を通<ruby>通<rt>とお</rt></ruby>る。
靠左邊走。

▶ ここはトラックがスピードを上<ruby>上<rt>あ</rt></ruby>げて通<ruby>通<rt>とお</rt></ruby>るので、気<ruby>気<rt>き</rt></ruby>をつけてください。
卡車會在這裡加速通行，請務必當心。

□ 時<ruby>時<rt>とき</rt></ruby>が来<ruby>来<rt>く</rt></ruby>る。
時機到來；時候到來。

▶ まだ痛<ruby>痛<rt>いた</rt></ruby>い時<ruby>時<rt>とき</rt></ruby>は、水<ruby>水<rt>みず</rt></ruby>で冷<ruby>冷<rt>ひ</rt></ruby>やしてください。
還是無法止痛的時候，請用涼水降溫。

□ 特<ruby>特<rt>とく</rt></ruby>に用事<ruby>用事<rt>ようじ</rt></ruby>はない。
沒有特別的事。

▶ 特<ruby>特<rt>とく</rt></ruby>に嫌<ruby>嫌<rt>きら</rt></ruby>いな食<ruby>食<rt>た</rt></ruby>べ物<ruby>物<rt>もの</rt></ruby>はありません。
我沒有什麼特別討厭的食物。

□ 特売品<ruby>特売品<rt>とくばいひん</rt></ruby>を買<ruby>買<rt>か</rt></ruby>う。
買特價商品。

▶ スーパーで、特売品<ruby>特売品<rt>とくばいひん</rt></ruby>の肉<ruby>肉<rt>にく</rt></ruby>を買<ruby>買<rt>か</rt></ruby>いました。
在超市買了特價的肉品。

□ 特別<ruby>特別<rt>とくべつ</rt></ruby>な読<ruby>読<rt>よ</rt></ruby>み方<ruby>方<rt>かた</rt></ruby>。
特別的唸法。

▶ これは、私<ruby>私<rt>わたし</rt></ruby>が特別<ruby>特別<rt>とくべつ</rt></ruby>大事<ruby>大事<rt>だいじ</rt></ruby>にしている本<ruby>本<rt>ほん</rt></ruby>です。
這是一本我格外珍惜的書。

□ 床屋<ruby>床屋<rt>とこや</rt></ruby>へ行<ruby>行<rt>い</rt></ruby>く。
去理髮廳。

▶ 床屋<ruby>床屋<rt>とこや</rt></ruby>に行<ruby>行<rt>い</rt></ruby>って、髪<ruby>髪<rt>かみ</rt></ruby>を短<ruby>短<rt>みじか</rt></ruby>くしました。
去理髮廳剃短了頭髮。

□ 年<ruby>年<rt>とし</rt></ruby>を取<ruby>取<rt>と</rt></ruby>る。
長歲數；上年紀。

▶ 年<ruby>年<rt>とし</rt></ruby>を取<ruby>取<rt>と</rt></ruby>るのも悪<ruby>悪<rt>わる</rt></ruby>いもんじゃない、と、祖父<ruby>祖父<rt>そふ</rt></ruby>はいつも言<ruby>言<rt>い</rt></ruby>っている。
爺爺常把「上了年紀也沒啥不好的」這句話掛在嘴邊。

□ 途中<ruby>途中<rt>とちゅう</rt></ruby>で帰<ruby>帰<rt>かえ</rt></ruby>る。
中途返回。

▶ 家<ruby>家<rt>いえ</rt></ruby>に帰<ruby>帰<rt>かえ</rt></ruby>る途中<ruby>途中<rt>とちゅう</rt></ruby>、財布<ruby>財布<rt>さいふ</rt></ruby>を落<ruby>落<rt>お</rt></ruby>としました。
在回家的路上弄丟了錢包。

Check 1 / 必考單字	高低重音	詞性、類義詞與對義詞
568 □□□ とっきゅう **特急** ▸	とっきゅう ▸	名 火速；特急列車；特快 類 エクスプレス／ express 急行列車； きゅうこう 急行　快車
569 □□□ どっち **何方** ▸	どっち ▸	代 哪一個 類 こっち 這邊，我們；あっち 那 邊，他們
570 □□□ とど **届ける** ▸	とどける ▸	他下一 送達；送交，遞送；提交文件 おく 類 送る　寄送
571 □□□ と **泊まる** ▸	とまる ▸	自五 住宿，過夜；（船）停泊 類 住む　居住
572 □□□ と **止まる** ▸	とまる ▸	自五 停止；止住；堵塞；落在 と 類 止める　停止 うご 對 動く　轉動
573 □□□ と **止める** ▸	とめる ▸	他下一 關掉，停止；戒掉 と 類 止まる　停止 つづ 對 続ける　持續進行
574 □□□ と か **取り替える** ▸	とりかえる ▸	他下一 交換；更換 類 かわりに　代替
575 □□□ どろぼう **泥棒** ▸	どろぼう ▸	名 偷竊；小偷，竊賊 すり 類 掏摸　小偷，扒手
576 □□□ **どんどん** ▸	どんどん ▸	副 連續不斷，接二連三；（炮鼓等 連續不斷的聲音）咚咚；（進展）順 利；（氣勢）旺盛 類 だんだん　逐漸

Check 2 / 必考詞組	Check 3 / 必考例句
□ 特急で東京へ立つ。 坐特快車到東京。	▶ 特急に乗って、台中へ行きます。 搭乘特快車前往台中。
□ お宅はどっちですか。 請問您家在哪？	▶ どっちの方向に行けばいいのか、迷ってしまった。 那時猶豫著不知道該往哪個方向才好。
□ 花を届けてもらう。 請人代送花束。	▶ 隣の家に旅行のお土産を届けます。 去鄰居家送旅行時買的伴手禮。
□ ホテルに泊まる。 住飯店。	▶ ぜひ日本の旅館に泊まりたいです。 我很渴望住在日本的旅館。
□ 時計が止まる。 鐘停了。	▶ 小鳥が3羽、電線に止まっています。 三隻小鳥歇在電線上。
□ 車を止める。 把車停下。	▶ コンビニの駐車場に車を止めます。 把車子停在便利商店的停車場。
□ 大きい帽子と取り替える。 換成一頂大帽子。	▶ 汚れた靴下を取り替えます。 換掉髒襪子。
□ 泥棒を捕まえた。 捉住了小偷。	▶ 夏は特に泥棒に注意してください。 夏天請慎防竊賊。
□ どんどん忘れてしまう。 漸漸遺忘。	▶ 店にお客がどんどん入ってきます。 顧客魚貫般進到店裡。

Check 1 必考單字	高低重音	詞性、類義詞與對義詞

577 □□□ ◉ T1 / 53

ナイロン
【nylon】 ▶ ナイロン ▶ 名 尼龍
類 綿 棉

578 □□□

なお
直す ▶ なおす ▶ 他五 修理；改正；改變；整理
類 なお直る 修理好；改正

579 □□□

なお
治る ▶ なおる ▶ 自五 變好；改正；治癒
類 げんき元気になる 恢復健康
對 けが怪我 受傷

580 □□□

なお
直る ▶ なおる ▶ 自五 復原；修理；治好
類 しゅうり修理する 修理

581 □□□

なかなか
中々 ▶ なかなか ▶ 副・形動 相當；（後接否定）總是無法；
形容超出想像
類 とても 非常
對 すぐ直ぐ 立刻

582 □□□

な
泣く ▶ なく ▶ 自五 哭泣
類 な鳴く 鳴叫
對 わら笑う 笑

583 □□□

な
無くす ▶ なくす ▶ 他五 弄丟，搞丟；喪失，失去；去掉
類 な無くなる 丟失；おと落とす 遺失
對 み見つける 找到

584 □□□

な
亡くなる ▶ なくなる ▶ 自五 死去，去世，死亡
類 し死ぬ 死亡
對 い生きる 生存

585 □□□

な
無くなる ▶ なくなる ▶ 自五 不見，遺失；用光了
類 き消える 消失
對 み見つかる 被看到

□ ナイロンの財布を買う。
購買尼龍材質的錢包。

▶ この服はナイロンでできています。
這件衣服是用人造纖維製成的。

□ 平仮名を漢字に直す。
把平假名置換為漢字。

▶ 故障した自転車を、自分で直します。
自己修理壞掉的腳踏車。

□ 傷が治る。
傷口復原。

▶ やっと風邪が治りました。
感冒總算痊癒了。

□ ご機嫌が直る。
（對方）心情轉佳。

▶ 壊れていた洗濯機が直りました。
故障的洗衣機修好了。

□ なかなか勉強になる。
很有參考價值。

▶ 社長の話は、なかなか終わりません。
總經理的致詞相當冗長。

□ 大声で泣く。
大聲哭泣。

▶ 赤ちゃんが泣いています。きっとお腹がすいたのでしょう。
小寶寶在哭。一定是肚子餓了。

□ お金を無くす。
弄丟錢。

▶ 大事にしていたネックレスを無くしてしまいました。
我弄丟了一條很喜歡的項鍊。

□ 先生が亡くなる。
老師過世。

▶ 10年前、父が亡くなりました。
十年前，父親過世了。

□ 痛みが無くなった。
疼痛消失了。

▶ 米が無くなったので、注文します。
米已經吃完了，我去訂購。

Check 1 必考單字	高低重音	詞性、類義詞與對義詞

586☐☐☐

<ruby>投<rt>な</rt></ruby>げる ▸ なげる ▸ 他下一 抛擲，丟，抛；放棄
類 <ruby>捨<rt>す</rt></ruby>てる　丟掉
對 <ruby>拾<rt>ひろ</rt></ruby>う　撿拾

587☐☐☐

<ruby>為<rt>な</rt></ruby>さる ▸ なさる ▸ 他五 做
類 する　做

588☐☐☐

<ruby>何故<rt>な ぜ</rt></ruby> ▸ なぜ ▸ 副 為什麼；如何
類 どうして　為什麼

589☐☐☐ 🔵T1 / 54

<ruby>生<rt>なま</rt></ruby>ごみ ▸ なまごみ ▸ 名 廚餘，有機垃圾，有水分的垃圾
類 ごみ　垃圾

590☐☐☐

<ruby>鳴<rt>な</rt></ruby>る ▸ なる ▸ 自五 響，叫
類 <ruby>叫<rt>さけ</rt></ruby>ぶ　喊叫

591☐☐☐

なるべく ▸ なるべく ▸ 副 盡可能，盡量
類 できるだけ　盡可能

592☐☐☐

<ruby>成<rt>な</rt></ruby>る<ruby>程<rt>ほど</rt></ruby> ▸ なるほど ▸ 副 原來如此
類 たしかに　的確是

593☐☐☐

<ruby>慣<rt>な</rt></ruby>れる ▸ なれる ▸ 自下一 習慣；熟悉
類 <ruby>習慣<rt>しゅうかん</rt></ruby>　個人習慣

594☐☐☐

<ruby>匂<rt>にお</rt></ruby>い ▸ におい ▸ 名 氣味；味道；風貌；氣息
類 <ruby>味<rt>あじ</rt></ruby>　味道

□ ボールを投げる。
擲球。

▶ 弟とボールを投げて遊びました。
我和弟弟玩了投球遊戲。

□ 研究をなさる。
作研究。

▶ 先生は今、教室で講義をなさっています。
教授目前在教室裡講課。

□ なぜ泣いているのか。
你為什麼哭呀？

▶ なぜそんなことになったのか、私にはさっぱりわかりません。
為什麼事情會變成那樣，我一點也不明白。

□ 生ごみを集める。
將廚餘集中回收。

▶ 生ごみは金曜日に出してください。
廚餘垃圾請在每週五傾倒丟棄。

□ 電話が鳴る。
電話響了起來。

▶ 授業の終わりに、チャイムが鳴ります。
鐘聲在上課結束時響起。

□ なるべく日本語を話しましょう。
我們盡量以日語交談吧。

▶ なるべく弁当を持ってきてください。
請盡量自備便當。

□ なるほど、つまらない本だ。
果然是本無聊的書。

▶ なるほど、この店のパンはおいしい。
果然不錯，這家店的麵包真好吃。

□ 新しい仕事に慣れる。
習慣新的工作。

▶ やっと日本での生活に慣れました。
終於習慣了住在日本的生活。

□ 匂いがする。
發出味道。

▶ 魚を焼くいい匂いがします。
烤魚時飄出香味來。

Check 1 必考單字	高低重音	詞性、類義詞與對義詞

595 □□□
にが
苦い　▶　に|がい　▶
形 苦；痛苦，苦楚的；不愉快的
類 まずい　難吃的
對 甘い　甜的

596 □□□
にく
〜難い　▶　〜にくい　▶
接尾 難以，不容易
類 難しい　困難的
對 〜やすい　容易…

597 □□□
に
逃げる　▶　に|げる　▶
自下一 逃走，逃跑；逃避；領先
對 捕まる　被捉住

598 □□□
にっき
日記　▶　に|っき　▶
名 日記
類 手帳　雑記本

599 □□□
にゅういん
入院　▶　にゅ|ういん　▶
自サ 住院
對 退院　出院

600 □□□
にゅうがく
入学　▶　にゅ|うがく　▶
自サ 入學
對 卒業　畢業

601 □□□
にゅうもんこうざ
入門講座　▶にゅ|うもんこうざ▶
名 入門課程，初級課程
類 授業　講課

602 □□□ ◉T1/55
にゅうりょく
入力・する　▶にゅ|うりょくする▶
名・他サ 輸入（功率）；輸入數據
類 書く　寫字

603 □□□
に
似る　▶　に|る　▶
自上一 相似；相像，類似
類 同じ　相同
對 違う　不同

Check 2 必考詞組	Check 3 必考例句
□ 苦くて食べられない。 苦得難以下嚥。	▶ この薬は苦くて飲めません。 這種藥太苦了，呑不下去。
□ 言いにくい。 難以開口。	▶ この肉は堅くて食べにくいです。 這種肉很硬，不容易嚼。
□ 問題から逃げる。 迴避問題。	▶ かごの小鳥が逃げてしまいました。 籠子裡的小鳥逃走了。
□ 日記に書く。 寫入日記。	▶ 私は毎日日記を付けています。 我每天都寫日記。
□ 入院することになった。 結果要住院了。	▶ 友だちが怪我をして入院しました。 朋友受傷住院了。
□ 大学に入学する。 進入大學。	▶ 希望の大学に入学できて嬉しいです。 能夠進入心目中的大學就讀，真開心！
□ 入門講座を終える。 結束入門課程。	▶ スペイン語の入門講座を受けようと思います。 我想去上西班牙語的基礎課程。
□ 暗証番号を入力する。 輸入密碼。	▶ 実験データをパソコンに入力します。 把實驗數據輸入電腦裡。
□ 答えが似ている。 答案相近。	▶ 母と妹はとても似ています。 妹妹長得很像媽媽。

Check 1 / 必考單字	高低重音	詞性、類義詞與對義詞
604 □□□ にんぎょう **人形** ▶	にんぎょう ▶	名 洋娃娃，人偶 類 玩具（おもちゃ） 玩具
605 □□□ ぬす **盗む** ▶	ぬすむ ▶	他五 偷盜，盜竊；背著…；偷閒 類 取る（と） 奪取 對 返す（かえ） 歸還
606 □□□ ぬ **塗る** ▶	ぬる ▶	他五 塗抹，塗上 類 付ける（つ） 塗上 對 消す（け） 擦掉
607 □□□ ぬ **濡れる** ▶	ぬれる ▶	自下一 濡溼，淋濕 類 水（みず） 水 對 乾く（かわ） 乾燥
608 □□□ ね だん **値段** ▶	ねだん ▶	名 價格 類 料金（りょうきん） 費用
609 □□□ ねつ **熱** ▶	ねつ ▶	名 高溫；熱；發燒；熱情 類 火（ひ） 火，火焰 對 冷（れい） 冷漠
610 □□□ ねっしん **熱心** ▶	ねっしん ▶	名・形動 專注，熱衷 類 一生懸命（いっしょうけんめい） 認真 對 冷たい（つめ） 冷淡的
611 □□□ ね ぼう **寝坊** ▶	ねぼう ▶	自サ 睡懶覺，貪睡晚起的人 類 朝寝坊（あさねぼう） 早上睡懶覺 對 早起き（はやお） 早早起床
612 □□□ ねむ **眠い** ▶	ねむい ▶	形 睏，想睡覺 類 眠たい（ねむ） 昏昏欲睡

□ 人形を飾る。
擺飾人偶。

▶ 幼い時、よく人形で遊びました。
小時候時常玩洋娃娃。

□ お金を盗む。
偷錢。

▶ 人の物やお金を盗むと、警察に捕まります。
如果竊取他人的金錢或財物，會被警察逮捕。

□ 色を塗る。
上色。

▶ 部屋の壁を、白いペンキで塗りました。
把房間的牆壁漆成了白色。

□ 雨に濡れる。
被雨淋濕。

▶ 急な雨で、服が濡れてしまいました。
突然下起雨來，衣服都濕了。

□ 値段を上げる。
提高價格。

▶ 牛乳の値段が、3年ぶりに上がりました。
牛奶的價格三年來首次調漲。

□ 熱がある。
發燒。

▶ 熱があるので、学校を休んで病院へ行きます。
由於發燒而向學校請假去醫院看病。

□ 仕事に熱心だ。
熱衷於工作。

▶ 先生は熱心に勉強を教えてくれます。
老師滿懷熱忱地教導我們。

□ 今朝は寝坊してしまった。
今天早上睡過頭了。

▶ 寝坊して、会社に遅れてしまいました。
睡過頭，上班遲到了。

□ 眠くなる。
想睡覺。

▶ 3時間しか寝ていないので眠いです。
只睡了三個小時，還很睏。

Check 1 必考單字	高低重音	詞性、類義詞與對義詞

613 ☐☐☐
眠_{ねむ}たい ▶ ねむたい ▶ 形動 昏昏欲睡，睏倦
類 眠_{ねむ}い　困倦

614 ☐☐☐ ◉T1 / 56
眠_{ねむ}る ▶ ねむる ▶ 自五 睡覺
類 寝_ねる　睡覺；休_{やす}む　就寢
對 起_おきる　起床

615 ☐☐☐
ノートパソコン
【notebook personal
computer】之略 ▶ ノートパソコン ▶ 名 筆記型電腦
類 パソコン／Personal Computer
個人電腦

616 ☐☐☐
残_{のこ}る ▶ のこる ▶ 自五 留下，剩餘，剩下；殘存，殘留
類 残_{のこ}す　殘留
對 無_なくなる　沒了

617 ☐☐☐
喉_{のど} ▶ のど ▶ 名 喉嚨；嗓音
類 首_{くび}　脖子；体_{からだ}　身體

618 ☐☐☐
飲_のみ放題_{ほうだい} ▶ のみほうだい ▶ 名 喝到飽，無限暢飲
類 食_たべ放題_{ほうだい}　吃到飽

619 ☐☐☐
乗_のり換_かえる ▶ のりかえる ▶ 他下一 轉乘，換車；倒換；改變，改行
類 換_かえる　改變

620 ☐☐☐
乗_のり物_{もの} ▶ のりもの ▶ 名 交通工具
類 バス／bus　公共汽車；タクシー／
taxi　計程車

621 ☐☐☐
葉_は ▶ は ▶ 名 葉子，樹葉
類 草_{くさ}　草
對 枝_{えだ}　樹枝

|

□ 一日中眠たい。
一整天都昏昏欲睡。

▶ 眠たい時は、コーヒーを飲むのがいちばんです。
昏昏欲睡的時候喝咖啡最能提神。

□ 暑くて眠れない。
太熱睡不著。

▶ 疲れていたので、昨夜はぐっすり眠りました。
昨天很累，晚上睡得非常熟。

□ ノートパソコンを取り替える。
更換筆電。

▶ ノートパソコンの方が、やはりいろいろと便利です。
使用筆記型電腦可以輕鬆應付各種情況。

□ お金が残る。
錢剩下來。

▶ 忙しいので会社に残って仕事をします。
工作忙錄而留在公司加班。

□ のどが痛い。
喉嚨痛。

▶ 風邪でのどが痛い時は、薬を飲みます。
感冒喉嚨痛的時候要吃藥。

□ ビールが飲み放題だ。
啤酒無限暢飲。

▶ 飲み放題の店で送別会をします。
在可以無限暢飲的餐廳舉辦歡送會。

□ 別のバスに乗り換える。
轉乘別的公車。

▶ この駅で地下鉄に乗り換えます。
在這個車站轉乘地鐵。

□ 乗り物に乗る。
乘坐交通工具。

▶ この市で便利な乗り物はバスです。
這個城市最方便的交通工具是巴士。

□ 葉が落ちる。
葉落。

▶ 強い風で、葉がすっかり落ちてしまいました。
強風把樹葉盡數吹落了。

Check 1 必考單字	高低重音	詞性、類義詞與對義詞

622 ☐☐☐
場合
ばあい
▶ ばあい ▶
名 場合，時候；狀況，情形
類 時 情況

623 ☐☐☐
パート
【part】
▶ パート ▶
名 打工；部分，篇，章；職責，（扮演的）角色；分得的一份
類 アルバイト／Arbeit 打工

624 ☐☐☐
バーゲン【bargain sale】之略
▶ バーゲン ▶
名 特價商品，出清商品；特賣
類 セール／sale 拍賣

625 ☐☐☐
～倍
ばい
▶ ～ばい ▶
接尾 倍，加倍
對 半 一半

626 ☐☐☐ T1 57
拝見
はいけん
▶ はいけん ▶
名・他サ（謙讓語）看，拜讀，拜見
類 見る 觀看；読む 閲讀

627 ☐☐☐
歯医者
はいしゃ
▶ はいしゃ ▶
名 牙科，牙醫
類 医者 醫生
對 患者 病患

628 ☐☐☐
～ばかり
▶ ～ばかり ▶
副助（接數量詞後，表大約份量）左右；（排除其他事情）僅，只；僅少，微小；（表排除其他原因）只因，只要…就
類 ぐらい 大約

629 ☐☐☐
履く
は
▶ はく ▶
他五 穿（鞋、襪）
類 着る 穿（衣服）；付ける 穿上
對 脱ぐ 脫掉

630 ☐☐☐
運ぶ
はこ
▶ はこぶ ▶
他五 運送，搬運；進行
類 届ける 送去

Check 2 / 必考詞組	Check 3 / 必考例句
□ 場合による。 根據場合。	▶ 欠席の場合は、必ず連絡してください。 如果遇到需要請假的情況，請務必與這邊聯絡。
□ パートで働く。 打零工。	▶ 私はパートで、工場で働いています。 我在工廠當臨時工。
□ バーゲンセールで買った。 在特賣會時購買的。	▶ 前から欲しかったコートを、バーゲンで買いました。 在特賣會買到了從以前就很想要的大衣。
□ 3倍になる 成為三倍。	▶ この店の売り上げは2倍になりました。 這家店的銷售額成長為兩倍。
□ お手紙拝見しました。 已拜讀貴函。	▶ 展覧会を拝見させていただきます。 容我拜賞展出的大作。
□ 歯医者に行く。 看牙醫。	▶ 午後、歯医者の予約をしています。 預約了下午去看牙醫。
□ 遊んでばかりいる。 光只是在玩。	▶ 肉ばかり食べないで、野菜も食べなさい。 別老是吃肉，蔬菜也要吃。
□ 靴を履く。 穿鞋。	▶ 日本の家では靴を履いたまま入ってはいけません。 日本的屋宅不可以穿著鞋子直接踏進去。
□ 荷物を運ぶ。 搬運行李。	▶ 引っ越しの荷物をトラックで運びます。 雇卡車載運搬家的行李。

あ
か
さ
た
な
は
ま
や
ら
わ

ばあい〜はこぶ

Check 1 必考單字	高低重音	詞性、類義詞與對義詞

631 □□□
はじ
始める ▸ はじめる ▸ [他下一] 開始；開創
[類] 始まる 開始
[對] 終わり 結束

632 □□□
ば しょ
場所 ▸ ばしょ ▸ [名] 地方，場所；席位，座位；地點，位置
[類] 所 地方

633 □□□
はず
筈 ▸ はず ▸ [名] 應該；會；確實
[類] べき 應該

634 □□□
は
恥ずかしい ▸ はずかしい ▸ [形] 羞恥的，丟臉的，害羞的；難為情的
[類] 残念 遺憾

635 □□□
パソコン【personal computer】之略 ▸ パソコン ▸ [名] 個人電腦
[類] コンピューター／ computer 電腦

636 □□□
はつおん
発音 ▸ はつおん ▸ [名・他サ] 發音
[類] 声 聲音

637 □□□
はっきり ▸ はっきり ▸ [副・自サ] 清楚；清爽；痛快
[類] 確か 確實

638 □□□
はな み
花見 ▸ はなみ ▸ [名] 賞花
[類] 楽しむ 欣賞

639 □□□ ◉ T1／58
はやし
林 ▸ はやし ▸ [名] 樹林；林立
[類] 森 森林

□ 授業を始める。
開始上課。

▶ 今年、ピアノの練習を始めました。
我今年開始練習彈鋼琴了。

□ 火事のあった場所。
發生火災的地方。

▶ ピアノは高いし、場所を取るから買えない。
鋼琴既昂貴又佔空間，所以沒辦法買。

□ 明日はきっと来るはずだ。
明天一定會來。

▶ 真面目な彼が遅刻するはずがないです。
向來一板一眼的他不可能遲到。

□ 恥ずかしくなる。
感到害羞。

▶ 皆の前で歌うのは恥ずかしいです。
在大家面前唱歌真難為情。

□ パソコンが欲しい。
想要一台電腦。

▶ 毎日使っていたパソコンが故障してしまいました。
每天使用的電腦故障了。

□ 発音がはっきりする。
發音清楚。

▶ 日本語の発音は、日本人でも難しいです。
日語的發音連日本人也覺得不容易。

□ はっきり（と）見える。
清晰可見。

▶ よく寝たので、頭がはっきりしています。
我睡得很飽，所以頭腦非常清晰。

□ 花見に出かける。
外出賞花。

▶ 私の家族は、桜が咲くと必ず花見をします。
我們家每逢櫻花盛開的時節一定會出門賞花。

□ 林の中を散歩する。
在林間散步。

▶ ずっと竹の林が続いています。
一大片竹林連綿不絕。

Check 1 / 必考單字	高低重音	詞性、類義詞與對義詞
640 □□□ はら 払う	▶ はらう ▶	他五 支付；除去；達到；付出 類 出す 出（錢等）;渡す 付（錢等） 對 もらう 領到
641 □□□ ばんぐみ 番組	▶ ばんぐみ ▶	名 節目 類 テレビ／ television 電視
642 □□□ はんたい 反対	▶ はんたい ▶	名·自サ 相反；反對；反 類 嫌い 嫌惡 對 賛成 贊同
643 □□□ ハンバーグ 【hamburg】	▶ ハンバーグ ▶	名 漢堡肉 類 パン／ pan 麵包
644 □□□ ひ 日	▶ ひ ▶	名 天數；天，日子；太陽；天氣 類 日 天，號 對 月 月份；月亮
645 □□□ ひ ひ 火／灯	▶ ひ ▶	名 火；燈 類 ガス／ gas 瓦斯；マッチ／ match 火柴 對 水 水
646 □□□ ピアノ 【piano】	▶ ピアノ ▶	名 鋼琴 類 ギター／ guitar 吉他
647 □□□ ひ 冷える	▶ ひえる ▶	自下一 感覺冷；變冷；變冷淡 類 寒い 寒冷 對 暖まる 暖和
648 □□□ ひかり 光	▶ ひかり ▶	名 光亮，光線；（喻）光明，希望；威力，光榮 類 火 火，火焰

□ お金を払う。
付錢。

▶ 旅行のお金をカードで旅行会社に払いました。
刷信用卡支付旅行社的旅遊費用。

□ 番組の中で伝える。
在節目中告知觀眾。

▶ テレビでスポーツ番組を見るのが好きです。
我喜歡看電視上的運動節目。

□ 彼の意見に反対する。
反對他的意見。

▶ 今になって規則を変えるのは反対です。
我反對到了現在才要更改規則。

□ ハンバーグを食べる。
吃漢堡。

▶ 今日の昼ご飯はハンバーグにしましょう。
今天的午餐就吃漢堡吧。

□ 雨の日は外に出ない。
雨天不出門。

▶ 太陽の日が窓から入って、とても明るいです。
太陽光從窗口灑入，室內非常明亮。

□ 火が消える。
火熄滅；寂寞，冷清。

▶ 地震の時は、すぐ火を消してください。
地震發生時請立刻關閉火源。

□ ピアノを弾く。
彈鋼琴。

▶ 姉とピアノのコンサートに行きました。
我和姐姐去聽了鋼琴演奏會。

□ 料理が冷えています。
飯菜涼了。

▶ 冷蔵庫にビールが冷えています。
冰箱裡冰著啤酒。

□ 光が強くて目が見えない。
光線太強，什麼都看不見。

▶ 月の光がとてもきれいです。
月光格外皎潔。

は行

Part 1

Check 1 必考單字	高低重音	詞性、類義詞與對義詞

649 ☐☐☐
光る（ひか る） ▶ ひかる ▶ 自五 發光，發亮；出眾
類 差す（さ） 照射

650 ☐☐☐
引き出し（ひ だ し） ▶ ひきだし ▶ 名 抽屜
類 机（つくえ） 書桌

651 ☐☐☐
髭（ひげ） ▶ ひげ ▶ 名 鬍鬚
類 髪（かみ） 頭髮

652 ☐☐☐ ◉T1／59
飛行場（ひ こうじょう） ▶ ひこうじょう ▶ 名 飛機場
類 空港（くうこう） 機場

653 ☐☐☐
久しぶり（ひさ） ▶ ひさしぶり ▶ 名 好久不見，許久，隔了好久
類 しばらく 許久

654 ☐☐☐
美術館（び じゅつかん） ▶ びじゅつかん ▶ 名 美術館
類 図書館（としょかん） 圖書館

655 ☐☐☐
非常に（ひ じょう） ▶ ひじょうに ▶ 副 非常，很
類 非常（ひじょう） 非常；あまり 太，過度

656 ☐☐☐
吃驚（びっくり） ▶ びっくり ▶ 名・副・自サ 驚嚇，吃驚
類 驚く（おどろ） 吃驚

657 ☐☐☐
引っ越す（ひ こ） ▶ ひっこす ▶ 自五 搬家
類 運ぶ（はこ） 搬運

162

□ 星が光る。
星光閃耀。

▶ 夜空に星が光っています。
夜空裡星光閃爍。

□ 引き出しを開ける。
拉開抽屜。

▶ 引き出しに靴下をしまいます。
把襪子收進抽屜裡。

□ 髭が長い。
鬍子很長。

▶ 父は毎朝髭をそっています。
爸爸每天早上都會刮鬍子。

□ 飛行場へ迎えに行く。
去接機。

▶ 友だちを飛行場へ迎えに行きます。
我去機場迎接朋友回來。

□ 久しぶりに会う。
久違重逢。

▶ 久しぶりに田舎の祖母に会いました。
回到鄉下見到了久違的奶奶。

□ 美術館を作る。
建美術館。

▶ 美術館で絵を見るのが好きです。
我喜歡在美術館欣賞畫作。

□ 非常に疲れている。
累極了。

▶ 昼ご飯を食べていないので、非常にお腹がすきました。
我沒吃午餐，現在餓到極點了。

□ びっくりして逃げてしまった。
受到驚嚇而逃走了。

▶ 絵で賞をもらって、びっくりしました。
沒想到我的畫竟得獎了，十分驚訝。

□ 京都へ引っ越す。
搬去京都。

▶ 来週、新しいマンションへ引っ越します。
下星期要搬去新大廈。

Check 1 必考單字	高低重音	詞性、類義詞與對義詞
658 □□□ ひつよう **必要** ▸	ひつよう ▸	名・形動 必要，必需 類 いる 需要；欲しい 想要 對 いらない 不需要
659 □□□ ひど **酷い** ▸	ひどい ▸	形 殘酷，無情；過分；非常 類 怖い 可怕的；残念 遺憾
660 □□□ ひら **開く** ▸	ひらK ▸	他五・自五 打開；開著 類 咲く （花）開 對 閉まる 被關閉
661 □□□ ひる ま **昼間** ▸	ひるま ▸	名 白天 類 昼 白天 對 夜 晚上
662 □□□ ひるやす **昼休み** ▸	ひるやすみ ▸	名 午休；午睡 類 昼寝 午睡
663 □□□ ひろ **拾う** ▸	ひろう ▸	他五 撿拾；叫車 類 呼ぶ 叫來 對 捨てる 丟棄
664 □□□ T1 60 **ファイル** **【file】** ▸	ファイル ▸	名・他サ 文件夾；合訂本，卷宗；（電腦）檔案；將檔案歸檔 類 道具 工具
665 □□□ ふ **増える** ▸	ふえる ▸	自下一 增加 類 多い 多的 對 減る 減少
666 □□□ ふか **深い** ▸	ふかい ▸	形 深的；晚的；茂密；濃的 類 厚い 深厚的 對 浅い 淺的

Check 2 必考詞組	**Check 3** 必考例句

□ 必要がある。
有必要。

▶ 留学に必要な書類は、全部揃いましたか。
留學必備的文件全部備妥了。

□ ひどい目に遭う。
倒大楣。

▶ 2時間も歩いたので、ひどく疲れました。
整整走了兩個鐘頭，非常疲憊。

□ 内側へ開く。
往裡開。

▶ 電車のドアが開いて、乗客が降りました。
電車門打開，乗客走出了車廂。

□ 昼間働いている。
白天都在工作。

▶ 昼間、この部屋は日が差してとても暖かいです。
白天的陽光會照進這個房間，非常暖和。

□ 昼休みを取る。
午休。

▶ 昼休みに公園で散歩をします。
午休時會去公園散步。

□ 財布を拾う。
撿到錢包。

▶ 家に帰る途中、財布を拾いました。
在回家途中撿到了錢包。

□ ファイルをコピーする。
影印文件；備份檔案。

▶ 大事な資料をまとめてファイルします。
把重要的資料蒐集起來歸檔。

□ 外国人が増えている。
外國人日漸增加。

▶ この町の人口はだんだん増えています。
這個城鎮的人口逐漸增加。

□ 深い川を渡る。
渡過一道深河。

▶ 深い森の中にはたくさんの動物がいます。
森林深處有許多動物。

Check 1 　必考單字	高低重音	詞性、類義詞與對義詞

667 □□□
ふくざつ
複雑　▶　ふくざつ　▶
名・形動 複雑
類 難しい（むずか）　困難
對 簡単（かんたん）　容易

668 □□□
ふくしゅう
復習　▶　ふくしゅう　▶
名・他サ 復習
類 練習（れんしゅう）　練習
對 予習（よしゅう）　預習

669 □□□
ぶ ちょう
部長　▶　ぶちょう　▶
名 經理，部長
類 課長（かちょう）　課長

670 □□□
ふ つう
普通　▶　ふつう　▶
名・形動・副 普通，平凡；通常，往常
類 いつも　經常
對 偶に（まれ）　偶爾；ときどき　時常

671 □□□
ぶ どう
葡萄　▶　ぶどう　▶
名 葡萄
類 果物（くだもの）　水果

672 □□□
ふと
太る　▶　ふとる　▶
自五 胖，肥胖；增加
類 太い（ふと）　肥胖的
對 痩せる（や）　痩的

673 □□□
ふ とん
布団　▶　ふとん　▶
名 被子，棉被
類 敷き布団（し ぶとん）　被褥，下被

674 □□□
ふね ふね
船／舟　▶　ふね　▶
名 舟，船；槽，盆
類 飛行機（ひこうき）　飛機

675 □□□
ふ べん
不便　▶　ふべん　▶
名 不方便
類 困る（こま）　不好處理
對 便利（べんり）　方便

□ 複雑になる。
變得複雑。
▶ 東京の地下鉄の路線はとても複雑です。
東京地下鐵的路線非常複雑。

□ 復習が足りない。
複習做得不夠。
▶ 家に帰ったら、必ず復習してください。
各位回家以後請務必複習。

□ 部長になる。
成為部長。
▶ 部長は私にコピーを頼みました。
經理請我幫忙影印。

□ 普通の日は暇です。
平常日很閒。
▶ 私は普通、電車で通勤しています。
我通常搭電車通勤。

□ 葡萄でワインを作る。
用葡萄釀造紅酒。
▶ 日本の葡萄からワインが作られています。
這是使用日本的葡萄釀成的紅酒。

□ 10キロも太ってしまった。
居然胖了十公斤。
▶ 毎日ケーキを食べていたので、太りました。
每天都吃蛋糕，結果變胖了。

□ 布団をかける。
蓋被子。
▶ 天気が良い日は、布団を干します。
我會在天氣晴朗的日子曬棉被。

□ 船に乗る。
乘船。
▶ 船に乗ってゆっくり旅行がしたいです。
我想搭船悠閒旅行。

□ この辺は不便だ。
這一帶的生活機能不佳。
▶ コンビニが無いと、とても不便です。
假如沒有便利商店會很不方便。

Check 1 必考單字	高低重音	詞性、類義詞與對義詞
676 □□□ 踏む ふ	ふむ	他五 踩住，踩到；走上，踏上；實踐；經歷 類 蹴る 踢
677 □□□ ◉T1/61 プレゼント 【present】	プレゼント	名・他サ 禮物；送禮 類 お土産 特産；禮物
678 □□□ ブログ 【blog】	ブログ	名 部落格 類 ネット／net 網路
679 □□□ 文化 ぶん か	ぶんか	名 文化；文明 類 文学 文學
680 □□□ 文学 ぶんがく	ぶんがく	名 文學；文藝 類 歴史 歴史
681 □□□ 文法 ぶんぽう	ぶんぽう	名 文法 類 文章 文章
682 □□□ 別 べっ	べつ	名・形動・接尾 區別另外；除外，例外；特別；按…區分 類 別々 分別 對 一緒 一起
683 □□□ 別に べっ	べつに	副 分開；額外；除外；（後接否定）（不）特別，（不）特殊 類 別 特別
684 □□□ ベル【bell】	ベル	名 鈴聲 類 声 聲音

Check 2 / 必考詞組	Check 3 / 必考例句
□ 人の足を踏む。 踩到別人的腳。	▶ 車のブレーキとアクセルを間違えて踏むと大変です。 萬一弄錯車子的煞車和油門而誤踩了，後果將不堪設想。
□ プレゼントをもらう。 收到禮物。	▶ 彼に誕生日のプレゼントを渡しました。 我把生日禮物送給了他。
□ ブログに写真を載せる。 在部落格裡貼照片。	▶ ブログに愛犬の写真を載せました。 上傳了愛犬的照片到部落格。
□ 文化が高い。 文化水準高。	▶ 日本の文化、特に、歌舞伎に興味があります。 我對日本文化，尤其是歌舞伎，特別感興趣。
□ 文学を楽しむ。 欣賞文學。	▶ 大学で西洋文学を研究しています。 目前在大學研究西洋文學。
□ 文法に合う。 合乎語法。	▶ 明日、日本語の文法の試験があります。 明天有日語文法測驗。
□ 別にする。 …除外。	▶ 友だちと別のメニューを注文しました。 我和朋友叫了不同的餐點。
□ 別に予定は無い。 沒甚麼特別的行程。	▶ 今は別に、欲しいものはありません。 目前沒什麼想要的東西。
□ ベルを押す。 按鈴。	▶ 朝6時に時計のベルが鳴りました。 早晨六點鬧鐘響了。

Check 1 　必考單字	高低重音	詞性、類義詞與對義詞

685 □□□

ヘルパー
【helper】 ▸ ヘルパー ▸
名 幫傭；看護
類 看護師 護士

686 □□□

変 ▸ へん ▸
名・形動 反常；奇怪，怪異；變化，改變；意外
類 おかしい 奇怪

687 □□□

返事 ▸ へんじ ▸
自サ 回答，回覆，答應
類 答え 答覆

688 □□□

返信・する ▸ へんしんする ▸
自サ 回信，回電
類 返事 回信；手紙 書信

689 □□□

〜方 ▸ 〜ほう ▸
名 …方，邊；方面
類 より〜も 比…還

690 □□□ ⚫ T1／ 62

貿易 ▸ ぼうえき ▸
名・自サ 貿易
類 輸出 出口

691 □□□

放送 ▸ ほうそう ▸
名・他サ 廣播；播映，播放；傳播
類 ニュース／ news 新聞

692 □□□

法律 ▸ ほうりつ ▸
名 法律
類 政治 政治

693 □□□

僕 ▸ ぼく ▸
代 我（男性用）
類 私 我
對 君 你

Check 2 必考詞組	Check 3 必考例句
□ ヘルパーさんは忙しい。 看護很忙碌。	▶ 週に１度、ヘルパーさんが部屋の掃除をしてくれます。 家務助理每週一次來打掃房間。
□ 変な音がする。 發出異樣的聲音。	▶ 今日は変な服を着ていますね。 你今天穿的衣服真奇特呀！
□ 返事を待つ。 等待回音。	▶ 「はい」と元気に返事をしました。 充滿朝氣地答了一聲「好！」。
□ 欠席の返信を書く。 寫信回覆恕不出席。	▶ 仕事のメールに返信しました。 回覆了工作事務的電子郵件。
□ こっちの方が早い。 這邊比較快。	▶ どちらか、好きな方を選んでください。 請挑選您喜歡的那一種。
□ 貿易を行う。 進行貿易。	▶ オーストラリアと貿易をします。 我方與澳洲進行貿易。
□ 野球の放送を見る。 觀看棒球賽事轉播。	▶ テレビの放送で、毎日ニュースを見ます。 收看電視播放的每日新聞。
□ 法律を作る。 制定法律。	▶ 教育に関する新しい法律ができました。 通過了有關教育的法律新條文。
□ 僕は二十歳だ。 我二十歲了。	▶ これは、僕の自転車です。 這是我的自行車。

Check 1 必考單字	高低重音	詞性、類義詞與對義詞
694 □□□ ほし 星 ▸	ほし ▸	名 星星，星形；星標；小點；靶心 類 月 月亮
695 □□□ ほ ぞん 保存・する ▸	ほぞんする ▸	名·他サ 保存；儲存（電腦檔案） のこ 類 残す 存留
696 □□□ ほど 程 ▸	ほど ▸	副助 …的程度；越…越… てい ど 類 程度 程度；ぐらい 大約
697 □□□ ほとん 殆ど ▸	ほとんど ▸	名·副 大部份；幾乎 だいたい 類 大体 大致
698 □□□ ほ 褒める ▸	ほめる ▸	他下一 稱讚，誇獎 み ごと 類 見事 卓越 しか 對 叱る 責備
699 □□□ ほんやく 翻訳 ▸	ほんやく ▸	名·他サ 翻譯 つうやく 類 通訳 口譯
700 □□□ まい 参る ▸	まいる ▸	自五 來，去（「行く、来る」的謙讓 い く 語）；認輸；參拜；受不了 い く 類 行く 去；来る 來
701 □□□ ま 曲がる ▸	まがる ▸	自五 彎曲；轉彎；傾斜；乖僻 ま 類 曲げる 折彎
702 □□□ ◉T1／63 ま 負ける ▸	まける ▸	自下一 輸；屈服 しっぱい 類 失敗 失敗 か 對 勝つ 勝利

□ 星がきれいに見える。 可以清楚地看到星空。	▶ 冬の空に星が輝いています。 冬天的夜空星光閃耀。
□ 冷蔵庫に入れて保存する。 放入冰箱裡冷藏。	▶ 料理を冷蔵庫に保存しておきます。 把菜餚放進冰箱保存。
□ 見えない程暗い。 暗得幾乎看不到。	▶ ビルはあと半年程で、完成します。 再過半年左右，大樓即將竣工。
□ ほとんど意味がない。 幾乎沒有意義。	▶ 店のお弁当はほとんど売れました。 店裡的便當幾乎銷售一空了。
□ 勇気ある行為を褒める。 讚揚勇敢的行為。	▶ 妹が描いた絵を褒めました。 我稱讚了妹妹畫的圖。
□ 翻訳が出る。 出譯本。	▶ 「源氏物語」を中国語に翻訳します。 將《源氏物語》翻譯成中文。
□ すぐ参ります。 我立刻就去。	▶ 明日、朝早く資料を持って参ります。 明天一早就帶資料前往。
□ 角を曲がる。 在轉角處拐彎。	▶ 左に曲がったら、富士山が左後ろに見えます。 向左轉後，在左後方可以看到富士山。
□ 戦争に負ける。 戰敗。	▶ 野球の試合に負けてしまいました。 棒球比賽輸了。

Check 1 必考單字	高低重音	詞性、類義詞與對義詞
703 □□□ 真面目 まじめ	まじめ	名・形動 認真；老實；嚴肅；誠實；正經 類 一生懸命 拼命地 對 不真面目 不認真
704 □□□ 先ず ま	まず	副 首先；總之；大概 類 初め 最初
705 □□□ 又は また	または	接續 或是，或者 類 又 另外
706 □□□ 間違える まちが	まちがえる	他下一 錯；弄錯 類 違う 錯誤 對 正す 訂正
707 □□□ 間に合う ま あ	まにあう	自五 來得及，趕得上；夠用；能起作用 類 十分 足夠 對 遅れる 沒趕上
708 □□□ 〜まま	まま	名 如實，照舊；隨意 類 続く 連續 對 変わる 改變
709 □□□ 回る まわ	まわる	自五 巡視；迴轉；繞彎；轉移；營利 類 通る 通過
710 □□□ 漫画 まん が	まんが	名 漫畫 類 雑誌 雜誌
711 □□□ 真ん中 ま なか	まんなか	名 正中央，中間 類 間 中間

Check 2　必考詞組	Check 3　必考例句
□ 真面目に働く。 認真工作。	▶ 父は銀行で真面目に働いています。 家父在銀行非常認真工作。
□ まずビールを飲む。 先喝杯啤酒。	▶ まず初めにお名前をおっしゃってください。 首先請告知大名。
□ 鉛筆またはボールペンを使う。 使用鉛筆或原子筆。	▶ 病院へは、バスまたは地下鉄で行きます。 去醫院可以搭巴士或地鐵。
□ 時間を間違えた。 弄錯時間。	▶ 自分の傘と間違えて、持って帰ってしまいました。 我誤以為是自己的傘，把它帶回來了。
□ 飛行機に間に合う。 趕上飛機。	▶ タクシーで行けば、急行電車に間に合います。 只要搭計程車去，就能趕上那班快速電車。
□ 思ったままを書く。 照心中所想寫出。	▶ 靴下を履いたまま、寝てしまいました。 腳上還穿著襪子就睡著了。
□ あちこちを回る。 四處巡視。	▶ 市役所に回って用を済ませてから会社に戻ります。 我先繞去市公所辦完事後再回公司。
□ 漫画を読む。 看漫畫。	▶ 日本の漫画が大好きです。 我超愛日本漫畫！
□ 真ん中に立つ。 站在正中央。	▶ 写真の真ん中の人が私の姉です。 照片正中央的人是我姐姐。

ま
行

Part
1

Check 1　必考單字	高低重音	詞性、類義詞與對義詞

712 □□□
見える ▶ みえる ▶
自下一 看見；看得見；看起來
類 見る　觀看
對 聞こえる　聽得見

713 □□□
湖 ▶ みずうみ ▶
名 湖，湖泊
類 池　池塘

714 □□□ 🔘T1/64
味噌 ▶ みそ ▶
名 味噌
類 スープ／soup　湯

715 □□□
見付かる ▶ みつかる ▶
自五 被看到；發現了；找到
類 見付ける　找到
對 無くなる　遺失

716 □□□
見付ける ▶ みつける ▶
他下一 發現，找到；目睹
類 見付かる　被看到，找到
對 無くす　丟失

717 □□□
緑 ▶ みどり ▶
名 綠色；嫩芽
類 色　顔色；青い　綠，藍

718 □□□
港 ▶ みなと ▶
名 港口，碼頭
類 駅　電車站；飛行場　機場

719 □□□
皆 ▶ みんな ▶
名・代・副 全部；大家；所有的，全都，完全
類 全部　全部
對 半分　一半

720 □□□
向かう ▶ むかう ▶
自五 面向
類 向ける　使…向；向く　朝向

176

□ 星が見える。
看得見星星。

私の部屋の窓から公園が見えます。
從我房間的窗戶可以看到公園。

□ 池は湖より小さい。
池塘比湖泊小。

湖で彼とボートに乗りました。
在湖上和他一起搭了小船。

□ 味噌汁を飲む。
喝味噌湯。

味噌で味を付けた料理はおいしくて、とても好きです。
我非常喜歡用味噌調味的料理。

□ 結論が見付かる。
找出結論。

無くした定期券が見付かりました。
找到了遺失的定期車票。

□ 答えを見付ける。
找出答案。

探していた帽子を見付けました。
發現了搜尋已久的帽子。

□ 緑が少ない。
綠葉稀少。

美香ちゃん、洗濯するからその緑色のシャツを脱いでください。
小美香，我要洗衣服了，把那件綠色的襯衫脫下來。

□ 港に寄る。
停靠碼頭。

港に外国船が入ってきました。
外籍船隻駛進了碼頭。

□ 皆で500元だ。
全部共是五百元。

皆がボランティアに参加しました。
大家都來參加了義工活動。

□ 鏡に向かう。
對著鏡子。

私は今、駅に向かって歩いています。
我現在正走向車站。

Check 1 必考單字	高低重音	詞性、類義詞與對義詞

721 □□□
迎える むか
▶ むかえる
▶ 他下一 迎接；迎合；聘請
類 向ける 使…向 む
對 送る 送行 おく

722 □□□
昔 むかし
▶ むかし
▶ 名 以前
類 以前 以前 いぜん
對 最近 最近 さいきん

723 □□□
虫 むし
▶ むし
▶ 名 昆蟲
類 蟻 螞蟻 あり

724 □□□
息子 むすこ
▶ むすこ
▶ 名 兒子，令郎；男孩
類 娘 女兒 むすめ
對 息子さん 令郎 むすこ

725 □□□
娘 むすめ
▶ むすめ
▶ 名 女兒，令嬡，令千金；少女
類 息子 兒子 むすこ
對 娘さん 令嬡 むすめ

726 □□□ ⊙ T1／65
村 むら
▶ むら
▶ 名 村莊，村落，鄉村
類 田舎 農村，鄉村 いなか
對 町 城市 まち

727 □□□
無理 むり
▶ むり
▶ 名・自サ・形動 不可能，不合理；勉強；
逞強；強求
類 駄目 不行，不可能 だめ
對 大丈夫 沒問題 だいじょうぶ

728 □□□
～目 め
▶ め
▶ 接尾 第…；…一些的；正當…的時候
類 ～回 …次 かい

729 □□□
メール
【mail】
▶ メール
▶ 名 郵政，郵件；郵船，郵車
類 手紙 書信 てがみ

Check 2　必考詞組	Check 3　必考例句
□ 客を迎える。 迎接客人。	▶ 外国から来たお客様を玄関で迎えます。 在玄關迎接從外國來訪的客人。
□ 昔も今もきれいだ。 一如往昔的美麗。	駅前は、昔、畑だったそうです。 聽說車站前面這一帶以前是農田。
□ 虫が刺す。 蟲子叮咬。	▶ もう秋だなあ、庭で虫が鳴き始めた。 已經入秋了呢，院子裡的昆蟲開始鳴叫了。
□ 息子の姿が見えない。 不見兒子的身影。	▶ 息子さんは、今、どちらにお勤めですか。 令郎目前在哪裡高就呢？
□ 娘の結婚に反対する。 反對女兒的婚事。	娘さんは、とても優しくて可愛い方ですね。 令嬡非常溫柔又可愛呢。
□ 村の人は皆優しい。 村裡的人們大家都很善良。	村には、今でも不思議な話が残っています。 村子裡如今依然流傳著不可思議的故事。
□ 無理もない。 怪不得。	▶ 明日までに宿題をやるのは無理です。 想在明天之前做完習題是不可能的。
□ 2行目を見る。 看第二行。	右から3つ目の席に座ってください。 請坐在從右邊數來第三個座位。
□ メールアドレスを教える。 告訴對方郵件地址。	注文はメールでお願いします。 請透過電子郵件下單。

ま
行

Part
1

Check 1 必考單字	高低重音	詞性、類義詞與對義詞
730 □□□ メールアドレス 【mail address】	メールアドレス	名 電子信箱地址，電子郵件地址 類 住所 住址
731 □□□ 召し上がる	めしあがる	他五（敬）吃，喝 類 食べる 吃
732 □□□ 珍しい	めずらしい	形 罕見的，少見，稀奇 類 少ない 少的
733 □□□ 申し上げる	もうしあげる	他下一 說（「言う」的謙讓語），講，提及 類 言う 說
734 □□□ 申す	もうす	自五（謙讓語）叫做，說，叫 類 言う 叫做，說
735 □□□ もう直ぐ	もうすぐ	副 不久，馬上 類 そろそろ 快要；すぐに 馬上
736 □□□ もう一つ	もうひとつ	連語 更；再一個 類 もう一度 再一次
737 □□□ 燃えるごみ	もえるごみ	名 可燃垃圾 類 ごみ 垃圾
738 □□□ ●T1 66 若し	もし	副 如果，假如 類 例えば 例如

180

□ メールアドレスを交換する。
互換電子郵件地址。

▶ これが私のメールアドレスです。登録しておいてね。
這是我的電子郵件信箱，記得儲存喔！

□ コーヒーを召し上がる。
喝咖啡。

▶ 夕食は何を召し上がりますか。
晚餐想吃什麼呢？

□ 珍しい話を聞く。
聆聽稀奇的見聞。

▶ この美術館には珍しい絵があります。
這座美術館典藏了珍貴的畫作。

□ お礼を申し上げます。
向您致謝。

▶ 私の考えを申し上げます。
請容我報告自己的想法。

□ 嘘は申しません。
不會對您說謊。

▶ 昨日も申しましたように、あの人とはもう別れました。
如同昨天報告過的，我和他已經分手了。

□ もうすぐ春が来る。
馬上春天就要來了。

▶ もうすぐ、桜が咲くでしょう。
再過不久，櫻花就會開了吧。

□ もう一つ足す。
追加一個。

▶ あなたの意見は、説得力がもう一つです。
你的建議，還差了那麼一點點說服力。

□ 燃えるごみを集める。
收集可燃垃圾。

▶ 燃えるごみは金曜日に出してください。
可燃垃圾請於每週五丟棄。

□ もし雨が降ったら。
如果下雨的話。

▶ もし道に迷ったら、電話してください。
假如迷路了，請打電話給我。

Check 1	必考單字	高低重音	詞性、類義詞與對義詞

739 □□□
もちろん
勿論 ▶ も<u>ちろ</u>ん ▶
副 當然；不用說
類 必ず 一定，必然

740 □□□
も
持てる ▶ も<u>て</u>る ▶
自下一 能拿，能保持；受歡迎，吃香
類 人気 受歡迎

741 □□□
もど
戻る ▶ も<u>ど</u>る ▶
自五 返回，回到；回到手頭；折回
類 帰る 回歸
對 進む 前進

742 □□□
もめん
木綿 ▶ も<u>めん</u> ▶
名 棉花；棉，棉質
類 綿 棉花

743 □□□
もら
貰う ▶ も<u>らう</u> ▶
他五 接受，收到，拿到；受到；承擔；傳上
類 いただく 拜領；取る 取得
對 やる 給予

744 □□□
もり
森 ▶ も<u>り</u> ▶
名 樹林
類 林 樹林

745 □□□
や
焼く ▶ や<u>く</u> ▶
他五 焚燒；烤；曬黑；燒製；沖印
類 料理する 烹飪

746 □□□
やくそく
約束 ▶ や<u>くそく</u> ▶
名・他サ 約定，商訂；規定，規則；（有）指望，前途
類 デート／date 約會
對 中止 取消

747 □□□
やく た
役に立つ ▶ や<u>く</u>に<u>たつ</u> ▶
慣 有益處，有幫助，有用
類 使える 能用
對 役に立たない 沒用

□ もちろん嫌です。
當然不願意！

▶ 送料はもちろん無料です。
運費當然免收。

□ 学生に持てる先生
廣受學生歡迎的老師。

▶ あの先生はハンサムなので、学生たちにとても持てます。
那位教授非常瀟灑，因此很受學生歡迎。

□ 家に戻る。
回到家。

▶ 忘れ物をしたので、急いで家に戻ります。
我忘了帶東西，只好趕快跑回家拿。

□ 木綿のシャツ。
棉質襯衫。

▶ 木綿のシャツは気持ちがいいです。
棉質襯衫穿起來很舒服。

□ ハガキをもらう。
收到明信片。

▶ 姉に電子辞書をもらいました。
我收下了姐姐給的電子辭典。

□ 森に入る。
走進森林。

▶ 森の中は、とても暗くて静かです。
森林裡一片漆黑靜謐。

□ 魚を焼く。
烤魚。

▶ パンを焼いて、バターを塗りました。
把麵包烤熱，抹了奶油。

□ 約束を守る。
守約。

▶ 友だちと映画に行く約束をしました。
我和朋友約好了去看電影。

□ 仕事で役に立つ。
對工作有幫助。

▶ 英語の勉強は、将来きっと役に立ちます。
學習英文對將來一定有所助益。

Check 1 　必考單字	高低重音	詞性、類義詞與對義詞

748 ☐☐☐
<ruby>焼<rt>や</rt></ruby>ける ▶ や<u>ける</u> ▶ 自下一 著火，烤熟；（被）烤熟；變黑
類 <ruby>焼<rt>や</rt></ruby>く　焚燒，烤

749 ☐☐☐
<ruby>優<rt>やさ</rt></ruby>しい ▶ や<u>さしい</u> ▶ 形 優美的，溫柔的，體貼的，親切的
類 <ruby>親切<rt>しんせつ</rt></ruby>　好意的
對 <ruby>厳<rt>きび</rt></ruby>しい　嚴厲

750 ☐☐☐
～やすい ▶ や<u>すい</u> ▶ 形 容易…
類 <ruby>簡単<rt>かんたん</rt></ruby>　簡單
對 にくい　難以…

751 ☐☐☐ 🔘T1／67
<ruby>痩<rt>や</rt></ruby>せる ▶ や<u>せる</u> ▶ 自下一 痩；貧瘠
類 ダイエット／diet　減重
對 <ruby>太<rt>ふと</rt></ruby>る　胖

752 ☐☐☐
やっと ▶ や<u>っと</u> ▶ 副 終於，好不容易
類 とうとう　終於
對 <ruby>直<rt>す</rt></ruby>ぐに　馬上

753 ☐☐☐
やはり ▶ や<u>はり</u> ▶ 副 依然，仍然；果然；依然
類 やっぱり　仍然

754 ☐☐☐
<ruby>止<rt>や</rt></ruby>む ▶ や<u>む</u> ▶ 自五 停止；結束
類 <ruby>止<rt>と</rt></ruby>める　停止

755 ☐☐☐
<ruby>止<rt>や</rt></ruby>める ▶ や<u>める</u> ▶ 他下一 停止
類 <ruby>止<rt>や</rt></ruby>む　停止
對 <ruby>続<rt>つづ</rt></ruby>ける　持續

756 ☐☐☐
<ruby>遣<rt>や</rt></ruby>る ▶ や<u>る</u> ▶ 他五 給，給與；派去
類 あげる　給予

Check 2 / 必考詞組	Check 3 / 必考例句
□ 肉が焼ける。 肉烤熟。	▶ 火事でアパートが焼けてしまいました。 公寓失火燒毀了。
□ 人に優しくする。 殷切待人。	▶ 私の恋人は、とても優しい人です。 我的男朋友/女朋友非常體貼/溫柔。
□ わかりやすい。 易懂。	▶ このボールペンは書きやすいです。 這支原子筆寫起來很順手。
□ 病気で痩せる。 因生病所以消瘦。	▶ 病気で３キロ痩せました。 生病後瘦了三公斤。
□ 答えはやっと分かった。 終於知道答案了。	▶ やっと会議の資料ができました。 會議資料終於做好了。
□ 子供はやはり子供だ。 小孩終究是小孩。	▶ 富士山は、やはり美しかったです。 富士山風光果然美不勝收。
□ 雨が止む。 雨停。	▶ 雪が止んだので、出かけましょう。 雪已經停了，我們出門吧！
□ 煙草を止める。 戒菸。	▶ 兄は、１ヶ月前に煙草を止めました。 哥哥在一個月前戒菸了。
□ 手紙をやる。 寄信。	▶ 池の魚に餌をやらないでください。 請不要餵食池塘裡的魚。

757 ☐☐☐
柔らかい（やわ） ▶ やわらかい ▶
- 形 柔軟的，柔和的；溫柔；靈活
- 類 ソフト／soft 柔軟
- 對 硬い（かた） 硬的

758 ☐☐☐
湯（ゆ） ▶ ゆ ▶
- 名 開水，熱水；浴池；溫泉；洗澡水
- 類 スープ／soup 湯
- 對 水（みず） 水

759 ☐☐☐
夕飯（ゆうはん） ▶ ゆうはん ▶
- 名 晚飯
- 類 夕ご飯（ゆう はん） 晚餐
- 對 朝飯（あさめし） 早餐

760 ☐☐☐
夕べ（ゆう） ▶ ゆうべ ▶
- 名 昨晚；傍晚
- 類 昨夜（さくや） 昨晚
- 對 朝（あさ） 早晨

761 ☐☐☐
ユーモア【humor】 ▶ ユーモア ▶
- 名 幽默，滑稽，詼諧
- 類 面白い（おもしろ） 有趣
- 對 つまらない 無聊

762 ☐☐☐
輸出（ゆしゅつ） ▶ ゆしゅつ ▶
- 名·他サ 輸出，出口
- 類 送る（おく） 寄送
- 對 輸入（ゆにゅう） 進口

763 ☐☐☐
輸入（ゆにゅう） ▶ ゆにゅう ▶
- 名·他サ 進口
- 對 輸出（ゆしゅつ） 出口

764 ☐☐☐ T1/68
指（ゆび） ▶ ゆび ▶
- 名 手指；趾頭
- 類 手（て） 手掌；足（あし） 腳

765 ☐☐☐
指輪（ゆびわ） ▶ ゆびわ ▶
- 名 戒指
- 類 アクセサリー／accessory 裝飾用品

柔らかい光。 柔和的光線。	▶	ジャムを塗った柔らかいパンが好きです。 我喜歡吃抹了果醬的軟麵包。
お湯に入る。 入浴，洗澡。	▶	お湯を沸かして、おいしいコーヒーをいれる。 燒開水後沖泡香醇的咖啡。
夕飯を食べる。 吃晚飯。	▶	夕飯は、いつも家族揃って頂きます。 晚飯總是全家人一起享用。
夕べ遅く家に帰った。 昨夜很晚才回到家。	▶	夕べはなかなか眠れませんでした。 昨天晚上翻來覆去睡不著。
ユーモアの分かる人。 懂幽默的人。	▶	私の国語の先生は、ユーモアのある人です。 我的國文老師幽默感十足。
海外への輸出が多い。 許多都出口海外。	▶	台湾から日本へバナナを輸出します。 從台灣外銷香蕉到日本。
車を輸入する。 進口汽車。	▶	フランスからいろんな種類のワインが輸入された。 從法國進口了許多種類的紅酒。
指で指す。 用手指。	▶	怪我をした指に薬を塗りました。 在受傷的手指上抹了藥。
指輪をはめる。 戴上戒指。	▶	恋人からダイヤの指輪をもらいました。 我收到了男朋友/女朋友送的鑽石戒指了。

Check 1 必考單字	高低重音	詞性、類義詞與對義詞
766 □□□ 夢 ゆめ	ゆめ	名 夢；夢想 類 願い 心願
767 □□□ 揺れる ゆ	ゆれる	自下一 搖動，搖晃；動搖 類 動く 搖動
768 □□□ 用 よう	よう	名 事情；用途；用處 類 用事 事情
769 □□□ 用意 ようい	ようい	名・自サ 準備；注意 類 準備 預備
770 □□□ 用事 ようじ	ようじ	名 工作，有事（有必須辦的事） 類 仕事 工作 對 無事 平安無事
771 □□□ よくいらっしゃいました	よくいらっしゃいました	寒暄 歡迎光臨 類 いらっしゃいませ 歡迎光臨
772 □□□ 汚れる よご	よごれる	自下一 弄髒，髒污；齷齪 類 汚い 骯髒的 對 綺麗 乾淨的
773 □□□ 予習 よしゅう	よしゅう	名・他サ 預習 類 練習 練習 對 復習 複習
774 □□□ 予定 よてい	よてい	名・他サ 預定 類 予約 預約

□ 夢を見る。
做夢。

▶ 昨夜、とても怖い夢を見ました。
昨天晚上做了一個非常可怕的夢。

□ 心が揺れる。
心神不定。

▶ 地震で本棚が大きく揺れて倒れました。
書櫃在地震中大幅搖晃後倒下來了。

□ 用が無くなる。
沒了用處。

▶ 用があるので、今日は早く帰らせてください。
因為有要事待辦，今天請讓我早點下班。

□ 飲み物を用意します。
準備飲料。

▶ 海外旅行の用意をします。
準備出國旅行。

□ 用事がある。
有事。

▶ 急な用事で、行けなくなりました。
突然有急事，不能去了。

□ 日本によくいらっしゃいました。
歡迎來到日本。

▶ 遠い所、よくいらっしゃいました。
歡迎您遠道而來。

□ 空気が汚れた。
空氣被汙染。

▶ 床の掃除をしたので、手が汚れました。
打掃了地板，手都髒了。

□ 明日の数学の予習をする。
預習明天的數學。

▶ 明日の授業の予習をします。
預習明天上課的內容。

□ 予定が変わる。
預定發生變化。

▶ 明日の午後、会議の予定があります。
明天下午預定開會。

Check 1 必考單字	高低重音	詞性、類義詞與對義詞

775 □□□

予約
よ やく

▶ よやく ▶

名·他サ 預約；預定
類 取る　訂下
と

---

776 □□□

寄る
よ

▶ よる ▶

自五 順路，順道去…；接近；偏；傾向於；聚集，集中
類 近づく　靠近
ちか

---

777 □□□　●T1／69

因る／依る／
拠る
よ　　　よ
よ

▶ よる ▶

自五 因為，由於，根據
類 による　根據

---

778 □□□

喜ぶ
よろこ

▶ よろこぶ ▶

自五 喜悅，高興；欣然接受；值得慶祝
類 楽しい　快樂的，愉快的
たの
對 悲しい　悲傷的
かな

---

779 □□□

宜しい
よろ

▶ よろしい ▶

形 好；恰好；適當
類 けっこう　相當
對 悪い　不好，不佳
わる

---

780 □□□

弱い
よわ

▶ よわい ▶

形 虛弱；不高明；軟弱的
類 病気　疾病
びょうき
對 強い　強壯
つよ

---

781 □□□

ラップ【rap】

▶ ラップ ▶

名 饒舌樂，饒舌歌；一圈【lap】；往返時間（ラップタイム之略）；保鮮膜【wrap】
類 歌　歌曲；包む　包裹
うた　　　　つつ

---

782 □□□

ラブラブ
【love】

▶ ラブラブ ▶

名·形動（情侶，愛人等）甜蜜、如膠似漆
類 恋愛　戀愛
れんあい

---

783 □□□

理由
り ゆう

▶ りゆう ▶

名 理由，原因
類 訳　理由
わけ

☐ 予約を取る。
預約。

▶ レストランの予約をしました。
預約了餐廳。

☐ 近くに寄って見る。
靠近看。

家に帰る途中、郵便局に寄って切手を買いました。
在回家的路上繞去郵局買了郵票。

☐ 彼の話によると。
根據他的描述。

▶ 聞いた話によると、この辺は昔海だったそうです。
聽說這一帶以前是海。

☐ 成功を喜ぶ。
為成功而喜悅。

▶ 母は私の大学合格をとても喜んでいます。
媽媽得知我考上大學非常高興。

☐ どちらでもよろしい。
哪一個都好，怎樣都行。

これができたら、帰ってもよろしい。
只要把這個做完，就可以回去了。

☐ 酒が弱い。
酒量差。

▶ 私は体が弱いので、海外旅行は無理です。
我身體虛弱，沒辦法出國旅行。

☐ ラップを聴く。
聽饒舌音樂。

ラップを聴くと思わず体が動いてしまいます。
聽饒舌音樂時身體總是不由自主隨之舞動。

☐ 彼氏とラブラブ。
與男朋友甜甜密密。

▶ 結婚したばかりですから、彼と彼女はラブラブです。
他和女朋友才剛結婚，現在是最濃情蜜意的時候。

☐ 理由を聞く。
詢問原因。

▶ この商品が売れる理由は何ですか。
這件商品暢銷的理由是什麼？

Check 1 必考單字	高低重音	詞性、類義詞與對義詞

784 □□□

りょう
利用 ▶ りょう ▶ 名·他サ 利用
つか
類 使う　使用

785 □□□

りょうほう
両方 ▶ りょうほう ▶ 名 両方，兩種，雙方
ふた
類 二つ　兩個
かたほう
對 片方　一邊，兩個中的一個

786 □□□

りょかん
旅館 ▶ りょかん ▶ 名 旅館
類 ホテル／ hotel　飯店

787 □□□

る　す
留守 ▶ るす ▶ 名 不在家；看家
がいしゅつ
類 外出　外出
で
對 出かける　出門

788 □□□

れいぼう
冷房 ▶ れいぼう ▶ 名·他サ 冷氣
類 クーラー／ cooler　冷氣
だんぼう
對 暖房　暖氣

789 □□□ ◉T1／70

れき　し
歴史 ▶ れきし ▶ 名 歴史；來歷
ち　り
類 地理　地理

790 □□□

レジ
【register】 ▶ レジ ▶ 名 收銀台；收款員
かいけい
類 お会計　結帳

791 □□□

レポート
【report】 ▶ レポート ▶ 名 報告
ほうこく
類 報告　報告

792 □□□

れんらく
連絡 ▶ れんらく ▶ 名·自サ 聯繫，聯絡；通知；聯運
し
類 知らせる　通知

□ 機会を利用する。
利用機會。

▶ 私はよくコンビニを利用します。
我經常上便利商店。

□ 両方の意見を聞く。
聽取雙方意見。

▶ 私は勉強もスポーツも両方好きです。
讀書和運動我兩種都喜歡。

□ 旅館に泊まる。
住旅館。

▶ 日本の旅館はサービスがいいです。
日本旅館的服務非常周到。

□ 家を留守にする。
看家。

▶ 父の留守に、父に電話がありました。
爸爸不在家時，有人打了電話來找爸爸。

□ 冷房を点ける。
開冷氣。

▶ 暑いので、冷房を点けましょう。
好熱，我們開冷氣吧！

□ 歴史を作る。
創造歷史。

▶ この地方の寺の歴史を研究しています。
正在研究這個地方的寺院歷史。

□ レジを打つ。
收銀。

▶ レジに並んで、お金を払います。
在結帳櫃臺前排隊付款。

□ レポートにまとめる。
整理成報告。

▶ 宿題のレポートを書きます。
寫報告作業。

□ 連絡を取る。
取得連繫。

▶ 出席か欠席か、メールで連絡してください。
請以電子郵件告知是否出席。

Check 1 必考單字	高低重音	詞性、類義詞與對義詞

793 □□□
わ
沸かす　▶　わかす　▶　他五 使…沸騰，煮沸；使沸騰
類 沸く　沸騰

794 □□□
わか
別れる　▶　わかれる　▶　自下一 分別，離別，分開
類 分れる　分開
對 会う　見面，碰面

795 □□□
わ
沸く　▶　わく　▶　自五 煮沸騰，沸，煮開；興奮；熔
化；吵嚷
類 沸かす　使…沸騰

796 □□□
わけ
訳　▶　わけ　▶　名 道理，原因，理由；意思；當然；
麻煩
類 理由　原因

797 □□□
わす　もの
忘れ物　▶　わすれもの　▶　名 遺忘物品，遺失物
類 落とし物　遺失物品

798 □□□
わら
笑う　▶　わらう　▶　他五・自五 笑；譏笑
類 楽しい　快樂的，愉快的
對 泣く　哭泣

799 □□□
わり あい
割合　▶　わりあい　▶　名・副 比率
類 割合に　比較地

800 □□□
わり あい
割合に　▶　わりあいに　▶　副 比較；雖然…但是
類 割に　比較

801 □□□
わ
割れる　▶　われる　▶　自下一 破掉，破裂；裂開；暴露；整除
類 割る　打破，破碎

Check 2 必考詞組	Check 3 必考例句
□ お湯を沸かす。 把水煮沸。	▶ お湯を沸かして、日本茶をいれます。 燒開水後沏日本茶。
□ 彼と会社の前で別れた。 和他在公司前道別了。	▶ 空港で友だちと別れました。 在機場和朋友道別了。
□ 会場が沸く。 會場熱血沸騰。	▶ お風呂が沸きましたので、どうぞお入りください。 浴室的熱水已經放好，您可以進去洗澡了。
□ 訳が分かる。 知道意思；知道原因；明白事理。	▶ 遅刻の訳をきちんと言ってください。 請把遲到的理由說清楚。
□ 忘れ物を取りに行く。 去取回遺失的物品。	▶ 電車の中に忘れ物をしてしまいました。 把隨身物品遺忘在電車裡了。
□ 赤ちゃんを笑わせた。 逗嬰兒笑了。	▶ 妹は漫画を読んで笑っています。 妹妹一邊看漫畫一邊笑。
□ 割合が増える。 比率增加。	▶ 60歳以上の割合が増えています。 超過六十歲的比例逐漸增加。
□ 割合によく働く。 比較能幹。	▶ このバナナは割合に甘いです。 這根香蕉比想像來得甜。
□ 窓ガラスが割れる。 窗玻璃破裂。	▶ 台風で、窓ガラスが割れました。 颱風吹破了窗玻璃。

1 場所、空間與範圍

T2 / 01

裏 (うら)	背面；裡面，背後；內部；內幕	裏から入る。(うら はい)	從背面進入。
表 (おもて)	表面；正面；前面；正門；外邊	表から出る。(おもて で)	從正門出來。
以外 (いがい)	除…之外，以外	英語以外全部ひどかった。(えいご いがいぜんぶ)	除了英文以外，全都很糟。
真ん中 (まなか)	正中央，中間	真ん中に立つ。(ま なか た)	站在正中央。
間 (あいだ)	間隔；中間；期間；之間；關係；空隙	長い間休みました。(なが あいだやす)	休息了很長一段時間。
隅／角 (すみ／すみ)	角落	隅から隅まで探す。(すみ すみ さが)	找遍了各個角落。
手前 (てまえ)	眼前；靠近自己這一邊；（當著…的）面前；（謙）我，（藐）你	手前にある箸を取る。(てまえ はし と)	拿起自己面前的筷子。
手元 (てもと)	身邊，手頭；膝下；生活，生計	手元にない。(てもと)	手邊沒有。
此方 (こっち)	這裡，這邊；我，我們	此方へ来る。(こっち く)	到這裡來。
何方 (どっち)	哪一個	お宅は何方ですか。(たく どっち)	請問您家在哪？
遠く (とおく)	遠處；很遠；差距很大	遠くから人が来る。(とお ひと く)	有人從遠處來。
～方 (ほう)	…方，邊；方面	こっちの方が早い。(ほう はや)	這邊比較快。
空く (あく)	空著；閒著；有空；空隙；空缺	3階の部屋が空いている。(がい へや あ)	三樓的房間是空著的。

2 地點

地理 ちり	地理	地理を研究する。 ちり けんきゅう	研究地理。
社会 しゃかい	社會；領域	社会に出る。 しゃかい で	出社會。
西洋 せいよう	西洋，西方，歐美	西洋に旅行する。 せいよう りょこう	去西方國家旅行。
世界 せかい	世界；天地；世上	世界に知られている。 せかい し	聞名世界。
国内 こくない	該國內部，國內	国内旅行。 こくないりょこう	國內旅遊。
村 むら	村莊，村落	村の人は皆優しい。 むら ひと みんなやさ	村民都很善良。
田舎 いなか	鄉下，農村；故鄉	田舎に帰る。 いなか かえ	回家鄉。
郊外 こうがい	郊外；市郊	郊外に住む。 こうがい す	住在城外。
島 しま	島嶼	島へ渡る。 しま わた	遠渡島上。
海岸 かいがん	海岸，海濱，海邊	海岸で遊ぶ。 かいがん あそ	在海邊玩。
湖 みずうみ	湖，湖泊	池は湖より小さい。 いけ みずうみ ちい	池塘比湖泊小。
アジア	亞洲	アジアに広がる。 ひろ	擴散至亞州。
アフリカ	非洲	アフリカに遊びに行く。 あそ い	去非洲玩。
アメリカ	美國；美洲	アメリカへ行く。 い	去美國。

けん 県	縣	かながわけん　い 神奈川県へ行く。	去神奈川縣。
し 市	…市；城市，都市	タイペイ　し 台北市	台北市
ちょう 町	鎮	ちょうちょう 町長になる。	當鎮長。
さか 坂	斜坡；坡道；陡坡	さか　お 坂を下りる。	下坡。

1 過去、現在、未來

T2／03

さっき	剛才，先前	さっきから待っている。	從剛才就在等著你；已經等你一會兒了。
夕べ	昨晚；傍晚	夕べ遅く家に帰った。	昨夜很晚才回到家。
この間	最近；前幾天	この間の試験はどうだった。	前陣子的考試結果如何？
最近	最近	最近、雨が多い。	最近時常下雨。
最後	最後，最終；一旦…就沒辦法了	最後までやりましょう。	一起堅持到最後吧。
最初	最初，首先；開頭；第一次	最初に会った人。	一開始見到的人。
昔	以前	昔も今もきれいだ。	一如往昔的美麗。
唯今／只今	馬上，剛才；我回來了	ただいま電話中です。	目前正在通話中。
今夜	今夜，今天晚上	今夜は早く休みたい。	今晚想早點休息。
明日	明天；將來	明日の朝。	明天早上。
今度	下次；這次	今度アメリカに行く。	下次要去美國。
再来週	下下星期	再来週まで待つ。	將等候到下下週為止。
再来月	下下個月	再来月また会う。	下下個月再見。
将来	未來；將來	近い将来。	最近的將來。

時 とき	…時，時候；時期	時が来る。 とき　く	時機到來；時候到來。
日 ひ	天數；天，日子；太陽；天氣	雨の日は外に出ない。 あめ　ひ　そと　で	雨天不出門。
年 とし	年齡；一年；歲月；年代	年を取る。 とし　と	長歲數；上年紀。
始める はじ	開始；開創	授業を始める。 じゅぎょう　はじ	開始上課。
終わり お	終了，結束，最後，終點，盡頭；末期	夏休みもそろそろ終わりだ。 なつやす　お	暑假也差不多要結束了。
急ぐ いそ	急忙，快走，加快，趕緊，著急	急いで帰りましょう。 いそ　かえ	趕緊回家吧！
直ぐに す	馬上	すぐに帰る。 かえ	馬上回來。
間に合う ま　あ	來得及，趕得上；夠用；能起作用	飛行機に間に合う。 ひこうき　ま　あ	趕上飛機。
朝寝坊 あさ ね ぼう	睡懶覺；賴床；愛賴床的人	今日は朝寝坊をした。 きょう　あさ ね ぼう	今天早上賴床了。
起こす お	喚醒，叫醒；扶起；發生；引起	問題を起こす。 もんだい　お	鬧出問題。
昼間 ひる ま	白天	昼間働いている。 ひる ま はたら	白天都在工作。
暮れる く	天黑；日暮；年終；長時間處於…中	秋が暮れる。 あき　く	秋天結束。
時代 じ だい	時代；潮流；朝代；歷史	時代が違う。 じ だい　ちが	時代不同。

1 寒暄用語

行って参ります	我走了	A社に行って参ります。	我這就去 A 公司。
行ってらっしゃい	慢走，好走，路上小心	旅行、お気をつけて行ってらっしゃい。	敬祝旅途一路順風。
よくいらっしゃいました	歡迎光臨	日本によくいらっしゃいました。	歡迎來到日本。
お蔭	多虧	あなたのおかげです。	承蒙您相助。
お蔭様で	託福，多虧	おかげさまで元気で働いています。	託您的福，才能精神飽滿地工作。
お大事に	珍重，請多保重	じゃ、お大事に。	那麼，請多保重。
畏まりました	知道，了解（「わかる」謙讓語）	2名様ですね。かしこまりました。	是兩位嗎？我了解了。
お待たせしました	讓您久等了	すみません、お待たせしました。	不好意思，讓您久等了。
お目出度うございます	恭喜	お誕生日おめでとうございます。	生日快樂！
それはいけませんね	那可不行	風邪ですか。それはいけませんね。	感冒了嗎？那真糟糕呀。

2 各種人物

お子さん	令郎；您孩子	お子さんはおいくつですか。	您的孩子幾歲了呢？
息子	兒子，令郎；男孩	息子の姿が見えない。	看不到兒子的蹤影。
娘	女兒，令嬡，令千金；少女	娘の結婚に反対する。	反對女兒的婚事。
お嬢さん	令嬡；您女兒；小姐；千金小姐	田中さんのお嬢さん。	田中先生的千金。
高校生	高中生	彼は高校生だ。	他是高中生。
大学生	大學生	大学生になる。	成為大學生。
先輩	前輩；學姐，學長；老前輩	高校の先輩。	高中時代的學長姐。
客	客人；顧客	客を迎える。	迎接客人。
店員	店員	店員を呼ぶ。	叫喚店員。
社長	總經理；社長；董事長	社長になる。	當上社長。
お金持ち	有錢人	お金持ちになる。	變成有錢人。
市民	市民，公民	市民の生活を守る。	捍衛公民生活。
君	您；你（男性對同輩以下的親密稱呼）	君にあげる。	給你。
〜員	人員；成員	店員に値段を聞きます。	向店員詢問價錢。

3 男女

T2 / 07

男性（だんせい）	男性	大人（おとな）の男性（だんせい）を紹介（しょうかい）する。	介紹（妳認識）穩重的男士。
女性（じょせい）	女性	女性（じょせい）は強（つよ）くなった。	女性變堅強了。
彼女（かのじょ）	她；女朋友	彼女（かのじょ）ができる。	交到女友。
彼（かれ）	他；男朋友	彼（かれ）と喧嘩（けんか）した。	和他吵架了。
彼氏（かれし）	男朋友；他	彼氏（かれし）を待（ま）っている。	等著男友。
彼等（かれら）	他們，那些人	彼（かれ）らは兄弟（きょうだい）だ。	他們是兄弟。
人口（じんこう）	人口	人口（じんこう）が多（おお）い。	人口很多。
皆（みんな）	全部；大家；所有的，全都，完全	皆（みんな）で 500 元（げん）だ。	全部共是 500 元。
集（あつ）まる	集合；聚集	駅（えき）の前（まえ）に集（あつ）まる。	在車站前集合。
集（あつ）める	收集，集合，集中	切手（きって）を集（あつ）める。	收集郵票。
連（つ）れる	帶領，帶著	連（つ）れて行（い）く。	帶去。
欠（か）ける	缺損；缺少	お皿（さら）が欠（か）ける。	盤子缺角。

203

祖父（そふ）	祖父，外祖父	祖父（そふ）に会（あ）う。	和祖父見面。
祖母（そぼ）	祖母，奶奶，外婆	祖母（そぼ）が亡（な）くなる。	祖母過世。
親（おや）	父母，雙親	親（おや）を失（うしな）う。	失去雙親。
夫（おっと）	丈夫	夫（おっと）と別（わか）れる。	和丈夫離婚。
主人（しゅじん）	一家之主；老公，（我）丈夫，先生；老闆	主人（しゅじん）の帰（かえ）りを待（ま）つ。	等待丈夫回家。
妻（つま）	妻子，太太（自稱）	妻（つま）も働（はたら）いている。	妻子也在工作。
家内（かない）	妻子	家内（かない）に相談（そうだん）する。	和妻子討論。
子（こ）	小孩；孩子	子（こ）を生（う）む。	生小孩。
赤（あか）ちゃん	嬰兒	うちの赤（あか）ちゃん。	我們家的小嬰娃。
赤（あか）ん坊（ぼう）	嬰兒；不諳人情世故的人	赤（あか）ん坊（ぼう）を風呂（ふろ）に入（い）れた。	幫嬰兒洗了澡。
育（そだ）てる	養育；撫育，培植；培養	庭（にわ）でトマトを育（そだ）てる。	在庭院裡栽種番茄。
子育（こそだ）て	養育小孩，育兒	子育（こそだ）てで忙（いそが）しい。	忙著育兒。
似（に）る	相似；相像，類似	答（こた）えが似（に）ている。	答案相近。
僕（ぼく）	我（男性用）	僕（ぼく）は二十歳（はたち）だ。	我二十歲了！

5 態度、性格

親切 しんせつ	親切，客氣	親切に教える。 しんせつ おし	親切地教導。
丁寧 ていねい	對事物的禮貌用法；客氣；仔細	丁寧に読む。 ていねい よ	仔細閱讀。
熱心 ねっしん	專注，熱衷	仕事に熱心だ。 しごと ねっしん	熱衷於工作。
真面目 まじめ	認真；老實；嚴肅；誠實；正經	真面目に働く。 まじめ はたら	認真工作。
一生懸命 いっしょうけんめい	拼命，努力，一心，專心	一生懸命に働く。 いっしょうけんめい はたら	拼命地工作。
優しい やさ	優美的，溫柔的，體貼的，親切的	人に優しくする。 ひと やさ	殷切待人。
適当 てきとう	適當；適度；隨便	適当に運動する。 てきとう うんどう	適度地運動。
可笑しい おか	奇怪的，可笑的；不正常	胃の調子がおかしい。 い ちょうし	胃不太舒服。
細かい こま	細小；詳細；精密；仔細；精打細算	細かく説明する。 こま せつめい	詳細說明。
騒ぐ さわ	吵鬧，騷動，喧嚣；慌張；激動；吹捧	子供が騒ぐ。 こども さわ	孩子在吵鬧。
酷い ひど	殘酷，無情；過分；非常	ひどい目に遭う。 め あ	倒大楣。

かんけい **関係**	關係；影響；牽連；涉及	かんけい 関係がある。	有關係；有影響； 發生關係。
しょうかい **紹介**	介紹	かぞく　しょうかい 家族に紹介する。	介紹給家人認識。
せ わ **世話**	照顧，照料，照應	せ わ 世話になる。	受到照顧。
わか **別れる**	分別，離別，分開	かれ　かいしゃ　まえ　わか 彼と会社の前で別れた。	和他在公司前道別了。
あいさつ **挨拶**	寒暄；致詞；拜訪	あいさつ　た 挨拶に立つ。	起身致詞。
けん か **喧嘩**	吵架，口角	けん か　はじ 喧嘩が始まる。	開始吵架。
えんりょ **遠慮**	客氣；謝絕；深謀遠慮	えんりょ　な 遠慮が無い。	不客氣，不拘束。
しつれい **失礼**	失禮，沒禮貌；失陪	しつれい　　　　い 失礼なことを言う。	說失禮的話。
ほ **褒める**	稱讚，誇獎	ゆう き　　こう い　ほ 勇気ある行為を褒める。	讚揚勇敢的行為。
やく た **役に立つ**	有益處，有幫助，有用	し ごと　やく た 仕事に役に立つ。	對工作有幫助。
じ ゆう **自由**	自由；隨意；隨便；任意	じ ゆう　な 自由が無い。	沒有自由。
しゅうかん **習慣**	習慣	しゅうかん　か 習慣が変わる。	習慣改變；習俗特別。

1 人體

T2 / 11

かっこう かっこう 格好／恰好	樣子，適合；外表，裝扮；情況	かっこう 格好をかまう。	講究外表。
かみ 髪	頭髮；髮型	かみ け き 髪の毛を切る。	剪頭髮。
け 毛	毛髮，頭髮；毛線，毛織物	け なが ねこ 毛の長い猫。	長毛的貓。
ひげ 髭	鬍鬚	ひげ なが 髭が長い。	鬍子很長。
くび 首	脖子；頸部；職位；解僱	くび いた 首が痛い。	脖子痛。
のど 喉	喉嚨；嗓音	いた のどが痛い。	喉嚨痛。
せ なか 背中	背脊；背部	せ なか いた 背中が痛い。	背部疼痛。
うで 腕	胳臂；腕力；本領；支架	ほそ うで 細い腕。	很細的胳臂。
ゆび 指	手指；趾頭	ゆび さ 指で指す。	用手指。
つめ 爪	指甲；爪	つめ き 爪を切る。	剪指甲。
ち 血	血液，血；血緣	あか ち 赤い血。	鮮紅的血。
おなら	屁	おならをする。	放屁。

生_いきる	活著，生存；謀生；獻身於；有效；有影響	生_いきて帰_{かえ}る。	生還。
亡_なくなる	死去，去世，死亡	先生_{せんせい}が亡_なくなる。	老師過世。
動_{うご}く	動，移動；擺動；改變；行動；動搖	手_てが痛_{いた}くて動_{うご}かない。	手痛得不能動。
触_{さわ}る	碰觸，觸摸；接觸；觸怒；有關聯	顔_{かお}に触_{さわ}った。	觸摸臉。
眠_{ねむ}い	睏，想睡覺	眠_{ねむ}くなる。	想睡覺。
眠_{ねむ}る	睡覺	暑_{あつ}くて眠_{ねむ}れない。	太熱睡不著。
太_{ふと}る	胖，肥胖；增加	10キロも太_{ふと}ってしまった。	居然胖了十公斤。
痩_やせる	瘦；貧瘠	病気_{びょうき}で痩_やせる。	因生病所以消瘦。
弱_{よわ}い	虛弱；不高明；軟弱的	酒_{さけ}が弱_{よわ}い。	酒量差。
折_おる	折，折疊，折斷，中斷	紙_{かみ}を折_おる。	摺紙。

3 疾病與治療

熱（ねつ）	高溫；熱；發燒；熱情	熱（ねつ）がある。	發燒。
インフルエンザ	流行性感冒	インフルエンザにかかる。	得了流感。
怪我（けが）	受傷；傷害；過失	怪我（けが）が無（な）い。	沒有受傷。
花粉症（かふんしょう）	花粉症，因花粉而引起的過敏鼻炎	花粉症（かふんしょう）にかかる。	患上花粉症。
倒れる（たおれる）	倒塌，倒下；垮台；死亡	家（いえ）が倒（たお）れる。	房屋倒塌。
入院（にゅういん）	住院	入院（にゅういん）することになった。	結果要住院了。
注射（ちゅうしゃ）	注射，打針	注射（ちゅうしゃ）を打（う）つ。	打針。
塗る（ぬる）	塗抹，塗上	色（いろ）を塗（ぬ）る。	上色。
お見舞い（おみまい）	慰問品；探望	お見舞（みま）いに行（い）く。	去探望。
具合（ぐあい）	情況；（健康等）狀況，方法	具合（ぐあい）がよくなる。	情況好轉。
治る（なおる）	變好；改正；治癒	傷（きず）が治（なお）る。	傷口復原。
退院（たいいん）	出院	三日（みっか）で退院（たいいん）できます。	三天後即可出院。
ヘルパー	幫傭；看護	ヘルパーさんは忙（いそが）しい。	看護很忙碌。
歯医者（はいしゃ）	牙科，牙醫	歯医者（はいしゃ）に行（い）く。	看牙醫。
～てしまう	了…（強調某一狀態或動作徹底完了；懊悔）	食（た）べてしまう。	吃完。

4 體育與競賽

<ruby>運動<rt>うんどう</rt></ruby>	運動；活動；宣傳活動	<ruby>運動<rt>うんどう</rt></ruby>が<ruby>好<rt>す</rt></ruby>きだ。	我喜歡運動。
テニス	網球	テニスをやる。	打網球。
テニスコート	網球場	テニスコートでテニスをやる。	在網球場打網球。
<ruby>力<rt>ちから</rt></ruby>	力量，力氣；能力；壓力；勢力	<ruby>力<rt>ちから</rt></ruby>になる。	幫助；有依靠。
<ruby>柔道<rt>じゅうどう</rt></ruby>	柔道	<ruby>柔道<rt>じゅうどう</rt></ruby>をやる。	練柔道。
<ruby>水泳<rt>すいえい</rt></ruby>	游泳	<ruby>水泳<rt>すいえい</rt></ruby>が<ruby>上手<rt>じょうず</rt></ruby>だ。	擅長游泳。
<ruby>駆<rt>か</rt></ruby>ける／<ruby>駈<rt>か</rt></ruby>ける	奔跑，快跑	<ruby>急<rt>いそ</rt></ruby>いで<ruby>駆<rt>か</rt></ruby>ける。	快跑。
<ruby>打<rt>う</rt></ruby>つ	打擊，打	メールを<ruby>打<rt>う</rt></ruby>ちます。	打簡訊。
<ruby>滑<rt>すべ</rt></ruby>る	滑（倒）；滑動；（手）滑；跌落	<ruby>道<rt>みち</rt></ruby>が<ruby>滑<rt>すべ</rt></ruby>る。	路滑。
<ruby>投<rt>な</rt></ruby>げる	拋擲，丟，拋；放棄	ボールを<ruby>投<rt>な</rt></ruby>げる。	擲球。
<ruby>試合<rt>しあい</rt></ruby>	比賽	<ruby>試合<rt>しあい</rt></ruby>が<ruby>終<rt>お</rt></ruby>わる。	比賽結束。
<ruby>競争<rt>きょうそう</rt></ruby>	競爭	<ruby>競争<rt>きょうそう</rt></ruby>に<ruby>負<rt>ま</rt></ruby>ける。	競爭失敗。
<ruby>勝<rt>か</rt></ruby>つ	贏，勝利；克服	<ruby>試合<rt>しあい</rt></ruby>に<ruby>勝<rt>か</rt></ruby>つ。	贏得比賽。
<ruby>失敗<rt>しっぱい</rt></ruby>	失敗	<ruby>試験<rt>しけん</rt></ruby>に<ruby>失敗<rt>しっぱい</rt></ruby>した。	落榜了。
<ruby>負<rt>ま</rt></ruby>ける	輸；屈服	<ruby>戦争<rt>せんそう</rt></ruby>に<ruby>負<rt>ま</rt></ruby>ける。	戰敗。

Topic 5 大自然

1 自然與氣象

枝 （えだ）	樹枝；分枝	枝を切る。 （えだ を き る）	修剪樹枝。
草 （くさ）	草，雜草	庭の草を取る。 （にわ の くさ を と る）	清除庭院裡的雜草。
葉 （は）	葉子，樹葉	葉が落ちる。 （は が お ちる）	葉落。
開く （ひら く）	打開；開著	内側へ開く。 （うちがわ へ ひら く）	往裡開。
植える （う える）	栽種，種植；培養；嵌入	木を植える。 （き を う える）	種樹。
折れる （お れる）	折彎；折斷；轉彎；屈服；操勞	いすの足が折れた。 （あし お れた）	椅腳斷了。
雲 （くも）	雲朵	雲は白い。 （くも は しろ い）	雲朵亮白。
月 （つき）	月亮	月が見える。 （つき が み える）	可以看到月亮。
星 （ほし）	星星，星形；星標；小點；靶心	星がきれいに見える。 （ほし が み える）	可以清楚地看到星空。
地震 （じ しん）	地震	地震が起きる。 （じ しん が お きる）	發生地震。
台風 （たい ふう）	颱風	台風に遭う。 （たい ふう に あ う）	遭遇颱風。
季節 （き せつ）	季節	季節が変わる。 （き せつ か わる）	季節嬗遞。
冷える （ひ える）	感覺冷；變冷；變冷淡	料理が冷えてます。 （りょう り が ひ えてます）	飯菜涼了。
止む （や む）	停止；結束	雨が止む。 （あめ が や む）	雨停。

下がる	下降；下垂；降低；降溫；退步	熱が下がる。	漸漸退燒。
林	樹林；林立	林の中を散歩する。	在林間散步。
森	樹林	森に入る。	走進森林。
光	光亮，光線；（喻）光明，希望；威力，光榮	光が強くて目が見えない。	光線太強，什麼都看不見。
光る	發光，發亮；出眾	星が光る。	星光閃耀。
映る	映照，反射；相稱；看，覺得	水に映る。	倒映水面。
どんどん	連續不斷，接二連三；（炮鼓等連續不斷的聲音）咚咚；（進展）順利；（氣勢）旺盛	どんどん忘れてしまう。	漸漸遺忘。

2 各種物質

空気 （くうき）	空氣；氣氛	空気が汚れる。 （くうき／よご）	空氣很髒。
火／灯 （ひ／ひ）	火；燈	火が消える。 （ひ／き）	火熄滅；寂寞，冷清。
石 （いし）	石頭；岩石；（猜拳）石頭；石板；鑽石；結石；堅硬	石で作る。 （いし／つく）	用石頭做的。
砂 （すな）	沙子	砂が目に入る。 （すな／め／はい）	沙子掉進眼睛裡。
ガソリン	汽油	ガソリンが切れる。 （き）	汽油耗盡。
ガラス	玻璃	ガラスを割る。 （わ）	打破玻璃。
絹 （きぬ）	絲織品；絲	絹の服を着る。 （きぬ／ふく／き）	穿著絲織服裝。
ナイロン	尼龍	ナイロンの財布を買う。 （さいふ／か）	購買尼龍材質的錢包。
木綿 （もめん）	棉花；棉，棉質	木綿のシャツ。 （もめん）	棉質襯衫。
塵／芥 （ごみ／ごみ）	垃圾；廢物	燃えるごみを出す。 （も／だ）	把可燃垃圾拿去丟。
捨てる （す）	丟掉，拋棄；放棄；置之不理	ごみを捨てる。 （す）	丟垃圾。
固い／硬い ／堅い （かた／かた／かた）	堅硬；凝固；結實；可靠；嚴厲	硬い石。 （かた／いし）	堅硬的石頭。

1 烹調與食物味道

T2/ 17

漬ける	浸泡；醃	<ruby>梅<rt>うめ</rt></ruby>を<ruby>漬<rt>つ</rt></ruby>ける。	醃梅子。
<ruby>包<rt>つつ</rt></ruby>む	包圍，包住，包起來；隱藏；束起	<ruby>体<rt>からだ</rt></ruby>をタオルで<ruby>包<rt>つつ</rt></ruby>む。	用浴巾包住身體。
<ruby>焼<rt>や</rt></ruby>く	焚燒；烤；曬黑；燒製；沖印	<ruby>魚<rt>さかな</rt></ruby>を<ruby>焼<rt>や</rt></ruby>く。	烤魚。
<ruby>焼<rt>や</rt></ruby>ける	著火，烤熟；（被）烤熟；變黑	<ruby>肉<rt>にく</rt></ruby>が<ruby>焼<rt>や</rt></ruby>ける。	肉烤熟。
<ruby>沸<rt>わ</rt></ruby>かす	使…沸騰，煮沸；使沸騰	お<ruby>湯<rt>ゆ</rt></ruby>を<ruby>沸<rt>わ</rt></ruby>かす。	把水煮沸。
<ruby>沸<rt>わ</rt></ruby>く	煮沸騰，沸，煮開；興奮；熔化；吵嚷	<ruby>会場<rt>かいじょう</rt></ruby>が<ruby>沸<rt>わ</rt></ruby>く。	會場熱血沸騰。
<ruby>味<rt>あじ</rt></ruby>	味道；滋味；趣味；甜頭	<ruby>味<rt>あじ</rt></ruby>がいい。	好吃，美味；富有情趣。
<ruby>味見<rt>あじみ</rt></ruby>	試吃，嚐味道	スープの<ruby>味見<rt>あじみ</rt></ruby>をする。	嚐嚐湯的味道。
<ruby>匂<rt>にお</rt></ruby>い	氣味；味道；風貌；氣息	<ruby>匂<rt>にお</rt></ruby>いがする。	發出味道。
<ruby>苦<rt>にが</rt></ruby>い	苦；痛苦，苦楚的；不愉快的	<ruby>苦<rt>にが</rt></ruby>くて<ruby>食<rt>た</rt></ruby>べられない。	苦得難以下嚥。
<ruby>柔<rt>やわ</rt></ruby>らかい	柔軟的，柔和的；溫柔；靈活	<ruby>柔<rt>やわ</rt></ruby>らかい<ruby>光<rt>ひかり</rt></ruby>。	柔和的光線。
<ruby>大匙<rt>おおさじ</rt></ruby>	大匙，湯匙	<ruby>大匙<rt>おおさじ</rt></ruby>2<ruby>杯<rt>はい</rt></ruby>の<ruby>塩<rt>しお</rt></ruby>。	兩大匙的鹽。
<ruby>小匙<rt>こさじ</rt></ruby>	小匙，茶匙	<ruby>小匙<rt>こさじ</rt></ruby>1<ruby>杯<rt>ぱい</rt></ruby>の<ruby>砂糖<rt>さとう</rt></ruby>。	一小匙的砂糖。

2 用餐與食物

T2/18

ゆうはん 夕飯	晚飯	ゆうはん た 夕飯を食べる。	吃晚飯。
す 空く	有縫隙；（內部的人或物）變少，稀疏；飢餓；有空閒；（心情）舒暢	す バスは空いていた。	公車上沒什麼人。
し たく 支度	準備，預備	し たく 支度ができる。	準備好。
じゅん び 準備	籌備；準備	じゅん び た 準備が足りない。	準備不夠。
よう い 用意	準備；注意	の もの よう い 飲み物を用意します。	準備飲料。
しょく じ 食事	用餐，吃飯；飯，餐	しょく じ お 食事が終わる。	吃完飯。
か か 咬む／噛む	咬	か ガムを噛む。	嚼口香糖。
のこ 残る	留下，剩餘，剩下；殘存，殘留	かね のこ お金が残る。	錢剩下來。
しょくりょうひん 食料品	食品	しょくりょうひん か そこで食料品を買う。	在那邊購買食材。
こめ 米	米	こめ な お米がもう無い。	米缸已經見底。
み そ 味噌	味噌	み そ しる の 味噌汁を飲む。	喝味噌湯。
ジャム	果醬	つ パンにジャムを付ける。	在麵包上塗果醬。
ゆ 湯	開水，熱水；浴池；溫泉；洗澡水	ゆ はい お湯に入る。	入浴，洗澡。
ぶ どう 葡萄	葡萄	ぶ どう つく 葡萄でワインを作る。	用葡萄釀造紅酒。

3 餐廳用餐

がいしょく 外食	外食，在外用餐	がいしょく 外食をする。	吃外食。
ち そう ご馳走	盛宴；請客，款待；豐盛佳餚	ち そう ご馳走になる。	被請吃飯。
きつえんせき 喫煙席	吸煙席，吸煙區	きつえんせき えら 喫煙席を選ぶ。	選擇吸菸區。
きんえんせき 禁煙席	禁煙席，禁煙區	きんえんせき すわ 禁煙席に座る。	坐在禁菸區。
えんかい 宴会	宴會，酒宴	えんかい しゅっせき 宴会に出席する。	出席宴會。
ごう 合コン	聯誼	ぶ ごう テニス部と合コンしましょう。	我們和網球社舉辦聯誼吧。
かんげいかい 歓迎会	歡迎會，迎新會	かんげいかい ひら 歓迎会を開く。	開歡迎會。
そうべつかい 送別会	送別會	そうべつかい さん か 送別会に参加する。	參加歡送會。
た ほうだい 食べ放題	吃到飽，盡量吃，隨意吃	た このレストランは食べ ほうだい 放題だ。	這是間吃到飽的餐廳。
の ほうだい 飲み放題	喝到飽，無限暢飲	の ほうだい ビールが飲み放題だ。	啤酒無限暢飲。
おつまみ	下酒菜，小菜	つく おつまみを作る。	作下酒菜。
サンドイッチ	三明治	た ハムサンドイッチを食 べる。	吃火腿三明治。
ケーキ	蛋糕	つく ケーキを作る。	做蛋糕。
サラダ	沙拉	つく サラダを作る。	做沙拉。

ステーキ	牛排	ステーキを食べる。	吃牛排。
代^かわりに	代替・替代	人の代わりに行く。	代理他人去。
レジ	收銀台	レジを打つ。	收銀。

Topic 7 服飾

1 服裝、配件與素材

着物（きもの）	衣服；和服	着物（きもの）を脱（ぬ）ぐ。	脫衣服。
下着（したぎ）	內衣，貼身衣物	下着（したぎ）を替（か）える。	換貼身衣物。
手袋（てぶくろ）	手套	手袋（てぶくろ）を取（と）る。	摘下手套。
イヤリング	耳環	イヤリングを付（つ）ける。	戴耳環。
財布（さいふ）	錢包	財布（さいふ）を落（お）とした。	掉了錢包。
濡（ぬ）れる	濡溼，淋濕	雨（あめ）に濡（ぬ）れる。	被雨淋濕。
汚（よご）れる	弄髒，髒污；齷齪	空気（くうき）が汚（よご）れた。	空氣被汙染。
サンダル	拖鞋，涼鞋	サンダルを履（は）く。	穿涼鞋。
履（は）く	穿（鞋、襪）	靴（くつ）を履（は）く。	穿鞋。
指輪（ゆびわ）	戒指	指輪（ゆびわ）をはめる。	戴上戒指。
糸（いと）	線；紗線；（三弦琴的）弦；魚線	一本（いっぽん）の糸（いと）。	一條線。
毛（け）	毛髮，頭髮；毛線，毛織物	毛（け）の長（なが）い猫（ねこ）。	長毛的貓。
線（せん）	線；線路	線（せん）を引（ひ）く。	畫條線。
アクセサリー	飾品，裝飾品；零件；配件	アクセサリーを付（つ）ける。	戴上飾品。

スーツ	套裝	スーツを着(き)る。	穿套裝。
ソフト	軟的；不含酒精的飲料；壘球（ソフトボール之略）；軟件（ソフトウェア之略）	ソフトに問題(もんだい)がある。	軟體故障。
付(つ)ける	加上，安裝；寫上；察覺到	日記(にっき)を付(つ)ける。	寫日記。
玩具(おもちゃ)	玩具；玩物	おもちゃを買(か)う。	買玩具。

1 內部格局與居家裝潢

T2/21

おくじょう 屋上	屋頂	おくじょう あ 屋上に上がる。	爬上屋頂。
かべ 壁	牆壁；障礙；峭壁	かべ え かざ 壁に絵を飾ります。	用畫作裝飾壁面。
すいどう 水道	自來水；自來水管	すいどう ひ 水道を引く。	安裝自來水。
おうせつ ま 応接間	客廳；會客室；接待室	おうせつ ま はい 応接間に入る。	進入會客室。
たたみ 畳	榻榻米	たたみ か 畳を換える。	換新榻榻米。
おし い 押入れ	壁櫥	おし い い 押入れに入れる。	收進壁櫥裡。
ひ だ 引き出し	抽屜	ひ だ あ 引き出しを開ける。	拉開抽屜。
ふ とん 布団	被子，棉被	ふ とん か 布団を掛ける。	蓋被子。
カーテン	窗簾，簾子；幕；屏障	あ カーテンを開ける。	拉開窗簾。
か 掛ける	掛上；把動作加到某人身上（如給人添麻煩）；使固定；放在火上；稱；乘法	かべ と けい か 壁に時計を掛ける。	將時鐘掛到牆上。
かざ 飾る	擺飾，裝飾；粉飾；排列；潤色	へ や かざ 部屋を飾る。	裝飾房間。
むか 向う	面向	かがみ む 鏡に向かう。	對著鏡子。

2 居住

建てる た	建立，建造	家を建てる。 いえ た	蓋房子。
エスカレーター	電扶梯，自動手扶梯；自動晉級的機制	エスカレーターに乗る。 の	搭乘手扶梯。
お宅 たく	府上；您府上，貴宅；宅男（女）	お宅はどちらですか。 たく	請問您家在哪？
住所 じゅうしょ	地址	住所がわからない。 じゅうしょ	不知道住址。
近所 きんじょ	附近；鄰居；鄰里	この近所に住んでいる。 きんじょ す	住在這附近。
留守 る す	不在家；看家	家を留守にする。 いえ る す	不在家。
移る うつ	遷移，移動；變心；推移；染上；感染；時光流逝	1階から2階へ移った。 かい かい うつ	從一樓移動到二樓。
引っ越す ひ こ	搬家	京都へ引っ越す。 きょうと ひ こ	搬去京都。
下宿 げ しゅく	公寓；寄宿，住宿	下宿を探す。 げ しゅく さが	尋找公寓。
生活 せいかつ	生活；謀生	生活に困る。 せいかつ こま	不能維持生活。
生ごみ なま	廚餘，有機垃圾，有水分的垃圾	生ごみを集める。 なま あつ	將廚餘集中回收。
燃えるごみ も	可燃垃圾	燃えるごみを集める。 も あつ	收集可燃垃圾。
不便 ふ べん	不方便	この辺は不便だ。 あたり ふ べん	這一帶的生活機能不佳。

かがみ 鏡	鏡子；榜樣	かがみ み 鏡を見る。	照鏡子。
たな 棚	架子，棚架	たな にんぎょう かざ 棚に人形を飾る。	在架子上擺飾人偶。
スーツケース	行李箱；手提旅行箱	も スーツケースを持つ。	拿著行李箱。
れいぼう 冷房	冷氣	れいぼう つ 冷房を点ける。	開冷氣。
だんぼう 暖房	暖氣；供暖	だんぼう つ 暖房を点ける。	開暖氣。
でんとう 電灯	電燈	でんとう つ 電灯が点く。	點亮電燈。
ガスコンロ	瓦斯爐，煤氣爐	つか ガスコンロを使う。	使用瓦斯爐。
ステレオ	音響；立體聲	つ ステレオを点ける。	打開音響。
けいたいでんわ 携帯電話	手機，行動電話	けいたいでんわ つか 携帯電話を使う。	使用手機。
ベル	鈴聲	お ベルを押す。	按鈴。
な 鳴る	響，叫	でんわ な 電話が鳴る。	電話響了起來。
どうぐ 道具	道具；工具；手段	どうぐ つか 道具を使う。	使用道具。
きかい 機械	機械，機器	きかい うご 機械を動かす。	啟動機器。
タイプ	款式；類型；打字	す 好きなタイプ。	喜歡的類型。

4 使用道具

点ける	打開（家電類）；點燃	火を点ける。	點火。
点く	點亮，點上，（火）點著	電灯が点いた。	電燈亮了。
回る	巡視；迴轉；繞彎；轉移；營利	あちこちを回る。	四處巡視。
運ぶ	運送，搬運；進行	荷物を運ぶ。	搬運行李。
止める	停止	車を止める。	把車停下。
故障	故障；障礙；毛病；異議	機械が故障した。	機器故障。
壊れる	壞掉，損壞；故障；破裂	電話が壊れている。	電話壞了。
割れる	破掉，破裂；裂開；暴露；整除	窓ガラスが割れる。	窗戶玻璃破裂。
無くなる	不見，遺失；用光了	痛みが無くなった。	疼痛消失了。
取り替える	交換；更換	大きい帽子と取り替える。	換成一頂大帽子。
直す	修理；改正；改變；整理	平仮名を漢字に直す。	把平假名置換為漢字。
直る	復原；修理；治好	ご機嫌が直る。	（對方）心情轉佳。

223

1 各種機關與設施

T2 / 25

とこや 床屋	理髮店；理髮師	とこや い 床屋へ行く。	去理髮廳。
こうどう 講堂	大禮堂；禮堂	こうどう つか 講堂を使う。	使用禮堂。
かいじょう 会場	會場；會議地點	かいじょう わ 会場が沸く。	會場熱血沸騰。
じむしょ 事務所	辦事處；辦公室	じむしょ も 事務所を持つ。	設有辦事處。
きょうかい 教会	教會，教堂	きょうかい い 教会へ行く。	到教堂去。
じんじゃ 神社	神社	じんじゃ まい 神社に参る。	參拜神社。
てら 寺	寺院	てら お寺はたくさんある。	有許多寺院。
どうぶつえん 動物園	動物園	どうぶつえん い 動物園に行く。	去動物園。
びじゅつかん 美術館	美術館	びじゅつかん つく 美術館を作る。	建美術館。
ちゅうしゃじょう 駐車場	停車場	ちゅうしゃじょう さが 駐車場を探す。	找停車場。
くうこう 空港	機場	くうこう つ 空港に着く。	抵達機場。
ひこうじょう 飛行場	飛機場	ひこうじょう むか い 飛行場へ迎えに行く。	去接機。
みなと 港	港口，碼頭	みなと よ 港に寄る。	停靠碼頭。
こうじょう 工場	工廠	こうじょう けんがく 工場を見学する。	參觀工廠。
スーパー	超級市場	か もの スーパーへ買い物 い に行く。	去超市買東西。

2 交通工具與交通

乗り物 (の)(もの)	交通工具	乗り物に乗る。 (の)(もの)(の)	乘坐交通工具。
オートバイ	摩托車	オートバイに乗る。 (の)	騎摩托車。
汽車 (き)(しゃ)	火車	汽車に乗る。 (き)(しゃ)(の)	搭火車。
普通 (ふ)(つう)	普通，平凡	普通の日は暇です。 (ふ)(つう)(ひ)(ひま)	平常日很閒。
急行 (きゅう)(こう)	急行，急往；快車	急行電車に乗る。 (きゅう)(こう)(でん)(しゃ)(の)	搭乘快車。
特急 (とっ)(きゅう)	火速；特急列車；特快	特急で東京へたつ。 (とっ)(きゅう)(とう)(きょう)	坐特快車到東京。
船／舟 (ふね)(ふね)	舟，船；槽，盆	船に乗る。 (ふね)(の)	乘船。
ガソリンス タンド	加油站	ガソリンスタンドに寄 る。 (よ)	順路到加油站。
交通 (こう)(つう)	交通；通信，往來	交通の便はいい。 (こう)(つう)(べん)	交通十分便捷。
通り (とお)	（接名詞後）一樣，照…樣；表示程度；表示街名	いつもの通り (とお)	一如往常
事故 (じ)(こ)	意外，事故；事由	事故が起こる。 (じ)(こ)(お)	發生事故。
工事中 (こう)(じ)(ちゅう)	施工中；（網頁）建製中	工事中となる。 (こう)(じ)(ちゅう)	施工中。
忘れ物 (わす)(もの)	遺忘物品，遺失物	忘れ物を取りに行く。 (わす)(もの)(と)(い)	去取回遺失的物品。
帰り (かえ)	回家；回家途中	帰りを急ぐ。 (かえ)(いそ)	急著回去。

3 交通相關

いっぽうつうこう 一方通行	單行道；單向傳達	みち いっぽうつうこう この道は一方通行だ。	這條路是單行道呀！
うちがわ 内側	內部，內側，裡面	き いろ せん うちがわ た 黄色い線の内側に立つ。	站在黃線後方。
そとがわ 外側	外部，外面，外側	そとがわ かみ は 外側に紙を貼る。	在外面貼上紙張。
ちかみち 近道	捷徑，近路	ちかみち 近道をする。	抄近路。
おうだん ほ どう 横断歩道	斑馬線，人行道	おうだん ほ どう わた 横断歩道を渡る。	跨越斑馬線。
せき 席	席位；座位；職位	せき た 席を立つ。	起立。
うんてんせき 運転席	駕駛座	うんてんせき せっち 運転席を設置する。	設置駕駛艙。
し ていせき 指定席	劃位座，對號入座	し ていせき よやく 指定席を予約する。	預約對號座位。
じ ゆうせき 自由席	自由座	じ ゆうせき と 自由席を取る。	預購自由座車廂的座位。
つうこう ど 通行止め	禁止通行，無路可走	つうこう ど 通行止めになっている。	規定禁止通行。
しゅうでん 終電	最後一班電車，末班車	しゅうでん の 終電に乗る。	搭乘末班車。
しんごう む し 信号無視	違反交通號誌，闖紅（黃）燈	しんごう む し 信号無視をする。	違反交通號誌。
ちゅうしゃ い はん 駐車違反	違規停車	ちゅうしゃ い はん 駐車違反になる。	違規停車。

4 使用交通工具等

うんてん 運転	開車，駕駛；周轉；運轉	うんてん なら 運転を習う。	學開車。
とお 通る	經過；通過；合格；暢通；滲 透；響亮	ひだりがわ とお 左側を通る。	靠左邊走。
の か 乗り換える	轉乘，換車；倒換；改變，改行	べつ の か 別のバスに乗り換える。	轉乘別的公車。
ふ 踏む	踩住，踩到；走上，踏上；實 踐；經歷	ひと あし ふ 人の足を踏む。	踩到別人的腳。
と 止まる	停止；止住；堵塞；落在	とけい と 時計が止まる。	鐘停了。
ひろ 拾う	撿拾；叫車	さいふ ひろ 財布を拾う。	撿到錢包。
お 下りる／ お 降りる	降；下來；下車；卸下；退位； 退出	やま お 山を下りる。	下山。
ちゅうい 注意	注意，小心，仔細，謹慎；給建 議，忠告	くるま ちゅうい 車に注意しましょう。	要小心車輛。
かよ 通う	來往，往來，通勤；相通，流通	びょういん かよ 病院に通う。	跑醫院。
もど 戻る	返回，回到；回到手頭；折回	いえ もど 家に戻る。	回到家。
よ 寄る	順路，順道去…；接近；偏；傾 向於；聚集，集中	ちか よ み 近くに寄って見る。	靠近看。
ゆ 揺れる	搖動，搖晃；動搖	こころ ゆ 心が揺れる。	心神不定。

227

Part
2

1 休閒、旅遊

T2 / 29

<ruby>遊<rt>あそ</rt></ruby>び	遊戲；遊玩；放蕩；間隙；閒遊；餘裕	<ruby>遊<rt>あそ</rt></ruby>びがある。	有餘力；有間隙。
<ruby>小鳥<rt>ことり</rt></ruby>	小鳥	<ruby>小鳥<rt>ことり</rt></ruby>が<ruby>鳴<rt>な</rt></ruby>く。	小鳥啁啾。
<ruby>珍<rt>めずら</rt></ruby>しい	罕見的，少見，稀奇	<ruby>珍<rt>めずら</rt></ruby>しい<ruby>話<rt>はなし</rt></ruby>を<ruby>聞<rt>き</rt></ruby>く。	聆聽稀奇的見聞。
<ruby>釣<rt>つ</rt></ruby>る	釣，釣魚；引誘	<ruby>甘<rt>あま</rt></ruby>い<ruby>言葉<rt>ことば</rt></ruby>で<ruby>釣<rt>つ</rt></ruby>る。	用動聽的話語引誘。
<ruby>予約<rt>よやく</rt></ruby>	預約；預定	<ruby>予約<rt>よやく</rt></ruby>を<ruby>取<rt>と</rt></ruby>る。	預約。
<ruby>出発<rt>しゅっぱつ</rt></ruby>	出發；起步；開頭	<ruby>出発<rt>しゅっぱつ</rt></ruby>が<ruby>遅<rt>おく</rt></ruby>れる。	出發延遲。
<ruby>案内<rt>あんない</rt></ruby>	引導；陪同遊覽，帶路；傳達；通知；了解；邀請	<ruby>案内<rt>あんない</rt></ruby>を<ruby>頼<rt>たの</rt></ruby>む。	請人帶路。
<ruby>見物<rt>けんぶつ</rt></ruby>	觀光，參觀	<ruby>見物<rt>けんぶつ</rt></ruby>に<ruby>出<rt>で</rt></ruby>かける。	外出遊覽。
<ruby>楽<rt>たの</rt></ruby>しむ	享受，欣賞，快樂；以…為消遣；期待，盼望	<ruby>音楽<rt>おんがく</rt></ruby>を<ruby>楽<rt>たの</rt></ruby>しむ。	欣賞音樂。
<ruby>景色<rt>けしき</rt></ruby>	景色，風景	<ruby>景色<rt>けしき</rt></ruby>がよい。	景色宜人。
<ruby>見<rt>み</rt></ruby>える	看見；看得見；看起來	<ruby>星<rt>ほし</rt></ruby>が<ruby>見<rt>み</rt></ruby>える。	看得見星星。
<ruby>旅館<rt>りょかん</rt></ruby>	旅館	<ruby>旅館<rt>りょかん</rt></ruby>に<ruby>泊<rt>と</rt></ruby>まる。	住旅館。
<ruby>泊<rt>と</rt></ruby>まる	住宿，過夜；（船）停泊	ホテルに<ruby>泊<rt>と</rt></ruby>まる。	住飯店。
お<ruby>土産<rt>みやげ</rt></ruby>	當地名產；禮物	お<ruby>土産<rt>みやげ</rt></ruby>を<ruby>買<rt>か</rt></ruby>う。	買當地名產。

2 藝文活動

しゅみ 趣味	興趣；嗜好	しゅみ おお 趣味が多い。	興趣廣泛。
きょうみ 興味	興趣；興頭	きょうみ な 興味が無い。	沒興趣。
ばんぐみ 番組	節目	ばんぐみ なか つた 番組の中で伝える。	在節目中告知觀眾。
てんらんかい 展覧会	展覽會	てんらんかい ひら 展覧会を開く。	舉辦展覽會。
はなみ 花見	賞花	はなみ で 花見に出かける。	外出賞花。
にんぎょう 人形	洋娃娃，人偶	にんぎょう かざ 人形を飾る。	擺飾人偶。
ピアノ	鋼琴	ひ ピアノを弾く。	彈鋼琴。
コンサート	音樂會，演奏會	ひら コンサートを開く。	開演唱會。
ラップ	饒舌樂，饒舌歌；一圈【lap】； 往返時間（ラップタイム之 略）；保鮮膜【wrap】	き ラップを聞く。	聽饒舌音樂。
おと 音	聲音；（物體發出的）聲音	おと き 音が消える。	聲音消失。
き 聞こえる	聽得見；聽起來覺得…；聞名	き 聞こえなくなる。	（變得）聽不見了。
うつ 写す	抄；照相；描寫，描繪	うつ ノートを写す。	抄筆記。
おど 踊り	舞蹈，跳舞	おど 踊りがうまい。	舞跳得好。
おど 踊る	跳舞，舞蹈；不平穩；活躍	おど タンゴを踊る。	跳探戈舞。
うま うま 美味い／上手い	好吃；拿手，高明	じ 字がうまい。	字寫得漂亮。

3 節日

正月（しょうがつ）	正月，新年	正月（しょうがつ）を迎（むか）える。	迎新年。
お祭（まつ）り	廟會；慶典，祭典；祭日；節日	お祭（まつ）りが始（はじ）まる。	慶典即將展開。
行（おこ）なう	舉行，舉辦；發動	試験（しけん）を行（おこな）う。	舉行考試。
お祝（いわ）い	慶祝，祝福；祝賀的禮品	お祝（いわ）いの挨拶（あいさつ）をする。	敬致賀詞。
祈（いの）る	祈禱；祝福	子供（こども）の安全（あんぜん）を祈（いの）る。	祈求孩子的平安。
プレゼント	禮物；送禮	プレゼントをもらう。	收到禮物。
贈（おく）り物（もの）	贈品，禮物	贈（おく）り物（もの）をする。	贈禮。
美（うつく）しい	美麗的，好看的；美好的，善良的	星空（ほしぞら）が美（うつく）しい。	星空很美。
あげる	給；送；舉，抬；改善；加速；增加，提高；請到；供養；完成	子供（こども）に本（ほん）をあげる。	給孩子書。
招待（しょうたい）	邀請	招待（しょうたい）を受（う）ける。	接受邀請。
お礼（れい）	謝詞，謝意；謝禮	お礼（れい）を言（い）う。	道謝。

Topic 11 教育

1 學校與科目

T2 32

きょういく 教育	教育；教養；文化程度	きょういく う 教育を受ける。	受教育。
しょうがっこう 小学校	小學	しょうがっこう あ 小学校に上がる。	上小學。
ちゅうがっこう 中学校	國中	ちゅうがっこう はい 中学校に入る。	上中學。
こうこう／ こうとうがっこう 高校／ 高等学校	高中	こうこう ねんせい 高校1年生。	高中一年級生。
がくぶ 〜学部	…系，…科系；…院系	ぶんがくぶ さが 文学部を探している。	正在找文學系。
せんもん 専門	專業；攻讀科系	れきしがく せんもん 歴史学を専門にする。	專攻歷史學。
げんごがく 言語学	語言學	げんごがく す 言語学が好きだ。	我喜歡語言學喔。
けいざいがく 経済学	經濟學	だいがく けいざいがく まな 大学で経済学を学ぶ。	在大學研讀經濟學。
いがく 医学	醫學	いがく まな 医学を学ぶ。	研習醫學。
けんきゅうしつ 研究室	研究室	エムきょうじゅけんきゅうしつ M教授研究室。	M教授的研究室。
かがく 科学	科學	れきし かがく 歴史と科学についての ほん か 本を書く。	撰寫有關歷史與科學的書籍。
すうがく 数学	數學	すうがく きょうし 数学の教師。	數學老師。
れきし 歴史	歷史；來歷	れきし つく 歴史を作る。	創造歷史。
けんきゅう 研究	研究；鑽研	ぶんがく けんきゅう 文学を研究する。	研究文學。

2 學生生活（一）

にゅうがく 入学	入學	だいがく にゅうがく 大学に入学する。	進入大學。
よ しゅう 予習	預習	あした すうがく よ しゅう 明日の数学の予習を する。	預習明天的數學。
け 消しゴム	橡皮擦	け け 消しゴムで消す。	用橡皮擦擦掉。
こう ぎ 講義	講義；大學課程	こう ぎ で 講義に出る。	課堂出席。
じ てん 辞典	辭典；字典	じ てん ひ 辞典を引く。	查字典。
ひるやす 昼休み	午休；午睡	ひるやす と 昼休みを取る。	午休。
し けん 試験	考試；試驗	し けん 試験がうまくいく。	考試順利，考得好。
レポート	報告	レポートにまとめる。	整理成報告。
こう き 後期	後期，下半期，後半期	え ど こう き ぶんがく 江戸後期の文学	江戶後期的文學
そつぎょう 卒業	畢業	だいがく そつぎょう 大学を卒業する。	大學畢業。
そつぎょうしき 卒業式	畢業典禮	そつぎょうしき で 卒業式に出る。	出席畢業典禮。

3 學生生活（二）

英会話 えいかいわ	英語會話	英会話学校に通う。 えいかいわ がっこう かよ	去英語學校上課。
初心者 しょしんしゃ	初學者	テニスの初心者。 しょしんしゃ	網球初學者。
入門講座 にゅうもんこうざ	入門課程，初級課程	入門講座を終える。 にゅうもんこうざ お	結束入門課程。
簡単 かんたん	簡單，容易，輕易，簡便	簡単に作る。 かんたん つく	容易製作。
答え こた	回答；答覆；答案	答えが合う。 こた あ	答案正確。
間違える まちが	錯；弄錯	時間を間違えた。 じかん まちが	弄錯時間了。
点 てん	分數；點；方面；觀點；（得）分，件	点を取る。 てん と	得分。
落ちる お	落下；掉落；降低，下降；落選，落後	2階から落ちる。 かい お	從二樓摔下來。
復習 ふくしゅう	復習	復習が足りない。 ふくしゅう た	複習做得不夠。
利用 りよう	利用	機会を利用する。 きかい りよう	利用機會。
苛める いじ	欺負，虐待；捉弄；折磨	動物を苛めないで。 どうぶつ いじ	不要虐待動物。
眠たい ねむ	昏昏欲睡，睏倦	1日中眠たい。 にちじゅうねむ	一整天都昏昏欲睡。

Part 2

1 職業、事業

T2 35

うけつけ 受付	接受；詢問處；受理	うけつけ き かん 受付期間。	受理期間。
うんてんしゅ 運転手	駕駛員；司機	うんてんしゅ トラックの運転手。	卡車司機。
かん ご し 看護師	護士	かん ご し 看護師になる。	成為護士。
けいかん 警官	警察；巡警	けいかん はし い 警官が走って行く。	警察奔跑過去。
けいさつ 警察	警察；警察局的略稱	けいさつ よ 警察を呼ぶ。	叫警察。
こうちょう 校長	校長	こうちょうせんせい あ 校長先生に会う。	會見校長。
こう む いん 公務員	公務員	こう む いん 公務員になりたい。	想成為公務員。
は いしゃ 歯医者	牙科，牙醫	は いしゃ い 歯医者に行く。	看牙醫。
アルバイト	打工	ほん や 本屋でアルバイトする。	在書店打工。
しんぶんしゃ 新聞社	報社	しんぶんしゃ つと 新聞社に勤める。	在報社上班。
こうぎょう 工業	工業	こうぎょう おこ 工業を興す。	開工。
み つ 見付ける	發現，找到；目睹	こた み つ 答えを見付ける。	找出答案。
さが さが 探す／捜す	尋找，找尋；搜尋	よ ほん さが 読みたい本を探す。	尋找想看的書。

2 職場工作

計画 (けいかく)	計畫，規劃	計画を立てる。	制訂計畫。
予定 (よてい)	預定	予定が変わる。	預定發生變化。
途中 (とちゅう)	半路上，中途；半途	途中で帰る。	中途返回。
片付ける (かたづける)	整理；收拾，打掃；解決；除掉	本を片付ける。	整理書籍。
訪ねる (たずねる)	拜訪，訪問	大学の先生を訪ねる。	拜訪大學教授。
用 (よう)	事情；用途；用處	用が無くなる。	沒了用處。
用事 (ようじ)	工作，有事	用事がある。	有事。
両方 (りょうほう)	兩方，兩種，雙方	両方の意見を聞く。	聽取雙方意見。
都合 (つごう)	情況，方便度；準備，安排；設法；湊巧	都合が悪い。	不方便。
手伝い (てつだい)	幫助；幫手；幫傭	手伝いを頼む。	請求幫忙。
会議 (かいぎ)	會議；評定某事項機關	会議が始まる。	會議開始。
技術 (ぎじゅつ)	技術；工藝	技術が入る。	傳入技術。
売り場 (うりば)	售票處；賣場	売り場へ行く。	去賣場。

オフ	（開關）關；休假；休賽；折扣；脫離	<ruby>暖房<rt>だんぼう</rt></ruby>をオフにする。	關掉暖氣。
<ruby>遅<rt>おく</rt></ruby>れる	耽誤；遲到；緩慢	<ruby>学校<rt>がっこう</rt></ruby>に<ruby>遅<rt>おく</rt></ruby>れる。	上學遲到。
<ruby>頑張<rt>がんば</rt></ruby>る	努力，加油；堅持	もう<ruby>一度<rt>いちど</rt></ruby><ruby>頑張<rt>がんば</rt></ruby>る。	再努力一次。
<ruby>厳<rt>きび</rt></ruby>しい	嚴峻的；嚴格；嚴重；嚴酷，毫不留情	<ruby>厳<rt>きび</rt></ruby>しい<ruby>冬<rt>ふゆ</rt></ruby>が<ruby>来<rt>き</rt></ruby>た。	嚴冬已經來臨。
<ruby>慣<rt>な</rt></ruby>れる	習慣；熟悉	<ruby>新<rt>あたら</rt></ruby>しい<ruby>仕事<rt>しごと</rt></ruby>に<ruby>慣<rt>な</rt></ruby>れる。	習慣新的工作。
<ruby>出来<rt>でき</rt></ruby>る	完成；能夠	<ruby>食事<rt>しょくじ</rt></ruby>ができた。	飯做好了。
<ruby>叱<rt>しか</rt></ruby>る	責備，責罵	<ruby>先生<rt>せんせい</rt></ruby>に<ruby>叱<rt>しか</rt></ruby>られた。	被老師罵了。
<ruby>謝<rt>あやま</rt></ruby>る	道歉；謝罪；認輸；謝絕，辭退	<ruby>君<rt>きみ</rt></ruby>に<ruby>謝<rt>あやま</rt></ruby>る。	向你道歉。
<ruby>機会<rt>きかい</rt></ruby>	機會	<ruby>機会<rt>きかい</rt></ruby>が<ruby>来<rt>き</rt></ruby>た。	機會來了。
<ruby>一度<rt>いちど</rt></ruby>	一次，一回；一旦	もう<ruby>一度<rt>いちど</rt></ruby><ruby>言<rt>い</rt></ruby>いましょうか。	不如我再講一次吧。
<ruby>続<rt>つづ</rt></ruby>く	繼續；接連；跟著；堅持	いいお<ruby>天気<rt>てんき</rt></ruby>が<ruby>続<rt>つづ</rt></ruby>く。	連續是好天氣。
<ruby>続<rt>つづ</rt></ruby>ける	持續，繼續；接著	<ruby>話<rt>はなし</rt></ruby>を<ruby>続<rt>つづ</rt></ruby>ける。	繼續講。
<ruby>夢<rt>ゆめ</rt></ruby>	夢；夢想	<ruby>夢<rt>ゆめ</rt></ruby>を<ruby>見<rt>み</rt></ruby>る。	做夢。
パート	打工；部分，篇，章；職責，（扮演的）角色；分得的一份	パートで<ruby>働<rt>はたら</rt></ruby>く。	打零工。

<ruby>手伝<rt>てつだ</rt></ruby>い	幫助；幫手；幫傭	<ruby>手伝<rt>てつだ</rt></ruby>いを<ruby>頼<rt>たの</rt></ruby>む。	請求幫忙。
<ruby>会議室<rt>かいぎしつ</rt></ruby>	會議室	<ruby>会議室<rt>かいぎしつ</rt></ruby>に<ruby>入<rt>はい</rt></ruby>る。	進入會議室。
<ruby>部長<rt>ぶちょう</rt></ruby>	經理，部長	<ruby>部長<rt>ぶちょう</rt></ruby>になる。	成為部長。
<ruby>課長<rt>かちょう</rt></ruby>	課長，股長	<ruby>課長<rt>かちょう</rt></ruby>になる。	成為課長。
<ruby>進<rt>すす</rt></ruby>む	進展；前進；上升	<ruby>仕事<rt>しごと</rt></ruby>が<ruby>進<rt>すす</rt></ruby>む。	工作進展下去。
チェック	檢查；核對；對照；支票；花格；將軍（西洋棋）	チェックが<ruby>厳<rt>きび</rt></ruby>しい。	檢驗嚴格。
<ruby>別<rt>べつ</rt></ruby>	區別另外；除外，例外；特別；按…區分	<ruby>別<rt>べつ</rt></ruby>にする。	…除外。
<ruby>迎<rt>むか</rt></ruby>える	迎接；迎合；聘請	<ruby>客<rt>きゃく</rt></ruby>を<ruby>迎<rt>むか</rt></ruby>える。	迎接客人。
<ruby>済<rt>す</rt></ruby>む	（事情）完結，結束；過得去，沒問題；（問題）解決，（事情）了結	<ruby>宿題<rt>しゅくだい</rt></ruby>が<ruby>済<rt>す</rt></ruby>んだ。	作業寫完了。
<ruby>寝坊<rt>ねぼう</rt></ruby>	睡懶覺，貪睡晚起的人	<ruby>今朝<rt>けさ</rt></ruby>は<ruby>寝坊<rt>ねぼう</rt></ruby>してしまった。	今天早上睡過頭了。
<ruby>止<rt>や</rt></ruby>める	關掉，停止；戒掉	<ruby>煙草<rt>たばこ</rt></ruby>を<ruby>止<rt>や</rt></ruby>める。	戒菸。
<ruby>一般<rt>いっぱん</rt></ruby>	一般；普遍；相似，相同	<ruby>一般<rt>いっぱん</rt></ruby>の<ruby>人<rt>ひと</rt></ruby>。	普通人。

4 電腦相關（一）

ノートパソコン	筆記型電腦	ノートパソコンを取り替える。	更換筆電。
デスクトップ	桌上型電腦	デスクトップを買う。	購買桌上型電腦。
スタートボタン	（微軟作業系統的）開機鈕	スタートボタンを押す。	按開機鈕。
クリック・する	喀嚓聲；點擊；按下（按鍵）	クリック音を消す。	消除按鍵喀嚓聲。
入力・する	輸入（功率）；輸入數據	暗証番号を入力する。	輸入密碼。
（インター）ネット	網際網路	インターネットを始める。	開始上網。
ブログ	部落格	ブログに写真を載せる。	在部落格裡貼照片。
インストール・する	安裝（電腦軟體）	ソフトをインストールする。	安裝軟體。
受信	（郵件、電報等）接收；收聽	メールを受信する。	收簡訊。
新規作成・する	新作，從頭做起；（電腦檔案）開新檔案	ファイルを新規作成する。	開新檔案。
登録・する	登記；（法）登記，註冊；記錄	お客様の名前を登録する。	登記貴賓的大名。

5 電腦相關（二）

T2 / 39

メール	郵政，郵件；郵船，郵車	メールアドレスを教える。	告訴對方郵件地址。
（メール） アドレス	電子信箱地址，電子郵件地址	メールアドレスを交換する。	互換電子郵件地址。
アドレス	住址，地址；（電子信箱）地址；（高爾夫）擊球前姿勢	アドレスをカタカナで書く。	用片假名寫地址。
宛先 あてさき	收件人姓名地址，送件地址	宛先を書く。	寫上收件人的姓名地址。
件名 けんめい	項目名稱；類別；（電腦）郵件主旨	件名が間違っていた。	弄錯項目名稱了。
挿入・する そうにゅう	插入，裝入	地図を挿入する。	插入地圖。
差出人 さしだしにん	發信人，寄件人	差出人の住所。	寄件人地址。
添付・する てんぷ	添上，附上；（電子郵件）附加檔案	写真を添付する。	附上照片。
送信・する そうしん	（電）發報，播送，發射；發送（電子郵件）	ファックスで送信する。	以傳真方式發送。
ファイル	文件夾；合訂本，卷宗；（電腦）檔案；將檔案歸檔	ファイルをコピーする。	影印文件；備份檔案。
保存・する ほぞん	保存；儲存（電腦檔案）	冷蔵庫に入れて保存する。	放入冰箱裡冷藏。
返信・する へんしん	回信，回電	欠席の返信を書く。	寫信回覆恕不出席。
コンピューター	電腦	コンピューターがおかしい。	電腦的狀況不太對勁。
スクリーン	螢幕	大きなスクリーン。	很大的銀幕。
パソコン	個人電腦	パソコンが欲しい。	想要一台電腦。

1 經濟與交易

T2/ 40

けいざい 経済	經濟	けいざいざっし よ 経済雑誌を読む。	閱讀財經雜誌。
ぼうえき 貿易	貿易	ぼうえき おこな 貿易を行う。	進行貿易。
さか 盛ん	興盛；繁榮；熱心	けんきゅう さか 研究が盛んになる。	許多人投入（該領域 的）研究。
ゆ しゅつ 輸出	輸出，出口	かいがい ゆ しゅつ おお 海外への輸出が多い。	許多都出口海外。
しなもの 品物	物品，東西；貨品	しなもの たな なら 品物を棚に並べた。	將商品陳列在架上 了。
とくばいひん 特売品	特賣商品，特價商品	とくばいひん か 特売品を買う。	買特價商品。
ね だん 値段	價格	ね だん あ 値段を上げる。	提高價格。
さ 下げる	降下；降低，向下；掛；躲遠； 收拾	あたま さ 頭を下げる。	低下頭。
あ 上がる	上漲；上昇，昇高	ね だん あ 値段が上がる。	漲價。
く 呉れる	給我	あに ほん 兄が本をくれる。	哥哥給我書。
もら 貰う	接受，收到，拿到；受到；承 擔；傳上	ハガキをもらう。	收到明信片。
や 遣る	給，給與；派去	て がみ 手紙をやる。	寄信。
ちゅう し 中止	中止	ちゅう し 中止になる。	活動暫停。

2 金融

通帳記入 （つうちょうきにゅう）	補登錄存摺	通帳記入をする。 （つうちょうきにゅう）	補登錄存摺。
暗証番号 （あんしょうばんごう）	密碼	暗証番号を間違えた。 （あんしょうばんごう　まちが）	記錯密碼。
（クレジット） カード	信用卡	クレジットカードを使う。 （つか）	使用信用卡。
公共料金 （こうきょうりょうきん）	公共費用	公共料金を払う。 （こうきょうりょうきん　はら）	支付公共事業費用。
仕送りする （しおく）	匯寄生活費或學費	家に仕送りする。 （いえ　しおく）	給家裡寄生活補貼。
請求書 （せいきゅうしょ）	帳單，繳費單	請求書が届く。 （せいきゅうしょ　とど）	收到繳費通知單。
億 （おく）	（單位）億；數目眾多	億を数える。 （おく　かぞ）	數以億計。
払う （はら）	支付；除去；達到；付出	お金を払う。 （かね　はら）	付錢。
お釣り （つ）	找零	お釣りを下さい。 （つ　くだ）	請找我錢。
生産 （せいさん）	生產	車を生産している。 （くるま　せいさん）	正在生產汽車。
産業 （さんぎょう）	產業，工業	健康産業を育てる。 （けんこうさんぎょう　そだ）	培植保健產業。
割合 （わりあい）	比率	割合が増える。 （わりあい　ふ）	比率增加。

こくさい 国際	國際	こくさいくうこう つ 国際空港に着く。	抵達國際機場。
せい じ 政治	政治	せい じ かんけい 政治に関係する。	參與政治。
えら 選ぶ	選擇；與其…不如…；選舉	し ごと えら 仕事を選ぶ。	選擇工作。
しゅっせき 出席	參加；出席	しゅっせき と 出席を取る。	點名。
せんそう 戦争	戰爭	せんそう 戦争になる。	開戰。
き そく 規則	規則，規定	き そく つく 規則を作る。	訂立規則。
ほうりつ 法律	法律	ほうりつ つく 法律を作る。	制定法律。
やくそく 約束	約定，商訂；規定，規則； （有）指望，前途	やくそく まも 約束を守る。	守約。
き 決める	決定；規定；認定；指定	い き 行くことに決めた。	決定要去了。
た 立てる	直立，立起，訂立；揚起；掀 起；安置；保持	けいかく た 計画を立てる。	設立計畫。
あさ 浅い	淺的；小的，微少的；淺色的； 淺薄的，膚淺的	あさ かわ 浅い川。	淺淺的河。
ひと もう一つ	更；再一個	ひと た もう一つ足す。	追加一個。

4 犯罪

痴漢（ちかん）	流氓，色情狂	男性（だんせい）は痴漢（ちかん）をしていた。	這個男人曾經對人做過性騷擾的舉動。
ストーカー	跟蹤狂	ストーカー事件（じけん）が起（お）こる。	發生跟蹤事件。
掏摸（すり）	扒手，小偷	掏摸（すり）に金（かね）を取（と）られた。	錢被扒手偷了。
泥棒（どろぼう）	偷竊；小偷，竊賊	泥棒（どろぼう）を捕（つか）まえた。	捉住了小偷。
無（な）くす	弄丟，搞丟；喪失，失去；去掉	お金（かね）を無（な）くす。	弄丟錢。
落（お）とす	使…落下；掉下；弄掉；攻陷；貶低；失去	財布（さいふ）を落（お）とす。	掉了錢包。
盗（ぬす）む	偷盜，盜竊；背著…；偷閒	お金（かね）を盗（ぬす）む。	偷錢。
壊（こわ）す	毀壞；弄碎；破壞；損壞	茶碗（ちゃわん）を壊（こわ）す。	把碗打碎。
逃（に）げる	逃走，逃跑；逃避；領先	問題（もんだい）から逃（に）げる。	迴避問題。
捕（つか）まえる	逮捕，抓；握住	犯人（はんにん）を捕（つか）まえる。	捉犯人。
見付（みつ）かる	被看到；發現了；找到	結論（けつろん）が見付（みつ）かる。	找出結論。
火事（かじ）	火災	火事（かじ）に遭（あ）う。	遭受火災。
危険（きけん）	危險性；危險的	あの道（みち）は危険（きけん）だ。	那條路很危險啊！
安全（あんぜん）	安全，平安	安全（あんぜん）な場所（ばしょ）に行（い）く。	去安全的地方。

1 數量、次數、形狀與大小

T2/ 44

以下 いか	以下；在…以下；之後	3歳以下のお子さん。	三歲以下的兒童。
以内 いない	以內；不超過…	1時間以内で行ける。	一小時內可以走到。
以上 いじょう	…以上，不止，超過；上述	3時間以上勉強した。	用功了超過三小時。
足す たす	添，補足，增加	1万円を足す。	加上一萬日圓。
足りる たりる	足夠；可湊合；值得	お金が足りない。	錢不夠。
多い おお	多的	人が多い。	人很多。
少ない すく	少，不多的	お金が少ない。	錢很少。
増える ふ	增加	外国人が増えている。	外國人日漸增加。
形 かたち	形狀；形；樣子；姿態；形式上的；使成形	形が変わる。	變樣。
大きな おお	大，大的；重大；偉大；深刻	大きな声で話す。	大聲說話。
小さな ちい	小，小的；年齡幼小	小さな声で話す。	小聲說話。
緑 みどり	綠色；嫩芽	緑が少ない。	綠葉稀少。
深い ふか	深的；晚的；茂密；濃的	深い川を渡る。	渡過一道深河。

1 心理及感情

心 (こころ)	心；內心；心情；心胸；心靈	心の優しい人。	溫柔的人。
気 (き)	氣；氣息；心思；香氣；節氣；氣氛	気が変わる。	改變心意。
気分 (きぶん)	心情；情緒；身體狀況；氣氛；性格	気分を変える。	轉換心情。
気持ち (きもち)	心情；（身體）狀態	気持ちが悪い。	感到噁心。
安心 (あんしん)	安心，放心，無憂無慮	彼がいると安心です。	有他在就放心了。
すごい	厲害的，出色的；可怕的	すごく暑い。	非常熱。
素晴らしい (すばらしい)	了不起；出色，極好的	素晴らしい映画を楽しむ。	欣賞一部出色的電影。
怖い (こわい)	可怕的，令人害怕的	地震が多くて怖い。	地震頻傳，令人害怕。
邪魔 (じゃま)	妨礙，阻擾，打擾；拜訪	邪魔になる。	阻礙，添麻煩
心配 (しんぱい)	擔心；操心，掛念，憂慮	娘が心配だ。	女兒真讓我擔心！
恥ずかしい (はずかしい)	羞恥的，丟臉的，害羞的；難為情的	恥ずかしくなる。	感到害羞。
複雑 (ふくざつ)	複雜	複雑になる。	變得複雜。
持てる (もてる)	能拿，能保持；受歡迎，吃香	学生に持てる先生。	廣受學生歡迎的老師。
ラブラブ	（情侶，愛人等）甜蜜、如膠似漆	彼氏とラブラブ。	與男朋友甜甜密密。

2 喜怒哀樂

嬉しい うれ	歡喜的，高興，喜悅	プレゼントをもらって嬉しかった。 うれ	收到禮物後非常開心。
楽しみ たの	期待；快樂	釣りをするのが楽しみです。 つ　　　　　　たの	很期待去釣魚。
喜ぶ よろこ	喜悅，高興；欣然接受；值得慶祝	成功を喜ぶ。 せいこう　よろこ	為成功而喜悅。
笑う わら	笑；譏笑	赤ちゃんを笑わせた。 あか　　　　わら	逗嬰兒笑了。
ユーモア	幽默，滑稽，詼諧	ユーモアの分かる人。 わ　　ひと	懂幽默的人。
煩い うるさ	吵鬧的；煩人的；囉唆的；挑惕的；厭惡的	ピアノの音がうるさい。 おと	鋼琴聲很煩人。
怒る おこ	生氣；斥責，罵	遅刻して先生に怒られた。 ちこく　　せんせい　おこ	由於遲到而挨了老師責罵。
驚く おどろ	吃驚，驚奇；驚訝；感到意外	彼女の変わりに驚いた。 かのじょ　か　　　　おどろ	對她的變化感到驚訝。
悲しい かな	悲傷的，悲哀的，傷心的，可悲的	悲しい思いをする。 かな　　おも	感到悲傷。
寂しい さび	孤單；寂寞；荒涼；空虛	一人で寂しい。 ひとり　さび	一個人很寂寞。
残念 ざんねん	遺憾，可惜；懊悔	残念に思う。 ざんねん　おも	感到遺憾。
泣く な	哭泣	大声で泣く。 おおごえ　な	大聲哭泣。
吃驚 びっくり	驚嚇，吃驚	びっくりして逃げてしまった。 に	受到驚嚇而逃走了。

3 傳達、通知與報導

でんぽう 電報	電報	でんぽう　く 電報が来る。	來電報。
とど 届ける	送達；送交，遞送；提交文件	はな　とど 花を届けてもらう。	請人代送花束。
おく 送る	傳送，寄送；送行；度過；派	しゃしん　おく 写真を送ります。	傳送照片。
し 知らせる	通知，讓對方知道	けいさつ　し 警察に知らせる。	報警。
った 伝える	傳達，轉告；傳導	き も　った 気持ちを伝える。	將感受表達出來。
れんらく 連絡	聯繫，聯絡；通知；聯運	れんらく　と 連絡を取る。	取得連繫。
たず 尋ねる	問，打聽；尋問	みち　たず 道を尋ねる。	問路。
しら 調べる	查閱，調查；審訊；搜查	じしょ　しら 辞書で調べる。	查字典。
へん じ 返事	回答，回覆，答應	へん じ　ま 返事を待つ。	等待回音。
てん き よ ほう 天気予報	天氣預報	てん き よ ほう ラジオの天気予報 き を聞く。	聽收音機的氣象預報。
ほうそう 放送	廣播；播映，播放；傳播	や きゅう　ほうそう　み 野球の放送を見る。	觀看棒球賽事轉播。

思い出す	想起來，回想，回憶起	何をしたか思い出せない。	想不起來自己做了什麼事。
思う	想，思索，認為；覺得，感覺；相信；希望	私もそう思う。	我也這麼想。
考える	思考，考慮；想辦法；研究	深く考える。	深思，思索。
筈	應該；會；確實	明日きっと来るはずだ。	明天一定會來。
意見	意見；勸告	意見が合う。	意見一致。
仕方	方法，做法	コピーの仕方が分かりません。	不懂影印機的操作。
～まま	如實，照舊；隨意	思ったままを書く。	照心中所想寫出。
比べる	比較；對照；較量	兄と弟を比べる。	拿哥哥和弟弟做比較。
場合	場合，時候；狀況，情形	場合による。	根據場合。
変	反常；奇怪，怪異；變化，改變；意外	変な音がする。	發出異樣的聲音。
特別	特別，特殊	特別な読み方。	特別的唸法。
大事	重要的，保重，重要；小心，謹慎；大問題	大事になる。	成為大問題。
相談	商量；協商；請教；建議	相談で決める。	通過商討決定。
～に拠ると	根據，依據	彼の話によると。	根據他的描述。
あんな	那樣的	あんなことになる。	變成那種結果。
そんな	那樣的；哪裡	そんなことはない。	不會，哪裡。

5 理由與決定

為 （ため）	為了…由於；（表目的）為了； （表原因）因為	病気のために休む。 （びょうき／やす）	因為有病而休息。
何故 （なぜ）	為什麼；如何	なぜ泣いているのか。 （な）	你為什麼哭呀？
原因 （げんいん）	原因	原因を調べる。 （げんいん／しら）	調查原因。
理由 （りゆう）	理由，原因	理由を聞く。 （りゆう／き）	詢問原因。
訳 （わけ）	道理，原因，理由；意思；當 然；麻煩	訳が分かる。 （わけ／わ）	知道意思；知道原 因；明白事理。
正しい （ただ）	正確；端正；合情合理	正しい答え。 （ただ／こた）	正確的答案。
合う （あ）	合適；符合；一致；正確；相配	意見が合う。 （いけん／あ）	意見一致。
必要 （ひつよう）	必要，必需	必要がある。 （ひつよう）	有必要。
宜しい （よろ）	好；恰好；適當	どちらでもよろしい。	哪一個都好，怎樣 都行。
無理 （むり）	不可能，不合理；勉強；逞強； 強求	無理もない。 （むり）	怪不得。
駄目 （だめ）	不行；沒用；無用	野球は上手だがゴル フは駄目だ。 （やきゅう／じょうず／だめ）	棒球很拿手，但是 高爾夫球就不行了。
積もり （つ）	打算，企圖；估計，預計；（前 接動詞過去形）（本不是那樣） 就當作…	電車で行くつもりだ。 （でんしゃ／い）	打算搭電車去。
決まる （き）	決定；規定；符合要求；一定是	考えが決まる。 （かんが／き）	想法確定了。
反対 （はんたい）	相反；反對；反	彼の意見に反対する。 （かれ／いけん／はんたい）	反對他的意見。

経験 けいけん	經驗	経験から学ぶ。 けいけん まな	從經驗中學習。
事 こと	事情；事務；變故	ことが起きる。 お	發生事情。
説明 せつめい	說明；解釋	説明が足りない。 せつめい た	解釋不夠充分。
承知 しょうち	知道，了解，同意；許可	時間のお話、承知しました。 じかん はなし しょうち	關於時間上的問題，已經明白了。
受ける う	承接；接受；承蒙；遭受；答應	試験を受ける。 しけん う	參加考試。
構う かま	介意；在意，理會；逗弄	言わなくてもかまいません。 い	不說出來也無所謂。
嘘 うそ	謊言，說謊；不正確；不恰當	嘘をつく。 うそ	說謊。
成る程 な ほど	原來如此	なるほど、つまらない本だ。 ほん	果然是本無聊的書。
変える か	改變；變更；變動	授業の時間を変える。 じゅぎょう じかん か	上課時間有所異動。
変わる か	變化，改變；不同；奇怪；遷居	顔色が変わった。 かおいろ か	臉色變了。
あ（っ）	啊（突然想起、吃驚的樣子）哎呀；（打招呼）喂	あっ、右じゃない。 みぎ	啊！不是右邊！
うん	嗯；對，是；喔	うんと返事する。 へんじ	嗯了一聲。
そう	那樣，那樣的	私もそう考える。 わたし かんが	我也是那樣想的。
〜（に）就いて つ	關於	日本の歴史について研究する。 に ほん れき し けん きゅう	研究日本的歷史。

7 語言與出版物

🔴 T2 51

会話（かいわ）	對話；會話	会話（かいわ）が下手（へた）だ。	不擅長口語會話。
発音（はつおん）	發音	発音（はつおん）がはっきりする。	發音清楚。
字（じ）	文字；字體	字（じ）が見（み）にくい。	字看不清楚；字寫得難看。
文法（ぶんぽう）	文法	文法（ぶんぽう）に合（あ）う。	合乎語法。
日記（にっき）	日記	日記（にっき）に書（か）く。	寫入日記。
文化（ぶんか）	文化；文明	文化（ぶんか）が高（たか）い。	文化水準高。
文学（ぶんがく）	文學；文藝	文学（ぶんがく）を楽（たの）しむ。	欣賞文學。
小説（しょうせつ）	小說	小説（しょうせつ）を書（か）く。	寫小說。
テキスト	課本，教科書	英語（えいご）のテキスト。	英文教科書。
漫画（まんが）	漫畫	漫画（まんが）を読（よ）む。	看漫畫。
翻訳（ほんやく）	翻譯	翻訳（ほんやく）が出（で）る。	出譯本。

1 時間副詞

急_{きゅう}に	急迫；突然	急_{きゅう}に仕_し事_{ごと}が入_{はい}った。	臨時有工作。
これから	從今以後；從此	これからどうしようか。	接下來該怎麼辦呢？
暫_{しばら}く	暫時，一會兒；好久	しばらくお待_まちください。	請稍候。
ずっと	遠比…更；一直	ずっと家_{いえ}にいる。	一直待在家。
そろそろ	漸漸地；快要，不久；緩慢	そろそろ始_{はじ}める時_じ間_{かん}だ。	差不多要開始了。
偶_{たま}に	偶然，偶爾，有時	偶_{たま}にテニスをする。	偶爾打網球。
到_{とうとう}頭	終於，到底，終究	とうとう彼_{かれ}は来_こなかった。	他終究沒來。
久_{ひさ}しぶり	好久不見，許久，隔了好久	久_{ひさ}しぶりに会_あう。	久違重逢。
先_まず	首先；總之；大概	まずビールを飲_のむ。	先喝杯啤酒。
もう直_すぐ	不久，馬上	もうすぐ春_{はる}が来_くる。	馬上春天就要來了。
やっと	終於，好不容易	答_{こた}えはやっと分_わかった。	終於知道答案了。

2 程度副詞

T2 / 53

いくら～ても	即使…也	いくら話<ruby>話<rt>はな</rt></ruby>してもわからない。	再怎麼解釋還是聽不懂。
一杯<ruby>一杯<rt>いっぱい</rt></ruby>	全部；滿滿地；很多；一杯	駐車場<ruby>駐車場<rt>ちゅうしゃじょう</rt></ruby>がいっぱいです。	停車場已經滿了。
随分<ruby>随分<rt>ずいぶん</rt></ruby>	相當地，比想像的更多	随分<ruby>随分<rt>ずいぶん</rt></ruby>たくさんある。	非常多。
すっかり	完全，全部；已經；都	すっかり変<ruby>変<rt>か</rt></ruby>わった。	徹底改變了。
全然<ruby>全然<rt>ぜんぜん</rt></ruby>	（接否定）完全不…，一點也不…；根本；簡直	全然<ruby>全然<rt>ぜんぜん</rt></ruby>知<ruby>知<rt>し</rt></ruby>らなかった。	那時完全不知道（有這麼回事）。
そんなに	那麼，那樣	そんなに暑<ruby>暑<rt>あつ</rt></ruby>くない。	沒有那麼熱。
それ程<ruby>程<rt>ほど</rt></ruby>	那種程度，那麼地	それ程寒<ruby>程寒<rt>ほどさむ</rt></ruby>くはない。	沒有那麼冷。
大体<ruby>大体<rt>だいたい</rt></ruby>	大部分；大致，大概；本來；根本	大体<ruby>大体<rt>だいたい</rt></ruby> 60 人<ruby>人<rt>にん</rt></ruby>ぐらい。	大致上六十個人左右。
大分<ruby>大分<rt>だいぶ</rt></ruby>	大約，相當地	大分暖<ruby>大分暖<rt>だいぶあたた</rt></ruby>かくなった。	相當暖和了。
些<ruby>些<rt>ちっ</rt></ruby>とも	一點也不…	ちっとも疲<ruby>疲<rt>つか</rt></ruby>れていない。	一點也不累。
出来<ruby>出来<rt>でき</rt></ruby>るだけ	盡可能	出来<ruby>出来<rt>でき</rt></ruby>るだけ日本語<ruby>日本語<rt>にほんご</rt></ruby>を使<ruby>使<rt>つか</rt></ruby>う。	盡量使用日文。
中々<ruby>中々<rt>なかなか</rt></ruby>	相當；（後接否定）總是無法；形容超出想像	なかなか勉強<ruby>勉強<rt>べんきょう</rt></ruby>になる。	很有參考價值。
なるべく	盡可能，盡量	なるべく日本語<ruby>日本語<rt>にほんご</rt></ruby>を話<ruby>話<rt>はな</rt></ruby>しましょう。	我們盡量以日語交談吧。
～ばかり	（接數量詞後，表大約份量）左右；（排除其他事情）僅，只；僅少，微小；（表排除其他原因）只因，只要…就	遊<ruby>遊<rt>あそ</rt></ruby>んでばかりいる。	光只是在玩。

非常（ひじょう）に	非常，很	非常（ひじょう）に疲（つか）れている。	累極了。
別（べつ）に	分開；額外；除外；（後接否定）（不）特別，（不）特殊	別（べつ）に予定（よてい）はない。	沒甚麼特別的行程。
程（ほど）	…的程度；越…越…	見（み）えない程（ほどくら）暗い。	暗得幾乎看不到。
殆（ほと）ど	大部份；幾乎	ほとんど意味（いみ）が無（な）い。	幾乎沒有意義。
割合（わりあい）に	比較；雖然…但是	割合（わりあい）によく働（はたら）く。	比較能幹。
十分（じゅうぶん）	十分；充分，足夠	十分（じゅうぶん）に休（やす）む。	充分休息。
勿論（もちろん）	當然；不用說	もちろん嫌（いや）です。	當然不願意！
やはり	依然，仍然；果然；依然	子供（こども）はやはり子供（こども）だ。	小孩終究是小孩。

3 思考、狀態副詞

T2 / 54

ああ	那樣，那種，那麼；啊；是	ああ言えばこう言う。	強詞奪理。
確か	的確，確實；清楚，明瞭；似乎，大概	確かな返事をする。	確切的回答。
必ず	必定；一定，務必，必須；總是	必ず来る。	一定會來。
代わり	代替，替代；代理；補償；再來一碗	君の代わりはいない。	沒有人可以取代你。
屹度	一定，必定，務必	きっと来てください。	請務必前來。
決して	決定；（後接否定）絕對（不）	決して学校に遅刻しない。	上學絕不遲到。
こう	如此；這樣，這麼	こうなるとは思わなかった。	沒想到會變成這樣。
しっかり	結實，牢固；（身體）健壯；用力的，好好的；可靠	しっかり覚える。	牢牢地記住。
是非	務必；一定；無論如何；是非；好與壞	ぜひおいでください。	請一定要來。
例えば	例如	これは例えばの話だ。	這只是打個比方。
特に	特地，特別	特に用事はない。	沒有特別的事。
はっきり	清楚；清爽；痛快	はっきり（と）見える。	清晰可見。
若し	如果，假如	もし雨が降ったら。	如果下雨的話。

4 接續詞、接助詞與接尾詞、接頭詞

T2 55

すると	於是；這樣一來，結果；那麼	すると急に暗くなった。	結果突然暗了下來。
それで	後來，那麼；因此	それでどうした。	然後呢？
それに	而且，再者；可是，但是	晴れだし、それに風も無い。	晴朗而且無風。
だから	所以，因此	日曜日だから家にいる。	因為是星期天所以在家。
又は	或是，或者	鉛筆またはボールペンを使う。	使用鉛筆或原子筆。
けれども	然而；但是	読めるけれども書けません。	可以讀但是不會寫。
～置き	每隔…	1ヶ月置きに。	每隔一個月。
月	…個月；月份	月に一度集まる。	一個月集會一次。
～会	…會；會議；集會	音楽会へ行く。	去聽音樂會。
～倍	倍，加倍	3倍になる	成為三倍。
～軒	…棟，…間，…家；房屋	右から3軒目。	右邊數來第三間。
～ちゃん	（表親暱稱謂）小…，表示親愛（「さん」的轉音）	健ちゃん、ここに来て。	小健，過來這邊。
～君	（接於同輩或晚輩姓名下，略表敬意）…先生，…君	山田君が来る。	山田君來了。
～様	先生，小姐；姿勢；樣子	こちらが木村様です。	這位是木村先生。

～目 （め）	第…；…一些的；正當…的時候	2行目を見る。 （ぎょうめ）（み）	看第二行。
～家 （か）	…家；家；做…的（人）；很有 …的人；愛…的人	音楽家になる。 （おんがくか）	我要成為音樂家
～式 （しき）	儀式；典禮；方式；樣式；公式	卒業式に出る。 （そつぎょうしき）（で）	去參加畢業典禮。
～製 （せい）	製品；…製	台湾製の靴を買う。 （タイワンせい）（くつ）（か）	買台灣製的鞋子。
～代 （だい）	年代，（年齡範圍）…多歲；時 代；代，任	20代前半の若い女性。 （だいぜんはん）（わか）（じょせい）	二十至二十五歲的 年輕女性。
～出す （だ）	拿出；發生；開始…；…起來	泣き出す。 （な）（だ）	開始哭起來。
～難い （にく）	難以，不容易	言いにくい。 （い）	難以開口。
～やすい	容易…	わかりやすい。	易懂。
～過ぎる （す）	超過；過於，過度；經過	冗談が過ぎる。 （じょうだん）（す）	玩笑開得過火。
～方 （かた）	…方法；手段；方向；地方；時 期	作り方を学ぶ。 （つく）（かた）（まな）	學習做法。

5 尊敬與謙讓用法

いらっしゃる	來，去，在（尊敬語）	先生がいらっしゃった。	老師來了。
ご存知	你知道；您知道（尊敬語）	ご存知でしたか。	您已經知道這件事了嗎？
ご覧になる	（尊敬語）看，觀覽，閱讀	こちらをご覧になってください。	請看這邊。
為さる	做	研究をなさる。	作研究。
召し上がる	（敬）吃，喝	コーヒーを召し上がる。	喝咖啡。
致す	（「する」的謙恭說法）做，辦；致…；引起；造成；致力	私が致します。	請容我來做。
頂く／戴く	接收，領取；吃，喝；戴；擁戴；請讓（我）	お隣からみかんを頂きました。	從隔壁鄰居那裡收到了橘子。
伺う	拜訪，訪問	お宅に伺う。	拜訪您的家。
おっしゃる	說，講，叫；稱為…叫做…	お名前はなんとおっしゃいますか。	怎麼稱呼您呢？
下さる	給我；給，給予	先生がくださった本。	老師給我的書。
差し上げる	奉送；給您（「あげる」謙讓語）；舉	これをあなたに差し上げます。	這個奉送給您。
拝見	（謙讓語）看，拜讀，拜見	お手紙拝見しました。	已拜讀貴函。
参る	來，去（「行く、来る」的謙讓語）；認輸；參拜；受不了	すぐ参ります。	我立刻就去。
申し上げる	說（「言う」的謙讓語），講，提及	お礼を申し上げます。	向您致謝。

申^{もう}す	（謙讓語）叫作，說，叫	嘘^{うそ}は申^{もう}しません。	不會對您說謊。
～ご座^ざいます	在，有；（「ございます」的音變）表示尊敬	おめでとうございます。	恭喜恭喜。
～でございます	「だ」、「です」、「である」的鄭重說法	こちらがビールでございます。	為您送上啤酒。
居^おる	（謙讓語）有；居住，停留；生存；正在…	今日^{きょう}は家^{いえ}におります。	今天在家。

第1回 新制日檢模擬考題 語言知識—文字・語彙

もんだい1 ＿＿＿＿＿の ことばは どう よみますか。1・2・3・4か
ら いちばんいい ものを ひとつ えらんで ください。

1 がっこうへ いく バスの 運転手さんは おんなの ひとです。

　1 しゃしょう　　　　　　　　　　　2 こうちょう

　3 けんきゅうしゃ　　　　　　　　　4 うんてんしゅ

2 きんじょで おもしろい おまつりが ありますから 見物して いきませ
んか。

　1 にもつ　　　　　2 けんぶつ　　　　3 さんか　　　　4 けんがく

3 むかしに くらべて さいきん 公務員の しごとは たいへんだそうで
す。

　1 こうむいん　　　　　　　　　　　2 かいいん

　3 しょくいん　　　　　　　　　　　4 かいしゃいん

4 醤油を いれすぎましたので、 けっこう しおからいです。

　1 しょうゆ　　　　2 さとう　　　　3 しお　　　　4 だし

5 台所から とても いい においが してきます。

　1 ばしょ　　　　　2 げんかん　　　3 だいどころ　　　4 へや

6 あたらしく ならった 文法を つかって、 ぶんを いつつ つくってみましょう。

　1 ぶんしょう　　　2 ぶんがく　　　3 ことば　　　　4 ぶんぽう

7 その だいがくに いきたい 理由は なんですか。

　1 つごう　　　　　2 りゆう　　　　3 わけ　　　　4 せつめい

8 あにに あかちゃんが うまれましたので、人形を おくりました。
　1 ぬいぐるみ　　　　2 おかし　　　　　3 にんぎょう　　　4 おもちゃ

9 あの 旅館は ゆうごはんが ごうかなことで ゆうめいです。
　1 かいかん　　　　　2 りょかん　　　　3 きょうしつ　　　4 びじゅつ
　　かん

もんだい2　＿＿＿＿＿の ことばは どう かきますか。1・2・3・4か
　　　　　ら いちばんいい ものを ひとつ えらんで ください。

1 おおきな じしんが きて、 たなも テレビも ゆれました。
　1 打れました　　　　　　　　　　　2 抑れました
　3 押れました　　　　　　　　　　　4 揺れました

2 きょうは 8じから おもしろい ばんぐみが あるので、はやく 家に
　かえります。
　1 蕃約　　　　　　　2 番組　　　　　　3 番約　　　　　4 藩組

3 この じきは たくさんの ふねが みなとに とまっています。
　1 港　　　　　　　2 湾　　　　　　3 海　　　　　4 湖

4 おおさかまでは とっきゅうで 行って、そのあと しんかんせんに のる
　つもりです。
　1 得救　　　　　　2 得急　　　　　3 特急　　　　　4 特緊

5 なまえは ていねいに かきなさいと せんせいに ちゅういされました。
　1 注意　　　　　　2 註意　　　　　3 駐意　　　　　4 仲意

6 それでは みなさん、 てきすとの 52ページを ひらいて ください。
　1 ラキスト　　　　2 テキクト　　　　3 テキヌト　　　4 テキスト

もんだい３　（　　　　　）に　なにを　いれますか。１・２・３・４から
　　　　　　いちばん　いい　ものを　ひとつ　えらんで　ください。

1 へんですね。この　（　　　　　）は　ちずに　のっていません。
　　1　こと　　　　　　　　2　じだい　　　　　　3　じゅうしょ　　　4　せかい

2 すうがくに　（　　　　　）が　ありますから、けんきゅうを　つづけたいです。
　　1　しゅみ　　　　　　　2　きょうみ　　　　　3　たのしみ　　　　4　だいじ

3 あめに　（　　　　　）　かぜを　ひいて　しまった　みたいです。
　　1　ぬって　　　　　　　2　ふって　　　　　　3　つもって　　　　4　ぬれて

4 つかい　おわったら、　はさみは　（　　　　　）のなかに　いれてください。
　　1　ひきだし　　　　　　2　テーブル　　　　　3　たたみ　　　　　4　ドア

5 かばん（　　　　　）は　2かいの　おくに　ございます。
　　1　かいもの　　　　　　2　レジ　　　　　　　3　うりば　　　　　4　おみせ

6 あぶないですから、　てで　（　　　　　）ガラスを　さわらないで　ください。
　　1　にげた　　　　　　　2　われた　　　　　　3　むかった　　　　4　ねむった

7 ともだちに　チケットを　もらったので、　これから　（　　　　　）に　行
　　きます。
　　1　コンサート　　　　　　　　　　　　2　カーテン
　　3　コンピュータ　　　　　　　　　　　4　スーツケース

8 たいふうが　ちかづいていますので、　うんどうかいは　（　　　　　）します。
　　1　ちゅうしゃ　　　　　2　ちゅうもん　　　　3　りょうり　　　　4　ちゅうし

9 10さいのときから、毎日　（　　　　　）を　かいています。
　　1　にっき　　　　　　　2　ざっし　　　　　　3　しゅくだい　　　4　どくしょ

10 ことし、いちばん いきたいと おもっていた だいがくに （　　　　）す
ることに なりました。

　1　にゅういん　　　　　2　にゅうがく　　　　3　たいいん　　　　　4　そつぎょう

もんだい4 ＿＿＿＿＿の ぶんと だいたい おなじ いみの ぶんが あ
　　　　ります。1・2・3・4から いちばんいい ものを ひとつ
　　　　えらんで ください。

1 むずかしい ことばばかりで、　なにを いっているか ぜんぜん わかりま
せんでした。

　1　むずかしい ことばが いっぱいでしたが、　いっていることは だいたい
　　わかりました。

　2　むずかしい ことばは あまり ありませんでしたが、いっていることは ぜ
　　んぜん わかりませんでした。

　3　むずかしい ことばが いっぱいでしたが、　いっていることは ほとんど
　　わかりました。

　4　むずかしい ことばが いっぱいで、いっていることが まったく わかりま
　　せんでした。

2 おとうさんの しごとの かんけいで、　ひっこしをすることに なりました。

　1　おとうさんは しごとの ために、べつの かいしゃへ いくことに なりま
　　した。

　2　おとうさんの しごとの ために、べつの まちへ いくことに なりました。

　3　おとうさんは ひっこしを するので、あたらしい しごとを はじめること
　　に なりました。

　4　おとうさんは ひっこしを するので、　しごとを かえることに なりました。

3 おきゃくさまから　おみやげを　いただきました。　ひとつ　めしあがりません
か。

1　おきゃくさまから　おみやげを　いただきました。　ひとつ　まいりませんか。

2　おきゃくさまから　おみやげを　いただきました。　ひとつ　もうしあげません
か。

3　おきゃくさまから　おみやげを　いただきました。　ひとつ　いかがですか。

4　おきゃくさまから　おみやげを　いただきました。　ひとつ　はいけんしません
か。

4 どうぐが　ちいさいですから、おおきい　さかなは　つりにくいです。

1　どうぐが　ちいさいですから、おおきい　さかなを　つるのは　むずかしいです。

2　どうぐが　ちいさくても、おおきい　さかなを　つることが　できます。

3　どうぐが　ちいさくても、おおきい　さかなを　つるのは　かんたんです。

4　どうぐが　ちいさいですから、おおきい　さかなは　すぐに　つれます。

5 この　かっこうで　パーティーに　いくのは　はずかしいです。

1　この　ようふくで　パーティーに　いきたくないです。

2　この　ようふくで　パーティーに　いけると　うれしいです。

3　こんな　たいちょうで　パーティーに　いくのは　よくないです。

4　こんな　ようすで　パーティーに　いくのは　むずかしいです。

もんだい5　つぎの　ことばの　つかいかたで　いちばん　いい　ものを
　　　　　　1・2・3・4から　ひとつ　えらんで　ください。

1 せなか

1　クラスの　せなかで　はなしを　しているのが　さいとう君です。

2　あの　ふたりは　ちいさいときから　とても　せなかが　いいです。

3　コートは　タンスの　せなかに　しまっています。

4　30ぷんかん　はしったので、　せなかに　たくさん　あせを　かきました。

2 のりもの

1 あたたかい のりものを よういしましたので、 もってこなくて いいですよ。

2 おおきな こうえんに いくと、 いろんな のりものに のって あそべます。

3 くうこうで ちいさい のりものを ひとつ わすれてしまいました。

4 どんな のりものを たべることが できませんか。

3 しらせる

1 せんせいから なまえを しらせた ひとは きょうしつに はいってください。

2 すいえい たいかいが ちゅうしに なった ことを みんなに しらせないと いけません。

3 わたしが ひっこすことに ついては もう みんな しらせて います。

4 たろうくんの ことは しょうがっこうの ころから しらせて います。

4 むこう

1 みちの むこうで てを ふっている ひとは わたしの おじいちゃんです。

2 わたしが 家を かりている むこうは えきから すこし はなれています。

3 くわしい ことは この ほんに かいてありますので、 むこうを ごらんく ださい。

4 わたしが いつも れんらくしている むこうは すずきさんです。

5 りっぱ

1 からだが あまり りっぱなので、 よく かぜで びょういんへ 行きます。

2 ちちが なくなってから、 毎日 ははは とても りっぱそうです。

3 りっぱな かびんを いただきましたが、 かざる ところが ありません。

4 いくら やさいが りっぱでも、 からだの ために たべたほうが いいです よ。

第2回 新制日檢模擬考題 語言知識—文字・語彙

もんだい1 ＿＿＿＿＿の ことばは どう よみますか。1・2・3・4から
いちばんいい ものを ひとつ えらんで ください。

1 どのように つかうのが 安全か ごせつめい いただけませんか。
　1 あんない　　　　2 あんしん　　　　3 あんぜん　　　　4 かんぜん

2 たいかいで かてるように、一生けんめい がんばります。
　1 いっしょう　　　2 いっせい　　　　3 いっしょ　　　　4 いっぱん

3 むしに かまれて 腕が あかく なって しまいました。
　1 くび　　　　　　2 うで　　　　　　3 むね　　　　　　4 あし

4 しょうがっこうの 屋上から はなびが きれいに みえますよ。
　1 おくじょう　　　2 しつない　　　　3 かいじょう　　　　4 やね

5 すみません、そこの お皿を とって ください。
　1 おわん　　　　　　　　　　　　　2 おはし
　3 おさら　　　　　　　　　　　　　4 おちゃわん

6 さいきんは だいたい どの 家庭にも テレビが あります。
　1 かぞく　　　　　　2 いえ　　　　　　3 かてい　　　　　4 おにわ

7 えきに 行かなくても しんかんせんの 切符を よやくすることが できます。
　1 きって　　　　　　2 きっぷ　　　　　3 はがき　　　　　4 けん

8 ひろった さいふを 交番に とどけた ことが あります。
　1 けいさつ　　　　　2 じゅんばん　　　3 けいかん　　　　4 こうばん

9 いとうせんせいの 講義は おもしろいことで ゆうめいです。
　1 しゅくだい　　　　2 かもく　　　　　3 こうぎ　　　　　4 じゅぎょう

もんだい２ ＿＿＿＿＿の ことばは どう かきますか。１・２・３・４か
ら いちばんいい ものを ひとつ えらんで ください。

1 おてんきが いいので ふとんを そとに ほしましょう。
　　１ 不団　　　　　　　２ 布団　　　　　　　３ 布因　　　　　　　４ 布旦

2 よるは じかんが ありませんが、 ひるまは あいていますよ。
　　１ 早朝　　　　　　　２ 日中　　　　　　　３ 昼真　　　　　　　４ 昼間

3 ちちは なつでも せびろを きて 会社へ いきます。
　　１ 背広　　　　　　　２ 洋服　　　　　　　３ 正装　　　　　　　４ 着物

4 たばこは はたちから すうことが できると ほうりつで きめられています。
　　１ 御酒　　　　　　　２ 煙草　　　　　　　３ 将棋　　　　　　　４ 趣味

5 もうすこし やさいを たべなさい。
　　１ 果物　　　　　　　２ 海鮮　　　　　　　３ 野草　　　　　　　４ 野菜

6 まいばん ねるまえに ほんを よむことに しています。
　　１ 毎朝　　　　　　　２ 毎夜　　　　　　　３ 毎日　　　　　　　４ 毎晩

もんだい３ （　　　　）に なにを いれますか。１・２・３・４から
　　　　　 いちばん いい ものを ひとつ えらんで ください。

1 がいこくから きて にほんで べんきょうしている ひとを （　　　　）
　　と いいます。
　　１ せんせい　　　　　　　　　　　２ けんきゅうしゃ
　　３ りゅうがくせい　　　　　　　　４ かいしゃいん

2 （　　　）に のって うみに でて、 さかなを つりに いきました。
　　１ ふね　　　　　　　２ ひこうき　　　　　３ じどうしゃ　　　４ くるま

3 きのうの よる 2じまで おきていたので、きょうは とても（　　　）で
す。

1 あぶない 　　　　　2 ねむたい 　　　　3 つめたい 　　　　4 きたない

4 ドアを しめる ときは この ぼたんを （　　　）ください。

1 おして 　　　　　　2 あけて 　　　　　3 さして 　　　　　4 ついて

5 大きい こえで はっきりと （　　　）しながら よみましょう。

1 けっこん 　　　　　2 せんたく 　　　　3 はつおん 　　　　4 けんがく

6 買うか、かわないかは （　　　）を 聞いてから きめます。

1 たかい 　　　　　　2 おかね 　　　　　3 ねだん 　　　　　4 やすい

7 ながい あいだ （　　　）に なりました。

1 おむかえ 　　　　　2 おみやげ 　　　　3 おかげ 　　　　　4 おせわ

8 そこに おいてある ほんを ちょっと （　　　）しても いいです
か。

1 ごちそう 　　　　　2 せわ 　　　　　　3 けんぶつ 　　　　4 はいけん

9 てがみを だしましたが、まだ（　　　）が ありません。

1 よやく 　　　　　　2 へんじ 　　　　　3 はがき 　　　　　4 ゆうびん

10 あついので、 すこし （　　　）を つけましょうか。

1 じゅうでん 　　　　2 でんき 　　　　　3 だんぼう 　　　　4 れいぼう

もんだい4 ＿＿＿＿＿の ぶんと だいたい おなじ いみの ぶんが あります。1・2・3・4から いちばんいい ものを ひとつ えらんで ください。

1 おじょうさんが だいがくに ごうかくしたと うかがいました。おめでとうございます。

1 おじょうさんが だいがくを そつぎょうした そうですね。おめでとうございます。

2 おじょうさんが だいがくに ごうかくしたと ききました。おめでとうございます。

3 おじょうさんが だいがくに ごうかくしたと いっていました。おめでとうございます。

4 おじょうさんが だいがくに ごうかくする ところを みました。おめでとうございます。

2 ホテルに とまる ひとは、ただで コンピュータを りようすることが できます。

1 ホテルに とまる ひとは、ただで コンピュータを つかうことが できます。

2 ホテルに とまる ひとは、ただで コンピュータを みせることが できます。

3 ホテルに とまる ひとは、ただで コンピュータを もらうことが できます。

4 ホテルに とまる ひとは、ただで コンピュータを わたすことが できます。

3 すずきせんせいの　せつめいは　とても　ふくざつで　わかりにくいです。

1　すずきせんせいの　せつめいは　とても　かんたんに　せつめいして　くれ
　　ます。

2　すずきせんせいの　せつめいは　とても　むずかしいです。

3　すずきせんせいの　せつめいは　むずかしくないです。

4　すずきせんせいの　せつめいは　やさしいです。

4 はたちの　たんじょうびに　さいふを　あげるつもりです。

1　はたちの　たんじょうびに　さいふを　もらうつもりです。

2　はたちの　たんじょうびに　さいふを　いただいたことが　あります。

3　はたちの　たんじょうびに　さいふを　ちょうだいします。

4　はたちの　たんじょうびに　さいふを　プレゼントする　つもりです。

5 これ　いじょう　おはなしすることは　ありません。

1　まだ　はなすことが　あると　おもいます。

2　もう　はなすことは　ありません。

3　なにも　はなすことは　ありません。

4　だれも　はなすひとは　いません。

もんだい5　つぎの　ことばの　つかいかたで　いちばん　いい　ものを
　　　　　　　1・2・3・4から　ひとつ　えらんで　ください。

1 ボタン

1　つよい　かぜが　ふいているので、ボタンを　かぶった　ほうが　いいですよ。

2　ボタンが　たりないので、くだものを　たくさん　たべています。

3　いそいで　ふくを　ぬいだところ、ボタンが　とれました。

4　うみに　いくときは　みじかい　ボタンを　はきます。

2 まっすぐ

1 うんどうしたあと、 おふろに はいると まっすぐします。

2 それでは、ぶちょうに まっすぐ そうだんして みましょうか。

3 あそこの こうさてんを みぎに まっすぐすると、 えきに つきます。

4 ひとと はなしを するときは まっすぐに めを 見たほうが いいですよ。

3 おいわい

1 ゆきちゃんが おしえてくれた おいわいで、おくれないで 行けました。

2 ざんねんですが、しかたないです。げんきを だすために おいわい しましょうか。

3 おじいちゃんが 100さいに なりますので、みんなで おいわい します。

4 みんなが てつだってくれたので はやく おわりました。おれいに 何か おいわいしたいです。

4 おもいだす

1 この えいがを 見ると、しょうがっこうの ころを おもいだします。

2 きのう あたらしく おもいだした えいごの ことばを もう わすれました。

3 なつに よく たべた あの アイスクリームを おもいだしていますか。

4 あの コートは デパートで 買ったほうが よかったと おもいだします。

5 おりる

1 だんだん きおんが おりてきて、あさや よるは とても さむいです。

2 びじゅつかんに 行くなら やおやの まえから バスに おりると いいですよ。

3 あの はいゆうは とても にんきが ありましたが、さいきんは おりてきました。

4 りょかんの ひとが むかえに きて いますので、つぎの えきで でんしゃを おりて ください。

第3回 新制日檢模擬考題 語言知識─文字・語彙

もんだい1 _____の ことばは どう よみますか。1・2・3・4
から いちばんいい ものを ひとつ えらんで ください。

1 こねこは からだが 弱って じぶんで ごはんを たべることも できま
せん。
1 かわって　　　　2 ちって　　　　3 よわって　　　　4 さわって

2 ほっかいどうへ りょこうに いった お土産です。 どうぞ。
1 おかえし　　　　2 おれい　　　　3 おいわい　　　　4 おみやげ

3 クラスの みんなが ぜんいん 集まったら、 しゅっぱつします。
1 つまったら　　　2 あつまったら　　3 こまったら　　　4 しまったら

4 おじいちゃんは よく 海へ さかなを つりに いきます。
1 うみ　　　　　　2 いけ　　　　　3 やま　　　　　4 かわ

5 あの ビルは 何階まで あるんですか。
1 なんさつ　　　　2 なんけん　　　3 なんまい　　　4 なんかい

6 そこの たなに はいっている くすりを 取って ください。
1 とって　　　　　2 きって　　　　3 たって　　　　4 もって

7 こうえんの となりに ある 工場では 車を つくっています。
1 ばしょ　　　　　2 うんどうじょう　3 こうじょう　　　4 かいじょう

8 でんわで ホテルを 予約 しました。
1 けいかく　　　　2 よやく　　　　3 やくそく　　　4 よてい

9 たばこを 吸いたいのですが、 よろしいですか。
1 ぬいたい　　　　2 さいたい　　　3 おいたい　　　4 すいたい

もんだい2 ＿＿＿＿の ことばは どう かきますか。1・2・3・4から いちばんいい ものを ひとつ えらんで ください。

1 毎日 こどもを ようちえんに つれて いってから、 しごとに 行きます。
   1 連れて   2 帯れて   3 練れて   4 抱れて

2 せんしゅうの しゅうまつは かぞくで のんびり おんせんに 行きました。
   1 週末   2 周未   3 周末   4 週未

3 すずきさんは フランスへ 行って びじゅつを べんきょうする そうです。
   1 美術   2 技術   3 手術   4 芸術

4 たいしかんの まえで おおきな じこが あったようです。
   1 事古   2 自故   3 事故   4 事件

5 やまださんは こどもが ふたり いますが、 とても わかくみえます。
   1 苦く   2 若く   3 草く   4 芋く

6 この スイカは バスていの まえの しんごうを わたった ところに ある やおやさんで 買いました。
   1 過った   2 越った   3 渡った   4 当った

もんだい3 （　　　　）に なにを いれますか。1・2・3・4から いちばん いい ものを ひとつ えらんで ください。

1 さそって くれて、ありがとう ございます。（　　　　）ですが、そのひは 行けません。
   1 ざんねん   2 たいへん   3 きけん   4 ていねい

2 おきたら　（　　　　）と　まくらを　たんすに　かたづけて　ください。

　　1　マフラー　　　　　2　きもの　　　　　　3　ふとん　　　　　4　たたみ

3 おべんとうは　きれいな　ハンカチで　（　　　　）　がっこうへ　もって　いきます。

　　1　つつんで　　　　　2　はこんで　　　　　3　ひいて　　　　　4　つかって

4 家に　かえったら、　すぐに　（　　　　）で　てを　あらいなさい。

　　1　はぶらし　　　　　2　シャンプー　　　　3　タオル　　　　　4　せっけん

5 かぜが　つよくて　ろうそくの　ひが　（　　　　）しまった。

　　1　きれて　　　　　　2　きえて　　　　　　3　けして　　　　　4　つけて

6 おはしでは　たべにくいので、　（　　　　）を　おねがいします。

　　1　スープ　　　　　　2　スプーン　　　　　3　ちゃわん　　　　4　おわん

7 ひとりで　ぜんぶ　たべられませんから、（　　　　）で　きって　わけましょう。

　　1　ナイフ　　　　　　2　ソース　　　　　　3　パソコン　　　　4　パート

8 あと　100えん　（　　　　）ので、　かして　くれませんか。　あした　おかえしします。

　　1　あげない　　　　　2　たりない　　　　　3　いれない　　　　4　うけない

9 しょくじの　（　　　　）が　できましたよ。　さあ　いただきましょう。

　　1　じゅんび　　　　　2　ぐあい　　　　　　3　にもつ　　　　　4　じゅんばん

10 たいふうの　あとは　みずが　おおくて　（　　　　）ですから、　かわに　はいらないほうが　いいですよ。

　　1　おもい　　　　　　2　たのしい　　　　　3　あぶない　　　　4　あさい

もんだい4 ＿＿＿＿＿の　ぶんと　だいたい　おなじ　いみの　ぶんが
　　　　　あります。1・2・3・4から　いちばんいい　ものを　ひ
　　　　　とつ　えらんで　ください。

1 くだものの　なかで　いちばん　すきなのは　なにですか。
　1 くだものの　ほかで　いちばん　すきなのは　なにですか。
　2 すきな　ひとが　いちばん　おおい　くだものは　なにですか。
　3 いちばん　にんきの　ある　くだものは　なにですか。
　4 いちばん　すきな　くだものは　なにですか。

2 さくやは　うえの　かいの　テレビの　おとが　うるさくて　ねむれませんで
した。
　1 さくやは　うえの　かいの　テレビの　おとが　きこえなくて　ねむれませ
んでした。
　2 さくやは　うえの　かいから　テレビの　おとが　して　ねむたくなりました。
　3 さくやは　うえの　かいの　テレビの　おとが　おおきくて　ねることが
できませんでした。
　4 さくやは　うえの　かいが　にぎやかで　てれびの　おとが　きこえません
でした。

3 さっき　聞いた　はなしなのに、　もう　わすれて　しまいました。
　1 すこし　まえに　聞いたばかりですが、　もう　わすれて　しまいました。
　2 あとで　きこうと　おもっていたのに、聞くのを　わすれて　しまいました。
　3 さっき　聞くはずでしたが、すっかり　わすれて　しまいました。
　4 いま　聞いたところなので　まだ　おぼえています。

4 こたえが　わかる　ところだけ　かきました。
　1 こたえが　わからない　ところも　かきました。
　2 こたえが　わかる　ところしか　かきませんでした。
　3 こたえが　わからなかったので　なにも　かきませんでした。
　4 こたえが　わかったので　ぜんぶ　かきました。

275

5 じゅうしょや　でんわばんごうを　かかないと　本を　かりることが　でき
　　ません。

　1 じゅうしょや　でんわばんごうを　かけば　本を　かりることが　できます。

　2 じゅうしょや　でんわばんごうを　かいても　本を　かりることが　できません。

　3 じゅうしょや　でんわばんごうを　かくと　本を　かりることが　できません。

　4 じゅうしょや　でんわばんごうを　かかなくても　本を　かりることが　で
　　きます。

もんだい5　つぎの　ことばの　つかいかたで　いちばん　いい　ものを
　　　　　　1・2・3・4から　ひとつ　えらんで　ください。

1 みじかい

　1 せんしゅうから　おくの　はが　みじかいので　びょういんに　いってきます。

　2 きょうの　しゅくだいは　みじかいですから、すぐに　おわると　おもう。

　3 つめたい　みずで　てや　かおを　あらうと　とても　みじかいです。

　4 みじかい　てがみですが、　いいたい　ことは　よく　わかります。

2 よぶ

　1 どうぶつの　びょうきを　なおす　ひとを　「じゅうい」と　よびます。

　2 「木」と　いう　かんじが　ふたつ　ならぶと、　「はやし」と　よびます。

　3 すみません、でんわが　よんでいるので　でて　くれませんか。

　4 りょこうきゃくに　みちを　よばれましたが、　わかりませんでした。

3 つごう

　1 にゅういんして　1　しゅうかんに　なりますが、つごうは　よくなりましたか。

　2 それでは　こんしゅうの　きんようびの　つごうは　どうですか。

　3 家から　3ぷんの　ところに　スーパーが　あるので、　とても　つごうです。

　4 あしたの　2じなら、　つごうは　ありますか。

4 さいふ

1 さいふには　いつも　1　まんえんぐらい　いれています。

2 つよい　あめでは　ないから　さいふを　ささなくても　だいじょうぶみたいです。

3 わたしの　さいふから　ハンカチを　だして　ください。

4 さむいですから、　きょうは　あつい　さいふを　かけて　ねましょう。

5 やめる

1 テーブルの　うえに　おいた　かぎが　やめません。

2 かぜを　ひくと　いけないから、　まどを　やめて　ねましょう。

3 くらくなって　きたので、そろそろ　あそぶのを　やめて　かえりましょうか。

4 ゆきが　ふって　でんしゃが　やめました。

三回全真模擬試題　解答

第一回

もんだい1

1 4　　**2** 2　　**3** 1　　**4** 1　　　もんだい2

5 3　　**6** 4　　**7** 2　　**8** 3　　**1** 4　　**2** 2　　**3** 1　　**4** 3

9 2　　　　　　　　　　　　　　　　　**5** 1　　**6** 4

もんだい3

1 3　　**2** 2　　**3** 4　　**4** 1　　　もんだい4

5 3　　**6** 2　　**7** 1　　**8** 4　　**1** 4　　**2** 2　　**3** 3　　**4** 1

9 1　　**10** 2　　　　　　　　　　　　**5** 1

もんだい5

1 4　　**2** 2　　**3** 2　　**4** 1　　**5** 3

第二回

もんだい1

1 3　　**2** 1　　**3** 2　　**4** 1　　　もんだい2

5 3　　**6** 3　　**7** 2　　**8** 4　　**1** 2　　**2** 4　　**3** 1　　**4** 2

9 3　　　　　　　　　　　　　　　　　**5** 4　　**6** 4

もんだい3

1 3　　**2** 1　　**3** 2　　**4** 1　　　もんだい4

5 3　　**6** 3　　**7** 4　　**8** 4　　**1** 2　　**2** 1　　**3** 2　　**4** 4

9 2　　**10** 4　　　　　　　　　　　　**5** 2

もんだい 5

| 1 | 3 | 2 | 4 | 3 | 3 | 4 | 1 | 5 | 4 |

第三回

もんだい 1

1	3	2	4	3	2	4	1
5	4	6	1	7	3	8	2
9	4

もんだい 2

| 1 | 1 | 2 | 4 | 3 | 1 | 4 | 3 |
| 5 | 2 | 6 | 3 |

もんだい 3

1	1	2	3	3	1	4	4
5	2	6	2	7	1	8	2
9	1	10	3

もんだい 4

| 1 | 4 | 2 | 3 | 3 | 1 | 4 | 2 |
| 5 | 1 |

もんだい 5

| 1 | 4 | 2 | 1 | 3 | 2 | 4 | 1 | 5 | 3 |

memo

快速通關

絕對合格

日 **N4** 檢

[閱讀]

新制對應

日檢權威山田社持續追蹤最新日檢題型變化！

QR code

吉松由美, 田中陽子, 西村惠子, 林太郎, 山田社日檢題庫小組　合著

前言

preface

★ N4 最終秘密武器，一舉攻下閱讀測驗！

★ 金牌教師群秘傳重點式攻略，幫助您制霸考場！

★ 選擇最聰明的戰略，快速完勝取證！

★ 考題、日中題解攻略、單字文法一本完備，祕技零藏私！

★ 教您如何 100% 掌握考試技巧，突破自我極限！

「還剩下五分鐘。」在考場聽到這句話時，才發現自己來不及做完，只能猜題？
沮喪的離開考場，為半年後的戰役做準備？
不要再浪費時間！靠攻略聰明取勝吧！

讓我們為您披上戰袍，教您如何快速征服日檢閱讀！
讓這本書成為您的秘密武器，一舉攻下日檢證照！

閱讀測驗就好比遊戲中擁有龐大身軀的怪物，
其實仔細觀察，就會發現身上的弱點，
重點式攻擊，馬上就能 K.O 對手！
因此我們需要「對症下藥」，不要再浪費金錢、浪費光陰，讓山田社金牌教師群帶領您一次攻頂吧！

● 100% 充足｜題型完全掌握

本書考題共有三大重點：完全符合新制日檢的出題形式、完全符合新制日檢的場景設計、完全符合新制日檢的出題範圍。本書依照新日檢官方出題模式，完整收錄六回閱讀模擬試題，幫助您正確掌握考試題型，100% 充足您所需要的練習，短時間內有效提升實力！

● 100% 準確｜命中精準度高

為了掌握最新出題趨勢，《合格班 日檢閱讀 N4—逐步解説＆攻略問題集》特別邀請多位日籍金牌教師，在日本長年持續追蹤新日檢出題內容，比對並分析近 10 年新、舊制的日檢 N4 閱讀出題頻率最高的題型、場景等，盡心盡力為 N4 閱讀量身訂做攻略秘笈，100% 準確命中考題，直搗閱讀核心！

● 100% 擬真│臨場感最逼真

本書出題形式、場景設計、出題範圍，完全模擬新日檢官方試題，讓您提早體驗考試臨場感。有本書做為您的秘密武器，金牌教師群做為您的左右護法，完善的練習讓您不用再害怕閱讀怪獸，不用再被時間壓迫，輕鬆作答、輕鬆交卷、輕鬆取證。100% 擬真體驗考場，幫助您旗開得勝！

● 100% 有效│日、中解題完全攻略

本書六回模擬考題皆附金牌教師的日文、中文詳細題解，藉由閱讀日文、中文兩種題解，可一舉數得，增加您的理解力及翻譯力，並了解如何攻略閱讀重點，抓出每題的「重要關鍵」。只要學會利用「關鍵字」的解題術，就能對症下藥，快速解題。100% 有效的重點式攻擊，立馬 K.O 閱讀怪獸！

● 100% 滿意│單字文法全面教授

閱讀測驗中出現的單字和文法往往都是解讀的關鍵，因此本書細心的補充 N4 單字和文法，讓您方便對應與背誦。另建議搭配「精修版 新制對應 絕對合格！日檢必背單字 N4」和「精修版 新制對應 絕對合格！日檢必背文法 N4」，建構腦中的 N4 單字、文法資料庫，學習效果包準 100% 滿意！

目錄

contents

新「日本語能力測驗」概要

一、什麼是新日本語能力試驗呢

1. 新制「日語能力測驗」

從2010年起實施的新制「日語能力測驗」（以下簡稱為新制測驗）。

1－1 實施對象與目的

新制測驗與舊制測驗相同，原則上，實施對象為非以日語作為母語者。其目的在於，為廣泛階層的學習與使用日語者舉行測驗，以及認證其日語能力。

1－2 改制的重點
改制的重點有以下四項：

1 測驗解決各種問題所需的語言溝通能力
新制測驗重視的是結合日語的相關知識，以及實際活用的日語能力。因此，擬針對以下兩項舉行測驗：一是文字、語彙、文法這三項語言知識；二是活用這些語言知識解決各種溝通問題的能力。

2 由四個級數增為五個級數
新制測驗由舊制測驗的四個級數（1級、2級、3級、4級），增加為五個級數（N1、N2、N3、N4、N5）。新制測驗與舊制測驗的級數對照，如下所示。最大的不同是在舊制測驗的2級與3級之間，新增了N3級數。

N1	難易度比舊制測驗的1級稍難。合格基準與舊制測驗幾乎相同。
N2	難易度與舊制測驗的2級幾乎相同。
N3	難易度介於舊制測驗的2級與3級之間。（新增）
N4	難易度與舊制測驗的3級幾乎相同。
N5	難易度與舊制測驗的4級幾乎相同。

＊「N」代表「Nihongo（日語）」以及「New（新的）」。

3　施行「得分等化」

　　由於在不同時期實施的測驗，其試題均不相同，無論如何慎重出題，每次測驗的難易度總會有或多或少的差異。因此在新制測驗中，導入「等化」的計分方式後，便能將不同時期的測驗分數，於共同量尺上相互比較。因此，無論是在什麼時候接受測驗，只要是相同級數的測驗，其得分均可予以比較。目前全球幾種主要的語言測驗，均廣泛採用這種「得分等化」的計分方式。

4　提供「日本語能力試驗Can-do自我評量表」（簡稱JLPT Can-do）

　　為了瞭解通過各級數測驗者的實際日語能力，新制測驗經過調查後，提供「日本語能力試驗Can-do自我評量表」。該表列載通過測驗認證者的實際日語能力範例。希望通過測驗認證者本人以及其他人，皆可藉由該表格，更加具體明瞭測驗成績代表的意義。

1－3　所謂「解決各種問題所需的語言溝通能力」

　　　我們在生活中會面對各式各樣的「問題」。例如，「看著地圖前往目的地」或是「讀著說明書使用電器用品」等等。種種問題有時需要語言的協助，有時候不需要。

　　　為了順利完成需要語言協助的問題，我們必須具備「語言知識」，例如文字、發音、語彙的相關知識、組合語詞成為文章段落的文法知識、判斷串連文句的順序以便清楚說明的知識等等。此外，亦必須能配合當前的問題，擁有實際運用自己所具備的語言知識的能力。

　　　舉個例子，我們來想一想關於「聽了氣象預報以後，得知東京明天的天氣」這個課題。想要「知道東京明天的天氣」，必須具備以下的知識：「晴れ（晴天）、くもり（陰天）、雨（雨天）」等代表天氣的語彙；「東京は明日は晴れでしょう（東京明日應是晴天）」的文句結構；還有，也要知道氣象預報的播報順序等。除此以外，尚須能從播報的各地氣象中，分辨出哪一則是東京的天氣。

　　　如上所述的「運用包含文字、語彙、文法的語言知識做語言溝通，進而具備解決各種問題所需的語言溝通能力」，在新制測驗中稱為「解決各種問題所需的語言溝通能力」。

　　　新制測驗將「解決各種問題所需的語言溝通能力」分成以下「語言知識」、「讀解」、「聽解」等三個項目做測驗。

語言知識	各種問題所需之日語的文字、語彙、文法的相關知識。
讀　解	運用語言知識以理解文字內容，具備解決各種問題所需的能力。
聽　解	運用語言知識以理解口語內容，具備解決各種問題所需的能力。

　　　作答方式與舊制測驗相同，將多重選項的答案劃記於答案卡上。此外，並沒有直接測驗口語或書寫能力的科目。

2. 認證基準

　　新制測驗共分為N1、N2、N3、N4、N5五個級數。最容易的級數為N5，最困難的級數為N1。

　　與舊制測驗最大的不同，在於由四個級數增加為五個級數。以往有許多通過3級認證者常抱怨「遲遲無法取得2級認證」。為因應這種情況，於舊制測驗的2級與3級之間，新增了N3級數。

　　新制測驗級數的認證基準，如表1的「讀」與「聽」的語言動作所示。該表雖未明載，但應試者也必須具備為表現各語言動作所需的語言知識。

　　N4與N2主要是測驗應試者在教室習得的基礎日語的理解程度；N1與N2是測驗應試者於現實生活的廣泛情境下，對日語理解程度；至於新增的N3，則是介於N1與N2，以及N4與N5之間的「過渡」級數。關於各級數的「讀」與「聽」的具體題材（內容），請參照表1。

■ 表1　新「日語能力測驗」認證基準

	級數	認證基準
		各級數的認證基準，如以下【讀】與【聽】的語言動作所示。各級數亦必須具備為表現各語言動作所需的語言知識。
困難 ↑ *	N1	能理解在廣泛情境下所使用的日語 【讀】• 可閱讀話題廣泛的報紙社論與評論等論述性較複雜及較抽象的文章，且能理解其文章結構與內容。 　　　• 可閱讀各種話題內容較具深度的讀物，且能理解其脈絡及詳細的表達意涵。 【聽】• 在廣泛情境下，可聽懂常速且連貫的對話、新聞報導及講課，且能充分理解話題走向、內容、人物關係、以及說話內容的論述結構等，並確實掌握其大意。
	N2	除日常生活所使用的日語之外，也能大致理解較廣泛情境下的日語 【讀】• 可看懂報紙與雜誌所刊載的各類報導、解說、簡易評論等主旨明確的文章。 　　　• 可閱讀一般話題的讀物，並能理解其脈絡及表達意涵。 【聽】• 除日常生活情境外，在大部分的情境下，可聽懂接近常速且連貫的對話與新聞報導，亦能理解其話題走向、內容、以及人物關係，並可掌握其大意。
	N3	能大致理解日常生活所使用的日語 【讀】• 可看懂與日常生活相關的具體內容的文章。 　　　• 可由報紙標題等，掌握概要的資訊。 　　　• 於日常生活情境下接觸難度稍高的文章，經換個方式敘述，即可理解其大意。 【聽】• 在日常生活情境下，面對稍微接近常速且連貫的對話，經彙整談話的具體內容與人物關係等資訊後，即可大致理解。

＊ 容 易 ↓	N4	能理解基礎日語 【讀】・可看懂以基本語彙及漢字描述的貼近日常生活相關話題的文章。 【聽】・可大致聽懂速度較慢的日常會話。
	N5	能大致理解基礎日語 【讀】・可看懂以平假名、片假名或一般日常生活使用的基本漢字所書寫的固定詞 　　　句、短文、以及文章。 【聽】・在課堂上或周遭等日常生活中常接觸的情境下，如為速度較慢的簡短對 　　　話，可從中聽取必要資訊。

＊N1最難，N5最簡單。

3. 測驗科目

新制測驗的測驗科目與測驗時間如表2所示。

■ 表2　測驗科目與測驗時間 ＊①

級數	測驗科目 （測驗時間）			
N1	語言知識（文字、語彙、 文法）、讀解 （110分）		聽解 （60分）	→	測驗科目為「語言知識 （文字、語彙、文法）、 讀解」；以及「聽解」共 2科目。
N2	語言知識（文字、語彙、 文法）、讀解 （105分）		聽解 （50分）	→
N3	語言知識 （文字、語彙） （30分）	語言知識 （文法）、讀解 （70分）	聽解 （40分）	→	測驗科目為「語言知識 （文字、語彙）」；「語 言知識（文法）、讀 解」；以及「聽解」共3 科目。
N4	語言知識 （文字、語彙） （30分）	語言知識 （文法）、讀解 （60分）	聽解 （35分）	→
N5	語言知識 （文字、語彙） （25分）	語言知識 （文法）、讀解 （50分）	聽解 （30分）	→

N1與N2的測驗科目為「語言知識（文字、語彙、文法）、讀解」以及「聽解」共2科目；N3、N4、N5的測驗科目為「語言知識（文字、語彙）」、「語言知識（文法）、讀解」、「聽解」共3科目。

由於N3、N4、N5的試題中，包含較少的漢字、語彙、以及文法項目，因此當與N1、N2測驗相同的「語言知識（文字、語彙、文法）、讀解」科目時，有時會使某幾道試題成為其他題目的提示。為避免這個情況，因此將「語言知識（文字、語彙、文法）、讀解」，分成「語言知識（文字、語彙）」和「語言知識（文法）、讀解」施測。

＊①：聽解因測驗試題的錄音長度不同，致使測驗時間會有些許差異。

4. 測驗成績

4-1 量尺得分

舊制測驗的得分，答對的題數以「原始得分」呈現；相對的，新制測驗的得分以「量尺得分」呈現。

「量尺得分」是經過「等化」轉換後所得的分數。以下，本手冊將新制測驗的「量尺得分」，簡稱為「得分」。

4-2 測驗成績的呈現

新制測驗的測驗成績，如表3的計分科目所示。N1、N2、N3的計分科目分為「語言知識（文字、語彙、文法）」、「讀解」、以及「聽解」3項；N4、N5的計分科目分為「語言知識（文字、語彙、文法）、讀解」以及「聽解」2項。

會將N4、N5的「語言知識（文字、語彙、文法）」和「讀解」合併成一項，是因為在學習日語的基礎階段，「語言知識」與「讀解」方面的重疊性高，所以將「語言知識」與「讀解」合併計分，比較符合學習者於該階段的日語能力特徵。

■ 表3　各級數的計分科目及得分範圍

級數	計分科目	得分範圍
N1	語言知識（文字、語彙、文法）	0～60
	讀解	0～60
	聽解	0～60
	總分	0～180
N2	語言知識（文字、語彙、文法）	0～60
	讀解	0～60
	聽解	0～60
	總分	0～180
N3	語言知識（文字、語彙、文法）	0～60
	讀解	0～60
	聽解	0～60
	總分	0～180
N4	語言知識（文字、語彙、文法）、讀解	0～120
	聽解	0～60
	總分	0～180
N5	語言知識（文字、語彙、文法）、讀解	0～120
	聽解	0～60
	總分	0～180

各級數的得分範圍，如表3所示。N1、N2、N3的「語言知識（文字、語彙、文法）」、「讀解」、「聽解」的得分範圍各為0～60分，三項合計的總分範圍是0～180分。「語言知識（文字、語彙、文法）」、「讀解」、「聽解」各占總分的比例是1：1：1。

N4、N5的「語言知識（文字、語彙、文法）、讀解」的得分範圍為0～120分，「聽解」的得分範圍為0～60分，二項合計的總分範圍是0～180分。「語言知識（文字、語彙、文法）、讀解」與「聽解」各占總分的比例是2：1。還有，「語言知識（文字、語彙、文法）、讀解」的得分，不能拆解成「語言知識（文字、語彙、文法）」與「讀解」二項。

除此之外，在所有的級數中，「聽解」均占總分的三分之一，較舊制測驗的四分之一為高。

4－3　合格基準

舊制測驗是以總分作為合格基準；相對的，新制測驗是以總分與分項成績的門檻二者作為合格基準。所謂的門檻，是指各分項成績至少必須高於該分數。假如有一科分項成績未達門檻，無論總分有多高，都不合格。

新制測驗設定各分項成績門檻的目的，在於綜合評定學習者的日語能力，須符合以下二項條件才能判定為合格：①總分達合格分數（＝通過標準）以上；②各分項成績達各分項合格分數（＝通過門檻）以上。如有一科分項成績未達門檻，無論總分多高，也會判定為不合格。

N1～N3及N4、N5之分項成績有所不同，各級總分通過標準及各分項成績通過門檻如下所示：

級數	總分		分項成績					
			言語知識 （文字・語彙・文法）		讀解		聽解	
	得分 範圍	通過 標準	得分 範圍	通過 門檻	得分 範圍	通過 門檻	得分 範圍	通過 門檻
N1	0～180分	100分	0～60分	19分	0～60分	19分	0～60分	19分
N2	0～180分	90分	0～60分	19分	0～60分	19分	0～60分	19分
N3	0～180分	95分	0～60分	19分	0～60分	19分	0～60分	19分

級數	總分		分項成績			
			言語知識 （文字・語彙・文法）・讀解		聽解	
	得分 範圍	通過 標準	得分 範圍	通過 門檻	得分 範圍	通過 門檻
N4	0～180分	90分	0～120分	38分	0～60分	19分
N5	0～180分	80分	0～120分	38分	0～60分	19分

※上列通過標準自2010年第1回(7月)【N4、N5為2010年第2回(12月)】起適用。

缺考其中任一測驗科目者，即判定為不合格。寄發「合否結果通知書」時，含已應考之測驗科目在內，成績均不計分亦不告知。

4－4　測驗結果通知

依級數判定是否合格後，寄發「合否結果通知書」予應試者；合格者同時寄發「日本語能力認定書」。

■ N1, N2, N3

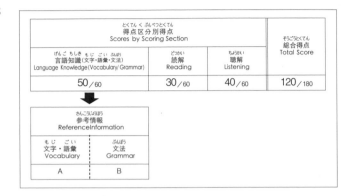

■ N4, N5

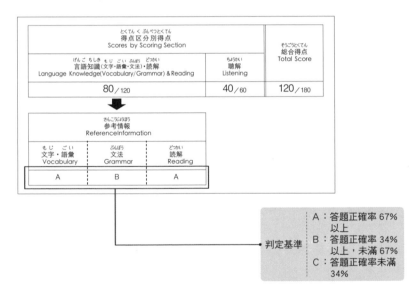

※ 各節測驗如有一節缺考就不予計分，即判定為不合格。雖會寄發「合否結果通知書」但所有分項成績，含已出席科目在內，均不予計分。各欄成績以「＊」表示，如「＊＊／60」。

※ 所有科目皆缺席者，不寄發「合否結果通知書」。

N4　題型分析

測驗科目 (測驗時間)			試題內容		
			題型	小題 題數＊	分析
語言知識 (30分)	文字、語彙	1	漢字讀音 ◇	9	測驗漢字語彙的讀音。
		2	假名漢字寫法 ◇	6	測驗平假名語彙的漢字寫法。
		3	選擇文脈語彙 ○	10	測驗根據文脈選擇適切語彙。
		4	替換類義詞 ○	5	測驗根據試題的語彙或說法，選擇類義詞或類義說法。
		5	語彙用法 ○	5	測驗試題的語彙在文句裡的用法。
語言知識、讀解 (60分)	文法	1	文句的文法1 （文法形式判斷）	15	測驗辨別哪種文法形式符合文句內容。
		2	文句的文法2 （文句組構） ◆	5	測驗是否能夠組織文法正確且文義通順的句子。
		3	文章段落的文法 ◆	5	測驗辨別該文句有無符合文脈。
	讀解＊	4	理解內容 （短文） ○	4	於讀完包含學習、生活、工作相關話題或情境等，約100~200字左右的撰寫平易的文章段落之後，測驗是否能夠理解其內容。
		5	理解內容 （中文） ○	4	於讀完包含以日常話題或情境為題材等，約450字左右的簡易撰寫文章段落之後，測驗是否能夠理解其內容。
		6	釐整資訊 ◆	2	測驗是否能夠從介紹或通知等，約400字左右的撰寫資訊題材中，找出所需的訊息。
聽解 (35分)		1	理解問題 ◇	8	於聽取完整的會話段落之後，測驗是否能夠理解其內容（於聽完解決問題所需的具體訊息之後，測驗是否能夠理解應當採取的下一個適切步驟）。
		2	理解重點 ◇	7	於聽取完整的會話段落之後，測驗是否能夠理解其內容（依據剛才已聽過的提示，測驗是否能夠抓住應當聽取的重點）。
		3	適切話語 ◆	5	於一面看圖示，一面聽取情境說明時，測驗是否能夠選擇適切的話語。
		4	即時應答 ◆	8	於聽完簡短的詢問之後，測驗是否能夠選擇適切的應答。

＊「小題題數」為每次測驗的約略題數，與實際測驗時的題數可能未盡相同。此外，亦有可能會變更小題題數。

＊有時在「讀解」科目中，同一段文章可能會有數道小題。

＊符號標示：「◆」舊制測驗沒有出現過的嶄新題型；「◇」沿襲舊制測驗的題型，但是更動部分形式；「○」與舊制測驗一樣的題型。

資料來源：《日本語能力試驗JLPT官方網站：分項成績‧合格判定‧合否結果通知》。2016年1月11日，
　　　　　取自：http://www.jlpt.jp/tw/guideline/results.html

Part 1 讀解對策

閱讀的目標是，從各種題材中，得到自己要的訊息。因此，新制考試的閱讀考點就是「從什麼題材」和「得到什麼訊息」這兩點。

問題4

閱讀經過改寫後的約 100～200 字的短篇文章，測驗是否能夠理解文章內容。以生活、工作、學習及書信、電子郵件等為主題的簡單文章。預估有 4 題。閱讀的目標是，從各種題材中，得到自己要的訊息。因此，新制考試的閱讀考點就是「從什麼題材」和「得到什麼訊息」這兩點。

提問一般用「～は、どうすればいいですか」（～該怎麼做好呢？）、「～についてわかることは何ですか」（有關～可以知道的有哪些？）的表達方式。也會出現同一個意思，改用不同詞彙的作答方式。還有提問與內容不符的選項，也常出現？要小心應答。考試時建議先看提問及選項，再看文章。

もんだい4　つぎの(1)から(4)の文章を読んで、質問に答えてください。答えは、1・2・3・4から、いちばんいいものを一つえらんでください。

（2）
コンサート会場に、次の案内がはってありました。

○　　　　　　　　　　　　　　　　　　　　　　　　　　○

コンサートをきくときのご注意

◆　席についたら、携帯電話などはお切りください。

◆　会場内で、次のことをしてはいけません。

▷カメラ・ビデオカメラなどで会場内を写すこと。

▷音楽を録音*すること。

▷自分の席をはなれて歩き回ったり、椅子の上に立ったりすること。

○　　　　　　　　　　　　　　　　　　　　　　　　　　○

＊録音：音楽などをテープなどにとること。

27 この案内から、コンサート会場についてわかることは何ですか。
1　携帯電話は、持って入ってはいけないということ。
2　あいていれば席は自由に変わっていいということ。
3　写真をとるのは、かまわないということ。
4　ビデオカメラを使うのは、だめだということ。

問題 5

閱讀約 450 字的中篇文章，測驗是否能夠理解文章的內容。以日常生活話題或情境所改寫的簡單文章。預估有 4 題。

もんだい5　つぎの文章を読んで、質問に答えてください。答えは、1・2・3・4から、いちばんいいものを一つえらんでください。

　わたしは冬休み、デパートに買い物に行きました。家から駅までは歩いて10分くらいかかります。駅から地下鉄に30分乗り、デパートの近くの駅で降りました。

　デパートに入ると、わたしは、①手袋を探しました。その前の雪が降った日になくしてしまったのです。しかし、手袋の売り場がなかなか見つかりません。わたしは店員に、「手袋売り場はどこですか。」と聞きました。店員は「3階にあります。エレベーターを使ってください。」と教えてくれました。

　売り場にはいろいろな手袋が置いてありました。とても暖かそうなものや、指が出せるもの、高いもの、安いものなど、たくさんあって、なかなか選ぶことができませんでした。すると、店員が「どんな手袋をお探しですか。」と聞いたので、「明るい色のあまり高くない手袋がほしいです。」と答えました。

　店員が「②これはどうですか。」と言って、棚の中から手袋を出して持ってきてくれました。思ったより少し高かったですが、とてもきれいな青い色だったので、③それを買うことに決めました。買った手袋をもって、「早く学校が始まらないかなあ。」と思いながら家に帰りました。

30　「わたし」の家からデパートまで、どのくらいかかりましたか。
　1　10分ぐらい　　　2　30分ぐらい　　3　40分ぐらい　　4　1時間ぐらい

31　「わたし」は、どうして①手袋を探したのですか。
　1　去年の冬、なくしてしまったから　　2　雪の日になくしてしまったから
　3　きれいな色の手袋がほしくなったから　4　前の手袋は丈夫でなかったから

32　②これは、どんな手袋でしたか。
　1　暖かそうな手袋　2　指が出せる手袋　3　安い手袋　　4　色がよい手袋

33　「わたし」はどうして③それを買うことに決めましたか。
　1　きれいな色だったから　　　　　　2　青いのがほしかったから
　3　あまり高くなかったから　　　　　4　手袋がいるから

提問一般用，造成某結果的理由「～はどうして～か」，文章中的某詞彙的意思「～とは、何ですか」，作者的想法或文章內容「作者はどうして～ですか」的表達方式。這樣，解題關鍵就在掌握文章結構「開頭是主題、中間說明主題、最後是結論」了。

還有，選擇錯誤選項的「正しくないものどれですか」也偶而會出現，要仔細看清提問喔！

問題6

閱讀經過改寫後的約400字的簡介、通知、傳單等資料中，測驗能否從其中找出需要的訊息。預估有2題。

もんだい6　つぎのページの「新宿日本語学校のクラブ活動　案内」を見て、下の質問に答えてください。答えは、1・2・3・4から、いちばんいいものを一つえらんでください。

34 カミーユさんは、ことし、新宿日本語学校に入学しました。じゅぎょうのないときに、日本の文化を勉強しようと思います。じゅぎょうは、月・火・水・金曜日の、朝9時から夕方5時までと、木曜日の午前中にあります。行くことができるのは、どのクラブですか。

1　日本料理研究会だけ
2　日本料理研究会とお花
3　日本料理研究会とお茶
4　日本舞踊研究会だけ

35 カミーユさんは、食べ物に興味があるので、日本の料理について知りたいと思っています。いつ、どこに行ってみるのがよいですか。

1　土曜の午後4時半に、調理室
2　月曜か金曜の午後4時に、和室
3　水曜か土曜の午後3時に、講堂
4　土曜の午後6時に、調理室

表格等文章一看很難，但只要掌握原則就容易了。首先看清提問的條件，接下來快速找出符合該條件的內容在哪裡。最後，注意有無提示「例外」的地方。不需要每個細項都閱讀。平常可以多看日本報章雜誌上的廣告、傳單及手冊，進行模擬練習。

新宿日本語学校のクラブ活動　案内

●日本文化に興味のある方は、練習時間に、行ってみてください。

クラブ	説明	曜日・時間	場所
日本料理研究会	和食*のよさについて研究しています。毎週、先生に来ていただいて、和食の作り方を教えてもらいます。作ったあと、みんなで食べます。	土 16:30～18:00	調理室*
お茶	お茶の先生をおよびして、日本のお茶を習います。おいしいお菓子も食べられます。楽しみながら、日本の文化を学べますよ。	木 12:30～15:00	和室*
お花	いけ花*のクラブです。花をいけるだけでなく、生活の中で花を楽しめるようにしています。	月・金 16:00～17:00	和室
日本舞踊*研究会	着物をきて、おどりをおどってみませんか。先生をよんで、日本のおどりを教えてもらいます。	水・土 15:00～18:00	講堂

＊和食：日本の食べ物や料理　　　　＊いけ花：日本の花のかざりかた
＊調理室：料理をする教室　　　　　＊日本舞踊：日本の着物を着ておどる日本のおどり
＊和室：日本のたたみの部屋

16

日本語能力試驗

JLPT

N4 言語知識 ・ 讀解

つぎの (1) から (4) の文章を読んで、質問に答えてください。答えは、1・2・3・4から、いちばんいいものを一つえらんでください。

(1)

会社の周さんの机の上に、次のメモが置いてあります。

周さん

　2時ごろ、伊東さんから電話がありました。外からかけているので、また、後でかけるということです。こちらから、携帯電話にかけましょうか、と聞いたら、会議中なので、そうしないほうがよいということでした。

　1時間くらい後に、またかかってくると思います。

相葉

26　周さんは、どうすればよいですか。

1　伊東さんの携帯に電話します。

2　伊東さんの会社に電話します。

3　伊東さんから電話がかかってくるのを待ちます。

4　1時間くらい後に伊東さんに電話します。

（2）

駅の前に、次のようなお知らせがあります。

自転車は止められません

◆ この場所は、自転車を止めてはいけないと決められています。

◆ お金をはらえば止められる自転車置き場*が、駅の近くにあり

ます。

1日…100円

◆ 1か月以上自転車を止めたい人は、市の事務所に電話をし

て、長く止める自転車置き場が空いているかどうか聞いてく

ださい。（電話番号 12-3456-78××）

空いている場所がない時は、空くのを待つ必要があります。

1か月…2,000円

＊自転車置き場：自転車を止める場所。

27 メイソンさんは4月から、会社に勤めることになりました。駅ま
では毎日自転車で行こうと思っています。どうしたらよいですか。

1 自転車を、駅前に止めます。

2 自転車を、事務所の前に止めます。

3 自転車置き場に行って、100円はらいます。

4 市の事務所に電話して、空いているかどうか聞きます。

（3）

ソさんに、友だちから、次のようなメールが来ました。

ソさん

　今夜のメイさんの送別会ですが、井上先生が急に病気になったので、出席

できないそうです。かわりに高田先生がいらっしゃるということですので、

お店の予約人数は同じです。

　メイさんにわたすプレゼントを、わすれないように、持ってきてくださ

い。よろしくお願いします。

坂田

---

28 ソさんは、何をしますか。

1　お店の予約を、一人少なくします。

2　お店の予約を、一人多くします。

3　井上先生に、お見舞いの電話をかけます。

4　プレゼントを持って、送別会に行きます。

（4）

　石川さんは、看護師の仕事をしています。朝は、入院している人に一人ずつ体の具合を聞いたり、おふろに入れない人の体をきれいにしてあげたりします。そのあと、お医者さんのおこなう注射などの準備もします。ごはんの時間には、食事の手伝いもします。しなければならないことがとても多いので、一日中たいへんいそがしいです。

29 石川さんの仕事<u>ではない</u>ものはどれですか。
　1　入院している人に体の具合を聞くこと
　2　おふろに入れない人の体をきれいにしてあげること
　3　入院している人の食事をつくること
　4　お医者さんのおこなう注射の準備をすること

つぎの文章を読んで、質問に答えてください。答えは、1・2・3・4から、いちばんいいものを一つえらんでください。

　　わたしは冬休み、デパートに買い物に行きました。家から駅までは歩いて10分くらいかかります。駅から地下鉄に30分乗り、デパートの近くの駅で降りました。

　　デパートに入ると、わたしは、①手袋を探しました。その前の雪が降った日になくしてしまったのです。しかし、手袋の売り場がなかなか見つかりません。わたしは店員に、「手袋売り場はどこですか。」と聞きました。店員は「3階にあります。エレベーターを使ってください。」と教えてくれました。

　　売り場にはいろいろな手袋が置いてありました。とても暖かそうなものや、指が出せるもの、高いもの、安いものなど、たくさんあって、なかなか選ぶことができませんでした。すると、店員が「どんな手袋をお探しですか。」と聞いたので、「明るい色のあまり高くない手袋がほしいです。」と答えました。

　　店員が「②これはどうですか。」と言って、棚の中から手袋を出して持ってきてくれました。思ったより少し高かったですが、とてもきれいな青い色だったので、③それを買うことに決めました。買った手袋をもって、「早く学校が始まらないかなあ。」と思いながら家に帰りました。

30 「わたし」の家からデパートまで、どのくらいかかりましたか。

1　10分ぐらい

2　30分ぐらい

3　40分ぐらい

4　1時間ぐらい

31 「わたし」は、どうして①手袋を探したのですか。

1　去年の冬、なくしてしまったから

2　雪の日になくしてしまったから

3　きれいな色の手袋がほしくなったから

4　前の手袋は丈夫でなかったから

32 ②これは、どんな手袋でしたか。

1　暖かそうな手袋

2　指が出せる手袋

3　安い手袋

4　色がよい手袋

33 「わたし」はどうして③それを買うことに決めましたか。

1　きれいな色だったから

2　青いのがほしかったから

3　あまり高くなかったから

4　手袋がいるから

右のページの「やまだ区立図書館　利用案内」を見て、下の質問に答えてください。
答えは、1・2・3・4から、いちばんいいものを一つえらんでください。

---

34 ワンさんは、やまだ区に住んでいます。友だちのイさんは、そのと
　　となりのおうじ区に住んでいます。二人とも、やまだ区にある学校
　　に通っています。やまだ区立図書館は、だれが利用できますか。

1　ワンさんとイさんの二人とも利用できる。

2　ワンさんだけ利用できる。

3　イさんだけ利用できる。

4　どちらも利用できない。

---

35 今野さんは、やまだ区立図書館の利用者カードを作りました。1月
　　4日にやまだ区立図書館に行くと、読みたい本が2冊と、見たい
　　DVDが2点ありました。今野さんは、このうち、何と何を借りる
　　ことができますか。

1　本2冊とDVD2点

2　本1冊とDVD2点

3　本2冊とDVD1点

4　どれも借りることができない

やまだ区立図書館　利用案内

1. 時間　午前 9 時～午後 9 時

2. 休み　○ 月曜日
　　　　　　○ 年末年始　12 月 29 日～ 1 月 3 日
　　　　　　○ 本の整理日　毎月の最後の金曜日

3. 利用のしかた
　　○ 利用できる人　・やまだ区に住んでいる人
　　　　　　　　　　　・やまだ区にある学校・会社などに通っている人

4. 利用者カード…本を借りるためには、利用者カードが必要です。
　　○ カードを作るためには、次のものを持ってきてください。
　　　　・住所がわかるもの（けんこうほけん証など）。または、勤め先や
　　　　学校の住所がわかるもの（学生証など）。

5. 本を借りるためのきまり

借りるもの	借りられる数	期間	注意
本	合わせて 6 冊	2 週間	新しい雑誌は借りられません。
雑誌			
CD	合わせて 3 点（そのうち DVD は 1 点まで）		
DVD			

つぎの (1) から (4) の文章を読んで、質問に答えてください。答えは、1・2・3・4から、いちばんいいものを一つえらんでください。

(1)

吉田先生の机の上に、学生が書いた手紙があります。

吉田先生

　お借りしていたテキストを、お返しします。昨日、本屋さんに行ったら、ちょうど同じテキストを売っていたので買ってきました。

　国の母が遊びにきて、おみやげにお菓子をたくさんくれたので、少し置いていきます。めしあがってみてください。

パク・イェジン

26　パクさんが置いていったものは何ですか。

1　借りていたテキストと本

2　きのう買ったテキストとおみやげのお菓子

3　借りていたテキストとおみやげのお菓子

4　きのう買ったお菓子と本

（2）

やまだ病院の入り口に、次の案内がはってありました。

お休みの案内

やまだ病院

◆ 8月11日（金）から16日（水）までお休みです。

◆ 急に病気になった人は、市の「休日診療所*」に行ってください。

◆ 「休日診療所」の受付時間は、10時から11時半までと、13時から21時半までです。

◆ 「休日診療所」へ行くときは、かならず電話をしてから行ってください。（電話番号 12-3456-78××）

＊休日診療所：お休みの日にみてくれる病院。

Part 2

1

2

3

4

5

6

問題4 ▼ 模擬試題

27 8月11日の午後7時ごろ、急におなかがいたくなりました。いつもは、やまだ病院に行っています。どうすればいいですか。

1 休日診療所に電話する。

2 朝になってから、やまだ病院に行く。

3 すぐに、やまだ病院に行く。

4 次の日の10時に、休日診療所へ行く。

（3）

　これは、ミジンさんとサラさんに、友だちの理沙さんから届いたメールです。

　たのまれていた3月3日のコンサートのチケットですが、三人分予約ができました。再来週、チケットが送られてきたら、学校でわたします。お金は、そのときでいいです。

　ミジンさんは、コンサートのときにあげる花を、花屋さんにたのんでおいてね。

理沙

---

28 理沙さんは、チケットをどうしますか。
1　すぐに二人にわたして、お金をもらいます。
2　再来週二人にわたして、そのときにお金をもらいます。
3　チケットを二人に送って、お金はあとでもらいます。
4　チケットを二人にわたして、もらったお金で花を買います。

（4）

　コンさんは、引っ越したいと思って、会社の近くのＫ駅の周りで部屋をさがしました。しかし、初めに見た部屋は押入れがなく、２番目の部屋はせま過ぎ、３番目はかりるためのお金が予定より高かったので、やめました。

[29] コンさんがかりるのをやめた理由ではないものはどれですか。

1　押入れがなかったから
2　部屋がせまかったから
3　会社から遠かったから
4　予定より高かったから

つぎの文章を読んで、質問に答えてください。答えは、1・2・3・4から、いちばんいいものを一つえらんでください。

　　公園を散歩しているとき、木の下に何か茶色のものが落ちているのを見つけました。拾ってみると、それは、①小さなかばんでした。あけてみると、立派な黒い財布と白いハンカチ、それと空港で買ったらしい東京の地図が入っていました。地図には町やたてものの名前などが英語で書いてあります。私は、「このかばんを落とした人は、たぶん外国からきた旅行者だ。きっと、困っているだろう。すぐに警察にとどけよう。」と考えました。私は公園から歩いて3分ほどのところに交番があることを思い出して、交番に向かいました。

　　交番で、警官に「公園でこれを拾いました。」と言うと、太った警官は「中に何が入っているか、調べましょう。」と言って、かばんをあけました。

　　②ちょうどその時、「ワタシ、カバン、ナクシマシタ。」と言いながら、外国人の男の人が走って交番に入ってきました。

　　かばんは、その人のものでした。③その人は何度も私にお礼を言って、かばんを持って交番を出て行きました。

30 「私」はその日、どこで何をしていましたか。

1 会社で働いていました。

2 空港で買い物をしていました。

3 木の下で昼寝をしていました。

4 公園を散歩していました。

31 ①小さなかばんに入っていたもの<u>でない</u>のはどれですか。

1 外国の町の地図

2 黒い財布

3 東京の地図

4 白いハンカチ

32 ②<u>ちょうどその時</u>とありますが、どんな時ですか。

1 「私」が交番に入った時

2 外国人の男の人が交番に入ってきた時

3 警官がかばんをあけている時

4 「私」がかばんをひろった時

33 ③<u>その人</u>は、「私」にどういうことを言いましたか。

1 あなたのかばんではなかったのですか。

2 私のかばんだということがよくわかりましたね。

3 かばんをあけてくれて、ありがとう！

4 かばんをとどけてくれて、ありがとう！

つぎのページの「新宿日本語学校のクラブ活動　案内」を見て、下の質問に答えて
ください。答えは、1・2・3・4から、いちばんいいものを一つえらんでください。

34　カミーユさんは、ことし、新宿日本語学校に入学しました。じゅ
ぎょうのないときに、日本の文化を勉強しようと思います。じゅ
ぎょうは、月・火・水・金曜日の、朝9時から夕方5時までと、
木曜日の午前中にあります。行くことができるのは、どのクラブ
ですか。

1　日本料理研究会だけ
2　日本料理研究会とお花
3　日本料理研究会とお茶
4　日本舞踊研究会だけ

35　カミーユさんは、食べ物に興味があるので、日本の料理について知
りたいと思っています。いつ、どこに行ってみるのがよいですか。

1　土曜の午後4時半に、調理室
2　月曜か金曜の午後4時に、和室
3　水曜か土曜の午後3時に、講堂
4　土曜の午後6時に、調理室

新宿日本語学校のクラブ活動　案内

●日本文化に興味のある方は、練習時間に、行ってみてください。

クラブ	説明	曜日・時間	場所
日本料理研究会	和食*のよさについて研究しています。毎週、先生に来ていただいて、和食の作り方を教えてもらいます。作ったあと、みんなで食べます。	土 16:30～ 18:00	調理室*
お茶	お茶の先生をおよびして、日本のお茶を習います。おいしいお菓子も食べられます。楽しみながら、日本の文化を学べますよ。	木 12:30～ 15:00	和室*
お花	いけ花*のクラブです。花をいけるだけでなく、生活の中で花を楽しめるようにしています。	月・金 16:00～ 17:00	和室
日本舞踊*研究会	着物をきて、おどりをおどってみませんか。先生をよんで、日本のおどりを教えてもらいます。	水・土 15:00～ 18:00	講堂

＊和食：日本の食べ物や料理

＊調理室：料理をする教室

＊和室：日本のたたみの部屋

＊いけ花：日本の花のかざりかた

＊日本舞踊：日本の着物を着ておどる日本のおどり

つぎの (1) から (4) の文章を読んで、質問に答えてください。答えは、1・2・3・4から、いちばんいいものを一つえらんでください。

(1)

会社のさとう課長の机の上に、この手紙が置かれています。

さとう課長

　　Ｈ産業の大竹さんから、お電話がありました。さきに送ってもらった請求書＊にまちがいがあるので、もう一度作りなおして送ってほしいとのことです。

　　もどられたら、こちらから電話をかけてください。

ワン

＊請求書：売った品物のお金を書いた紙。

26　さとう課長は、まず、どうしたらいいですか。

1　もう一度請求書を作ります。

2　大竹さんに電話します。

3　大竹さんの電話を待ちます。

4　ワンさんに電話します。

（2）

コンサート会場に、次の案内がはってありました。

コンサートをきくときのご注意

◆ 席についたら、携帯電話などはお切りください。

◆ 会場内で、次のことをしてはいけません。

▷カメラ・ビデオカメラなどで会場内を写すこと。

▷音楽を録音＊すること。

▷自分の席をはなれて歩き回ったり、椅子の上に立ったり
すること。

＊録音：音楽などをテープなどにとること。

27 この案内から、コンサート会場についてわかることは何ですか。

1 携帯電話は、持って入ってはいけないということ。

2 あいていれば席は自由に変わっていいということ。

3 写真をとるのは、かまわないということ。

4 ビデオカメラを使うのは、だめだということ。

（3）

ホーさんに、香川先生から次のようなメールが来ました。

ホーさん

明日の授業は、テキストの 55 ページからですが、新しく入ってきたグエ

ンさんのテキストがまだ来ていません。

すみませんが、55 ～ 60 ページをコピーして、グエンさんに渡しておいて

ください。

香川

---

28 ホーさんは、どうすればいいですか。

1 55 ～ 60 ページのコピーを香川先生にとどけます。

2 55 ～ 60 ページのコピーをしてグエンさんに渡します。

3 55 ページのコピーをして、みんなに渡します。

4 新しいテキストをグエンさんに渡します。

（4）

　シンさんは、Ｊ旅行会社で働いています。お客からいろいろな話を聞いて、その人に合う旅行の計画を紹介します。また、電車や飛行機、ホテルなどが空いているかを調べ、切符をとったり予約をしたりします。

29　シンさんの仕事ではないものはどれですか。
1　旅行に一緒に行って案内します。
2　お客に合う旅行を紹介します。
3　飛行機の席が空いているか調べます。
4　ホテルを予約します。

つぎの文章を読んで、質問に答えてください。答えは、１・２・３・４から、いちばんいいものを一つえらんでください。

　わたしが家から駅に向かって歩いていると、交差点の前で困ったように立っている男の人がいました。わたしは「何かわからないことがあるのですか。」とたずねました。すると彼は「僕はこの町にはじめて来たのですが、道がわからないので、①困っていたところです。映画館はどちらにありますか。」と言います。

　わたしは「②ここは、駅の北側ですが、③映画館は、ここと反対の南側にありますよ。」と答えました。彼は「そうですか。そこまでどれくらいかかりますか。」と聞きます。わたしが「それほど遠くはありませんよ。ここから駅までは歩いて５分くらいです。そこから映画館までは、だいたい３分くらいで着きます。映画館の近くには大きなスーパーやレストランなどもありますよ。」と言うと、彼は「ありがとう。よくわかりました。お礼に④これを差し上げます。ぼくが仕事で作ったものです。」と言って、１冊の本をかばんから出し、わたしにくれました。見ると、それは、隣の町を紹介した雑誌でした。

　わたしは「ありがとう。」と言ってそれをもらい、電車の中でその雑誌を読もうと思いながら駅に向かいました。

30　なぜ彼は①困っていたのですか。

1　映画館への道がわからなかったから

2　交差点をわたっていいかどうか、わからなかったから

3　スーパーやレストランがどこにあるか、わからなかったから

4　だれにきいても道を教えてくれなかったから

31　②ここはどこですか。

1　駅の南側で、駅まで歩いて5分のところ

2　駅の北側で、駅まで歩いて3分のところ

3　駅の北側で、駅まで歩いて5分のところ

4　駅の南側で、駅まで歩いて8分のところ

32　③映画館は駅から歩いて何分ぐらいですか。

1　5分

2　3分

3　8分

4　16分

33　④これとは、何でしたか。

1　映画館までの地図

2　映画館の近くの地図

3　隣の町を紹介した雑誌

4　スーパーやレストランの紹介

つぎのページの「△△町のごみの出し方について」というお知らせを見て、下の質問に答えてください。答えは、1・2・3・4から、いちばんいいものを一つえらんでください。

34 △△町に住むダニエルさんは、日曜日に、友だちとパーティーをしました。料理で出た生ごみをなるべく早くだすには、何曜日に出せばよいですか。

1　月曜日

2　火曜日

3　木曜日

4　金曜日

35 ダニエルさんは、料理で使ったラップと、古い本をすてたいと思っています。どのようにしたら、よいですか。

1　ラップは水曜日に出し、本は市に電話して取りにきてもらう。

2　ラップも本も金曜日に出す。

3　ラップは月曜日に出し、本は金曜日に出す。

4　ラップは火曜日に出し、本は金曜日に出す。

△△町のごみの出し方について

△△町のごみは、次の日に集めにきます。ごみを下の例のように分けて、
それぞれ決まった時間・場所に出してください。

【集めにくる日】

曜日	ごみのしゅるい
月曜	燃えるごみ
火曜	プラスチック
水曜 （第1・第3のみ）	燃えないごみ
木曜	燃えるごみ
金曜	古紙*・古着* 第1・第3…あきびん・かん 第2・第4…　ペットボトル

○集める日の朝8時までに、出してください。

【ごみの分け方の例】

たとえば、左側の例のごみは、右側のごみの日に出します。

ごみの例	どのごみの日に出すか
料理で出た生ごみ	燃えるごみ
本・服	古紙・古着
割れたお皿やコップなど	燃えないごみ
ラップ	プラスチック

＊古紙：古い新聞紙など。

＊古着：古くなって着られなくなった服。

つぎの (1) から (4) の文章を読んで、質問に答えてください。答えは、１・２・３・４から、いちばんいいものを一つえらんでください。

(1)

研究室のカンさんのつくえの上に、次の手紙が置かれています。

カンさん

　先週、いなかに帰ったら、おみやげにりんごジャムを持っていくようにと、母に言われました。母が作ったそうです。カンさんとシュウさんにさしあげて、と言っていました。研究室の冷蔵庫に入れておいたので、持って帰ってください。

高橋

---

26 カンさんは、どうしますか。

1　いなかで買ったおかしを持って帰ります。

2　冷蔵庫のりんごジャムを、持って帰ります。

3　冷蔵庫のりんごをシュウさんにわたします。

4　冷蔵庫のりんごを持って帰ります。

（2）

動物園の入り口に、次の案内がはってありました。

Part
2

1

2

3

4

5

6

動物園からのご案内

◆ 動物がおどろきますので、音や光の出るカメラで写真を撮らないでください。

◆ 動物に食べ物をやらないでください。

◆ ごみは家に持って帰ってください。

◆ 犬やねこなどのペットを連れて、動物園の中に入ることはできません。

◆ ボール、野球の道具などを持って入ることはできません。

問題4 ▼ 模擬試題

27 この案内から、動物園についてわかることは何ですか。

1 音や光が出ないカメラなら写真をとってもよい。

2 ごみは、決まったごみ箱にすてなければならない。

3 のこったおべんとうを、動物に食べさせてもよい。

4 ペットの小さい犬といっしょに入ってもよい。

(3)

これは、田中課長からチャンさんに届いたメールです。

チャンさん

　S貿易の社長さんが、3日の午後1時に来られます。応接間が空いている
かどうか調べて、空いていなかったら会議室を用意しておいてください。う
ちの会社からは、山田部長とわたしが出席することになっています。チャン
さんも出席して、最近の会社の仕事について説明できるように準備しておい
てください。

田中

---

28 チャンさんは、最近の会社の仕事について書いたものを用意しよ
うと思っています。何人分、用意すればよいですか。

1　二人分

2　三人分

3　四人分

4　五人分

（4）

　山田さんは大学生になったので、アルバイトを始めました。スーパー
のレジの仕事です。なれないので、レジを打つのがほかの人より遅いた
め、いつもお客さんに叱られます。

29　山田さんがお客さんに言われるのは、たとえばどういうことですか。

　1　「なれないので、たいへんね。」

　2　「いつもありがとう。」

　3　「早くしてよ。遅いわよ。」

　4　「間違えないようにしなさい。」

つぎの文章を読んで、質問に答えてください。答えは、1・2・3・4から、いちばんいいものを一つえらんでください。

　私は電車の中から窓の外の景色を見るのがとても好きです。ですから、勤めに行くときも家に帰るときも、電車ではいつも椅子に座らず、①立って景色を見ています。

　すると、いろいろなものを見ることができます。学校で元気に遊んでいる子どもたちが見えます。駅の近くの八百屋で、買い物をしている女の人も見えます。晴れた日には、遠くのたてものや山も見えます。

　②ある冬の日、わたしは会社の仕事で遠くに出かけました。知らない町の電車に乗って、いつものように窓から外の景色を見ていたわたしは、「あっ！」と③大きな声を出してしまいました。富士山が見えたからです。周りの人たちは、みんなわたしの声に驚いたように外を見ました。8歳ぐらいの女の子が「ああ、富士山だ。」とうれしそうに大きな声で言いました。青く晴れた空の向こうに、真っ白い富士山がはっきり見えました。とてもきれいです。

　駅に近くなると、富士山は見えなくなりましたが、その日は、一日中、何かいいことがあったようなうれしい気分でした。

30 「わたし」が、電車の中で①立っているのはなぜですか。

1 人がいっぱいで椅子に座ることができないから

2 立っている方が、窓の外の景色がよく見えるから

3 座っていると、富士山が見えないから

4 若い人は、電車の中では立っているのが普通だから

31 ②ある冬の日、「わたし」は何をしていましたか。

1 いつもの電車に乗り、立って外の景色を見ていました。

2 会社の用で出かけ、知らない町の電車に乗っていました。

3 会社の帰りに遠くに出かけ、電車に乗っていました。

4 いつもの電車の椅子に座って、外を見ていました。

32 「わたし」が、③大きな声を出したのはなぜですか。

1 女の子の大きな声に驚いたから

2 電車の中の人たちがみんな外を見たから

3 富士山が急に見えなくなったから

4 窓から富士山が見えたから

33 富士山を見た日、「わたし」はどのような気分で過ごしましたか。

1 いいことがあったような気分で過ごしました。

2 とても残念な気分で過ごしました。

3 少しさびしい気分で過ごしました。

4 これからも頑張ろうという気分で過ごしました。

つぎのページの「東京ランド　料金表」という案内を見て、下の質問に答えてください。答えは、１・２・３・４から、いちばんいいものを一つえらんでください。

[34] 中村さんは、日曜日の午後から、むすこで小学３年生（８歳）の
あきらくんを、「東京ランド」へつれていくことになりました。中
に入るときに、お金は二人でいくらかかりますか。

1　500円

2　700円

3　1000円

4　2200円

[35] あきらくんは、「子ども特急」と「子どもジェットコースター」に
乗りたいと言っています。かかるお金を一番安くしたいとき、ど
のようにけんを買うのがよいですか。（乗り物には、あきらくんだ
けで乗ります。）

1　大人と子どもの「フリーパスけん」を、１まいずつ買う。

2　子どもの「フリーパスけん」を、１まいだけ買う。

3　回数けんを、一つ買う。

4　普通けんを、６まい買う。

東京ランド　料金表

〔入園料〕…中に入るときに必要なお金です。

入園料	
大人（中学生以上）	500 円
子ども（5さい以上、小学6年生以下）・65さい以上の人	200 円
（4さい以下のお子さまは、お金はいりません。）	

〔乗り物けん*〕…乗り物に乗るときに必要なお金です。

◆ フリーパスけん（一日中、どの乗り物にも何回でも乗れます。）		
大人（中学生以上）		1200 円
子ども（5さい以上、小学6年生以下）		1000 円
（4さい以下のお子さまは、お金はいりません。）		
◆ 普通けん（乗り物に乗るときに必要な数だけ出してください。）		
普通けん	1 まい	50 円
回数けん（普通けん 11 まいのセット）	11 まい	500 円

・乗り物に乗るときに必要な普通けんの数

乗り物	必要な乗り物けんの数
メリーゴーランド	2 まい
子ども特急	2 まい
人形の船	2 まい
コーヒーカップ	1 まい
子どもジェットコースター	4 まい

○ たくさんの乗り物を楽しみたい人は、「フリーパスけん」がべんりです。

○ 少しだけ乗り物に乗りたい人は、「普通けん」を、必要な数だけお買いください。

＊けん：きっぷのようなもの。

つぎの (1) から (4) の文章を読んで、質問に答えてください。答えは、1・2・3・4から、いちばんいいものを一つえらんでください。

(1)

これは、大西さんからパトリックさんに届いたメールです。

パトリックさん

大西です。いい季節ですね。

わたしの携帯電話のメールアドレスが、今日の夕方から変わります。すみませんが、わたしのアドレスを新しいのに直しておいてくださいませんか。

携帯電話の電話番号やパソコンのメールアドレスは変わりません。よろしくお願いします。

---

26 パトリックさんは、何をしたらよいですか。
1　大西さんの携帯電話のメールアドレスを新しいのに変えます。
2　大西さんの携帯電話の電話番号を新しいのに変えます。
3　大西さんのパソコンのメールアドレスを新しいのに変えます。
4　大西さんのメールアドレスを消してしまいます。

（2）

　カンさんが住んでいる東町^{ひがしまち}のごみ置^おき場^ばに、次^{つぎ}のような連絡^{れんらく}がはって
あります。

Part
2

1

2

3

4

5

6

問題4 ▼ 模擬試題

ごみ集^{あつ}めについて

○　12月^{がつ}31日^{にち}（火^か）から1月^{がつ}3日^か（金^{きん}）までは、ごみは集^{あつ}めにき
　　ませんので、出^ださないでください。

○　上^{うえ}の日^ひ以外^{いがい}は、決^きめられた曜日^{ようび}に集^{あつ}めにきます。

◆　東町^{ひがしまち}のごみ集^{あつ}めは、次^{つぎ}の曜日^{ようび}に決^きめられています。

　　燃^もえるごみ（生^{なま}ごみ・台所^{だいどころ}のごみや紙^{かみ}くずなど）……火^か・土^ど

　　プラスチック（プラスチックマークがついているもの）…水^{すい}

　　びん・かん……月^{げつ}

27　カンさんは、正月^{しょうがつ}の間^{あいだ}に出^でた生^{なま}ごみと飲^のみ物^{もの}のびんを、なるべく
　　　早^{はや}く出^だしたいと思^{おも}っています。いつ出^だせばよいですか。

1　生^{なま}ごみ・びんの両方^{りょうほう}とも、12月^{がつ}30日^{にち}に出^だします。

2　生^{なま}ごみ・びんの両方^{りょうほう}とも、1月^{がつ}4日^かに出^だします。

3　生^{なま}ごみは1月^{がつ}4日^かに、びんは1月^{がつ}6日^かに出^だします。

4　生^{なま}ごみは1月^{がつ}11日^{にち}に、びんは1月^{がつ}6日^かに出^だします。

（3）

テーブルの上に、母からのメモと紙に包んだ荷物が置いてあります。

ゆいちゃんへ

　お母さんは仕事があるので、これから大学に行きます。

　すみませんが、この荷物を湯川さんにおとどけしてください。

　湯川さんは高田馬場の駅前に3時にとりにきてくれます。

　赤い服を着ているそうです。湯川さんの携帯番号は、123-4567-89

　××です。

母より

28 ゆいさんは、何をしますか。

1 3時に、赤い服を着て大学に仕事をしにいきます。

2 3時に、赤い服を着て大学に荷物をとりにいきます。

3 3時に、高田馬場の駅前に荷物を持っていきます。

4 3時に、高田馬場の駅前に荷物をとりにいきます。

（4）

　日本には、お正月に年賀状*を出すという習慣がありますが、最近、年賀状のかわりにパソコンでメールを送るという人が増えているそうです。メールなら一度に何人もの人に同じ文で送ることができるので簡単だからということです。

　しかし、お正月にたくさんの人からいろいろな年賀状をいただくのは、とてもうれしいことなので、年賀状の習慣がなくなるのは残念です。

*年賀状：お正月のあいさつを書いたはがき

---

29 年賀状のかわりにメールを送るようになったのは、なぜだと言っていますか。

1　メールは年賀はがきより安いから。

2　年賀状をもらってもうれしくないから。

3　一度に大勢の人に送ることができて簡単だから。

4　パソコンを使う人がふえたから。

つぎの文章を読んで、質問に答えてください。答えは、1・2・3・4から、いちばんいいものを一つえらんでください。

　その日は、10時30分から会議の予定がありましたので、わたしはいつもより早く家を出て駅に向かいました。

　もうすぐ駅に着くというときに、歩道に①時計が落ちているのを見つけました。とても高そうな立派な時計です。人に踏まれそうになっていたので、ひろって駅前の交番に届けにいきました。おまわりさんに、時計が落ちていた場所を聞かれたり、わたしの住所や名前を紙に書かされたりしました。

　②遅くなったので、会社の近くの駅から会社まで走っていきましたが、③会社に着いた時には、会議が始まる時間を10分も過ぎていました。急いで部長の部屋に行き、遅れた理由を言ってあやまりました。部長は「そんな場合は、遅れることをまず、会社に連絡しろと言っただろう。なぜそうしなかったのだ。」と怒りました。わたしが「すみません。急いでいたので、連絡するのを忘れてしまいました。これから気をつけます。」と言うと、部長は「よし、わかった。今後気をつけなさい。」とおっしゃって、温かいコーヒーをわたしてくださいました。そして、「会議は11時から始めるから、それまで、少し休みなさい。」とおっしゃったので、自分の席で温かいコーヒーを飲みました。

30 ①時計について、正しくないものはどれですか。

1 ねだんが高そうな立派な時計だった。

2 人に踏まれそうになっていた。

3 歩道に落ちていた。

4 会社の近くの駅のそばに落ちていた。

31 ②遅くなったのは、なぜですか。

1 交番でいろいろ聞かれたり書かされたりしたから

2 時計をひろって、遠くの交番に届けに行ったから

3 会社の近くの駅から会社までゆっくり歩き過ぎたから

4 いつもより家を出るのがおそかったから

32 ③会社に着いた時は何時でしたか。

1 10時半

2 10時40分

3 10時10分

4 11時

33 部長は、どんなことを怒ったのですか。

1 会議の時間に10分も遅れたこと

2 つまらない理由で遅れたこと

3 遅れることを連絡しなかったこと

4 うそをついたこと

つぎのページの、「地震のときのための注意」という、△△市が出している案内を見て、下の質問に答えてください。答えは、１・２・３・４から、いちばんいいものを一つえらんでください。

34　松田さんは、地震がおきる前に準備しておこうと考えて、「地震のときに持って出る荷物」をつくることにしました。荷物の中に、何を入れたらよいですか。

１　３日分の食べ物と消火器

２　スリッパと靴

３　３日分の食べ物と服、かい中でんとう、薬

４　ラジオとテレビ

35　地震でゆれはじめたとき、松田さんは、まず、どうするといいですか。

１　つくえなどの下で、ゆれるのが終わるのをまつ。

２　つけている火をけして、外ににげる。

３　たおれそうな棚を手でおさえる。

４　ラジオで地震についてのニュースを聞く。

地震のときのための注意

△△市ぼうさい課*

○ 地震がおきる前に、いつも考えておくことは？

	5つの注意	やること
1	テレビやパソコンなどがおちてこないように、おく場所を考えよう。	・本棚などは、たおれないように、道具でとめる。
2	われたガラスなどで、けがをしないようにしよう。	・スリッパや靴を部屋においておく。
3	火が出たときのための、準備をしておこう。	・消火器*のある場所を覚えておく。
4	地震のときに持って出る荷物をつくり、おく場所を決めておこう。	・3日分の食べ物、服、かい中でんとう*、薬などを用意する。
5	家族や友だちとれんらくする方法を決めておこう。	・市や町で決められている場所を知っておく。

○ 地震がおきたときは、どうするか？

1	まず、自分の体の安全を考える！
	・つくえなどの下に入って、ゆれるのが終わるのをまつ。
2	地震の起きたときに、すること
	① 火を使っているときは、火をけす。
	② たおれた棚やわれたガラスに注意する。
	③ まどや戸をあけて、にげるための道をつくる。
	④ 家の外に出たら、上から落ちてくるものに注意する。
	⑤ ラジオやテレビなどで、ニュースを聞く。

＊ぼうさい課：地震などがおきたときの世話をする人たち。

＊消火器：火を消すための道具。

＊かい中でんとう：持って歩ける小さな電気。電池でつく。

つぎの (1) から (4) の文章を読んで、質問に答えてください。答えは、1・2・3・4から、いちばんいいものを一つえらんでください。

(1)
小田さんの机の上に、このメモが置いてあります。

小田さん

　P工業の本田部長さんより電話がありました。

　3時にお会いする約束になっているので、いま、こちらに向かっているが、事故のために電車が止まっているので、着くのが少し遅れるということです。

中山

26 中山さんは小田さんに、どんなことを伝えようとしていますか。

1 中山さんは、今日は来られないということ

2 本田さんは、事故でけがをしたということ

3 中山さんは、予定より早く着くということ

4 本田さんは、予定よりもおそく着くということ

（2）

スーパーのエスカレーターの前に、次（つぎ）の注意（ちゅうい）が書（か）いてあります。

エスカレーターに乗（の）るときの注意（ちゅうい）

◆ 黄色（きいろ）い線（せん）の内側（うちがわ）に立（た）って乗（の）ってください。

◆ エスカレーターの手（て）すり＊を持（も）って乗（の）ってください。

◆ 小（ちい）さい子（こ）どもは、真（ま）ん中（なか）に乗（の）せてください。

◆ ゴムの靴（くつ）をはいている人（ひと）は、とくに注意（ちゅうい）してください。

◆ 顔（かお）や手（て）をエスカレーターの外（そと）に出（だ）して乗（の）ると、たいへん危険（きけん）です。決（けっ）して、しないようにしてください。

＊手（て）すり：エスカレーターについている、手（て）で持（も）つところ

27 この注意（ちゅうい）から、エスカレーターについてわかることは何（なん）ですか。

1　黄色（きいろ）い線（せん）より内（うち）がわに立（た）つと、あぶないということ

2　ゴムのくつをはいて乗（の）ってはいけないということ

3　エスカレーターから顔（かお）を出（だ）すのは、あぶないということ

4　子（こ）どもを真（ま）ん中（なか）に乗（の）せるのは、あぶないということ

（3）

これは、大学に行っているふみやくんにお母さんから届いたメールです。

ふみや

　千葉のおじさんから、家に電話がありました。おじいさんの具合が

悪くなったので、急に入院することになったそうです。

　おじさんはいま、病院にいます。

千葉市の海岸病院の８階に、なるべく早く来てほしいということです。

わたしもこれからすぐに病院に行きます。

母

28　ふみやくんは、どうすればよいですか。
1　すぐに、一人でおじさんの家に行きます。
2　おじさんに電話して、二人で病院に行きます。
3　すぐに、一人で海岸病院に行きます。
4　お母さんに電話して、いっしょに海岸病院に行きます。

（4）

　はるかさんは、小さなコンビニでアルバイトをしています。レジでは、お金をいただいておつりをわたしたり、お客さんが買ったものをふくろに入れたりします。また、お店のそうじをしたり、品物を棚に並べることもあります。最初のうちは、レジのうちかたをまちがえたり、品物をどのようにふくろに入れたらよいかわからなかったりして、失敗したこともありました。しかし、最近は、いろいろな仕事にも慣れ、むずかしい仕事をさせられるようになってきました。

29 はるかさんの仕事ではないものはどれですか。
1　銀行にお金を取りに行きます。
2　お客さんの買ったものをふくろに入れます。
3　品物を売り場に並べます。
4　客からお金をいただいたりおつりをわたしたりします。

つぎの文章を読んで、質問に答えてください。答えは、1・2・3・4から、いちばんいいものを一つえらんでください。

　　僕は①字を読むことが趣味です。朝は、食事をしたあと、紅茶を飲みながら新聞を読みますし、夜もベッドの中で本や雑誌を読むのが習慣です。中でも、僕が一番好きなのは小説を読むことです。

　　最近、②おもしろい小説を読みました。貿易会社に勤めている男の人が、自分の家を出て会社に向かうときのことを書いた話です。その人は、僕と同じ、普通の市民です。しかし、その人が会社に向かうまでの間に、いろいろなことが起こります。動物園までの道を聞かれて案内したり、落ちていた指輪を拾って交番に届けたり、男の子と会って遊んだりします。そんなことをしているうちに、夕方になってしまいました。そこで、その人はとうとう会社に行かずに、そのまま家に帰ってきてしまうというお話です。

　　僕は「③こんな生活も楽しいだろうな」と思い、妻にこの小説のことを話しました。すると、彼女は「そうね。でも、④小説はやはり小説よ。ほんとうにそんなことをしたら会社を辞めさせられてしまうわ。」と言いました。僕は、なるほど、そうかもしれない、と思いました。

30 ①字を読むことの中で、「僕」が一番好きなのはどんなことですか。

1 新聞を読むこと

2 まんがを読むこと

3 雑誌を読むこと

4 小説を読むこと

31 ②おもしろい小説は、どんな時のことを書いた小説ですか。

1 男の人が、自分の家を出て会社に向かう間のこと

2 男の人が、ある人を動物園に案内するまでのこと

3 男の人が、出会った男の子と遊んだ時のこと

4 男の人が会社で働いている時のこと

32 ③こんな生活とは、どんな生活ですか。

1 会社で遊んでいられる生活

2 一日中外で遊んでいられる生活

3 時間や決まりを守らないでいい生活

4 夕方早く、会社から家に帰れる生活

33 ④小説はやはり小説とは、どのようなことですか。

1 まんがのようにたのしいということ

2 小説の中でしかできないということ

3 小説の中ではできないということ

4 小説は読む方がよいということ

つぎのページの「Melon カードの買い方」という駅の案内を見て、下の質問に答え
てください。答えは、1・2・3・4から、いちばんいいものを一つえらんでください。

34 「Melon カード」は、どんなカードですか。

　1　銀行で、お金をおろすときに使うカード

　2　さいふをあけなくても、買い物ができるカード

　3　タッチするだけで、どこのバスにでも乗れるカード

　4　毎回、きっぷを買わなくても電車に乗れるカード

35 ヤンさんのお母さんが、日本に遊びにきました。町を見物するた
　　めに 1,000 円の「Melon カード」を買おうと思います。駅にある機
　　械で買う場合、最初にどうしますか。

　1　機械にお金を 1,000 円入れる。

　2　「きっぷを買う」をえらぶ。

　3　「Melon を買う」をえらぶ。

　4　「チャージ」をえらぶ。

Melon カードの買い方

1. 「Melon カード」は、さきにお金をはらって（チャージして）おくと、毎回、電車のきっぷを買う必要がないという、便利なカードです。

2. 改札*を入るときと出るとき、かいさつ機にさわる（タッチする）だけで、きっぷを買わなくても、電車に乗ることができます。

3. 「Melon カード」は、駅にある機械か、駅の窓口*で、買うことができます。

4. はじめて機械で「Melon カード」を買うには、次のようにします。

① 「Melon を買う」をえらぶ。 ⇒ ② 「新しく『Melon カード』を買う」をえらぶ。

Melon を買う	チャージ
きっぷを買う	定期券を買う

「My Melon」を買う
チャージ
新しく「Melon カード」を買う

③ 何円分買うかをえらぶ。 ⇒ ④ お金を入れる。

1,000 円	2,000 円
3,000 円	5,000 円

⑤ 「Melon カード」が出てくる。

*改札：電車の乗り場に入ったり出たりするときに切符を調べるところ

*窓口：駅や銀行などの、客の用を聞くところ

問題四　翻譯與題解

第 4 大題　請閱讀下列（1）～（4）的文章，並回答問題。請從選項 1、2、3、4 中，選出一個最適當的答案。

（1）

会社の周さんの机の上に、次のメモが置いてあります。

周さん

　　2時ごろ、伊東さんから電話がありました。外からかけているので、また、後でかけるということです。こちらから、携帯電話にかけましょうか、と聞いたら、会議中なので、そうしないほうがよいということでした。

　　1時間くらい後に、またかかってくると思います。

相葉

26　周さんは、どうすればよいですか。

1　伊東さんの携帯に電話します。

2　伊東さんの会社に電話します。

3　伊東さんから電話がかかってくるのを待ちます。

4　1時間くらい後に伊東さんに電話します。

[翻譯]

　　公司裡，周先生的桌上放著如下的留言：

周先生

　　兩點左右，伊東先生來電。他人在外面，說稍後再聯絡。我問了是否由我們這邊聯絡他的手機？他回答目前在開會，不方便接聽電話。

　　我想，大約一小時後，他會再聯絡一次。

相葉

---

[26] 周先生應該要怎麼做？

1　打電話到伊東先生的手機。

2　打電話到伊東先生的公司。

3　等待伊東先生來電。

4　大約一小時後再打電話給伊東先生。

[題解攻略]

　　答えは3。伊東さんは「外から
かけている」ので、2「伊東さん
の会社に電話します」は×。「携
帯電話にかけましょうか、と聞
いたら、…そうしないほうがよい
と…」と言っているので、1も×。
「また、後でかけるということで
す」「1時間くらい後に、またか
かってくると思います」と言って
いるので、3が〇。4は×。

　　「〜ということです」は、人か
ら聞いたことを伝えるときに使う
言い方。

　　正確答案是3。因為伊東先生「外か
らかけている」（從外面打電話），
所以2「伊東さんの会社に電話しま
す」（打電話到伊東先生的公司）是錯
誤的。又因為提到「携帯電話にかけま
しょうか、と聞いたら、…そうしない
ほうがよいと…」（我問了是否由我們
這邊聯絡他的手機？…他回答不方便接
聽電話…），因此1也是錯誤的。文中
提到「また、後でかけるということで
す」（說稍後再聯絡）「1時間くらい
後に、またかかってくると思います」
（我想，大約一小時後，他會再聯絡一
次），所以3是正確的，4是錯誤的。

　　「〜ということです」傳達從別人那
裏聽來的事情。

答案：**3**

□ 携帯電話／手機，行動電話　　　□ そう／那樣，這樣，是

□ 会議／會議　　　　　　　　　　□ 思う／想，覺得，認為

□ ということだ／説是…，他説…

□ 〜たら〜た／才知道…

□ と思う／覺得…，認為…，我想…，我記得…

（2）

駅の前に、次のようなお知らせがあります。

自転車は止められません

◆ この場所は、自転車を止めてはいけないと決められています。

◆ お金をはらえば止められる自転車置き場*が、駅の近くにあります。

　　1日…100円

◆ 1か月以上自転車を止めたい人は、市の事務所に電話をして、長く止める自転車置き場が空いているかどうか聞いてください。（電話番号 12-3456-78××）

　　空いている場所がない時は、空くのを待つ必要があります。

　　1か月…2,000円

＊自転車置き場：自転車を止める場所。

27 メイソンさんは４月から、会社に勤めることになりました。駅までは毎日自転車で行こうと思っています。どうしたらよいですか。

1 自転車を、駅前に止めます。
2 自転車を、事務所の前に止めます。
3 自転車置き場に行って、100円はらいます。
4 市の事務所に電話して、空いているかどうか聞きます。

[翻譯]

車站前貼著這張告示：

禁止停放自行車

◆ 依照規定，本場所禁止停放自行車。

◆ 車站附近另有付費自行車停車場*。
   每日…100圓

◆ 欲停放自行車超過一個月以上者，請致電市政府辦事處，詢問長期
   停放自行車的停車場是否有空位。（聯絡電話　12-3456-78XX）
   假如沒有空位，必須等候車位騰出。
   每月…2,000圓

＊自行車停車場：停放自行車的地方。

[27] 梅森先生從四月開始要到公司上班。他打算每天騎自行車到車站。他該怎麼做
　　比較好呢？

1 將自行車停在車站前。

2 將自行車停在市政府辦事處前。

3 付100圓，停在自行車停車場。

4 打電話到市政府辦事處，詢問是否有空位。

[題解攻略]

答えは 4 。「この場所」とは、駅の前。「この場所は、自転車を止めてはいけない…」と書いてあるので、1 は×。事務所の前に止めていいとは書いていないので 2 も×。自転車置き場で 100 円払えば、今日一日は自転車を止められるが、メイソンさんは 4 月から毎日自転車で会社に行くので、3 は適切ではない。「1 か月以上自転車を止めたい人は、市の事務所に電話をして…」とあるので、4 が○。

正確答案是 4。「この場所」（本場所）是指車站前。因為文中寫道「この場所は、自転車を止めてはいけない…」（本場所禁止停放自行車…），所以 1 是錯的。文中並沒有提到可以停在市政府辦事處前，所以 2 也是錯的。選項 3，雖然支付 100 圓就可以在自行車停車場停放一天，但是梅森先生從 4 月開始每天都要騎自行車去上班，所以 3 並不適當。文中寫道「1 か月以上自転車を止めたい人は、市の事務所に電話をして…」（欲停放自行車超過一個月以上者，請致電市政府辦事處…），所以 4 是正確的。

答案：4

單字的意思

□ 止める／停，停止；關掉；戒掉

□ はらう／支付；除去；處理；驅趕；揮去

□ 市／…市

□ 事務所／辦公室

□ 空く／空著；(職位)空缺；空隙；閒著；有空

□ 必要／需要

□ 月／…月

文法的意思

□ ～ば／如果…的話，假如…，如果…就…

□ ～ことになる／(被)決定…；也就是說…

　　遇到「お知らせ」、「案内」類的題型，就先抓住關鍵句「てはいけません」、「てください」！

◎ ～てはいけません

表示禁止，基於某種理由、規則而不能做前項事情。由於說法很直接，一般用於上司對部屬、長輩對晚輩，或是交通號誌、禁止標示等。

◎ ～てください

表示請求、指示或命令。一般用在老師對學生、上司對部屬、醫生對病人等指示、命令的時候。

（3）

　ソさんに、友だちから、次のようなメールが来ました。

ソさん

　今夜のメイさんの送別会ですが、井上先生が急に病気になったので、出席できないそうです。かわりに高田先生がいらっしゃるということですので、お店の予約人数は同じです。

　メイさんにわたすプレゼントを、わすれないように、持ってきてください。よろしくお願いします。

坂田

28 ソさんは、何をしますか。

1 お店の予約を、一人少なくします。
2 お店の予約を、一人多くします。
3 井上先生に、お見舞いの電話をかけます。
4 プレゼントを持って、送別会に行きます。

[翻譯]

蘇小姐收到了朋友傳來以下的簡訊：

蘇小姐

今晚將舉行梅伊小姐的歡送會，井上老師由於突然生病而無法出席。 高田老師會代替井上老師參加，所以餐廳的預約人數仍然相同。

請務必記得把要送給梅伊小姐的禮物帶過來，麻煩您了。

坂田

---

[28] 蘇小姐要做什麼？

1 餐廳的預約人數減少一人。
2 餐廳的預約人數增加一人。
3 打電話慰問井上老師。
4 帶禮物去參加歡送會。

[題解攻略]

答えは4。「井上先生が病気になった」「（井上先生の）かわりに高田先生がいらっしゃる」、だから「お店の予約人数は同じ」と書いてあることから、1と2は×。

正確答案是4。「井上先生が病気になった」（井上老師生病了）「（井上先生の）かわりに高田先生がいらっしゃる」（高田老師會代替井上老師參加），所以「お店の予約人数は同じ」（餐廳的預約人數仍然相同），因此1和2都是錯的。

「井上先生に、お見舞いの電話をかける」とは書いていないので、3も×。

「プレゼントを、忘れないように、持ってきて…」とあるので、4が○。

「代わりに」は「井上先生の代わりに高田先生が」の「井上先生の」が省略されている。例・部長の代わりに私が会議に出席します。

選択肢3「お見舞い」は、病気やけがをした人に会いに行ったり、手紙や物を贈ったりすること。贈る物のことも「お見舞い」という。

文章中並沒有寫道「井上先生に、おみまいの電話をかける」（打電話慰問井上老師），所以3是錯的。

文中提及「プレゼントを、忘れないように、持ってきて…」（請務必記得把禮物帶過來…），所以4是正確的。

「代わりに」省略了「井上先生の代わりに高田先生が」中的「井上先生の」。例如：「部長の代わりに私が会議に出席します。」（我代替部長出席會議。）

選項3「お見舞い」（探望）是去探望生病或受傷的人、送信或物品給對方的行為。送禮也是「お見舞い」。

答案：4

單字的意思

□ メール【mail】／電子郵件；信息；郵件

□ 送別会（そうべつかい）／歡送會，惜別會

□ 急に（きゅう）／突然

□ 出席（しゅっせき）／出席

□ かわりに／代替；替代；交換

□ いらっしゃる／來，去，在（尊敬語）

□ 予約（よやく）／預約

□ お見舞い（みま）／探望，探病

文法的意思

□ そうです／聽説…，據説…

□ ～ように／請…，希望…；以便…，為了…

　　「お見舞い」和「訪ねる」意思不一樣哦！「お見舞い」是指到醫院探望因生病、受傷而住院的病人，並給予安慰和鼓勵，又指為了慰問而寄的信和物品。「訪ねる」則是指抱著一定目的，特意去某地或某人家。

---

(4)

　　石川さんは、看護師の仕事をしています。朝は、入院している人に一人ずつ体の具合を聞いたり、おふろに入れない人の体をきれいにしてあげたりします。そのあと、お医者さんのおこなう注射などの準備もします。ごはんの時間には、食事の手伝いもします。しなければならないことがとても多いので、一日中たいへんいそがしいです。

29 石川さんの仕事ではないものはどれですか。
1　入院している人に体の具合を聞くこと
2　おふろに入れない人の体をきれいにしてあげること
3　入院している人の食事をつくること
4　お医者さんのおこなう注射の準備をすること

[翻譯]

　　石川小姐是一位護理師。她每天早上必須逐一詢問住院病患的身體狀況，並且為無法洗澡的病患擦澡。接下來，她還要幫醫生準備注射針劑。到了用餐時間，她也得協助病患進食。非得由她處理不可的事情實在太多了，從早到晚忙得團團轉。

[29] 哪項不是石川小姐的工作？

1　詢問住院病患的身體狀況

2　為無法洗澡的病患擦澡

3　替住院病患做飯

4　幫醫生準備注射針劑

[題解攻略]

答えは３。問題文には「ごはんの時間には、食事の手伝いもします」とある。これは、「入院している人のごはんの時間に、その人が食事をする手伝いをする」という意味。

３「…食事を作ること」とは違う。

正確答案是３。文章中寫道「ごはんの時間には、食事の手伝いもします」（到了用餐時間，得協助病患進食），是「入院している人のごはんの時間に、その人が食事をする手伝いをする」（住院患者的用餐時間，她要協助患者進食）的意思。

和３「…食事を作ること」（做飯）是不一樣的。

答案：**3**

單字的意思

□ 看護師／護理師，護士

□ 入院／住院

□ 具合／（健康等）狀況；方便，合適；方法

□ あげる／給；送；交出；獻出

□ お医者さん／醫生

□ 行う／舉行，舉辦；修行

□ 注射／打針

□ 準備／準備

□ 手伝い／幫助；幫手；幫傭

□ 多い／多的

文法的意思

□ ～なければならない／必須…，應該…

□ ～こと／形式名詞

問題五　翻譯與題解

第5大題　請閱讀下列文章，並回答問題。請從選項1、2、3、4中，選出一個最適當的答案。

わたしは冬休み、デパートに買い物に行きました。家から駅までは歩いて10分くらいかかります。駅から地下鉄に30分乗り、デパートの近くの駅で降りました。

デパートに入ると、わたしは、①手袋を探しました。その前の雪が降った日になくしてしまったのです。しかし、手袋の売り場がなかなか見つかりません。わたしは店員に、「手袋売り場はどこですか。」と聞きました。店員は「3階にあります。エレベーターを使ってください。」と教えてくれました。

売り場にはいろいろな手袋が置いてありました。とても暖かそうなものや、指が出せるもの、高いもの、安いものなど、たくさんあって、なかなか選ぶことができませんでした。すると、店員が「どんな手袋をお探しですか。」と聞いたので、「明るい色のあまり高くない手袋がほしいです。」と答えました。

店員が「②これはどうですか。」と言って、棚の中から手袋を出して持ってきてくれました。思ったより少し高かったですが、とてもきれいな青い色だったので、③それを買うことに決めました。買った手袋をもって、「早く学校が始まらないかなあ。」と思いながら家に帰りました。

[翻譯]

寒假時，我去了百貨公司買東西。從家裡走到車站大約花了十分鐘，接著搭三十分鐘的電車到百貨公司附近的車站下車。

走進百貨公司以後，我開始尋找①手套，因為原本的手套在前陣子下雪那天弄丟了。可是找了好久都找不到手套的專櫃，於是問了店員：「手套的專櫃在哪裡？」店員告訴了我：「專櫃在三樓，請搭電梯上樓。」

專櫃陳列了各種款式的手套。有的看起來很暖和，有的是露指的款式，有些價格昂貴，有些價錢便宜，種類實在太多了，我遲遲無法決定要哪一雙。這時，店員問我：「您想找哪一種手套？」我回答：「想要一雙價格不會太貴的亮色手套。」

店員從架上拿出一雙手套並問我：「您喜歡②這雙嗎？」雖然稍微超過預算，但鮮豔的藍色非常漂亮，於是我③決定買下它了。我帶著剛買的手套，在回家的路上心想：「真希望快點開學呀！」

---

30 「わたし」の家からデパートまで、どのくらいかかりましたか。

1　10分ぐらい

2　30分ぐらい

3　40分ぐらい

4　1時間ぐらい

[翻譯]

[30] 從「我」家到百貨公司要花多少時間？

1　10分鐘左右

2　30分鐘左右

3　40分鐘左右

4　1小時左右

[題解攻略]

　　答えは3。家から駅まで10分、駅から地下鉄で30分とあるので、40分くらいと考える。

　　正確答案是3。因為從家裡到車站要花10分鐘，搭電車要再花30分鐘，所以是40分鐘左右。

答案：3

31 「わたし」は、どうして①手袋を探したのですか。

1 去年の冬、なくしてしまったから
2 雪の日になくしてしまったから
3 きれいな色の手袋がほしくなったから
4 前の手袋は丈夫でなかったから

[翻譯]

[31]「我」為什麼要買①手套？

1 因為去年冬天時弄丟了
2 因為在下雪那天弄丟了
3 因為想要鮮豔顏色的手套
4 因為之前的手套不夠堅固

[題解攻略]

答えは２。「その前の雪が降った日になくしてしまったのです」とある。「～のです」は状況や理由を説明する言い方。

正確答案是２。「その前の雪が降った日になくしてしまったのです」（在前陣子下雪那天弄丟了）。「～のです」是說明狀況和理由的說法。

答案：2

32 ②これは、どんな手袋でしたか。

1 暖かそうな手袋
2 指が出せる手袋
3 安い手袋
4 色がよい手袋

[翻譯]

[32] ②這雙是怎麼樣的手套？

1 看起來很暖和的手套

2 露指款式的手套

3 便宜的手套

4 顏色漂亮的手套

[題解攻略]

答えは4。「思ったより少し高かったですが、とてもきれいな青い色だったので」とある。

この文の主語は「その手袋は」で、省略されている。選択肢1, 2, 3はどれも当てはまらないので、4を選ぶ。

正確答案是4。文中寫道「思ったより少し高かったですが、とてもきれいな青い色だったので」（雖然稍微超過預算，但鮮豔的藍色非常漂亮）。

本句省略了主詞「その手袋は」（那個手套）。選項1、2、3都不符合，所以選4。

答案：**4**

33 「わたし」はどうして③それを買うことに決めましたか。

1 きれいな色だったから

2 青いのがほしかったから

3 あまり高くなかったから

4 手袋がいるから

[翻譯]

[33]「我」為什麼③決定買那個？

1 因為顏色鮮豔

2 因為想要藍色的

3 因為不會太貴

4 因為有手套

[題解攻略]

答えは1。③の直前に、「とてもきれいな青い色だったので」とある。「～ので」は理由を表す。

《他の選択肢》

2は、店員に聞かれたとき、「明るい色の…手袋がほしいです」と答えていて、「青いの」とは言っていないので×。

3は、「思ったより少し高かったですが」と言っているので×。

4は、33の問題文に「どうしてそれを…」とあり、店員に勧められたその手袋に決めた理由を聞いているので×。

正確答案是1。③的前面提到「とてもきれいな青い色だったので」（因為鮮豔的藍色非常漂亮）。「～ので」（因為）用來表達理由。

《其他選項》

選項2，被店員詢問時回答了「明るい色の…手袋がほしいです」（想要亮色手套），並沒有指定要「青いの」（藍色的），所以是錯的。

選項3，文中提到「思ったより少し高かったですが」（雖然稍微超過預算），所以是錯的。

選項4，33的題目寫道「どうしてそれを…」（為什麼決定買那個…），問的是決定購買店員推薦那個手套的理由，所以是錯誤的。

答案：1

單字的意思

□ 降りる／下來；下車；退位　　□ 指／手指

□ 手袋／手套　　　　　　　　　□ 選ぶ／選擇

□ 探す／尋找，找尋　　　　　　□ すると／於是；這樣一來，結果

□ なくす／弄丟，搞丟　　　　　□ 棚／架子，棚架

□ 店員／店員　　　　　　　　　□ 決める／決定；規定；認定

□ 売り場／賣場，出售處；出售好
　　時機

文法的意思

□ 〜と／一…就

□ てくれる／（為我）做…

□ 〜そう／好像…，似乎…

小知識

　　日本 2014 年 10 月 1 日推出了新的外國人退稅規定，消耗品（藥品、化妝品、飲料、食品等）也納入免稅範圍了。退稅商品需要在同一天同一家免稅店內購買，金額在五千日圓～五十萬日圓之間。必須包裝好，不能拆封，出日本海關時有可能會檢查。如果被發現已開封，則必須補稅。

問題六　翻譯與題解

第6大題　請閱讀右頁的「山田區立圖書館 使用規定」，並回答下列問題。請從選項1、2、3、4中，選出一個最適當的答案。

やまだ区立図書館　利用案内

1. 時間　午前9時～午後9時

2. 休み　○ 月曜日
　　　　　　○ 年末年始　12月29日～1月3日
　　　　　　○ 本の整理日　毎月の最後の金曜日

3. 利用のしかた
　　○ 利用できる人　・やまだ区に住んでいる人
　　　　　　　　　　・やまだ区にある学校・会社などに通っている人

4. 利用者カード…本を借りるためには、利用者カードが必要です。
　　○ カードを作るためには、次のものを持ってきてください。
　　　　・住所がわかるもの（けんこうほけん証など）。または、勤め先や
　　　　　学校の住所がわかるもの（学生証など）。

5. 本を借りるためのきまり

借りるもの	借りられる数	期間	注意
本	合わせて6冊	2週間	新しい雑誌は借りられません。
雑誌			
CD	合わせて3点（そのうち DVDは1点まで）		
DVD			

[翻譯]

山田區立圖書館　使用規定

1. **時間**　早上 9 點～晚上 9 點

2. **休館**　○星期一
　　　　　○春節假期　12 月 29 日～1 月 3 日
　　　　　○館藏整理日　每個月的最後一個星期五

3. **使用方法**
　　○可入館者　·山田區的居民
　　　　　　　　·學校或公司位於山田區的人

4. **借閱證**…借閱圖書必須持有借閱證
　　○辦理借閱證時必須攜帶以下證件：
　　　　·載明住址的證件（例如健保卡），亦或載明公司、學校地址的證
　　　　件（例如學生證）。

5. **借閱規則**

借閱館藏	可借閱數量	借閱期限	備註
書籍	合計 6 冊	兩星期	當期雜誌恕不外借。
雜誌			
CD	合計 3 件（其中 DVD 至多 1 件）		
DVD			

34 ワンさんは、やまだ区に住んでいます。友だちのイさんは、そのとなりのおうじ区に住んでいます。二人とも、やまだ区にある学校に通っています。やまだ区立図書館は、だれが利用できますか。

1　ワンさんとイさんの二人とも利用できる。

2　ワンさんだけ利用できる。

3　イさんだけ利用できる。

4　どちらも利用できない。

[翻譯]

[34] 王先生住在山田區。他的朋友李先生住在隔壁的王子區。兩人都就讀山田區的學校。誰可以使用山田區立圖書館？

1　王先生和李先生兩人都可以使用。

2　只有王先生可以使用。

3　只有李先生可以使用。

4　兩人都不能使用。

[題解攻略]

答えは1。利用案内の「3.利用のしかた」の「利用できる人」を見る。ワンさんはやまだ区に住んでいる。イさんはやまだ区にある学校に通っているので、正解は1。

正確答案是1。請參照使用規定中的「3.利用のしかた」（3.使用方法）中的「利用できる人」（可入館者）。因為王先生住在山田區，而李先生就讀的學校位於山田區，所以正確答案是1。

答案：1

35 今野さんは、やまだ区立図書館の利用者カードを作りました。1月4日にやまだ区立図書館に行くと、読みたい本が2冊と、見たいDVDが2点ありました。今野さんは、このうち、何と何を借りることができますか。

1 本2冊とDVD2点

2 本1冊とDVD2点

3 本2冊とDVD1点

4 どれも借りることができない

[翻譯]

[35] 今野小姐辦了山田區立圖書館的借閱證。她1月4日去了山田區立圖書館，並找到2本想看的書和2件想看的DVD。在這之中，今野小姐可以借閱哪些館藏？

1 2本書和2件DVD

2 1本書和2件DVD

3 2本書和1件DVD

4 什麼都不能借

[題解攻略]

答えは3。「5.本を借りるためのきまり」を見ると、「本」は「合わせて6冊」とある。

「CD」と「DVD」は「合わせて3点（そのうちDVDは1点まで）」とある。DVDは1回に1点しか借りられないので、3が○。

正確答案是3。請參照「5.本を借りるためのきまり」（5.借閱規則）。書籍總共可以借閱6本。

「CD」和「DVD」總共可以借3件（其中DVD至多1件）。因為DVD一次只能借1件，所以正確答案是3。

答案：**3**

□ 案内^{あんない}／引導；陪同遊覽，帶路；傳達

□ 最後^{さいご}／最後

□ 利用^{りよう}／利用

□ しかた／方法，做法

□ できる／能夠；完成；做出；發生；出色

□ 通う^{かよ}／來往，來往（兩地間）；通連，相通

□ 住所^{じゅうしょ}／地址

□ または／或者

□ 注意^{ちゅうい}／注意，小心

□ うち／…之中；…之內

□ 〜（ら）れる／會…；能…

□ ことができる／能…，會…

　　日本圖書館有國立、都立、縣立、區立、市立等。一般圖書館都設在居民區附近，只要是在該區居住、工作或上課就可以利用。並且日本圖書館積極發展館際合作。一般圖書館都是開架式的。

主題單字

■ 疾病與治療

- 熱／高溫；發燒
- インフルエンザ【influenza】／流行性感冒
- 怪我／受傷；損失
- 花粉症／花粉症
- 倒れる／倒下；垮台；死亡

- 入院／住院
- 注射／打針
- 塗る／塗抹，塗上
- お見舞い／探望
- 具合／狀況；方便
- 治る／治癒，痊愈

- 退院／出院
- ヘルパー【helper】／幫傭；看護
- お医者さん／醫生
- ～てしまう／強調某一狀態或動作；懊悔

■ 服裝、配件與素材

- 着物／衣服；和服
- 下着／內衣，貼身衣物
- 手袋／手套
- イヤリング【earring】／耳環
- 財布／錢包
- 濡れる／淋濕
- 汚れる／髒污；齷齪
- サンダル【sandal】／涼鞋

- 履く／穿（鞋、襪）
- 指輪／戒指
- 糸／線；弦
- 毛／毛線，毛織物
- 線／線；線路
- アクセサリー【accessary】／飾品；零件

- スーツ【suit】／套裝
- ソフト【soft】／柔軟；溫柔；軟體
- ハンドバッグ【handbag】／手提包
- 付ける／裝上；塗上
- 玩具／玩具

文法比一比

■ …たら…た（確定條件）vs. と（繼起）

- …たら…た（確定條件）／才知道…

說明 表示說話人完成前項動作後，發生了後項的事情。

例句 彼氏の携帯に電話したら、知らない女が出た。／撥了男友的電話，結果是個陌生女子接聽的。

- と（繼起）／一…就

說明 表示在前項成立情況下，就會發生後項的事情，或是說話人因此有了新的發現。

例句 トイレに行くと、ゴキブリがいた。／去到廁所，發現了裡面有蟑螂。

◎ 前項成立後，哪裡不一樣？

「…たら…た」表示前項成立後，發生了某事，或說話人新發現了某件事，這時前、後項的主詞不會是同一個；「と」表示前項一成立，就緊接著做某事，或發現了某件事，前、後項的主詞有可能一樣。此外，「と」也可以用在表示一般條件，這時後項就不一定接た形。

■ なければならない vs. べきだ

▪ なければならない／必須…，應該…

説明 表示從社會常識或事情的性質來看，有義務要那樣做。「なければ」的口語縮約形是「なきゃ」。
例句 寮には夜11時までに帰らなきゃ。／得在晚上11點以前回到宿舍才行！

▪ べきだ／必須…，應該…

説明 表示那樣做是應該的、正確的。是一種比較客觀的判斷，書面跟口語都可以用。
例句 弱い者をいじめるのは、やめるべきだ。／欺負弱小是不應該的行為。

◎ 平平是「應該」，含意大不同

「なければならない」是指基於規則或當時的情況，而必須那樣做；「べきだ」則是指身為人應該遵守的原則，常用在勸告或命令對方有義務那樣做。

■ と（繼起）vs. たら

▪ と（繼起）／一…就

説明 表示陳述人和事物的一般條件關係，在前項成立的情況下，就會發生後項的事情。
例句 このボタンを押すと、切符が出てきます。／一按這個按鈕，票就出來了。

▪ たら／要是…；如果要是…了，…了的話

説明 表示假定條件，假設前面的情況實現了，後面的情況也就會實現。
例句 彼女に携帯を見られたら、困る。／要是手機被女友看到的話，就傷腦筋了。

◎ 是一般條件，還是個別條件？

「と」通常用在一般事態的條件關係，後面不接表示意志、希望、命令及勸誘等詞；「たら」多用在單一狀況的條件關係，跟「と」相比，後項限制較少。

■ そう vs. そうだ

▪ そう／好像…，似乎…

説明 表示說話人根據自己的經驗，而做出判斷。
例句 空が暗くなってきた。雨になりそうだよ。／天空變暗了。看起來好像會下雨耶！

▪ そうだ／聽說…，據說…

説明 表示傳聞。指消息不是自己直接獲得的，而是從別人那裡，或報章雜誌等地方得到的。這個文法不能改成否定形或過去式。
例句 今日は、午後から雨になるそうだよ。／聽說今天下午會下雨喔。

◎ 是「好像」，還是「聽說」？

「そう」前接動詞連用形或形容詞・形容動詞詞幹，意思是「好像」；「そうだ」前接用言終止形或「名詞＋だ」，意思是「聽說」。

問題四　翻譯與題解

第4大題　請閱讀下列（1）〜（4）的文章，並回答問題。請從選項1、2、3、4中，選出一個最適當的答案。

（1）

吉田先生の机の上に、学生が書いた手紙があります。

吉田先生

　お借りしていたテキストを、お返しします。昨日、本屋さんに行ったら、ちょうど同じテキストを売っていたので買ってきました。

　国の母が遊びにきて、おみやげにお菓子をたくさんくれたので、少し置いていきます。めしあがってみてください。

パク・イェジン

26　パクさんが置いていったものは何ですか。

1　借りていたテキストと本
2　きのう買ったテキストとおみやげのお菓子
3　借りていたテキストとおみやげのお菓子
4　きのう買ったお菓子と本

［ 翻譯 ］

吉田老師的桌上有一封學生寫的信：

吉田老師

　謹歸還之前向您借的教科書。昨天去書店剛好看到同一本教科書，已經買下來了。

　家母來日本玩，帶來很多家鄉的糕點，送一些放在桌上請老師享用。

朴　藝珍

---

[26] 朴小姐放的是什麼東西？

1 借來的教科書和書籍

2 昨天買的教科書和家鄉的糕點

3 借來的教科書和家鄉的糕點

4 昨天買的糕點和書籍

[題解攻略]

答えは３。「お借りしていたテキストを、お返しします」とある。返す理由として、「昨日同じテキストを買っ」たと言っている。また、「おみやげにお菓子を…くれたので、…置いていきます」とあるので、正解は３。

正確答案是３。文中提到「お借りしていたテキストを、お返しします」（謹歸還之前向您借的教科書），並說明返還的原因是「昨日同じテキストを買っ」（昨天買了同一本教科書）。另外又提到「おみやげにお菓子を…くれたので、…置いていきます」（帶來家鄉的糕點…放一些在桌上），所以正確答案是３。

答案：**3**

單字的意思	
□ テキスト【text】／教科書	□ くれる／給（我）
□ 遊び／遊玩，玩耍；不做事；間隙；閒遊；餘裕	□ めしあがる／吃，喝（「食べる」、「飲む」的尊敬語）
□ おみやげ／禮物；當地名産	

文法的意思
□ お〜する、ご〜する／表動詞的謙讓形式
□ 〜たら〜た／發現…，才知道…，原來…

對於要表達敬意的人，可以使用敬語説法！

◉ お～する、ご～する

> 表示動詞的謙讓形式。透過降低自己以提高對方的地位，向對方表達尊敬。

◉ めしあがる

> 是「食う」、「飲む」的尊敬語。因為是對方要吃，這時候就可以用尊敬語。反之，如果是對方請自己吃東西，這時因為「吃」的人是自己，所以使用謙讓語「いただきます」。

（2）

やまだ病院の入り口に、次の案内がはってありました。

お休みの案内

やまだ病院

◆ 8月11日（金）から16日（水）までお休みです。

◆ 急に病気になった人は、市の「休日診療所*」に行ってください。

◆ 「休日診療所」の受付時間は、10時から11時半までと、13時から21時半までです。

◆ 「休日診療所」へ行くときは、かならず電話をしてから行ってください。

（電話番号 12-3456-78 ××）

＊休日診療所：お休みの日にみてくれる病院。

27 8月11日の午後7時ごろ、急におなかがいたくなりました。いつもは、やまだ病院に行っています。どうすればいいですか。

1 休日診療所に電話する。
2 朝になってから、やまだ病院に行く。
3 すぐに、やまだ病院に行く。
4 次の日の10時に、休日診療所へ行く。

[翻譯]

山田醫院的門口張貼了以下的告示：

休 診 通 知

山田醫院

◆ 8月11日（週五）至16日（週三）休診。

◆ 急病患者請前往本市的「假日診所 *」就醫。

◆ 「假日診所」的看診時間為10點至11點半，以及13點到21點半。

◆ 欲至假日診所就醫前，務必先撥打電話確認。（電話號碼 12-3456-78XX）

＊假日診所：假日期間亦可就醫的醫院。

[27] 8月11日的下午7點左右肚子突然痛了起來。平時都是在山田醫院就診，現在該怎麼做？

1 打電話到假日診所。

2 等到早上，去山田醫院。

3 馬上去山田醫院。

4 隔天10點時去假日診所。

[題解攻略]

答えは 1 。やまだ 病院は、8 月 11 日から 16 日まで 休みなので、2 と 3 は×。

休日診療所は 21 時半まで 受付していて、今日行くことができるので、4 は×。

休日診療所へは、かならず電話をしてから、とある。

正確答案是 1。因為山田醫院從 8 月 11 日到 16 日休診，所以 2 和 3 是錯的。

假日診所的看診時間到 21 點半，今天還可以前往就診，所以 4 錯誤。

文中寫道若要前往假日診所，請務必先打撥打電話確認。

答案：1

單字的意思	
□ 案内／通知；引導；陪同遊覽，帶路	□ かならず／一定，務必，必須
□ 急に／突然	□ すぐに／馬上
□ 受付／受理；詢問處；接待員	

小知識

　　日本人生病時，如果病情較輕，會到藥局或藥妝店買藥吃。感冒等小病一般都到附近不需要預約的小診所。如果病情嚴重，小診所的醫生會介紹患者到醫療條件和設備較好的大醫院就診。大醫院幾乎都需要介紹和預約，等待時間也較長。

これは、ミジンさんとサラさんに、友だちの理沙さんから届いたメールです。

たのまれていた3月3日のコンサートのチケットですが、三人分予約ができました。

再来週、チケットが送られてきたら、学校でわたします。お金は、そのときでいいです。

ミジンさんは、コンサートのときにあげる花を、花屋さんにたのんでおいてね。

理沙

28 理沙さんは、チケットをどうしますか。

1 すぐに二人にわたして、お金をもらいます。
2 再来週二人にわたして、そのときにお金をもらいます。
3 チケットを二人に送って、お金はあとでもらいます。
4 チケットを二人にわたして、もらったお金で花を買います。

[翻譯]

這是理沙小姐傳給朋友美珍小姐和莎拉小姐的簡訊：

妳們託我訂購的3月3日音樂會的入場券，我已經預約3張了。 等入場券於下下周寄到以後，再拿去學校給妳們。錢到時候再給我就可以了。

美珍小姐，音樂會時要送的花束，要記得去花店預訂哦！

理沙

[28] 理沙將怎麼處理入場券？

1　馬上交給兩人並收錢。

2　下下周再交給兩人，那時候再收錢。

3　把入場券寄給兩人，之後再收錢。

4　把入場券交給兩人，並用收到的錢去買花。

[題解攻略]

　　答えは 2 。「再来週、チケット
が送られてきたら、学校でわたし
ます」とある。また「お金は、そ
のときでいいです」とあるので、
2 が正解。

　　「チケットが送られてくる」は
目的語「わたしに」が省略されて
おり、「チケット」を主語にした
受身形の文。

　　正確答案是 2 。文中寫道「再来週、
チケットが送られてきたら、学校でわ
たします」（等入場券於下下周寄到以
後，再拿去學校給妳們）。另外，「お
金は、そのときでいいです」（錢到時
候再給我就可以了），所以 2 是正確答
案。

　　「チケットが送られてくる」（入場
券被寄過來）的目的語「わたしに」（到
我這裡）被省略了。這是以「チケット」
為主詞的被動句。

答案：2

<table>
<tr><td rowspan="3">單字的意思</td><td>□ 届く／送達；送交；申報，報告</td><td>□ 送る／寄送；派；送行；度過；
　標上（假名）</td></tr>
<tr><td>□ コンサート【concert】／音樂
　會</td><td>□ あげる／給；送；交出；獻出</td></tr>
<tr><td>□ 再来週／下下星期</td><td></td></tr>
</table>

□ （ら）れる／被…

□ ～ておく／先…，暫且…；…著

（4）

　　コンさんは、引っ越したいと思って、会社の近くのK駅の周りで部屋をさがしました。しかし、初めに見た部屋は押入れがなく、2番目の部屋はせま過ぎ、3番目はかりるためのお金が予定より高かったので、やめました。

---

29 コンさんがかりるのをやめた理由ではないものはどれですか。

1　押入れがなかったから

2　部屋がせまかったから

3　会社から遠かったから

4　予定より高かったから

[翻譯]

　　孔小姐打算搬家，因此在公司附近的K車站周邊找房子。可是，她看的第一間房子沒有壁櫥、第二間房子太小，而第三間的租金又超過預算，只好打消了主意。

[29] 以下何者不是孔小姐打消租房子念頭的理由？

1　因為沒有壁櫥

2　因為房子太小

3　因為離公司太遠

4　因為超過預算

[題解攻略]

　答えは３。「初めに見た部屋は押入れがなく」「２番目の部屋はせま過ぎ」「３番目は…お金が予定より高かった」とある。ここにないのは３。

　※「押入れ」は部屋の中の、物をしまうところ。

　正確答案是３。文中寫道「初めに見た部屋は押入れがなく」（第一間房子沒有壁櫥）、「２番目の部屋はせま過ぎ」（第二間房子太小）、「３番目は…お金が予定より高かった」（第三間的租金超過預算）。沒有提到的是選項３。

　※「押入れ」（壁櫥）是房子中收納物品的地方。

答案：**3**

單字的意思

□ 引っ越す／搬家
□ 周り／周圍，周邊
□ 押入れ／（日式的）壁櫥
□ ～目／第…
□ やめる／放棄；停止

文法的意思

□ ～すぎる／太…，過於…
□ ～の（は／が／を）／的是…

小知識

　除了「押入れ」（壁櫥）以外，房屋相關的單字還有「引き出し」（抽屜）、「たたみ」（日式草蓆）、「カーテン」（窗簾）、「二階建て」（二層建築）等，不妨一起記下來哦！

第二回

問題五　翻譯與題解

第 5 大題　請閱讀下列文章，並回答問題。請從選項 1、2、3、4 中，選出一個最適當的答案。

　　公園を散歩しているとき、木の下に何か茶色のものが落ちているのを見つけました。拾ってみると、それは、①小さなかばんでした。あけてみると、立派な黒い財布と白いハンカチ、それと空港で買ったらしい東京の地図が入っていました。地図には町やたてものの名前などが英語で書いてあります。私は、「このかばんを落とした人は、たぶん外国からきた旅行者だ。きっと、困っているだろう。すぐに警察にとどけよう。」と考えました。私は公園から歩いて３分ほどのところに交番があることを思い出して、交番に向かいました。

　　交番で、警官に「公園でこれを拾いました。」と言うと、太った警官は「中に何が入っているか、調べましょう。」と言って、かばんをあけました。

　　②ちょうどその時、「ワタシ、カバン、ナクシマシタ。」と言いながら、外国人の男の人が走って交番に入ってきました。

　　かばんは、その人のものでした。③その人は何度も私にお礼を言って、かばんを持って交番を出て行きました。

[翻譯]

　　我在公園散步時，看到有一件褐色的東西掉在樹下，撿起來一看，原來是一個①小提包。

　　打開提包，裡面有高級的黑色錢包、白手帕，以及可能是在機場買的東京地圖。地圖上的城鎮和建築的名稱都是以英文印製的。我心想：「遺失這個提包的人大概是一位外國遊客。他一定很著急，得趕快交給警察才行。」我想起從公園走三分鐘左右，就有一間派出所，於是立刻前往。

　　在派出所，我告訴警察：「我在公園撿到了這個。」一位身材豐腴的警察說：「我們來看看裡面放了什麼東西吧。」然後打開了提包。

　　②就在這時，有位外國男士一邊走進派出所一邊說：「我…提包…不見了！」

　　撿到的提包是他的。③那位外國男士向我連連道謝，拿著提包離開了派出所。

30 「私」はその日、どこで何をしていましたか。

1 会社で働いていました。
2 空港で買い物をしていました。
3 木の下で昼寝をしていました。
4 公園を散歩していました。

[翻譯]

[30]「我」那一天在哪裡做了什麼？

1 在公司上班。

2 在機場買東西。

3 在樹下睡午覺。

4 在公園散步。

[題解攻略]

答えは4。「公園を散歩してい
るとき」とある。

正確答案是4。文中寫道「公園を散
歩しているとき」（在公園散步的時
候）。

答案：**4**

31 ①小さなかばんに入っていたものでないのはどれですか。

1 外国の町の地図
2 黒い財布
3 東京の地図
4 白いハンカチ

[31] 以下哪項物品<u>沒有在</u>①小提包內？

1　外國城鎮的地圖

2　黑色錢包

3　東京地圖

4　白手帕

[題解攻略]

答(こた)えは 1 。「立派(りっぱ)な黒(くろ)い財布(さいふ)」
「白(しろ)いハンカチ」「空港(くうこう)で買(か)った
らしい東京(とうきょう)の地図(ちず)」とある。

　　正確答案是 1 。因為文中寫道小提包
內有：「立派な黒い財布」（高級的黑
色錢包）、「白いハンカチ」（白手
帕）、「空港で買ったらしい東京の地
圖」（可能是在機場買的東京地圖）。

答案：1

32　②ちょうどその時(とき)とありますが、どんな時(とき)ですか。
　　1　「私(わたし)」が交番(こうばん)に入(はい)った時(とき)
　　2　外国人(がいこくじん)の男(おとこ)の人(ひと)が交番(こうばん)に入(はい)ってきた時(とき)
　　3　警官(けいかん)がかばんをあけている時(とき)
　　4　「私(わたし)」がかばんをひろった時(とき)

[翻譯]

[32] ②<u>就在這時</u>是什麼時候？

1　「我」進入派出所時　　　　2　外國男士進入派出所時

3　警察打開提包時　　　　　　4　「我」撿到提包時

[題解攻略]

答えは3。「ちょうどその時」の「その時」は、このことばの直前に書いてある時をさす。

直前には「太った警官は、…、かばんをあけました」と書いてある。

指示語「その（それ）」は、直前に書いてあることをさすことが多い。

正確答案是3。「ちょうどその時」（就在這時）的「その時」（這時），是指接近這句話之前的時間點。

前一句話是「太った警官は、…、かばんをあけました」（身材豐腴的警察…打開了提包）。

指示語「その（それ）」（那個）多用於表示前面剛描述的事物。

答案：**3**

- -

33 ③その人は、「私」にどういうことを言いましたか。

1　あなたのかばんではなかったのですか。
2　私のかばんだということがよくわかりましたね。
3　かばんをあけてくれて、ありがとう！
4　かばんをとどけてくれて、ありがとう！

[翻譯]

[33] ③那位外國男士對「我」說了什麼？

1　這不是你的提包嗎？
2　你真清楚這是我的提包呢。
3　謝謝你替我打開提包！
4　謝謝你把提包交給警察！

[題解攻略]

答えは 4 。「その人は何度も私にお礼を言って」とある。「私」のしたことは「かばんを警察に届けること」なので、その人が私に言ったのは、かばんを届けたことへのお礼。

正確答案是 4 。文中寫道「その人は何度も私にお礼を言って」（他連連向我道謝）。因為「我」做的事是「かばんを警察に届けること」（把提包交給警察），所以那位外國男士是為了「把提包交給警察」這件事而向我道謝。

答案：4

單字的意思

- □ 落ちる／掉落;落下;降低,下降;落選
- □ 見つける／找到;發現;目睹
- □ 拾う／撿拾;挑出;接;叫車
- □ 小さな／小，小的;年齡幼小
- □ 財布／錢包
- □ 空港／機場
- □ 警察／警察

- □ 考える／思考,考慮
- □ ほど／…的程度;限度;越…越…
- □ 思い出す／想起來,回想
- □ 太る／胖,肥胖;增加
- □ 警官／警察;巡警
- □ 調べる／查閱,調查;檢查;搜查

文法的意思

- □ ～だろう／…吧
- □ (よ)う／…吧

第二回

問題六　翻譯與題解

第 6 大題　請閱讀右頁的「新宿日語學校的社團活動通知」，並回答下列問題。請從選項 1、2、3、4 中，選出一個最適當的答案。

新宿日本語学校のクラブ活動　案内

●日本文化に興味のある方は、練習時間に、行ってみてください。

クラブ	説明	曜日・時間	場所
日本料理研究会	和食*のよさについて研究しています。毎週、先生に来ていただいて、和食の作り方を教えてもらいます。作ったあと、みんなで食べます。	土 16:30 〜 18:00	調理室*
お茶	お茶の先生をおよびして、日本のお茶を習います。おいしいお菓子も食べられます。楽しみながら、日本の文化を学べますよ。	木 12:30 〜 15:00	和室*
お花	いけ花*のクラブです。花をいけるだけでなく、生活の中で花を楽しめるようにしています。	月・金 16:00 〜 17:00	和室
日本舞踊*研究会	着物をきて、おどりをおどってみませんか。先生をよんで、日本のおどりを教えてもらいます。	水・土 15:00 〜 18:00	講堂

＊和食：日本の食べ物や料理
＊調理室：料理をする教室
＊和室：日本のたたみの部屋
＊いけ花：日本の花のかざりかた
＊日本舞踊：日本の着物を着ておどる日本のおどり

Part 3

1

2

3

4

5

6

問題 6 ▼ 翻譯與題解

103

[翻譯]

新宿日語學校的社團活動通知

●凡對日本文化有興趣者，請於社團活動時間前往參加。

社團名稱	說明	日期・時間	地點
日本料理研究會	研究和食*對健康的好處。每星期聘請老師來教導和食的烹調方法，完成後大家一起享用。	星期六 16:30 ～ 18:00	烹飪室*
茶道社	特聘茶道老師帶領學員學習日本的茶道，並可享用美味的糕餅。大家一起愉快地學習日本文化吧！	星期四 12:30 ～ 15:00	和室*
花藝社	學習日式插花*的社團。而且不只學習如何插花，還要教大家在生活中欣賞花卉之美。	星期一、星期五 16:00 ～ 17:00	和室
日本傳統舞蹈*研究會	要不要一起穿上和服跳舞呢？我們請到老師來教大家跳日本的舞蹈。	星期三、星期六 15:00 ～ 18:00	禮堂

＊和食：日本的食物和料理

＊烹飪室：烹飪的教室

＊和室：日式的草蓆房間

＊日式插花：日本風格的花藝

＊日本傳統舞蹈：穿著和服跳日本的舞蹈。

34 カミーユさんは、ことし、新宿日本語学校に入学しました。じゅぎょうのない ときに、日本の文化を勉強しようと思います。じゅぎょうは、月・火・水・金 曜日の、朝9時から夕方5時までと、木曜日の午前中にあります。行くこと ができるのは、どのクラブですか。

1　日本料理研究会だけ
2　日本料理研究会とお花
3　日本料理研究会とお茶
4　日本舞踊研究会だけ

[翻譯]

[34] 卡蜜兒小姐今年進入了新宿日本語學校就讀。想利用沒有課的時間學習日本文 化。她的上課時間是一、二、三、五的早上9點到下午5點，和星期四的上午。 她能參加哪個社團？

1　只有日本料理研究會

2　日本料理研究會和花藝社

3　日本料理研究會和茶道社

4　只有日本傳統舞蹈研究會

[題解攻略]

答えは3。授業がないのは、木 曜日の午後と土曜日。

　　正確答案是3。根據題目，沒有課的 時間是星期四的下午和星期六，因此答 案是與此時間相符的選項3。

答案：3

35 カミーユさんは、食べ物に興味があるので、日本の料理について知りたいと思っています。いつ、どこに行ってみるのがよいですか。

1 土曜の午後 4 時半に、調理室

2 月曜か金曜の午後 4 時に、和室

3 水曜か土曜の午後 3 時に、講堂

4 土曜の午後 6 時に、調理室

[翻譯]

[35] 卡蜜兒小姐對食物很有興趣，所以想了解日本料理。請問她該在什麼時間去什麼地方？

1 星期六的下午 4 點半，烹飪室

2 星期一或五的下午 4 點，和室

3 星期三或六的下午 3 點，禮堂

4 星期六的晚上 6 點，烹飪室

[題解攻略]

答えは 1。「日本料理研究会」は土曜日午後 4 時半から。場所は調理室。

正確答案是 1。因為「日本料理研究會」從星期六下午 4 點半開始。地點是烹飪室。

答案：1

<table>
<tr><td rowspan="3">單字的意思</td><td>□ 文化／文化；文明</td><td>□ 研究／研究</td></tr>
<tr><td>□ 方／（敬）人</td><td>□ 方／…方法</td></tr>
<tr><td>□ 興味／興趣</td><td>□ 楽しみ／期待；快樂</td></tr>
</table>

單字的意思

□ 生活（せいかつ）／生活

□ 着物（きもの）／和服；衣服

□ おどり／舞蹈

□ おどる／跳舞；舞蹈

□ 講堂（こうどう）／禮堂

□ もらう／受到

文法的意思

□ ～について／有關…，就…，關於…

□ ～ていただく／承蒙…

□ ～てもらう／請（某人為我們做）

小知識

　　在日本有著名的「三道」，即日本民間的茶道、花道及書道。花道和茶道都是隨著漢傳佛教一起傳入日本的，現在已在日本紮根，成為了日本藝術的重要組成部分。

主題單字

■ 內部格局與居家裝潢

- 屋上（おくじょう）／屋頂（上）
- 壁（かべ）／牆壁；障礙
- 水道（すいどう）／自來水管
- 応接間（おうせつま）／客廳；會客室
- 畳（たたみ）／榻榻米
- 押し入れ・押入れ（おしいれ・おしいれ）／（日式的）壁櫥

- 引き出し（ひきだし）／抽屜
- 布団（ふとん）／棉被
- カーテン【curtain】／窗簾；布幕
- 掛ける（かける）／懸掛；坐
- 飾る（かざる）／擺飾；粉飾
- 向かう（むかう）／面向

■ 各種機關與設施

- 床屋（とこや）／理髮店；理髮室
- 講堂（こうどう）／禮堂
- 会場（かいじょう）／會場
- 事務所（じむしょ）／辦公室
- 教会（きょうかい）／教會
- 神社（じんじゃ）／神社

- 寺（てら）／寺廟
- 動物園（どうぶつえん）／動物園
- 美術館（びじゅつかん）／美術館
- 駐車場（ちゅうしゃじょう）／停車場
- 空港（くうこう）／機場

- 飛行場（ひこうじょう）／機場
- 港（みなと）／港口，碼頭
- 工場（こうじょう）／工廠
- スーパー【supermarket 之略】／超級市場

文法比一比

■ …の（は／が／を）vs. こと

- …の（は／が／を）／的是…

說明 表示強調。句子中，想強調部分會放在「のは」的後面。

例句 雪（ゆき）を見（み）るのは生（う）まれて初（はじ）めてです。／這是我有生以來第一次看到雪。

- こと

說明 是形式名詞的用法。「こと」前接名詞修飾短句，使前面的短句名詞化。

例句 日本（にほん）に行（い）って一番（いちばん）したいことはスキーです。／去日本我最想做的事是滑雪。

◎ 都是名詞化，什麼時候不能互換？

　　只用「の」：基本上用來代替人或物，而非代替「事情」時，還有後接「見る」（看）、「聞く」（聽）等表示感受外界事物的動詞，或是「止める」（停止）、「手伝う」（幫忙）、「待つ」（等待）等時。

　　只用「こと」：後接「です、だ、である」，或是「～を約束する」（約定…）、「～が大切だ」（…很重要）、「～が必要だ」（…必須）等時。

■ すぎる vs. すぎだ

▪ すぎる／太…，過於…

説明 表示程度超過限度，達到過份的狀態。前接「ない」要用「なさすぎる」；前接「良い（いい／よい）」必須用「よすぎる」。

例句 おいしかったから、食べ過ぎた。／因為太好吃了，結果吃太多了。

▪ すぎだ／太…

説明 以「形容詞・形容動詞詞幹；動詞連用形＋すぎだ」的形式，表示某個狀況或事態，程度超過一般水平。

例句 あの子はちょっと痩せ過ぎだ。／那個孩子有點太瘦了。

> ◎ 「超過」怎麼分？
>
> 　　「すぎる」跟「すぎだ」都用在程度超過一般狀態，但「すぎる」結合另一個單字，作動詞使用；「すぎだ」的「すぎ」結合另一個單字，作名詞使用。

■ だろう vs.（だろう）と思う

▪ だろう／…吧

説明 使用降調，表示說話人對未來或不確定事物的推測，而且說話人對自己的推測有相當大的把握。

例句 試合はきっと面白いだろう。／比賽一定很有趣吧！

▪（だろう）と思う／（我）想…，（我）認為…

説明 推測的內容只是說話人主觀的判斷。由於「だろうと思う」說法較婉轉，所以讓人感到比較鄭重。

例句 このお菓子は高かっただろうと思う。／我想這種糕餅應該很貴吧。

> ◎ 自言自語的「推測」要用哪個？
>
> 　　「だろう」可以用在把自己的推測跟對方説，或自言自語時；「（だろう）と思う」只能用在跟對方説自己的推測，而且也清楚表達這個推測是説話人個人的見解。

■ お…する vs. お…いたす

▪ お…する

説明 表示動詞的謙讓形式。對要表示尊敬的人，透過降低自己或自己這一邊的人，以提高對方地位，來向對方表示尊敬。

例句 いいことをお教えしましょう。／我來告訴你一個好消息吧。

▪ お…いたす

説明 對要表示尊敬的人，透過降低自己或自己這邊的人的說法，以提高對方地位，來向對方表示尊敬。

例句 車でお送りいたしましょう。／搭我的車送你去吧。

> ◎ 哪個「謙讓語」謙讓程度較高？
>
> 　　「お…する」跟「お…いたす」都是謙讓語，用在降低我方地位，以對對方表示尊敬，但語氣上「お…いたす」是比「お…する」更謙和的表達方式。

問題四　翻譯與題解

第 4 大題　請閱讀下列（1）～（4）的文章，並回答問題。請從選項 1、2、3、4 中，
選出一個最適當的答案。

（1）

会社のさとう課長の机の上に、この手紙が置かれています。

さとう課長

　　Ｈ産業の大竹さんから、お電話がありました。さきに送ってもらった請求書*

にまちがいがあるので、もう一度作りなおして送ってほしいとのことです。

　　もどられたら、こちらから電話をかけてください。

ワン

＊請求書：売った品物のお金を書いた紙。

26　さとう課長は、まず、どうしたらいいですか。

1　もう一度請求書を作ります。　　2　大竹さんに電話します。

3　大竹さんの電話を待ちます。　　4　ワンさんに電話します。

[翻譯]

　　公司的佐藤課長桌上放著這封信：

佐藤課長

　　Ｈ產業的大竹先生來電。剛才我方送去的請款單*有誤，希望能重做一份

送過去。

　　請您回來後致電。

王

＊請款單：記載售出商品總價的單據。

[26] 佐藤課長首先應該做什麼？

1　再做一份請款單。　　　2　打電話給大竹先生。

3　等待大竹先生來電。　　4　打電話給王先生。

[題解攻略]

　　答えは２。手紙には「戻られた
ら、こちらから電話をかけてくだ
さい」とある。「戻られたら」は
「戻ったら」の尊敬語。この文の
主語はさとう課長。「こちら」は
「ここ」の丁寧な言い方で、さと
う課長やワンさんの会社のこと。
「Ｈ産業」のことは「あちら」と
いう。さとう課長がまずすること
はＨ産業の大竹さんに電話をかけ
ること。

　　正確答案是２。信上寫道「戻られた
ら、こちらから電話をかけてくださ
い」（請您回來後致電）。「戻られた
ら」是「戻ったら」的尊敬語。句子的
主詞是佐藤課長。「こちら」（我方）
是「ここ」的禮貌說法，指的是佐藤課
長和王先生的公司。「Ｈ產業」要用「あ
ちら」（對方）來表示。佐藤課長首先
必須要做的事是打電話給Ｈ產業的大
竹先生。

答案：2

單字的意思	
□ 課長／課長，科長	□ 直す／更改；改正；整理；修理
□ 産業／產業	□ 戻る／回來，回到；折回
□ 請求書／帳單，請款單	□ 品物／貨品，東西；物品
□ 一度／一次，一回；一旦	

文法的意思	
□ 〜てほしい／希望…，想…	
□ 〜たら／要是…；如果要是…了，…了的話	

（2）

コンサート会場に、次の案内がはってありました。

コンサートをきくときのご注意

◆ 席についたら、携帯電話などはお切りください。

◆ 会場内で、次のことをしてはいけません。

　▷カメラ・ビデオカメラなどで会場内を写すこと。

　▷音楽を録音＊すること。

　▷自分の席をはなれて歩き回ったり、椅子の上に立ったりすること。

＊録音：音楽などをテープなどにとること。

27 この案内から、コンサート会場についてわかることは何ですか。

1　携帯電話は、持って入ってはいけないということ。

2　あいていれば席は自由に変わっていいということ。

3　写真をとるのは、かまわないということ。

4　ビデオカメラを使うのは、だめだということ。

[翻譯]

音樂會的會場張貼了以下的告示：

 聆聽音樂會時的注意事項

◆ 找到座位後，請關閉手機電源。
◆ 會場內禁止以下事項：
· 使用相機、攝影機等器材在會場內拍攝。
· 錄音＊。
· 離開座位到處走動，或站在椅子上。

＊錄音：將音樂或其他聲音以磁帶等方式收錄。

[27] 關於音樂會會場，從注意事項中可以知道什麼事？

1 不能攜帶手機進入會場。

2 只要有空位就可以自由更換座位。

3 可以拍攝。

4 禁止使用攝影機。

[題解攻略]

答えは4。会場内でしてはいけないこと、として「カメラ・ビデオカメラなどで…写すこと」とある。「カメラで写す」と選択肢4の「カメラを使う」は同じ。

正確答案是4。根據文章，不能在會場內做的事情是「カメラ・ビデオカメラなどで…写すこと」（使用相機、攝影機等器材…拍攝）。「カメラで写す」（用相機拍攝）和選項4「カメラを使う」（使用相機）意思相同。

《他の選択肢》

1 案内に「携帯電話などはお切りください」とある。これは電源を切るように注意しているもので、会場に持って入ってはいけないとは言っていない。

2 「席を自由に変わっていい」とは書いていない。

3 「〜をするのは、かまわない」とは、「〜してもいい」という意味。

《其他選項》

1 通知上寫「携帯電話などはお切りください」（請關閉手機電源）。這是請觀眾注意將電源關閉的意思，並沒有說不能將手機帶進會場。

2 沒有提及「席を自由に変わっていい」（可以自由更換座位）。

3 「〜をするのは、かまわない」（做〜是沒有關係的）是「〜してもいい」（做〜也可以）的意思。

答案：4

單字的意思

□ 会場／會場
□ 注意／注意，小心
□ 席／座位；職位
□ 携帯電話／手機，行動電話
□ 写す／照相；描寫；描繪；抄
□ 回る／走動；轉動；旋轉；繞道；轉移

文法的意思

□ お＋名詞、ご＋名詞／表示尊重，敬愛
□ 〜てはいけない／不准…，不許…，不要…
□ 〜こと／形式名詞

小知識

　　到日本，除了追星聽演唱會之外，也可以去欣賞由日本音樂家演出的音樂大會。有各種不同的搖滾音樂家、通宵達旦的音樂會、伊豆的舞蹈音樂大會。另外像是寶塚、歌舞伎都很值得一看。

(3)

　　ホーさんに、香川先生から次のようなメールが来ました。

ホーさん

　明日の授業は、テキストの 55 ページからですが、新しく入ってきたグエンさんのテ

キストがまだ来ていません。

　すみませんが、55 ～ 60 ページをコピーして、グエンさんに渡しておいてください。

香川

28　ホーさんは、どうすればいいですか。

1　55 ～ 60 ページのコピーを香川先生にとどけます。

2　55 ～ 60 ページのコピーをしてグエンさんに渡します。

3　55 ページのコピーをして、みんなに渡します。

4　新しいテキストをグエンさんに渡します。

[翻譯]

　　香川老師寄了以下這封信給何先生。

何先生

　明天的課程是從課本第 55 頁開始，但是新同學關小姐的課本還沒送到。

　不好意思，麻煩複印第 55 ～ 60 頁後轉交關小姐。

香川

---

[28] 何先生該怎麼做？

1　將複印的 55 至 60 頁交給香川老師。

2　複印 55 至 60 頁後轉交關小姐。

3　複印第 55 頁後轉交給大家。

4　將新課本交給關小姐。

［ 題解攻略 ］

答えは 2 。「55 ～ 60 ページのコピーをして、グエンさんに渡しておいてください」とある。「（動詞て形）ておきます」は準備を表す。

例・友達が来る前に、部屋を掃除しておきます。

問題文は、明日の授業の前に準備するように言っている。

　　正確答案是 2。文中寫道「55 ～ 60 ページのコピーをして、グエンさんに渡しておいてください」（麻煩複印第 55 ～ 60 頁後轉交關小姐）。「（動詞て形）ておきます」表事先準備。

　例：朋友來之前，先打掃房間。

　題目是說在明天上課之前先做準備。

答案：2

單字的意思

□ メール【mail】／電子郵件；信息；郵件

□ テキスト【text】／教科書

□ 届ける／送達；送交；申報，報告

□ 皆／大家，所有的

文法的意思

□ ～が／動作或狀態的主體

> 小知識　其他關於學校生活的單字還有「入学」（入學）、「昼休み」（午休）、「講義」（講義，上課）、「試験」（考試）、「卒業」（畢業），請一起記下來吧！

（4）

　シンさんは、J旅行会社で働いています。お客からいろいろな話を聞いて、その人に合う旅行の計画を紹介します。また、電車や飛行機、ホテルなどが空いているかを調べ、切符をとったり予約をしたりします。

29　シンさんの仕事ではないものはどれですか。
1　旅行に一緒に行って案内します。
2　お客に合う旅行を紹介します。
3　飛行機の席が空いているか調べます。
4　ホテルを予約します。

[翻譯]

　秦先生在 J 旅行社工作。他的工作內容包括聽取客人的各種需求，並向對方介紹適合的行程。另外，他也要負責查詢電車班次和飛機航班的空位以及旅館的空房，並且訂票或訂房。

[29] 下列何者不是秦先生的工作？

1　和客人一起去旅行並陪同遊覽

2　介紹適合客人的行程

3　查詢飛機航班的空位

4　訂旅館

［題解攻略］

答えは1。「旅行に一緒に行く」とは書いていない。

《他の選択肢》

2 「その人に合う旅行の計画を紹介します」。

3 「電車や飛行機…が空いているかを調べ…」。

4 「（電車や飛行機の）切符を取ったり、（ホテルなどの）予約をしたりします」。

正確答案是1。沒有提到「旅行に一緒に行く」（一起去旅行）。

《其他選項》

2 文中有「その人に合う旅行の計画を紹介します」（向對方介紹適合的行程）。

3 文中有「電車や飛行機…が空いているかを調べ…」（查詢電車班次和飛機航班的空位）。

4 文中有「（電車や飛行機の）切符を取ったり、（ホテルなどの）予約をしたりします」（訂票或訂房）。

答案：1

單字的意思

□ 合う／符合；一致，合適；相配；合；正確

□ 計画／計畫

□ 紹介／介紹

□ 空く／空著；（職位）空缺；空隙；閒著；有空

□ 調べる／查閱，調查；檢查；搜查

□ 予約／預約

文法的意思

□ ～たり～たり／或…或…

問題五　翻譯與題解

第5大題　請閱讀下列文章，並回答問題。請從選項1、2、3、4中，選出一個最適當的答案。

　　わたしが家から駅に向かって歩いていると、交差点の前で困ったように立っている男の人がいました。わたしは「何かわからないことがあるのですか。」とたずねました。すると彼は「僕はこの町にはじめて来たのですが、道がわからないので、①困っていたところです。映画館はどちらにありますか。」と言います。

　　わたしは「②ここは、駅の北側ですが、③映画館は、ここと反対の南側にありますよ。」と答えました。彼は「そうですか。そこまでどれくらいかかりますか。」と聞きます。わたしが「それほど遠くはありませんよ。ここから駅までは歩いて5分くらいです。そこから映画館までは、だいたい3分くらいで着きます。映画館の近くには大きなスーパーやレストランなどもありますよ。」と言うと、彼は「ありがとう。よくわかりました。お礼に④これを差し上げます。ぼくが仕事で作ったものです。」と言って、1冊の本をかばんから出し、わたしにくれました。見ると、それは、隣の町を紹介した雑誌でした。

　　わたしは「ありがとう。」と言ってそれをもらい、電車の中でその雑誌を読もうと思いながら駅に向かいました。

[翻譯]

　　從家裡走到車站的路上，我看到一個面露愁色的男人站在十字路口。我問了他：「有什麼困擾嗎？」他回答：「我第一次來這地方，不認得路，①不知道該怎麼辦，請問電影院在哪裡？」

　　我告訴他：「②這裡是車站的北側，③電影院在相反方向的南側喔。」他又問：「這樣啊。那麼到那邊要多久呢？」「不遠呀，從這裡走到車站大約5分鐘，繼續前往電影院差不多3分鐘就到了。電影院附近還有大型超市和餐廳喔。」聽我講完以後，他說：「謝謝，這樣我很清楚該怎麼走了。④這個送給你當作謝禮，這是我工作的成品。」他說著，從提包裡拿出一本書給我。仔細一看，是一本介紹隔壁城鎮的雜誌。

我向他說聲：「謝謝！」並且收了下來。走向車站時心想，等會可以在電車上看那本雜誌。

---

30 なぜ彼は①困っていたのですか。

1 映画館への道がわからなかったから

2 交差点をわたっていいかどうか、わからなかったから

3 スーパーやレストランがどこにあるか、わからなかったから

4 だれにきいても道を教えてくれなかったから

[翻譯]

[30] 為什麼他①不知道該怎麼辦？

1 因為不知道去電影院的路

2 因為不知道該不該過十字路口

3 因為不知道超市和餐廳在哪裡

4 因為不管問誰，都沒有人告訴他該怎麼走

[題解攻略]

答えは1。直前に「道がわからないので」とある。「ので」は原因・理由を表す。また、後に「映画館はどちらにありますか」とある。この二つから、1が正解と分かる。

　　正確答案是1。"困っていた"的前一句寫道「道がわからないので」（因為不認得路）。「ので」表示原因、理由。並且下一句又問「映画館はどちらにありますか」（電影院在哪裡），因此從這二個線索知道1是正確答案。

答案：1

31 ②ここはどこですか。

1 駅の南側で、駅まで歩いて 5 分のところ

2 駅の北側で、駅まで歩いて 3 分のところ

3 駅の北側で、駅まで歩いて 5 分のところ

4 駅の南側で、駅まで歩いて 8 分のところ

[翻譯]

[31] ②這裡是哪裡？

1 車站的南側，走到車站大約 5 分鐘的地方

2 車站的北側，走到車站大約 3 分鐘的地方

3 車站的北側，走到車站大約 5 分鐘的地方

4 車站的南側，走到車站大約 8 分鐘的地方

[題解攻略]

答えは 3。「ここは、駅の北側ですが」とある。また、「ここから駅までは歩いて 5 分くらいです」とあるので、3 が正解。

正確答案是 3。文中寫道「ここは、駅の北側ですが」（這裡是車站的北側）。又「ここから駅までは歩いて 5 分くらいです」（從這裡走到車站大約五分鐘），因此 3 是正確答案。

答案：3

③映画館は駅から歩いて何分ぐらいですか。

1 5分

2 3分

3 8分

4 16分

[翻譯]

[32] 從車站到③電影院要走多久？

1 5分鐘

2 3分鐘

3 8分鐘

4 16分鐘

[題解攻略]

答えは 2。「ここから駅までは歩いて 5 分くらいです。そこから映画館までは、だいたい 3 分くらいで着きます」とある。「そこから」の「そこ」は直前の文にある「駅」のこと。駅から映画館までは、だいたい 3 分と言っている。

正確答案是 2。文中寫道「ここから駅までは歩いて 5 分くらいです。そこから映画館までは、だいたい 3 分くらいで着きます」（從這裡走到車站大約五分鐘，繼續前往電影院差不多三分鐘就到了）。「そこから」的「そこ」是指前一句的「駅」（車站），意思是從車站走到電影院大約三分鐘左右。

答案：2

33 ④これとは、何でしたか。

1 映画館までの地図

2 映画館の近くの地図

3 隣の町を紹介した雑誌

4 スーパーやレストランの紹介

[翻譯]

[33] ④這個指的是什麼？

1 到電影院的地圖

2 電影院附近的地圖

3 介紹隔壁城鎮的雜誌

4 超市和餐廳的介紹

[題解攻略]

答えは３。「『これを差し上げます』と言って、１冊の本を…私にくれました」「それは、隣町を紹介した雑誌でした」とある。

「これ」と「それ」は同じものを指している。「差し上げる」は「あげる」の謙譲表現。

正確答案是３。文中寫道「『これを差し上げます』と言って、１冊の本を…私にくれました」（說『這個送給你』、給了我一本書）、「それは、隣町を紹介した雑誌でした」（那是介紹隔壁城鎮的雜誌）。

「これ」和「それ」是指同一件物品。「差し上げる」是「あげる」的謙讓說法。

答案：**3**

123

☐ 向かう／前往；面向

☐ たずねる／問，打聽；詢問

☐ 僕／我（男性用）

☐ 反対／相反；反對

☐ 彼／他；男朋友

☐ そう／那樣，這樣；是

☐ ほど／…的程度；限度；越…越…

☐ 遠く／遠處；很遠

☐ だいたい／大致，大概；大部分

☐ 大きな／大，大的

☐ スーパー【supermarket 之略】／超級市場

☐ 差し上げる／給（「あげる」的謙讓語）

☐ ～ていたところだ／（當時）正…

☐ と思う／覺得…，認為…，我想…；我記得…

☐ （よ）う／…吧

　　其他建築設施類單字還有「空港」（機場）、「港」（港口）、「教会」（教會）、「神社」（神社）、「寺」（寺廟）、「床屋」（理髮店）、「駐車場」（停車場）、「事務所」（辦公室），請一起記下來吧！

問題六　翻譯與題解

第 6 大題　請閱讀右頁的「△△町的垃圾收運方式」，並回答下列問題。請從選項 1、2、3、4 中，選出一個最適當的答案。

△△町のごみの出し方について

△△町のごみは、次の日に集めにきます。ごみを下の例のように分けて、それぞれ決まった時間・場所に出してください。

【集めにくる日】

曜日	ごみのしゅるい
月曜	燃えるごみ
火曜	プラスチック
水曜 （第1・第3のみ）	燃えないごみ
木曜	燃えるごみ
金曜	古紙*・古着* 第1・第3…あきびん・かん 第2・第4…　ペットボトル

○集める日の朝8時までに、出してください。

【ごみの分け方の例】

たとえば、左側の例のごみは、右側のごみの日に出します。

ごみの例	どのごみの日に出すか
料理で出た生ごみ	燃えるごみ
本・服	古紙・古着
割れたお皿やコップなど	燃えないごみ
ラップ	プラスチック

*古紙：古い新聞紙など。

*古着：古くなって着られなくなった服。

△△町的垃圾收運方式

△△町的垃圾依照以下日程收運。請按照下述規定將垃圾分類,並於規定的時間及地點丟棄。

【收運垃圾日程】

星期	垃圾種類
星期一	可燃垃圾
星期二	塑膠類
星期三 (限第一、第三週)	不可燃垃圾
星期四	可燃垃圾
星期五	廢紙*、舊衣* 第一、第三週…空瓶、空罐 第二、第四週…保特瓶

○請在收運日上午8點之前將垃圾拿出來丟棄。

【垃圾分類的範例】
舉例說明,左欄列舉的垃圾,請於右欄標注的垃圾收運日丟棄。

垃圾舉例	該在哪一種垃圾收運日丟棄
廚餘	可燃垃圾
書、衣物	廢紙、舊衣
破損的盤子或杯子等	不可燃垃圾
保鮮膜	塑膠類

＊廢紙:舊報紙等。

＊舊衣:無法穿戴的陳舊衣物。

34 △△町に住むダニエルさんは、日曜日に、友だちとパーティーをしました。料理で出た生ごみをなるべく早くだすには、何曜日に出せばよいですか。

1　月曜日
2　火曜日
3　木曜日
4　金曜日

[翻譯]

[34] 住在△△町的丹尼爾先生星期日和朋友一起開了派對。希望能盡早丟掉廚餘，他應該在星期幾丟？

1　星期一

2　星期二

3　星期四

4　星期五

[題解攻略]

　　答えは１。下の表【ごみの分け方の例】を見ると、「料理で出た生ごみ」は「燃えるごみ」の日に出すことが分かる。上の表【集めにくる日】から、日曜日に近い「燃えるごみ」の日は、月曜日。

　　正確答案是１。由下表【垃圾分類的範例】可知，「料理で出た生ごみ」（廚餘）要在「燃えるごみ」（可燃垃圾）的收運日丟棄。並由上表【收運垃圾日程】可知，離星期日最近的、回收可燃垃圾的日子是星期一。

答案：**1**

35 ダニエルさんは、料理で使ったラップと、古い本をすてたいと思っています。どのようにしたら、よいですか。

1 ラップは水曜日に出し、本は市に電話して取りにきてもらう。
2 ラップも本も金曜日に出す。
3 ラップは月曜日に出し、本は金曜日に出す。
4 ラップは火曜日に出し、本は金曜日に出す。

[翻譯]

[35] 丹尼爾先生想丟掉包過食物的保鮮膜和舊書。他該怎麼做？

1 保鮮膜在星期三丟棄，書要打電話給市政府請人來收。

2 保鮮膜和書都在星期五丟棄。

3 保鮮膜在星期一丟棄，書在星期五丟棄。

4 保鮮膜在星期二丟棄，書在星期五丟棄。

[題解攻略]

答えは４。下の表【ごみの分け方の例】で、「ラップ」は「プラスチック」の日、「本」は「古紙・古着」の日と分かる。上の表【集めにくる日】から、「プラスチック」は火曜日、「古紙・古着」は金曜日と分かる。

正確答案是４。由下表【垃圾分類的範例】可知，「ラップ」（保鮮膜）要在「プラスチック」（塑膠類）的日子丟棄，「本」（書）則要在「古紙・古着」（廢紙、舊衣）的日子丟棄。並由上表【收運垃圾日程】可知，「プラスチック」（塑膠類）是星期二、「古紙・古着」（廢紙、舊衣）是星期五。

答案：**4**

□ 町／鎮

□ ごみ／垃圾

□ 方／…方法

□ 集める／收集；集合；集中

□ 決まる／規定；決定；決定勝負

□ 燃えるごみ／可燃垃圾

□ たとえば／例如

□ 生ごみ／廚餘

□ 割れる／破掉，破裂；分裂；暴露；整除

□ ラップ【wrap】／保鮮膜；包裝，包裹

□ なるべく／盡量，盡可能

□ 〜について／有關…，就…，關於…

□ （ら）れる／能…，可以…

　　日本為了徹底分清垃圾的種類，倒垃圾都使用專用透明塑膠垃圾袋。至於大宗垃圾如冰箱、電視機等，就必須通知資源回收中心來回收，並且要付一定的費用哦！

主題單字

■ 休閒、旅遊

- 遊び／遊玩；不做事
- 小鳥／小鳥
- 珍しい／少見，稀奇
- 釣る／釣魚；引誘
- 予約／預約

- 出発／出發；開始
- 案内／引導；陪同遊覽
- 見物／觀光，參觀
- 楽しむ／享受；期待
- 景色／景色，風景

- 見える／看見；看得見
- 旅館／旅館
- 泊まる／住宿；停泊
- お土産／當地名產；禮物

■ 藝文活動

- 趣味／嗜好；趣味
- 興味／興趣
- 番組／節目
- 展覧会／展覽會
- 花見／賞花
- 人形／洋娃娃，人偶
- ピアノ【piano】／鋼琴

- コンサート【concert】／音樂會
- ラップ【rap】／饒舌樂，饒舌歌
- 音／聲音；音訊
- 聞こえる／聽得見；聽起來像…

- 写す／抄；照相
- 踊り／舞蹈
- 踊る／跳舞；不平穩
- うまい／拿手；好吃

文法比一比

■ てほしい vs. がほしい

- てほしい／希望…，想…

  説明 「動詞て形＋ほしい」表示說話人希望對方能做某件事情，或是提出要求。

  例句 私だけを愛してほしいです。／希望你只愛我一個。

- がほしい／…想要…

  説明 表示自己想要把什麼東西弄到手，想要把什麼東西變成自己的，希望得到某物的句型。「ほしい」是表示感情的形容詞。

  例句 あなたの心がほしいです。／我想要你的心。

  > ◎「希望」大不同？
  > 「てほしい」用在希望對方能夠那樣做；「がほしい」用在說話人希望得到某個東西。

■ てはいけない vs. な（禁止）

▪ てはいけない／不准…，不許…，不要…

[說明] 表示禁止，基於某種理由、規則，要求對方不能做某事，由於說法直接，所以常用在上司對部下、長輩對晚輩。

[例句] そんな悪いことばを使ってはいけません。／不可以講那種難聽的話。

▪ な（禁止）／不准…，不要…

[說明] 表示禁止，命令對方不要做某事。說法比較粗魯，一般用在對孩子或親友身上。也用在遇到緊急狀況或吵架的時候。

[例句] 廊下を走るな。／不准在走廊上奔跑！

> ◎ 都是「禁止」，但接續、語氣大不同
>
> 　　「てはいけない」、「な」都表示禁止，但「てはいけない」前面接動詞て形；「な」前面接動詞終止形，語氣比「てはいけない」強烈、粗魯、沒禮貌。

■ について vs. に対して

▪ について／有關…，就…，關於…

[說明] 表示前項先提出一個話題，後項再針對這個話題進行說明。

[例句] 日本のアニメについて研究しています。／我正在研究日本的卡通。

▪ に対して／向…，對（於）…

[說明] 表示動作、感情施予的對象，有時候可以置換成「に」。

[例句] 彼の考えに対して、私は反対意見を述べた。／對於他的想法，我陳述了反對的意見。

> ◎ 哪個是「關於」，哪個是「對於」？
>
> 　　「について」用來提示話題，再作說明；「に対して」表示動作施予的對象。

■ （よ）う vs. つもりだ

▪ （よ）う／…吧

[說明] 表示說話人的個人意志行為，準備做某件事情，或是用來提議、邀請別人一起做某件事情。

[例句] お茶でも飲もう。／我來喝杯茶吧。

▪ つもりだ／打算…，準備…

[說明] 表示說話人的意志、預定、計畫等，也可以表示第三人稱的意志。說話人的打算是從之前就有，且意志堅定。

[例句] ブログを始めるつもりだ。／我打算開始寫部落格。

> ◎ 「意志」的說法哪裡不同？
>
> 　　「（よ）う」表示說話人要做某事，也可用在邀請別人一起做某事；「つもりだ」表示某人打算做某事的計畫。主語除了說話人以外，也可用在第三人稱。請注意，如果是馬上要做的計畫，不能使用「つもりだ」。

問題四　翻譯與題解

第 4 大題　請閱讀下列（1）〜（4）的文章，並回答問題。請從選項 1、2、3、4 中，選出一個最適當的答案。

（1）

研究室のカンさんのつくえの上に、次の手紙が置かれています。

カンさん

　　先週、いなかに帰ったら、おみやげにりんごジャムを持っていくようにと、母に言われました。母が作ったそうです。カンさんとシュウさんにさしあげて、と言っていました。研究室の冷蔵庫に入れておいたので、持って帰ってください。

高橋

26　カンさんは、どうしますか。

1　いなかで買ったおかしを持って帰ります。
2　冷蔵庫のりんごジャムを、持って帰ります。
3　冷蔵庫のりんごをシュウさんにわたします。
4　冷蔵庫のりんごを持って帰ります。

[翻譯]

　　韓先生的研究室桌上放著以下這封信：

韓先生

　　上星期回鄉下，家母要我把蘋果醬帶回來和大家分享。這是家母做的。家母還交代了要送給韓先生和周先生。 我放在研究室的冰箱，請帶回去。

高橋

---

[26] 韓先生該怎麼做？

1　把在鄉下買的糕點帶回去。

2　把冰箱裡的蘋果醬帶回去。

3　把冰箱裡的蘋果交給周先生。

4　把冰箱裡的蘋果帶回去。

[題解攻略]

　　答えは２。「研究室の冷蔵庫に入れておいたので、持って帰ってください」とある。

　　冷蔵庫にあるのは、高橋さんのお母さんが作った、りんごジャム。りんごジャムは「おみやげ」で、「カンさんとシュウさんにさしあげて」とお母さんが言ったとある。

《他の選択肢》

1　「おかし」ではない。

3　「シュウさんにわたして」とは言っていない。

4　「りんご」ではない。

　　正確答案是２。文中寫道「研究室の冷蔵庫に入れておいたので、持って帰ってください」（我放在研究室的冰箱，請帶回去）。

　　在冰箱裡的是高橋先生的媽媽做的蘋果醬，蘋果醬是媽媽交代要「送給韓先生和周先生」的「禮物」。

《其他選項》

1 不是「おかし」（糕點）。

3 並沒有提到要韓先生「シュウさんにわたして」（交給周先生）。

4 不是「りんご」（蘋果）。

答案：2

單字的意思		
□ 研究室／研究室		□ ジャム【jam】／果醬
□ いなか／鄉下，農村；故鄉，老家		□ 差し上げる／給（「あげる」的謙讓語）
□ おみやげ／禮物；當地名產		

□ ～ていく／…去，…走

□ ～ように／要…；以便…，為了…

□ そうです／聽説…，據説…

□ 差し上げる／給予…，給…

　　送禮是日本人表達謝意的方式之一，他們可以算是從年頭到年尾都在送禮的民族。根據調查，日本人普遍喜歡收到較實用的禮物，例如罐頭、海鮮、醬菜、飲品及水果等食品類，其他像是禮券、清潔劑、酒類等也廣受歡迎。不過雖然如此，送禮最重要的還是讓對方感受到你的心意哦！

（2）
　　動物園の入り口に、次の案内がはってありました。

動物園からのご案内

◆ 動物がおどろきますので、音や光の出るカメラで写真を撮らないでください。

◆ 動物に食べ物をやらないでください。

◆ ごみは家に持って帰ってください。

◆ 犬やねこなどのペットを連れて、動物園の中に入ることはできません。

◆ ボール、野球の道具などを持って入ることはできません。

27 この案内から、動物園についてわかることは何ですか。

1 音や光が出ないカメラなら写真をとってもよい。

2 ごみは、決まったごみ箱にすてなければならない。

3 のこったおべんとうを、動物に食べさせてもよい。

4 ペットの小さい犬といっしょに入ってもよい。

[翻譯]

動物園的入口處張貼了以下公告：

動物園公告

◆　為避免動物受到驚嚇，拍照時請勿讓相機發出聲響或閃光。

◆　請勿餵食動物。

◆　請將垃圾帶回家。

◆　禁止攜帶狗或貓等寵物入園。

◆　禁止攜帶球類、棒球等器材入園。

---

[27] 關於動物園，從公告中可以知道什麼？

1 如果是沒有聲響或閃光的相機就可以拍照。

2 垃圾必須扔在指定的垃圾桶。

3 可以用吃剩的便當餵食動物。

4 可以和寵物小型犬一起入園。

[題解攻略]

答えは1。「音や光の出るカメラで写真を撮らないでください」とある。「音や光が出ないカメラなら」いいと考えられる。

《他の選択肢》

2 「ごみは家に持って帰ってください」とある。

3 「動物に食べ物をやらないでください」とある。

4 「犬やねこなどのペットを連れて…入ることはできません」とある。

正確答案是1。「音や光の出るカメラで写真を撮らないでください」（拍照時請勿讓相機發出聲響或閃光）。所以「音や光が出ないカメラなら」（如果是沒有聲音或閃光的相機）可以使用。

《其他選項》

2文中寫道「ごみは家に持って帰ってください」（請將垃圾帶回家）。

3文中寫道「動物に食べ物をやらないでください」（請勿餵食動物）。

4文中寫道「犬やねこなどのペットを連れて…入ることはできません」（禁止攜帶狗或貓等寵物入園）。

答案：1

單字的意思

□ 動物園／動物園

□ 驚く／驚嚇，吃驚，驚奇

□ 音／（物體發出的）聲音；音訊

□ 光／光亮；光線；（喻）光明，希望；威力，光榮

□ やる／給，給予；派；做

□ 連れる／帶領，帶著

□ 道具／工具；手段

□ 小さい／小，小的；年齡幼小

□ できる／能夠；完成；做出；發生；出色

□ 残る／剩餘，剩下；遺留

[翻譯]

這是田中課長寄給張先生的信：

張先生

　　S貿易的社長將於3號下午1點蒞臨。請確認會客室是否可借用，若已被借走請預借會議室。我們公司將由山田部長和我出席。張先生也請列席，並準備公司近期工作項目的簡報。

田中

---

[28] 張先生要準備近期工作項目的簡報。他應該準備幾人份？

1　二人份

2　三人份

3　四人份

4　五人份

[題解攻略]

答えは3。チャンさんのほかに、S貿易の社長さんと、山田部長と田中さんの三人分。

正確答案是3。除了張先生之外，還有S貿易的社長、山田部長和田中先生三人分。

答案：3

<table>
<tr><td>文法的意思</td><td>□（ら）れる／作為尊敬助動詞

□ 〜たら／要是…；如果要是…了，…了的話</td></tr>
</table>

<table>
<tr><td>小知識</td><td>　　遇到「メール」、「手紙」的題型，請注意關鍵句「てください」、「て
ほしい」，指示多半藏在這些句子裡面！

◉ 〜てください

　表示請求、指示或命令。一般用在老師對學生、上司對部屬、醫生對病人等指
　示、命令的時候。例：食事の前に手を洗ってください（用餐前請洗手）。

◉ 〜てほしい

　表示說話者希望對方能做某件事，或是提出要求。例：怒らないでほしい（我
　希望你不要生氣）。</td></tr>
</table>

- -

(4)

　山田さんは大学生になったので、アルバイトを始めました。スーパーのレジの仕事
です。なれないので、レジを打つのがほかの人より遅いため、いつもお客さんに叱ら
れます。

29 山田さんがお客さんに言われるのは、たとえばどういうことですか。

1 「なれないので、たいへんね。」

2 「いつもありがとう。」

3 「早くしてよ。遅いわよ。」

4 「間違えないようにしなさい。」

[翻譯]

　　山田同學上大學了，所以開始打工。他的工作是在超市的收銀櫃臺。由於動作還不熟練，結帳速度比其他店員慢，總是遭到客人的責備。

[29] 客人可能對山田先生說什麼呢？

1 「因為還不熟練，真是辛苦啊。」

2 「一直以來謝謝你。」

3 「請快一點。好慢哦。」

4 「請不要弄錯。」

[題解攻略]

　　答えは3。「レジを打つのが…遅いため、いつもお客さんに叱られます」とある。「叱られる」は「叱る」の受身形。「叱られる」のは山田さん。「遅いため」は、山田さんがお客さんに叱られる理由を説明している。

　　「レジを打つ」とは、スーパーで買い物した商品の料金を計算する仕事のこと。

《他の選択肢》

　　1の「大変ね」と2の「ありがとう」は叱っていないので×。

　　4の「間違えないように」は、叱る理由が「遅いため」ではないので×。

　　正確答案是3。文中提到「レジを打つのが…遅いため、いつもお客さんに叱られます」（結帳速度…慢，總是遭到客人的責備）。「叱られる」（被責備）是「叱る」（責備）的被動形，「被責備」的是山田先生，「遅いため」（因為很慢）是說明山田先生被責備的理由。

　　「レジを打つ」（打收銀機，收銀）是指在超市計算商品價格、結帳的工作。

《其他選項》

　　1的「大変ね」（很辛苦呢）和2的「ありがとう」（謝謝）都沒有責備的意思，所以是錯的。

　　4「間違えないように」（請不要弄錯）被責備的理由和「因為速度慢」無關，所以錯誤。

答案：3

單字的意思

□ 大学生（だいがくせい）／大學生

□ アルバイト【（德）arbeit 之略】／打工，副業

□ スーパー【supermarket 之略】／超級市場

□ レジ【register 之略】／收銀台

□ 慣れる（な）／習慣；熟悉

□ ため／（表原因）因為；（表目的）為了

□ しかる／責備，責罵

文法的意思

□ ～ので／因為…

□ ～ため（に）／以…為目的，做…，為了…；因為…所以…

小知識

　　職場生活相關的單字還有：「オフ」（休假，折扣）、「頑張る（がんば）」（努力、加油）、「遅れる（おく）」（遲到；緩慢）、「謝る（あやま）」（道歉）、「厳しい（きび）」（嚴格）、「辞める（や）」（離職），請一起記下來吧！

問題五　翻譯與題解

第 5 大題　請閱讀下列文章，並回答問題。請從選項 1、2、3、4 中，選出一個最適當的答案。

私は電車の中から窓の外の景色を見るのがとても好きです。ですから、勤めに行くときも家に帰るときも、電車ではいつも椅子に座らず、①立って景色を見ています。

すると、いろいろなものを見ることができます。学校で元気に遊んでいる子どもたちが見えます。駅の近くの八百屋で、買い物をしている女の人も見えます。晴れた日には、遠くのたてものや山も見えます。

②ある冬の日、わたしは会社の仕事で遠くに出かけました。知らない町の電車に乗って、いつものように窓から外の景色を見ていたわたしは、「あっ！」と③大きな声を出してしまいました。富士山が見えたからです。周りの人たちは、みんなわたしの声に驚いたように外を見ました。8歳ぐらいの女の子が「ああ、富士山だ。」とうれしそうに大きな声で言いました。青く晴れた空の向こうに、真っ白い富士山がはっきり見えました。とてもきれいです。

駅に近くなると、富士山は見えなくなりましたが、その日は、一日中、何かいいことがあったようなうれしい気分でした。

[翻譯]

我非常喜歡從電車裡眺望窗外的景色。因此，上下班搭電車回家時，我總是不坐下來，而是①站著欣賞風景。

這樣一來，可以看見各式各樣的景象。我看到在學校裡玩耍的活潑孩童，也看到在車站附近的蔬果店買菜的女人。天氣晴朗的時候，甚至可以眺望遠方的樓房和山嶺。

②寒冬裡的一天，我為了工作出遠門。我在陌生的城鎮搭上電車，和往常一樣欣賞窗外的風光，忽然「啊！」的③大叫了一聲。因為我看到了富士山。周圍的人們都被我的叫聲嚇了一跳，紛紛往窗外看。有個八歲左右的小女孩開心地大喊：「哇，富士山吔！」在湛藍晴空遙遠的那一方，可以清楚看見雪白的富士山，真的好美！

雖然接近車站時就看不到富士山了，但那一整天我都很開心，覺得自己很幸運。

30 「わたし」が、電車の中で①立っているのはなぜですか。

1 人がいっぱいで椅子に座ることができないから

2 立っている方が、窓の外の景色がよく見えるから

3 座っていると、富士山が見えないから

4 若い人は、電車の中では立っているのが普通だから

[翻譯]

[30]「我」在電車裡為什麼要①站著？

1 因為人太多了，沒有位子坐

2 因為站著可以好好欣賞窗外風景

3 因為坐著就無法看到富士山

4 因為年輕人在電車裡站著是正常的

[題解攻略]

答えは２。文頭に「ですから」とある。ひとつ前の文に、この文の理由があると分かる。前の文に「窓の外の景色を見るのがとても好きです」とある。

正確答案是2。文章的開頭有「ですから」，表示前一句話即是理由。前一句話寫道「窓の外の景色を見るのがとても好きです」（非常喜歡眺望窗外的景色）。

答案：2

31 ②ある冬の日、「わたし」は何をしていましたか。

1 いつもの電車に乗り、立って外の景色を見ていました。
2 会社の用で出かけ、知らない町の電車に乗っていました。
3 会社の帰りに遠くに出かけ、電車に乗っていました。
4 いつもの電車の椅子に座って、外を見ていました。

[翻譯]

[31] ②寒冬裡的一天，「我」做了什麼？

1 搭平常搭乘的電車，站著看外面的風景。

2 為了工作外出，在陌生的城鎮搭電車。

3 從公司回來的路上繞遠路，搭了電車。

4 坐在平常搭乘的電車上，看著窗外。

[題解攻略]

答えは２。「会社の仕事で遠くに出かけました」「知らない町の電車に乗って」とある。
《他の選択肢》
１と４は「いつもの電車」が×。３は「会社の帰りに」が×。

正確答案是２。文中提到「会社の仕事で遠くに出かけました」（為了工作出遠門）、「知らない町の電車に乗って」（在陌生的城鎮搭上電車）。
《其他選項》
１和４都是搭「いつもの電車」（平常搭乘的電車），所以是錯的。３是「会社の帰りに」（從公司回來的路上），所以是錯的。

答案：**2**

32 「わたし」が、③大きな声を出したのはなぜですか。

1　女の子の大きな声に驚いたから
2　電車の中の人たちがみんな外を見たから
3　富士山が急に見えなくなったから
4　窓から富士山が見えたから

[翻譯]

[32]「我」為什麼③大叫一聲？

1　因為被小女孩的大聲喊叫嚇到了

2　因為電車裡的人們都往外看

3　因為突然看不到富士山了

4　因為透過窗戶可以看見富士山

[題解攻略]

　答えは 4 。この文の次に「富士山が見えたからです」とある。「から」は理由を表す。

　※ 30 は、[理由を表す文（ですから）結果を表す文] となっている。32 は、[結果を表す文→理由を表す文（〜からです）] となっていることに気をつけよう。

　正確答案是 4。下一句話寫道「富士山が見えたからです」（因為我看到了富士山）。「から」表理由。

　※30 是 [理由句（ですから）→結果句]。32 是 [結果句→理由句（〜からです）]。請特別注意。

答案：4

[33] 富士山を見た日、「わたし」はどのような気分で過ごしましたか。

1 いいことがあったような気分で過ごしました。
2 とても残念な気分で過ごしました。
3 少しさびしい気分で過ごしました。
4 これからも頑張ろうという気分で過ごしました。

[翻譯]

[33] 看到富士山的那一天，「我」懷著怎麼樣的心情？

1 懷著幸運的心情。

2 懷著非常可惜的心情。

3 懷著有一點寂寞的心情。

4 懷著從今以後也要加油的心情。

[題解攻略]

答えは1。「その日は、…何か いいことがあったようなうれしい 気分でした」とある。

正確答案是1。文中提到「その日 は、…何かいいことがあったようなう れしい気分でした」（那一整天我都很 開心，覺得自己很幸運）。

答案：1

單字的意思

□ 景色（けしき）／景色，風景

□ すると／這樣一來；於是

□ 見（み）える／看見；看得見；看起來

□ 日（ひ）／日子；天

□ 周（まわ）り／周圍，周邊

□ うれしい／高興，喜悦

□ 気分（きぶん）／情緒；氣氛；身體狀況

□ はっきり／清楚；明確；爽快；直接

□ 普通（ふつう）／普通，平凡；普通車

□ 残念（ざんねん）／遺憾，可惜，懊悔

□ さびしい／寂寞；孤單；荒涼，冷清；空虛

□ 頑張（がんば）る／努力，加油；堅持

文法的意思

□ ～ず（に）／不…地，沒…地

□ ～と／一…就

小知識

　　日本有一種每站皆停的慢車，一般行駛在“ローカル線（支線）”區間。只要買一種名為「青春18」的車票，即可在一天內任意搭乘。許多人喜歡青春18，因為票價十分便宜，還可以深入體會小地方的自然風光、風土人情、地理名稱及方言俗語等。

問題六　翻譯與題解

第 6 大題 請閱讀右頁的「東京樂園 價目表」，並回答下列問題。請從選項 1、2、3、4 中，選出一個最適當的答案。

東京ランド　料金表

〔 入園料 〕…中に入るときに必要なお金です。

入園料	
大人（中学生以上）	500 円
子ども（5 さい以上、小学 6 年生以下）・65 さい以上の人	200 円
（4 さい以下のお子さまは、お金はいりません。）	

〔乗り物けん*〕…乗り物に乗るときに必要なお金です。

◆ フリーパスけん（一日中、どの乗り物にも何回でも乗れます。）	
大人（中学生以上）	1200 円
子ども（5 さい以上、小学 6 年生以下）	1000 円
（4 さい以下のお子さまは、お金はいりません。）	

◆ 普通けん（乗り物に乗るときに必要な数だけ出してください。）		
普通けん	1 まい	50 円
回数けん（普通けん 11 まいのセット）	11 まい	500 円

・乗り物に乗るときに必要な普通けんの数

乗り物	必要な乗り物けんの数
メリーゴーランド	2 まい
子ども特急	2 まい
人形の船	2 まい
コーヒーカップ	1 まい
子どもジェットコースター	4 まい

○ たくさんの乗り物を楽しみたい人は、「フリーパスけん」がべんりです。
○ 少しだけ乗り物に乗りたい人は、「普通けん」を、必要な数だけお買いください。

＊けん：きっぷのようなもの。

東京樂園　價目表

〔入園費〕…進入園區的費用。

入園費	
成人（中學以上）	500 圓
兒童（5 歲以上、小學六年級以下）、65 歲以上長者	200 圓
（4 歲以下兒童免費）	

〔搭乘券＊〕…搭乘遊樂設施的費用。

◆ 無限搭乘券（全天不限次數搭乘任何遊樂設施）		
成人（中學以上）		1200 圓
小孩（5 歲以上、小學六年級以下）		1000 圓
（4 歲以下兒童免費）		
◆ 普通券（搭乘遊樂設施時請支付所需張數）		
普通券	1 張	50 圓
回數券（內含 11 張普通券的套票）	11 張	500 圓

・搭乘遊樂設施時所需普通券的張數

遊樂設施	所需搭乘券的張數
旋轉木馬	2 張
兒童特快車	2 張
娃娃船	2 張
咖啡杯	1 張
兒童雲霄飛車	4 張

○希望盡情享受多項遊樂設施的遊客，推薦購買「無限搭乘券」。

○只想搭乘少數幾項遊樂設施的遊客，建議購買所需數量的「普通券」。

＊券：類似票券的東西。

34 中村さんは、日曜日の午後から、むすこで小学3年生（8歳）のあきらくんを、「東京ランド」へつれていくことになりました。中に入るときに、お金は二人でいくらかかりますか。

1　500円
2　700円
3　1000円
4　2200円

[翻譯]

[34] 中村先生預定星期日下午要帶小學三年級（8歲）的兒子曉君去東京樂園。兩人共要花多少入園費？

1　500圓
2　700圓
3　1000圓
4　2200圓

[題解攻略]

答えは2。問題は「中に入るときに」かかるお金を聞いているので、「入園料」の表を見る。中村さんは500円、あきらくんは200円なので、700円となる。

正確答案是2。問題問的是「中に入るときに」（進入園區）的花費，所以請看「入園料」（入園費）的表格。中村先生是500圓，曉君是200圓，所以總共是700圓。

答案：2

35 あきらくんは、「子ども特急」と「子どもジェットコースター」に乗りたいと言っています。かかるお金を一番安くしたいとき、どのようにけんを買うのがよいですか。（乗り物には、あきらくんだけで乗ります。）

1 大人と子どもの「フリーパスけん」を、1まいずつ買う。
2 子どもの「フリーパスけん」を、1まいだけ買う。
3 回数けんを、一つ買う。
4 普通けんを、6まい買う。

[翻譯]

[35] 曉君想搭乘「兒童特快車」和「兒童雲霄飛車」。請問想把花費降到最低時，怎麼購買票券呢？（只有曉君要搭乘遊樂設施）

1 購買成人和兒童的「無限搭乘券」各一張。
2 只購買一張兒童的「無限搭乘券」。
3 購買一份回數券。
4 購買六張普通券。

[題解攻略]

答えは4。乗り物に乗るのは、あきらくんだけ。「料金表」の「乗り物に乗るときに必要な普通券の数」の表を見る。「子ども特急」は2枚、「子どもジェットコースター」は4枚とあるので、6枚必要と分かる。「乗り物券」の表から、「普通券」1枚の値段は50円、つまり6枚の値段は300円だ

正確答案是4。只有曉君搭乘遊樂設施。請參照「料金表」（價目表）的「乗り物に乗るときに必要な普通券の数」（搭乘遊樂設施時所需普通券的張數）。「兒童特快車」需要2張，「兒童雲霄飛車」需要4張，所以共需要6張。從「乗り物券」（搭乘券）表中可知，「普通券」一張50圓，也就是說6張共需要300圓。

151

と分<small>わ</small>かる。これを、「フリーパス券<small>けん</small>」の子<small>こ</small>ども料金<small>りょうきん</small>（1000円<small>えん</small>）や、「回数券<small>かいすうけん</small>」の値段<small>ねだん</small>（500円<small>えん</small>）を比<small>くら</small>べると、一番安<small>いちばんやす</small>いのは、普通券<small>ふつうけん</small>を6枚買<small>まいか</small>うことだと分<small>わ</small>かる。

而「無限搭乘券」兒童需要 1000 圓、「回數券」要 500 圓。相比之下，知道最便宜的方式是買 6 張普通券。

答案：**4**

專欄 4

主題單字

■ 交通工具與交通

- 乗り物／交通工具
- オートバイ【auto bicycle】／摩托車
- 汽車／火車
- 普通／普通；普通車
- 急行／急行；快車
- 特急／特急列車；火速
- 船・舟／船；小型船

- ガソリンスタンド【gasoline ＋ stand】／加油站
- 交通／交通
- 通り／道路，街道
- 事故／意外，事故
- 工事中／施工中；(網頁)建製中

- 忘れ物／遺忘物品，遺失物
- 帰り／回來；回家途中
- 番線／軌道線編號，月台編號

■ 職場生活

- オフ【off】／關；休假；折扣
- 遅れる／遲到；緩慢
- 頑張る／努力，加油
- 厳しい／嚴格；嚴酷
- 慣れる／習慣；熟悉

- 出来る／完成；能夠
- 叱る／責備，責罵
- 謝る／道歉；認錯
- 辞める／取消；離職
- 機会／機會

- 一度／一次；一旦
- 続く／繼續；接連
- 続ける／持續；接著
- 夢／夢

文法比一比

■ ていく vs. てくる

- ていく／…去，…下去

説明 表示動作或狀態，越來越遠地移動或變化。或表動作的繼續、順序，多指從現在向將來。

例句 今後も、真面目に勉強していきます。／今後也會繼續用功讀書的。

- てくる／…來，…起來，…過來，去…

説明 用在某動作由遠而近，表示動作從過去到現在的變化、推移，或從過去一直繼續到現在。

例句 お祭りの日が、近づいてきた。／慶典快到了。

◎ 是「…去」，還是「…來」？

　　「ていく」跟「てくる」意思相反，「ていく」表示某動作由近到遠，或是狀態由現在朝向未來發展；「てくる」表示某動作由遠到近，或是去某處做某事再回來。

■ さしあげる vs. いただく

• さしあげる／給予…，給…

說明 表示下面的人給上面的人物品。給予人是主語，這時候接受人的地位、年齡、身份比給予人高。是一種謙虛的說法。

例句 今週中にご連絡を差し上げます。／本週之內會與您聯絡。

• いただく／承蒙…，拜領…

說明 表示從地位、年齡高的人那裡得到東西。這時主語是接受人。用在給予人身份、地位、年齡比接受人高的時候。

例句 佐伯先生に絵をいただきました。／收到了佐伯老師致贈的畫作。

◎ 是「給予」還是「得到」？

「さしあげる」用在給地位、年齡、身份較高的對象東西；「いただく」用在說話人從地位、年齡、身份較高的對象那裡得到東西。

■ そうだ vs. ということだ

• そうだ／聽說…，據說…

說明 表示傳聞。指消息不是自己直接獲得的，而是從別人那裡，或報章雜誌等地方得到的。

例句 魏さんは独身だそうだ。／聽說魏先生還是單身。

• ということだ／聽說…，據說…

說明 表示傳聞。用在傳達從別處聽來，而且內容非常具體、明確的訊息，或是說話人回想起之前聽到的消息。

例句 魏さんは独身だということだったが、実は結婚していた。／原本以為魏先生還是單身，其實他已經結婚了。

◎ 「傳聞」說法可不可以用過去形？

「そうだ」不能改成「そうだった」，不過「ということだ」可以改成「ということだった」。另外，當知道傳聞與事實不符，或傳聞內容是推測時，不用「そうだ」，而是用「ということだ」。

■ （ら）れる（尊敬）vs. お…になる

• （ら）れる（尊敬）

說明 表示對對方或話題人物的尊敬，就是在表敬意的對象的動作上，用尊敬助動詞。尊敬程度低於「お〜になる」。

例句 白井さんは、もう駅に向かわれました。／白井先生已經前往車站了。

• お…になる

說明 表示對對方或話題中提到的人物的尊敬，為了表示敬意而抬高對方行為的表現方式。「お〜になる」中間接的就是對方的動作。

例句 黒川さんは、もうご出発になりました。／黒川小姐已經出發了。

◎ 哪個「尊敬語」尊敬程度較高？

「（ら）れる」跟「お…になる」都是尊敬語，用在抬高對方行為，以表示對他人的尊敬，但「お…になる」的尊敬程度比「（ら）れる」高。

問題四 翻譯與題解

第4大題 請閱讀下列（1）～（4）的文章，並回答問題。請從選項1、2、3、4中，選出一個最適當的答案。

（1）

これは、大西さんからパトリックさんに届いたメールです。

パトリックさん

大西です。いい季節ですね。

わたしの携帯電話のメールアドレスが、今日の夕方から変わります。すみませんが、わたしのアドレスを新しいのに直しておいてくださいませんか。携帯電話の電話番号やパソコンのメールアドレスは変わりません。よろしくお願いします。

---

26 パトリックさんは、何をしたらよいですか。

1 大西さんの携帯電話のメールアドレスを新しいのに変えます。
2 大西さんの携帯電話の電話番号を新しいのに変えます。
3 大西さんのパソコンのメールアドレスを新しいのに変えます。
4 大西さんのメールアドレスを消してしまいます。

[翻譯]

這是大西先生寄給帕特里克先生的信：

帕特里克先生

我是大西。又到了這個美好的季節。

我手機的郵件地址將於今天傍晚異動。不好意思，可以麻煩將我的郵件地址更新嗎？手機門號和電腦的郵件地址都和以前一樣。麻煩您了。

---

[26] 帕特里克先生該怎麼做？

1　更新大西先生的手機郵件地址。

2　更新大西先生的手機門號。

3　更新大西先生的電腦郵件地址。

4　刪除大西先生的郵件地址。

[題解攻略]

　　答えは１。「わたしの携帯電話のメールアドレスが…変わります」「新しいのに直しておいてくださいませんか」と言っている。

　　「新しいの」の「の」は名詞「メールアドレス」を言い換えたもの。

　　「直しておいて…」の「（動詞て形）ておきます」は準備や後片付けなどを表す言い方。

　　例・使ったお皿は洗っておいてください。

　　「（動詞て形）て…くださいませんか」は「〜てくれませんか」の丁寧な言い方。

《他の選択肢》

　　２「携帯電話の電話番号」や、３「パソコンのメールアドレス」は「変わりません」と言っている。

　　４　消してくださいとは言っていない。

　　正確答案是１。因為文中提到「わたしの携帯電話のメールアドレスが…変わります」（我手機的郵件地址將…異動）、「新しいのに直しておいてくださいませんか」（可以麻煩將郵件地址更新嗎）。

　　「新しいの」（新的）中的「の」代替了名詞「メールアドレス」（郵件地址）。

　　「直しておいて…」（更改好…）的「（動詞て形）ておきます」（〈事先〉做好…）表準備和事後整理。

　　例：請清洗用過的盤子。

　　「（動詞て形）て…くださいませんか」（能否麻煩…）是「〜てくれませんか」（能否幫我…）的禮貌說法。

《其他選項》

　　２「携帯電話の電話番号」（手機門號）和３「パソコンのメールアドレス」（電腦郵件地址）都沒有"異動"。

　　４文中沒有提到"請刪除"。

答案：1

<table>
<tr><td>單字的意思</td><td>

□ 季^き節^{せつ}／季節

□ メールアドレス【mail address】
　／電子信箱地址，電子郵件地址

□ 直^{なお}す／更改；改正；整理；修理

</td><td>

□ 携帯^{けいたい}電話^{でん わ}／手機，行動電話

□ パソコン【personal computer
　之略】／個人電腦

</td></tr>
</table>

□ 季^き節^{せつ}／季節　　　　　　　□ 携帯^{けいたい}電話^{でん わ}／手機，行動電話

□ メールアドレス【mail address】　□ パソコン【personal computer
　／電子信箱地址，電子郵件地址　　　之略】／個人電腦

□ 直^{なお}す／更改；改正；整理；修理

<table>
<tr><td>文法的意思</td><td>

□ ～ておく／先…，暫且…；…著

</td></tr>
</table>

（2）
　　カンさんが住^すんでいる東町^{ひがしまち}のごみ置^おき場^ばに、次^{つぎ}のような連絡^{れんらく}がはってあります。

ごみ集^{あつ}めについて

○　12月^{がつ}31日^{にち}（火^か）から1月^{がつ}3日^か（金^{きん}）までは、ごみは集^{あつ}めにきませんので、
　　出^ださないでください。

○　上^{うえ}の日^ひ以外^{い がい}は、決^きめられた曜日^{ようび}に集^{あつ}めにきます。

◆　東町^{ひがしまち}のごみ集^{あつ}めは、次^{つぎ}の曜日^{ようび}に決^きめられています。

　　燃^もえるごみ（生^{なま}ごみ・台所^{だいどころ}のごみや紙^{かみ}くずなど）……火^か・土^ど

　　プラスチック（プラスチックマークがついているもの）……水^{すい}

　　びん・かん……月^{げつ}

---

27 カンさんは、正月の間に出た生ごみと飲み物のびんを、なるべく早く出したいと思っています。いつ出せばよいですか。

1 生ごみ・びんの両方とも、12月30日に出します。
2 生ごみ・びんの両方とも、1月4日に出します。
3 生ごみは1月4日に、びんは1月6日に出します。
4 生ごみは1月11日に、びんは1月6日に出します。

[翻譯]

韓先生居住的東町的垃圾場，張貼著以下告示：

垃圾收運相關事宜

○ 自 12 月 31 日（二）至 1 月 3 日（週五）將不會收運垃圾，請不要將垃圾拿出來丟棄。

○ 除了上述日期，仍依照規定日程收運垃圾。

◆ 東町依照以下日程收運垃圾：
可燃垃圾（廚餘、廚房垃圾和廢紙等）……每週二、每週六
塑膠類（標示塑膠類標誌的物品）……每週三
瓶罐類……週一

---

[27] 韓先生想要盡早丟掉年節期間的廚餘和飲料瓶。請問什麼時候丟比較好？

1 廚餘和瓶子都在 12 月 30 日丟棄。

2 廚餘和瓶子都在 1 月 4 日丟棄。

3 廚餘在 1 月 4 日丟，瓶子在 1 月 6 日丟棄。

4 廚餘在 1 月 11 日丟，瓶子在 1 月 6 日丟棄。

[題解攻略]

答えは 3。問題は「生ごみ」と「びん」を出す日。表の◆の部分に、「燃えるゴミ（生ごみ…）…火・土」「びん・かん…月」とある。

表の○の部分から、正月のごみ集めは 1 月 4 日から、また、3 日が金曜なので、4 日が土曜、6 日が月曜と分かる。

《他の選択肢》

1 「正月の間に出た」ごみなので、12 月 30 日はおかしい。

2 4 日土曜日は、燃えるごみの日で、「びん」は出せない。

4 「なるべく早く出したい」とあり、11 日は生ごみの一番早い日ではない。

正確答案是 3。問題是「生ごみ」（廚餘）和「びん」（瓶類）的回收日。根據表中◆的地方，「燃えるゴミ（生ごみ…）…火・土」（可燃垃圾（廚餘…）…星期二、六）、「びん・かん…月」（瓶罐類…星期一）可以得知。

根據表中○的地方，正月的垃圾回收是從 1 月 4 日開始。另外，由於 3 日是星期五，所以可以知道 4 日是星期六、6 日是星期一。

《其他選項》

1.因為題目說「正月の間に出た」（在年節期間產生的垃圾），所以不能選 12 月 30 日。

2.4 日星期六是可燃垃圾的收運日，不能丟瓶罐類。

4.題目提到「なるべく早く出したい」（想盡早丟），而 11 日並不是丟廚餘最早的日子。

答案：3

單字的意思

□ ごみ／垃圾
□ 連絡／通知；聯繫，聯絡
□ 集める／集中；收集；集合
□ 以外／除外，以外
□ 決める／規定；決定；認定
□ 燃えるごみ／可燃垃圾
□ 生ごみ／廚餘
□ なるべく／盡量，盡可能
□ 両方／兩種；兩方

□ 〜について／有關…，關於…，就…

□ （ら）れる／被…

□ 〜ば／如果…的話，假如…，如果…就…

　　　日本各市區町村對垃圾跟資源回收的分類和倒垃圾時間都有規定。請務必按照各地區規定的日期，將垃圾放在規定地點，讓垃圾車載走。

（3）

テーブルの上に、母からのメモと紙に包んだ荷物が置いてあります。

ゆいちゃんへ

　お母さんは仕事があるので、これから大学に行きます。

　すみませんが、この荷物を湯川さんにおとどけしてください。

　湯川さんは高田馬場の駅前に3時にとりにきてくれます。

　赤い服を着ているそうです。湯川さんの携帯番号は、123-4567-89××です。

母より

28 ゆいさんは、何をしますか。

1 3時に、赤い服を着て大学に仕事をしにいきます。

2 3時に、赤い服を着て大学に荷物をとりにいきます。

3 3時に、高田馬場の駅前に荷物を持っていきます。

4 3時に、高田馬場の駅前に荷物をとりにいきます。

[翻譯]

桌上擺著媽媽留的紙條和一個包裹。

給小唯

媽媽有工作，現在要去大學一趟。

不好意思，請將這個包裹送去給湯川小姐。

湯川小姐三點會到高田馬場的車站前來拿。

聽說她穿著紅色的衣服。湯川小姐的手機號碼是 123-4567-89XX。

媽媽

[28] 唯小姐要做什麼？

1 三點時，穿紅色衣服去大學工作。

2 三點時，穿紅色衣服去大學拿包裹。

3 三點時，帶著包裹去高田馬場的車站前。

4 三點時，去高田馬場的車站前拿包裹。

[題解攻略]

答えは 3 。「この荷物を湯川さんにお届けしてください」とある。「お届けしてください」は「届けてください」の謙譲表現。「（湯川さんのところに）持って行ってください」と同じ。

《他の選択肢》

2 「赤い服を着て」いるのは湯川。

正確答案是 3。文中寫道「この荷物を湯川さんにお届けしてください」（請將這個包裹送去給湯川小姐）。「お届けしてください」是「届けてください」（請交給）對湯川小姐的謙讓表現。和「（湯川さんのところに）持って行ってください」（請拿去〈湯川小姐的所在地〉）意思相同。

《其他選項》

2「赤い服を着て」（穿著紅色衣服）的是湯川小姐。

4　「荷物を取りに行きます」は「荷物をもらいに行きます」という意味。ゆいさんは荷物を持って行くので×。

　4「荷物を取りに行きます」（去取包裹）是「荷物をもらいに行きます」（去拿包裹）的意思。小唯是要拿包裹過去，所以錯誤。

答案：3

(4)

　日本には、お正月に年賀状＊を出すという習慣がありますが、最近、年賀状のかわりにパソコンでメールを送るという人が増えているそうです。メールなら一度に何人もの人に同じ文で送ることができるので簡単だからということです。

　しかし、お正月にたくさんの人からいろいろな年賀状をいただくのは、とてもうれしいことなので、年賀状の習慣がなくなるのは残念です。

＊年賀状：お正月のあいさつを書いたはがき

29　年賀状のかわりにメールを送るようになったのは、なぜだと言っていますか。

1　メールは年賀はがきより安いから。

2　年賀状をもらってもうれしくないから。

3　一度に大勢の人に送ることができて簡単だから。

4　パソコンを使う人がふえたから。

[翻譯]

　　日本人於春節時有寄送賀年卡*的習俗，然而近年來有愈來愈多人改用電腦發送電子卡片以代替賀年卡了。因為電子卡片可以同時向很多人發送相同的賀詞，十分簡便。

　　但是，春節時能收到各方寄來各式各樣的賀年卡，是件很讓人開心的事，所以寄賀年卡的習俗逐漸消失的現況相當令人遺憾。

＊賀年卡：書寫新年賀詞的明信片。

[29] 為什麼電子卡片取代了賀年卡？

1　因為電子卡片比賀年明信片便宜。

2　因為即使拿到賀年卡也不會感到開心。

3　因為可以同時發送給很多人，十分簡便。

4　因為使用電腦的人增加了。

[題解攻略]

　　答えは 3 。本文に「メールなら一度に何人もの人に同じ文を送ることができるので簡単だから」とある。「何人もの人に」と、3「大勢の人に」は同じ。

　　《他の選択肢》

　　4 について、本文では「パソコンでメールを送るという人が増えている」といっており、これは、4の「パソコンを使う人が増えた」とは違う。

　　正確答案是 3 。文中寫道「メールなら一度に何人もの人に同じ文を送ることができるので簡単だから」（因為電子卡片可以同時向很多人發送相同的賀詞，十分簡便）。「何人もの人に」（好幾個人）和 3「大勢の人に」（許多人）意思相同。

　　《其他選項》

　　4 文中提到「パソコンでメールを送るという人が増えている」（愈來愈多人改用電腦發送電子卡片），這和 4「パソコンを使う人が増えた」（使用電腦的人增加了）意思不同。

答案：**3**

□ 正月（しょうがつ）／正月，新年

□ 習慣（しゅうかん）／習慣

□ 最近（さいきん）／最近

□ 送る（おく）／寄送；派；送行；度過；標上（假名）

□ 増える（ふ）／增加

□ 一度（いちど）／一次，一回；一旦

□ 簡単（かんたん）／簡單；輕易；簡便

□ いただく／領受；領取；吃，喝

□ なぜ／為什麼

□ もらう／收到，拿到

□ うれしい／高興，喜悅

□ 〜という／針對事件內容加以描述説明；叫做…

□ 〜なら／要是…的話

□ ということだ／説是…，他説…

□ 〜の（は／が／を）／的是…

□ 〜ようになる／（習慣等）變得…了

　　「あけましておめでとうございます」（新年快樂）和「今年もよろしくお願いします」（新的一年也請多指教）是賀年卡中很常見的兩個句子。由於賀年卡最主要的目的是向對方表示「去年很感謝您，新的一年也請多指教」，因此「收到」的意義本身就很重大。

問題五　翻譯與題解

第 5 大題　請閱讀下列文章，並回答問題。請從選項 1、2、3、4 中，選出一個最適當的答案。

　　その日は、10 時 30 分から会議の予定がありましたので、わたしはいつもより早く家を出て駅に向かいました。

　　もうすぐ駅に着くというときに、歩道に①時計が落ちているのを見つけました。とても高そうな立派な時計です。人に踏まれそうになっていたので、ひろって駅前の交番に届けにいきました。おまわりさんに、時計が落ちていた場所を聞かれたり、わたしの住所や名前を紙に書かされたりしました。

　　②遅くなったので、会社の近くの駅から会社まで走っていきましたが、③会社に着いた時には、会議が始まる時間を 10 分も過ぎていました。急いで部長の部屋に行き、遅れた理由を言ってあやまりました。部長は「そんな場合は、遅れることをまず、会社に連絡しろと言っただろう。なぜそうしなかったのだ。」と怒りました。わたしが「すみません。急いでいたので、連絡するのを忘れてしまいました。これから気をつけます。」と言うと、部長は「よし、わかった。今後気をつけなさい。」とおっしゃって、温かいコーヒーをわたしてくださいました。そして、「会議は 11 時から始めるから、それまで、少し休みなさい。」とおっしゃったので、自分の席で温かいコーヒーを飲みました。

[翻譯]

　　那天，由於預定於 10 點 30 分開會，我比平時更早出門前往車站。

　　快到車站的時候，我看到有支①手錶掉在人行道上。那支高級的手錶看起來很昂貴。我怕被人踩壞了，就把它撿起來送到車站前的派出所。警察問我撿到手錶的地點，並要我登記住址和姓名。

　　因為②時間拖遲了，我從公司附近的車站一路狂奔到公司，可是③抵達公司時仍然比會議原訂時間還晚十分鐘。我急忙去經理辦公室解釋遲到的理由。經理很生氣，訓斥我：「我之前就提醒過大家，遇到會遲到的狀況一定要先聯絡公司，為什

麼沒通知同事？」我立刻道歉：「對不起，我太急了，忘記該先聯絡。以後會注意。」
經理對我說：「好，這樣就好，以後要留意。」並給了我一杯熱咖啡。經理又告訴我：
「會議延到 11 點舉行，開會前你先稍微喘口氣。」所以我回到自己的座位上，享用
了這杯熱咖啡。

---

30 ①時計について、正しくないものはどれですか。

1　ねだんが高そうな立派な時計だった。
2　人に踏まれそうになっていた。
3　歩道に落ちていた。
4　会社の近くの駅のそばに落ちていた。

[翻譯]

[30] 關於①手錶，以下何者不正確？

1　是看起來很昂貴的高級手錶。
2　可能會被人踩壞。
3　掉在人行道上。
4　掉在公司附近的車站旁。

[題解攻略]

答えは 4 。「…家を出て駅に向かいました。もうすぐ駅に着くと言うときに…」とある。

この「駅」は家の近くの駅で、「会社の近くの駅」ではない。

正確答案是 4。文中寫道「…家を出て駅に向かいました。もうすぐ駅に着くと言うときに…」（…出門前往車站。快到車站的時候…）

這個車站是家附近的車站，而非「会社の近くの駅」（公司附近的車站）。

答案：4

31 ②遅くなったのは、なぜですか。

1 交番でいろいろ聞かれたり書かされたりしたから

2 時計をひろって、遠くの交番に届けに行ったから

3 会社の近くの駅から会社までゆっくり歩き過ぎたから

4 いつもより家を出るのがおそかったから

[翻譯]

[31] 為什麼②時間拖遲了？

1 因為在派出所做筆錄，填寫資料等等

2 因為撿到手錶，並送到很遠的派出所

3 因為從公司附近的車站到公司途中走得太慢

4 因為比平時晚出門

[題解攻略]

答えは1。時計を駅前の交番に届け、おまわりさんに「時計が落ちていた場所を聞かれたり、わたしの住所や名前を紙に書かされたりしました」とある。遅くなったのはそのため。

《他の選択肢》

2 「遠くの交番」が×。「駅前の交番」とある。

3 「ゆっくり歩いた」とは書いていない。

正確答案是1。文中寫道遲到的原因是將手錶交到派出所，又「おまわりさんに時計が落ちていた場所を聞かれたり、わたしの住所や名前を紙に書かされたりしました」（警察問我撿到手錶的地點，並要我登記住址和姓名）。

《其他選項》

2不是「遠くの交番」（很遠的派出所），而是「駅前の交番」（車站前的派出所）。

3並沒有寫道「ゆっくり歩いた」（慢慢走）。

4　本文の最初の文に「わたしは
いつもより早く家を出て」とある。

4文章開頭寫道「わたしはいつもより
早く家を出て」（我比平時更早出門）。

答案：**1**

---

32 ③会社に着いた時は何時でしたか。

1　10時半
2　10時40分
3　10時10分
4　11時

[翻譯]

[32] 幾點③抵達公司？

1　10點半

2　10點40分

3　10點10分

4　11點

[題解攻略]

　　答えは2。本文の最初に「10
時30分から会議の予定がありま
したので」とある。会社に着いた
時は、「会議が始まる時間を10
分も過ぎて」いたとあるので、10
時40分が正解。

　　正確答案是2。文章開頭寫道「10
時30分から会議の予定がありました
ので」（預定於10點30分開會）。
到公司時，「会議が始まる時間を10
分も過ぎて」（比會議原訂時間還晚
10分鐘），所以抵達公司時是10點
40分。

答案：**2**

33 部長は、どんなことを怒ったのですか。

1 会議の時間に10分も遅れたこと

2 つまらない理由で遅れたこと

3 遅れることを連絡しなかったこと

4 うそをついたこと

[翻譯]

[33] 部長為了什麼事而生氣？

1 比會議原訂時間還晚到10分鐘

2 為了虛假不實的理由而遲到

3 沒有事先聯絡公司會遲到

4 說謊

[題解攻略]

答えは3。「部長は『そんな場合は、遅れることをまず、会社に連絡しろと言っただろう。なぜそうしなかったのだ』と怒りました」とある。部長は「連絡しなかったこと」を怒っている。

正確答案是3。文中寫道「部長は『そんな場合は、遅れることをまず、会社に連絡しろと言っただろう。なぜそうしなかったのだ』と怒りました」（經理訓斥我：「我之前就提醒過大家，遇到會遲到的狀況一定要先聯絡公司，為什麼沒通知同事？」）可見部長生氣的是「連絡しなかったこと」（沒有聯絡一事）。

答案：**3**

□ 日（ひ）／日子；天

□ 会議（かいぎ）／會議

□ 予定（よてい）／預定

□ 向（む）かう／前往；面向

□ もうすぐ／快要，不久，馬上

□ 落（お）ちる／掉落；落下；降低，下降；
落選

□ 見（み）つける／發現；找到；目睹

□ 踏（ふ）む／踩住，踩到；踏上；實踐

□ 拾（ひろ）う／撿拾；挑出；接；叫車

□ 過（す）ぎる／超過；過於；經過

□ 謝（あやま）る／道歉，謝罪；認錯；謝絕

□ 理由（りゆう）／理由，原因

□ 場合（ばあい）／狀況；時候；情形

□ まず／首先；總之；大約；姑且

□ 怒（おこ）る／斥責；生氣

□ おっしゃる／説，講，叫

□ 始（はじ）める／開始；開創；發（老毛病）

□ 席（せき）／座位；職位

□ ～そう／好像…，似乎…

□ 數量詞＋も／多達；竟…，也…

□ しろ／（する的命令形）給我…

□ ～だろう／…吧

□ ～なさい／要…，請…

□ ～てくださる／（為我）做…

遇到問「どうして」、「なぜ」（為什麼）的題目，請注意關鍵詞「から」、「ので」和其前後文，答案通常都藏在附近！

◉ から

表示原因、理由，一般用在出於個人主觀理由時，是較強烈的意志性表達。例：まずかったから、もうこの店には来ません（因為太難吃了，我再也不會來這家店了）。

◉ ので

表示原因、理由，一般用在客觀的自然因果關係。例：雨なので、行きたくないです（因為下雨，所以不想去）。

問題六　翻譯與題解

第6大題　請閱讀右頁的「地震時的注意事項」，並回答下列問題。請從選項1、2、3、4中，選出一個最適當的答案。

地震のときのための注意

△△市ぼうさい課*

○ 地震がおきる前に、いつも考えておくことは？

5つの注意	やること
1 テレビやパソコンなどがおちてこないように、おく場所を考えよう。	・本棚などは、たおれないように、道具でとめる。
2 われたガラスなどで、けがをしないようにしよう。	・スリッパや靴を部屋においておく。
3 火が出たときのための、準備をしておこう。	・消火器*のある場所を覚えておく。
4 地震のときに持って出る荷物をつくり、おく場所を決めておこう。	・3日分の食べ物、服、かい中でんとう*、薬などを用意する。
5 家族や友だちとれんらくする方法を決めておこう。	・市や町で決められている場所を知っておく。

○ 地震がおきたときは、どうするか？

1	まず、自分の体の安全を考える！ ・つくえなどの下に入って、ゆれるのが終わるのをまつ。
2	地震の起きたときに、すること ① 火を使っているときは、火をけす。 ② たおれた棚やわれたガラスに注意する。 ③ まどや戸をあけて、にげるための道をつくる。 ④ 家の外に出たら、上から落ちてくるものに注意する。 ⑤ ラジオやテレビなどで、ニュースを聞く。

＊ぼうさい課：地震などがおきたときの世話をする人たち。

＊消火器：火を消すための道具。

＊かい中でんとう：持って歩ける小さな電気。電池でつく。

地震時的注意事項

△△市防災課*

○ 地震發生前，必需時常謹記在心的事項？

5點注意事項	應做事項
1 請將電視和電腦等物品擺放在適當的位置，以避免掉落。	・使用五金零件固定書櫃等家具以免倒塌。
2 避免被碎玻璃等尖銳物品割傷。	・將拖鞋或鞋子放在室內。
3 預先準備滅火器具。	・牢記擺放滅火器*的位置。
4 備妥地震時攜帶的緊急避難包，並放在固定的位置。	・備妥三天份的糧食、衣物、手電筒*、藥品等等。
5 與家人和朋友事先約定聯絡方式。	・記住在市內或鎮上的約定地點。

○ 地震發生時，該怎麼做？

1	首先，確保自身安全！
	・躲到桌子底下，等待搖晃停止。
2	地震發生時該做的事
	① 若正在用火，請關閉火源。
	② 小心倒塌的櫃子和碎玻璃。
	③ 打開門窗，確保逃生途徑。
	④ 若要離開房屋，請小心上方掉落的物品。
	⑤ 透過收音機或電視收聽新聞。

＊防災課：發生地震等災害時協助救援的人士。

＊滅火器：滅火的工具。

＊手電筒：可以隨身攜帶的小型電燈，使用電池提供電力。

34 松田さんは、地震がおきる前に準備しておこうと考えて、「地震のときに持って出る荷物」をつくることにしました。荷物の中に、何を入れたらよいですか。

1　3日分の食べ物と消火器

2　スリッパと靴

3　3日分の食べ物と服、かい中でんとう、薬

4　ラジオとテレビ

[翻譯]

[34] 松田先生想在地震前做好防災準備，他準備了「地震時攜帶的緊急避難包」。
　　　避難包中應該放入什麼物品？

1　三天份的糧食和滅火器

2　拖鞋或鞋子

3　三天份的糧食和衣物、手電筒、藥品

4　收音機或電視

[題解攻略]

　答えは3。上の表「〇地震がおきる前に…」の、4「地震のときに持って出る荷物をつくり…」の右を見る。

　正確答案是3。請參照上表「〇地震がおきる前に…」（地震發生前…）中的4「地震のときに持って出る荷物をつくり…」（備妥地震時攜帶的緊急避難包…）的右方。

答案：**3**

35 地震でゆれはじめたとき、松田さんは、まず、どうするといいですか。

1 つくえなどの下で、ゆれるのが終わるのをまつ。
2 つけている火をけして、外ににげる。
3 たおれそうな棚を手でおさえる。
4 ラジオで地震についてのニュースを聞く。

[翻譯]

[35] 地震發生時，松田先生首先應該做什麼？

1 在桌子底下等待搖晃停止。

2 關閉正在使用的火源，並逃到外面。

3 用手撐住快要倒塌的櫃子。

4 透過收音機收聽地震相關新聞。

[題解攻略]

　　答えは1。問題は、揺れ始めたときに、まずすることを聞いている。「まず」は「最初に」という意味。下の表「〇地震がおきたときは…」の、1「まず、自分の体の安全を考える」の下を見る。
　　※表の、2「地震の起きたときに、すること」は、揺れるのが終わってからすること。

　　正確答案是1。問題問的是地震時首先應該要做什麼。「まず」是「最初に」（首先）的意思。請參見下表「〇地震がおきたときは…」（地震發生時…）中的1「まず、自分の体の安全を考える」（首先，確保自身安全）的下方。
　　※表中提到2「地震の起きたときに、すること」是指地震搖完後才要做的事。

答案：1

單字的意思

□ 地震（じしん）／地震

□ 考える（かんが）／想，思考；考慮；認為

□ やる／做；給，給予；派

□ 棚（たな）／架子，棚架

□ けす／熄滅；消去

□ たおれる／倒下；垮台；死亡

□ 割れる（わ）／破掉，破裂；分裂；暴露；整除

□ ガラス【（荷）glas】／玻璃

□ 火（ひ）／火

□ 準備（じゅんび）／準備

□ 用意（ようい）／準備；注意

□ 安全（あんぜん）／安全；平安

□ ゆれる／搖動；動搖

□ 逃げる（に）／逃走，逃跑；逃避；領先（運動競賽）

□ 世話（せわ）／幫忙；照顧；照料

文法的意思

□ （よ）う／…吧

□ ～ように／請…，希望…；以便…，為了…

□ ～たら／要是…；如果要是…了，…了的話

□ ことにする／決定…；習慣…

主題單字

■ 電腦相關

- メール【mail】／電子郵件；信息
- メールアドレス【mail address】／電子郵件地址
- アドレス【address】／住址；(電子信箱)地址
- 宛先（あてさき）／收件人姓名地址
- 件名（けんめい）／項目名稱；郵件主旨
- 挿入（そうにゅう）／插入，裝入
- 差出人（さしだしにん）／發信人，寄件人
- 添付（てんぷ）／添上；附加檔案
- 送信（そうしん）／發送郵件；播送

- 転送（てんそう）／轉送，轉寄
- キャンセル【cancel】／取消；廢除
- ファイル【file】／文件夾；(電腦)檔案
- 保存（ほぞん）／保存；儲存檔案
- 返信（へんしん）／回信，回電
- コンピューター【computer】／電腦
- スクリーン【screen】／螢幕
- パソコン【personal computer 之略】／個人電腦
- ワープロ【word processor 之略】／文字處理機

■ 理由與決定

- ため／為了；因為
- 何故（なぜ）／為什麼
- 原因（げんいん）／原因
- 理由（りゆう）／理由，原因
- 訳（わけ）／原因；意思

- 正しい（ただ）／正確；端正
- 合う（あ）／一致；合適
- 必要（ひつよう）／需要
- 宜しい（よろ）／好，可以
- 無理（むり）／勉強；不講理

- 駄目（だめ）／不行；沒用
- つもり／打算；當作
- 決まる（き）／決定；規定
- 反対（はんたい）／相反；反對

文法比一比

■ てくださる vs. てくれる

- てくださる／（為我）做…

説明 是「～てくれる」的尊敬説法。表示他人為我方的人做前項有益的事，用在帶著感謝的心情接受別人的行為時，此時給予人的身份、地位、年齡要比接受人高。

例句 ① 部長、その資料を貸（か）してくださいませんか。／部長，您方便借我那份資料嗎？

- てくれる／（為我）做…

説明 表示他人為我，或為我方的人做前項有益的事，用在帶著感謝的心情，接受別人的行為。

例句 友達（ともだち）が私（わたし）によい参考書（さんこうしょ）を教（おし）えてくれました。／朋友告訴了我很有用的參考書。

> ◎ 是誰「為我做」？
> 　「てくださる」表示身份、地位、年齡較高的對象為我（或我方）做某事；「てくれる」表示同輩、晚輩為我（或我方）做某事。

■ ておく vs. てある

▪ ておく／先…，暫且…

説明 表示為將來做準備，也就是為了以後的某一目的，事先採取某種行為。口語說法是簡略為「とく」。

例句 ビールを冷やしておく。／先把啤酒冰起來。

▪ てある／…著，已…了

説明 「動詞て形＋ある」表示抱著某個目的，有意圖地去執行，當動作結束之後，那一動作的結果還存在的狀態。

例句 ビールを冷やしてある。／已經冰了啤酒。

> ◎ 哪個是「事先」做，哪個「已經」做了？
>
> 　　「ておく」表示為了某目的，先做某動作；「てある」表示抱著某個目的做了某事，而且已完成動作的狀態持續到現在。

■ （ら）れる（被動）vs.（さ）せる

▪ （ら）れる（被動）／被…

説明 表示某人直接承受到別人的動作，「被…」的意思。

例句 道路にごみを捨てたところを、好きな人に見られた。／正在路上隨手丟垃圾的時候，被心儀的人看見了。

▪ （さ）せる／讓…，叫…

説明 表示某人強迫他人做某事，由於具有強迫性，只適用於長輩對晚輩或同輩之間。

例句 勉強の役に立つテレビ番組を子どもに見せた。／讓小孩觀賞了有助於課業的電視節目。

> ◎ 是「被動」，還是「使役」？
>
> 　　「（ら）れる」表示「被動」，指某人承受他人施加的動作，「被…」的意思；「（さ）せる」是「使役」用法，指某人強迫他人做某事，「讓…」的意思。

■ ば vs. なら

▪ ば／如果…的話，假如…，如果…就…

説明 用在一般客觀事物的條件關係。如果前項成立，後項就一定會成立。

例句 早く医者に行けば良かったです。／如果早點去看醫生就好了。

▪ なら／如果…的話，要是…的話

説明 表示接收到對方所說的事情、狀態、情況後，說話人提出了意見、勸告等，也可用於舉出一個事物列為話題，再進行說明。

例句 私があなたなら、きっとそうする。／假如我是你的話，一定會那樣做的。

> ◎ 「如果」有差別
>
> 　　「ば」前接用言假定形，表示前項成立，後項就會成立；「なら」前接動詞・形容詞終止形、形容動詞詞幹或名詞，指說話人接收了對方說的話後，假設前項要發生，提出意見等。另外，「なら」前接名詞時，也可表示針對某人事物進行說明。

第六回

問題四　翻譯與題解

第 4 大題　請閱讀下列（1）～（4）的文章，並回答問題。請從選項 1、2、3、4 中，選出一個最適當的答案。

(1)

小田さんの机の上に、このメモが置いてあります。

小田さん

　P 工業の本田部長さんより電話がありました。

　3 時にお会いする約束になっているので、いま、こちらに向かっているが、事故のために電車が止まっているので、着くのが少し遅れるということです。

中山

---

26 中山さんは小田さんに、どんなことを伝えようとしていますか。

1　中山さんは、今日は来られないということ
2　本田さんは、事故でけがをしたということ
3　中山さんは、予定より早く着くということ
4　本田さんは、予定よりもおそく着くということ

[翻譯]

小田先生的桌上放著這張便條。

小田先生

　P 工業的本田經理來電。

　由於約好 3 點在這裡見面，他正在路上，但電車因事故停駛了，所以會晚一點到。

中山

---

[26] 中山先生想告訴小田先生什麼事？

1 中山先生今天不過來了

2 本田先生因為事故受傷了

3 中山先生會比預定的時間早到

4 本田先生會比預定的時間晚到

[題解攻略]

答えは４。「本田部長さんより電話」「着くのが少し遅れる」とある。「遅れる」は「遅く着く」と同じ。

正確答案是4。文中寫道「本田部長さんより電話」（本田經理來電）、「着くのが少し遅れる」（會晚一點到）。「遅れる」和「遅く着く」意思相同。

答案：**4**

單字的意思

□ 工業／工業

□ 部長／部長

□ 約束／約定，規定

□ 事故／事故，意外

□ 止まる／停止；止住；堵塞

□ 遅れる／遲到；緩慢

□ 伝える／傳達，轉告；傳導

文法的意思

□ お～する、ご～する／表動詞的謙讓形式

□ ～（よ）うとする／想要…，打算…

（2）

スーパーのエスカレーターの前に、次の注意が書いてあります。

エスカレーターに乗るときの注意

◆　黄色い線の内側に立って乗ってください。

◆　エスカレーターの手すり*を持って乗ってください。

◆　小さい子どもは、真ん中に乗せてください。

◆　ゴムの靴をはいている人は、とくに注意してください。

◆　顔や手をエスカレーターの外に出して乗ると、たいへん危険です。

　　決して、しないようにしてください。

＊手すり：エスカレーターについている、手で持つところ

27　この注意から、エスカレーターについてわかることは何ですか。

1　黄色い線より内がわに立つと、あぶないということ

2　ゴムのくつをはいて乗ってはいけないということ

3　エスカレーターから顔を出すのは、あぶないということ

4　子どもを真ん中に乗せるのは、あぶないということ

[翻譯]

超市的電扶梯前張貼以下的注意事項：

搭乘電扶梯時的注意事項：

◆ 請站在黃線裡面。
◆ 請緊握電扶梯的扶手＊。
◆ 幼童請站在正中央。
◆ 穿膠鞋者請特別小心。
◆ 將頭或手伸出電扶梯外非常危險，請千萬不要這麼做。

＊扶手：電扶梯旁可供握扶的部分。

[27] 從注意事項中可以知道什麼？

1　站在黃線裡面非常危險
2　穿膠鞋者不得搭乘
3　將頭伸出電扶梯外非常危險
4　幼童站在正中央非常危險

[題解攻略]

　　答えは３。注意の最後の◆に、「顔や手をエスカレーターの外に出して乗ると、たいへん危険です」とある。「危険」と選択肢３の「危ない」は同じ。

　　正確答案是３。文中最後的◆寫道「顔や手をエスカレーターの外に出して乗ると、たいへん危険です」（將頭或手伸出電扶梯外非常危險）。選項３的「危ない」（危險的）和「危険」（危險的）意思相同。

《他の選択肢》

1　注意に「黄色い線の内側に立ってください」とある。

2　「ゴムの靴をはいている人は、…注意してください」とある。乗ってはいけないとは書いていない。

4　「真ん中に乗せてください」とある。

《其他選項》

1 注意事項提到「黄色い線の内側に立ってください」（請站在黃線裡面）。

2「ゴムの靴をはいている人は、…注意してください」（穿膠鞋者請特別小心），並沒有寫不能搭乘。

4 文中提到「真ん中に乗せてください」（請站在正中央）。

答案：**3**

單字的意思

□ エスカレーター【escalator】／電扶梯，自動手扶梯

□ 注意／注意，小心

□ 線／線；線路；界線

□ 内側／內側，裡面；內部

□ 真ん中／正中間

□ 履く／穿（鞋、襪）

□ 危険／危險

□ 決して／（後接否定）絕對（不）

文法的意思

□ ～ようにする／（表指示、注意）使其…

(3)

これは、大学に行っているふみやくんにお母さんから届いたメールです。

ふみや

千葉のおじさんから、家に電話がありました。おじいさんの具合が

悪くなったので、急に入院することになったそうです。

おじさんはいま、病院にいます。

千葉市の海岸病院の 8 階に、なるべく早く来てほしいということです。

わたしもこれからすぐに病院に行きます。

母

---

28 ふみやくんは、どうすればよいですか。

1 すぐに、一人でおじさんの家に行きます。
2 おじさんに電話して、二人で病院に行きます。
3 すぐに、一人で海岸病院に行きます。
4 お母さんに電話して、いっしょに海岸病院に行きます。

[翻譯]

這是媽媽傳給去大學上課的文哉的簡訊：

文哉

住在千葉的叔叔給家裡打了電話。爺爺身體不舒服，緊急住院了。

叔叔現在在醫院。

他希望我們快點趕到千葉市的海岸醫院八樓。

我現在就去醫院。

媽媽

---

[28] 文哉應該要怎麼做？

1 立刻一個人前往叔叔家。

2 打電話給叔叔，兩人一起去醫院。

3 立刻一個人前往海岸醫院。

4 打電話給媽媽，兩人一起去海岸醫院。

[題解攻略]

　　答えは３。「千葉市の海岸病院…に、なるべく早く来てほしいということです」とある。

　　「病院に来てほしい」といっているので、選択肢の１は✕。おじさんは今、病院にいるので、選択肢２の「二人で、病院に行きます」は✕。お母さんは「わたしもこれからすぐに病院に行きます」と言っているので、４の「いっしょに…行きます」も✕。

　　正確答案是３。文中寫道「千葉市の海岸病院…に、なるべく早く来てほしいということです」（他希望我們快點趕到千葉市的海岸醫院）。

　　文中有「病院に来てほしい」（希望來醫院），所以選項１錯誤。叔叔現在在醫院，因此選項２「二人で、病院に行きます」（兩人一起去醫院）錯誤。又因為媽媽說「わたしもこれからすぐに病院に行きます」（我現在就去醫院），所以４「いっしょに…行きます」（一起去）也是錯的。

答案：**3**

單字的意思	
□ 具合／（健康等）狀況；方便，合適；方法	□ 海岸／海岸
□ 急に／突然	□ なるべく／盡量，盡可能
□ 入院／住院	□ これから／接下來，現在起
	□ すぐに／馬上

文法的意思	
□ ことになる／（被）決定…；也就是説…	
□ ということだ／説是…，他説…	

小知識	在日本看診時，如果需要中文翻譯，可以向學校或地方國際交流協會等團體詢問。他們會提供可以用中文就診的醫院。看病時，有健保的醫療費大約是 1500 ～ 2500 圓（不含藥費）。若沒有健保，大約是 5000 ～ 8500 圓。

●---

（4）

　はるかさんは、小さなコンビニでアルバイトをしています。レジでは、お金をいただいておつりをわたしたり、お客さんが買ったものをふくろに入れたりします。また、お店のそうじをしたり、品物を棚に並べることもあります。最初のうちは、レジのうちかたをまちがえたり、品物をどのようにふくろに入れたらよいかわからなかったりして、失敗したこともありました。しかし、最近は、いろいろな仕事にも慣れ、むずかしい仕事をさせられるようになってきました。

[29] はるかさんの仕事ではないものはどれですか。

1　銀行にお金を取りに行きます。

2　お客さんの買ったものをふくろに入れます。

3　品物を売り場に並べます。

4　客からお金をいただいたりおつりをわたしたりします。

[翻譯]

　　遙小姐在一家小型的便利商店打工。她在收銀台負責收錢和找錢，並將客人購買的商品裝進袋子。另外，她還要清掃店鋪，以及將商品上架。起初，她有時工作不順，例如收據輸入錯誤，或是不知道該怎麼將商品妥善裝袋，但最近已經習慣各項工作，已經可以順利完成具有難度的工作了。

[29] 遙小姐的工作<u>不包括</u>下列哪一項？

1　去銀行領錢。

2　將客人購買的商品裝袋。

3　將商品上架於賣場中。

4　向客人收錢並找錢。

[題解攻略]

　　答えは１。本文に「銀行に行く」という言葉はない。
　　《他の選択肢》
　　２　「お客さんが買ったものをふくろに入れたり」とある。
　　３　「品物を棚に並べたり」とある。
　　４　「お金をいただいておつりをわたしたり」とある。

　　正確答案是１。文中沒有寫「銀行に行く」（去銀行）。
　　《其他選項》
　　２文中提到「お客さんが買ったものをふくろに入れたり」（將客人購買的商品裝袋）。
　　３文中提到「品物を棚に並べたり」（將商品上架）。
　　４文中提到「お金をいただいておつりをわたしたり」（收錢和找錢）。

答案：1

單字的意思

□ 小さな／小，小的；年齢幼小

□ アルバイト【（徳）arbeit 之略】
／打工，副業

□ レジ【register 之略】／收銀台

□ いただく／領取；領受；吃，喝

□ おつり／找零

□ 品物／貨品；物品，東西

□ 間違える／錯；弄錯

□ 失敗／失敗

□ 最近／最近

□ 売り場／賣場，出售處；出售好
時機

文法的意思

□ （さ）せられる／被派做…

□ ～ようになる／變得…了

小知識

　　如果想學習日本人的做事方法、習慣和規則，打工是很好的體驗機會！留學生資格外工作時間一周是 28 小時以內，暑假等長假是一天 8 小時以內。規定不可以在風化業相關地方工作。另外，為了減少與雇主之間的糾紛，盡量請雇主將面試時提出的條件書面化。

問題五　翻譯與題解

第５大題　請閱讀下列文章，並回答問題。請從選項１、２、３、４中，選出一個最適當的答案。

僕は①字を読むことが趣味です。朝は、食事をしたあと、紅茶を飲みながら新聞を読みますし、夜もベッドの中で本や雑誌を読むのが習慣です。中でも、僕が一番好きなのは小説を読むことです。

最近、②おもしろい小説を読みました。貿易会社に勤めている男の人が、自分の家を出て会社に向かうときのことを書いた話です。その人は、僕と同じ、普通の市民です。しかし、その人が会社に向かうまでの間に、いろいろなことが起こります。動物園までの道を聞かれて案内したり、落ちていた指輪を拾って交番に届けたり、男の子と会って遊んだりします。そんなことをしているうちに、夕方になってしまいました。そこで、その人はとうとう会社に行かずに、そのまま家に帰ってきてしまうというお話です。

僕は「③こんな生活も楽しいだろうな」と思い、妻にこの小説のことを話しました。すると、彼女は「そうね。でも、④小説はやはり小説よ。ほんとうにそんなことをしたら会社を辞めさせられてしまうわ。」と言いました。僕は、なるほど、そうかもしれない、と思いました。

[翻譯]

我的興趣是①閱讀文字。早上吃完早餐之後，我會喝著紅茶看報紙，晚上也習慣在床上看書或雜誌。我尤其喜歡閱讀小說。

最近讀了一本②有趣的小說。內容寫的是一個在貿易公司上班的男人，從踏出家門到公司的途中發生的故事。書中的主角和我一樣是個平凡的人，卻在前往公司的路上發生了種種插曲。他被問了該怎麼去動物園於是帶路、撿到掉在路上的戒指並送去派出所、還遇到小男孩便陪他一起玩。就這樣，他忙東忙西，不知不覺已經傍晚了。那個人終究沒能抵達公司，直接回家了。

我心想：「③這樣的生活也很有意思呢！」並把這部小說的故事講給妻子聽。妻子聽完以後對我說：「的確有意思，但是，④小說畢竟只是小說，假如真的做了那種事，一定會被公司解僱吧。」我想，有道理，恐怕真會淪落那種下場。

30 ①字を読むことの中で、「僕」が一番好きなのはどんなことですか。

1　新聞を読むこと

2　まんがを読むこと

3　雑誌を読むこと

4　小説を読むこと

[翻譯]

[30] ①閱讀文字中，「我」最喜歡什麼？

1　閱讀報紙

2　閱讀漫畫

3　閱讀雜誌

4　閱讀小說

[題解攻略]

　　答えは 4。「僕が一番好きなのは小説を読むことです」とある。「中でも」は、いくつか例をあげた後で、「その中でも」とひとつを選ぶときの言い方。

　　正確答案是 4。文中寫道「僕が一番好きなのは小説を読むことです」（我尤其喜歡閱讀小說）。「中でも」（其中特別是…）是舉了幾個例子之後，「その中でも」（其中特別是…）從中擇一的說法。

答案：**4**

31 ②おもしろい小説は、どんな時のことを書いた小説ですか。

1　男の人が、自分の家を出て会社に向かう間のこと
2　男の人が、ある人を動物園に案内するまでのこと
3　男の人が、出会った男の子と遊んだ時のこと
4　男の人が会社で働いている時のこと

[翻譯]

[31] ②有趣的小說寫的是什麼時候的事？

1　男人從踏出家門到公司的途中發生的事
2　男人帶某人前往動物園途中的事
3　男人遇到小男孩陪他一起玩時的事
4　男人在公司工作時的事

[題解攻略]

　　答えは1。「貿易会社に勤めている男の人が…会社に向かうときのことを書いた話です」とある。この文の主語は「そのおもしろい小説は」。
　　《他の選択肢》
　　2と3は、男の人が会社に向かうまでの間に起こったこと。
　　4　男の人は会社に行かなかったので✕。

　　正確答案是1。「貿易会社に勤めている男の人が…会社に向かうときのことを書いた話です」（內容寫的是一個在貿易公司上班的男人，從踏出家門到公司的途中發生的故事），這句話的主詞是「そのおもしろい小説は」（這本有趣的小說）。
　　《其他選項》
　　2和3是男人前往公司途中所發生的某件事。
　　4男人並沒有去公司，所以錯誤。

答案：1

32 ③こんな生活とは、どんな生活ですか。

1 会社で遊んでいられる生活

2 一日中外で遊んでいられる生活

3 時間や決まりを守らないでいい生活

4 夕方早く、会社から家に帰れる生活

[翻譯]

[32] ③這樣的生活是怎麼樣的生活？

1 還能在公司玩樂的生活

2 一整天都在外面玩的生活

3 可以不遵守時間和規定的生活

4 傍晚早早地從公司回家的生活

[題解攻略]

答えは3。男の人は、いろいろなことをしているうちに夕方になってしまい、会社に行かずに家に帰ってきてしまう。会社に行く時間や、会社に行くという決まりを守っていない。

《他の選択肢》

1 男の人は会社に行っていないので、「会社で」は×。次の2の理由から「遊んでいられる」も×。

正確答案是3。男人忙東忙西，不知不覺已經傍晚了。他終究沒能抵達公司，直接回家了。他沒有遵守上班時間，也沒有遵守要上班的規定。

《其他選項》

1因為男人沒有去上班，所以不是「会社で」（在公司）。後面的「遊んでいられる」（還能玩）也是錯的。

2　男の人は、道を案内したり、指輪を交番に届けたりしている。「一日中遊んで」いたわけではない。

4　男の人は会社に行っていないので「会社から家に」は×。「夕方早く」とも書いていない。

2 男人還做了帶路、把戒指送去派出所等事，並不是一整天都在玩。

4 因為男人沒有去公司，所以「会社から家に」（從公司回家）是錯的。也沒有提到「夕方早く」（傍晚早早地）。

答案：3

33　④小説はやはり小説とは、どのようなことですか。

1　まんがのようにたのしいということ
2　小説の中でしかできないということ
3　小説の中ではできないということ
4　小説は読む方がよいということ

[翻譯]

[33] ④小說畢竟只是小說是什麼意思？

1　意思是像漫畫一樣快樂

2　意思是只能在小說中實現

3　意思是在小說中無法實現

4　意思是閱讀小說是有益的

[題解攻略]

答えは２。続けて「ほんとうにそんなことをしたら…」とある。小説の中と本当の世界とは違うと言っている。男の人のしたことは、小説の中だけのこと、本当の世界ではできないこと、という意味。

正確答案是２。下一句話寫了「ほんとうにそんなことをしたら…」（假如真的做了那種事…）。意思是小說和現實世界不同，男人做的事只可能在小說中出現，在現實世界是行不通的。

答案：２

□ 字／字，文字

□ 趣味／嗜好；趣味

□ 食事／用餐，吃飯；餐點

□ 習慣／習慣

□ 小説／小説

□ 貿易／國際貿易

□ 時／…時，時候

□ 普通／普通，平凡；普通車

□ 市民／市民，公民

□ 間／期間；間隔，距離；中間；關係；空隙

□ 起こす／發生；引起；扶起；叫醒；翻起

□ 動物園／動物園

□ 案内／帶路，陪同遊覽；引導；傳達

□ 落ちる／落下；掉落；降低，下降；落選

□ 指輪／戒指

□ 拾う／撿拾；挑出；接；叫車

□ まま／…就…；如實，照舊；隨意

□ 僕／我（男性用）

□ 生活／生活

□ 妻／（對外稱自己的）妻子，太太

□ すると／結果，這樣一來；於是

□ 彼女／她；女朋友

□ やはり／依然，仍然

□ そう／那樣，這樣，是

□ 辞める／離職；取消；停止

□ なるほど／的確，果然；原來如此

□ 漫画／漫畫

193

□ 〜し／既…又…，不僅…而且…

□ 〜ず（に）／不…地，沒…地

□ 〜だろう／…吧

□ （さ）せられる／被迫…，不得已…

　　其他語文類相關單字還有「<ruby>会話<rt>かい わ</rt></ruby>」（對話）、「<ruby>文学<rt>ぶんがく</rt></ruby>」（文學）、「<ruby>日記<rt>にっ き</rt></ruby>」（日記）、「<ruby>漫画<rt>まん が</rt></ruby>」（漫畫）、「<ruby>翻訳<rt>ほんやく</rt></ruby>」（翻譯）、「テキスト」（教科書），請一起記下來吧！

問題六　翻譯與題解

第6大題　請閱讀右頁的「蜜瓜卡的購買方法」，並回答下列問題。請從選項1、2、3、4中，選出一個最適當的答案。

Melon カードの買い方

1.「Melon カード」は、さきにお金をはらって（チャージして）おくと、毎回、電車のきっぷを買う必要がないという、便利なカードです。

2. 改札*を入るときと出るとき、かいさつ機にさわる（タッチする）だけで、きっぷを買わなくても、電車に乗ることができます。

3.「Melon カード」は、駅にある機械か、駅の窓口*で、買うことができます。

4. はじめて機械で「Melon カード」を買うには、次のようにします。

① 「Melon を買う」をえらぶ。　⇒　② 「新しく『Melon カード』を買う」をえらぶ。

Melon を買う	チャージ
きっぷを買う	定期券を買う

「My Melon」を買う
チャージ
新しく「Melon カード」を買う

③ 何円分買うかをえらぶ。　⇒　④ お金を入れる。

1,000 円	2,000 円
3,000 円	5,000 円

⑤ 「Melon カード」が出てくる。

＊改札：電車の乗り場に入ったり出たりするときに切符を調べるところ

＊窓口：駅や銀行などの、客の用を聞くところ

蜜瓜卡的購買方法

1. 「蜜瓜卡」是一張很便利的票卡，只要預先付款（儲值），搭乘電車時就不必每次購票。

2. 進出驗票閘門＊時，只需讓驗票機感應（觸碰）票卡即可，無須另購車票即可搭乘電車。

3. 「蜜瓜卡」可在站內的售票機或詢問處＊購買。

4. 第一次使用售票機購買「蜜瓜卡」時，請按照以下步驟操作：

① 選擇「購買蜜瓜卡」。　　⇒　② 選擇「購買新的『蜜瓜卡』」

購買蜜瓜卡	儲值
儲值	購買定期車票

購買「我的蜜瓜卡」
儲值
購買新的「蜜瓜卡」

③ 選擇購買多少圓的票卡　　⇒　④ 投入金錢。

1000 圓	2000 圓
3000 圓	5000 圓

⑤ 售票機吐出「蜜瓜卡」。

＊驗票閘門：進出電車車站時查驗車票的地方。

＊詢問處：車站或銀行等，接受顧客詢問的地方。

34 「Melon カード」は、どんなカードですか。

1　銀行で、お金をおろすときに使うカード

2　さいふをあけなくても、買い物ができるカード

3　タッチするだけで、どこのバスにでも乗れるカード

4　毎回、きっぷを買わなくても電車に乗れるカード

[翻譯]

[34]「蜜瓜卡」是什麼樣的卡？

1　在銀行提款時用的卡

2　即使不打開錢包，也能買東西的卡

3　只要感應就可以搭乘任何巴士的卡

4　無須每次購票即可搭乘電車的卡

[題解攻略]

　答えは４。「Melon カードの買い方」の１に、「毎回、電車のきっぷを買う必要がない、便利なカードです」とある。

　正確答案是４。在「蜜瓜卡的購買方法」表中的１說明，「毎回、電車のきっぷを買う必要がない、便利なカードです」（是一張很便利的票卡，搭乘電車時不必每次購票）。

答案：4

35 ヤンさんのお母さんが、日本に遊びにきました。町を見物するために 1,000 円の「Melon カード」を買おうと思います。駅にある機械で買う場合、最初にどうしますか。

1 機械にお金を 1,000 円入れる。

2 「きっぷを買う」をえらぶ。

3 「Melon を買う」をえらぶ。

4 「チャージ」をえらぶ。

[翻譯]

[35] 楊小姐的母親到日本來玩，她想買 1000 圓的蜜瓜卡在鎮上觀光。若要在車站的售票機購買，首先應該怎麼做？

1 將 1000 圓投入售票機。

2 選擇「購買車票」。

3 選擇「購買蜜瓜卡」。

4 選擇「儲值」。

[題解攻略]

答えは 3。「Melon カードの買い方」の 4 の①〜⑤に、はじめて機械でカードを買う方法が説明されている。最初にするのは、①の「『Melon を買う』を選ぶ」こと。

正確答案是 3。在「Melon カードの買い方」表中 4 的①〜⑤說明了用機器買卡片的方法。最初要做的是①「『Melon を買う』を選ぶ」（選擇「購買蜜瓜卡」）。

答案：3

單字的意思

□ 方^{かた}／…方法

□ はらう／付錢;除去;處理;驅趕;揮去

□ 必要^{ひつよう}／需要

□ さわる／碰觸,觸摸;接觸;觸怒,觸犯

□ 機械^{きかい}／機械

□ 始める^{はじ}／開始;開創;發（老毛病）

□ 選ぶ^{えら}／選擇

□ 財布^{さいふ}／錢包

□ 場合^{ばあい}／時候;狀況;情形

□ 最初^{さいしょ}／最初,首先

文法的意思

□ ～ておく／…著;先…,暫且…

□ ～という／叫做…;針對事件內容加以描述説明

□ と思う^{おも}／我想…,覺得…,認為…,我記得…

小知識

　　到日本搭車,建議購買SUICA等IC儲值卡,所有近距離的車站、地下鐵、公車與部分計程車都可以使用。一卡在手,通過檢票口時只需感應一下,就能暢行無阻了!

主題單字

■ 場所、空間與範圍

- 裏／裡面；內部
- 表／表面；外面
- 以外／除外，以外
- 内／…之內；…之中
- 真ん中／正中間

- 周り／周圍，周邊
- 間／期間；中間
- 隅／角落
- 手前／眼前；靠近自己這一邊
- 手元／身邊，手頭

- 此方／這裡，這邊
- 何方／哪一個
- 遠く／遠處；很遠
- 方／…方，邊
- 空く／空著；空隙

■ 老幼與家人

- 祖父／祖父，外祖父
- 祖母／祖母，外祖母
- 親／父母；祖先
- 夫／丈夫
- 主人／老公；主人

- 妻／妻子，太太
- 家内／妻子
- 子／孩子
- 赤ちゃん／嬰兒
- 赤ん坊／嬰兒；不諳世事的人

- 育てる／撫育；培養
- 子育て／養育小孩，育兒
- 似る／相像，類似
- 僕／我

文法比一比

■ ず（に）vs. まま

- ず（に）／不…地，沒…地

說明 表示以否定的狀態或方式來做後項的動作，或產生後項的結果，語氣較生硬。

例句 会社に行かずに、毎日遊んで暮らしたい。／我希望過著不必去公司，天天吃喝玩樂的生活。

- まま／…著

說明 表示附帶狀況，指一個動作或作用的結果，在這個狀態還持續時，進行了後項的動作，或發生後項的事態。

例句 玄関の鍵をかけないまま出かけてしまった。／沒有鎖上玄關的門鎖就出去了。

◎ 到底是在什麼「狀態下」做某事？

「ず（に）」表示沒做前項動作的狀態下，做某事；「まま」表示維持前項的狀態下，做某事。

■ し vs. から

▪ **し／既…又…，不僅…而且…**

説明 用在並列陳述性質相同的事物，或說話人認為兩事物有相關連。也用於暗示還有其他理由，是表示因果關係較委婉的說法。

例句 勉強好きじゃないし、大学には行かない。／我又不喜歡讀書什麼的，所以不去上大學。

▪ **から／因為…**

説明 表示原因、理由。一般用於說話人出於個人主觀理由，進行請求、命令、希望、主張及推測，是種較強烈的意志性表達。

例句 勉強好きじゃないから、大学には行かない。／我不喜歡讀書，所以不去上大學。

◎「理由」有幾種？

「し」跟「から」都可表示理由，但「し」暗示還有其他理由，「から」則表示說話人的主觀理由，前後句的因果關係較明顯。

■ と思う vs. と思っている

▪ **と思う／「覺得…，認為…，我想…，我記得…」**

説明 表示說話人有某個想法、感受或意見。「と思う」只能用在第一人稱。前面接名詞或形容動詞時，要加上「だ」。

例句 今日は傘を持っていったほうがいいと思うよ。／我想今天還是帶傘出門比較好喔。

▪ **と思っている**

説明 表示某人「一直」抱持著某個想法、感受或意見。

例句 お母さんは、私が嘘をついたと思っている。／媽媽認為我撒了謊。

◎「想法」哪裡不同？

「と思う」表示說話人當時的想法、意見等；「と思っている」表示想法從之前就有了，一直持續到現在。另外，「と思っている」的主語沒有限制一定是說話人。

■（さ）せる vs.（さ）せられる

▪ **（さ）せる／讓…，叫…**

説明 表示某人強迫他人做某事，由於具有強迫性，另外也表示某人用言行促使他人自然地做某種行為，常搭配「泣く、笑う、怒る」等當事人難以控制的情緒動詞。

例句 聞いたよ。ほかの女と旅行して奥さんを泣かせたそうだね。／我聽說囉！你帶別的女人去旅行，把太太給氣哭了喔。

▪ **（さ）せられる／被迫…，不得已…**

説明 表示被迫。被某人或某事物強迫做某動作，且不得不做。含有不情願、感到受害的心情。

例句 親に家事の手伝いをさせられた。／被父母要求幫忙了家事。

◎ 是「使役」，還是「使役被動」？

「（さ）せる」是「使役」用法，指某人強迫他人做某事，「讓…」的意思；「（さ）せられる」是「使役被動」用法，表示被某人強迫做某事，「被迫…」的意思。

山田社
日檢書

快速通關

絕對合格 日 **N4** 檢

[單字、閱讀]

新制對應 QR code

日檢權威山田社持續追蹤最新日檢題型變化！

【速通日檢 04】

單字 **QR**))) 免費下載 QR Code線上音檔

單字 **MP3** ◀)) 隨書附贈 學習不漏接

（20K+單字附[QR Code線上音檔＆實戰MP3]）

■ 發行人／ 林德勝

■ 著者／吉松由美, 田中陽子, 西村惠子, 林太郎,山田社日檢題庫小組

■ 出版發行／ **山田社文化事業有限公司**

　　地址　臺北市大安區安和路一段112巷17號7樓

　　電話　02-2755-7622

　　傳真　02-2700-1887

■ 郵政劃撥／ **19867160號　大原文化事業有限公司**

■ 總經銷／ **聯合發行股份有限公司**

　　地址　新北市新店區寶橋路235巷6弄6號2樓

　　電話　02-2917-8022

　　傳真　02-2915-6275

■ 印刷／ **上鎰數位科技印刷有限公司**

■ 法律顧問／ **林長振法律事務所　林長振律師**

■ 書+（單字附[QR Code線上音檔＆實戰MP3]）／ **新台幣569元**

■ 初版／ **2022年 10 月**